CA

Née aux États-Unis, Catriona Ward a vécu un peu partout dans le monde avant de s'établir en Angleterre. Après deux livres très remarqués, dont un lauréat du prestigieux Shirley Jackson Award, elle publie *La Dernière Maison avant les bois*, son premier roman traduit en français chez Sonatine en 2023. Son dernier roman, *Mirror Bay*, est à paraître en 2024 chez le même éditeur.

LA DERNIÈRE MAISON AVANT LES BOIS

CATRIONA WARD

LA DERNIÈRE MAISON AVANT LES BOIS

Traduit de l'anglais (États-Unis)
par Pierre Szczeciner

SONATINE ÉDITIONS

Titre original :
THE LAST HOUSE ON NEEDLESS STREET
Viper, une collection de Serpent's Tail,
une maison de la société d'édition indépendante
Profile Books Ltd

ISBN 978-2-266-33732-8
Dépôt légal : février 2024

Pour mon neveu, River Emanuel Ward Enoch,
né le 14 août 2020

Ted Bannerman

Aujourd'hui, c'est l'anniversaire de la disparition de la petite fille à la glace au sirop. Ça s'est passé près du lac, il y a onze ans – elle était là, et ensuite plus. Donc bon, c'était déjà une mauvaise journée avant que je découvre qu'il y a un Meurtrier parmi nous.

Dès l'aube, comme chaque jour, Olivia me saute sur le ventre. Selon moi, il n'y a rien de mieux que d'avoir un chat sur son lit. Je lui fais plein de caresses parce que quand Lauren arrivera tout à l'heure, Olivia s'en ira. Ma fille et ma chatte détestent être dans la même pièce.

« C'est bon, je me lève ! Mais je te préviens, c'est ton tour de préparer le petit déjeuner. »

Olivia pose quelques instants sur moi ses yeux jaune-vert, puis s'éloigne sans un bruit, trouve un disque de soleil où s'allonger et m'observe de nouveau en clignant lentement des paupières. Les chats n'ont aucun sens de l'humour.

Je récupère le journal sur le perron. C'est un quotidien local que j'aime beaucoup pour sa rubrique recensant les observations d'oiseaux rares : on peut leur écrire si on a la chance de tomber sur un pic flamboyant ou un accenteur montanelle. Malgré l'heure très matinale, l'air immobile est tiède comme de la soupe. Même la rue semble plus silencieuse que d'habitude. Comme si elle se rappelait quel jour on est.

Quand je vois la une, mon ventre se met aussitôt à faire des nœuds. Elle est là. J'avais oublié que c'était aujourd'hui. J'ai tendance à me laisser surprendre par le temps.

Tous les ans, ils reprennent la même photo. La petite fille a les doigts agrippés au bâtonnet de sa glace comme si elle avait peur que quelqu'un la lui arrache des mains, et elle regarde l'objectif. Ses yeux paraissent immenses sous le bord de son chapeau, duquel dépassent quelques mèches de cheveux courts encore humides. Elle vient de sortir de l'eau, mais il n'y a personne pour l'envelopper dans une serviette. Ça ne me plaît pas. Elle pourrait attraper froid. Ils n'ont pas publié l'autre photo – celle de moi. Il faut dire que ça leur a attiré pas mal d'ennuis. Pas assez, si vous voulez mon avis.

Elle avait six ans. Tout le monde était bouleversé. Il y avait déjà eu le même genre de problèmes par le passé, du côté du lac, du coup tout est allé très vite. La police a décidé de fouiller les maisons de tous les habitants de la région susceptibles de s'en prendre à des enfants.

Je n'ai pas eu le droit de rester à l'intérieur pendant la perquisition, alors j'ai attendu, debout sur le perron. C'était l'été, un après-midi chaud et aveuglant comme la surface d'une étoile. Plus le temps passait, plus ma peau rougissait. Je les ai écoutés retirer le vilain tapis bleu du salon, arracher les lattes du parquet et faire un trou dans le fond de mon placard parce qu'ils trouvaient qu'il sonnait creux. Leurs chiens fouinaient partout : dans le jardin, dans ma chambre, partout. Je savais très bien de quel genre de chiens il s'agissait – ils avaient dans les yeux les arbres blancs de la mort. Un monsieur assez maigre s'est approché de moi et m'a pris en photo. Je n'ai même pas pensé à l'en empêcher.

« Pas de photo, pas d'article », m'a-t-il lancé en partant.

Je ne savais pas ce que ça voulait dire, mais il a agité la main avec un grand sourire, alors j'ai fait pareil.

« Qu'est-ce qui se passe, monsieur Bannerman ? m'a demandé l'inspectrice de police, qui ressemblait à un opossum – très fatiguée.

— Rien », ai-je répondu.

Je tremblais. *Il ne faut pas parler, petit Teddy.* Mes dents claquaient comme si j'avais froid, alors que je mourais de chaud.

« Vous avez appelé mon nom, a précisé la policière. Et il me semble que vous avez crié le mot "vert".

— Je devais repenser à une histoire que j'ai inventée quand j'étais petit, celle des enfants disparus qui se transforment en choses vertes, au lac. »

Elle m'a lancé un regard que je connaissais bien, parce que j'y ai tout le temps droit. Alors j'ai serré le tronc du chêne dans le jardin. L'arbre m'a transmis un peu de sa force. Est-ce que j'avais quelque chose à dire ? Si c'était le cas, je n'arrivais pas à me rappeler quoi.

« Monsieur Bannerman, cette maison constitue-t-elle votre seule et unique résidence ? Vous ne possédez pas d'autres propriétés dans la région ? Une cabane de chasse, peut-être ? »

Elle a essuyé la transpiration sur sa lèvre. Elle était très investie dans cette affaire et ça lui faisait comme un énorme poids sur les épaules.

« Non, j'ai répondu. Non, non, non. »

Elle n'aurait pas compris si je lui avais parlé de l'endroit du week-end.

Au bout d'un moment, les policiers sont repartis. Ils n'avaient pas le choix, vu que la veille, j'avais passé tout l'après-midi devant le supermarché et que beaucoup de gens pouvaient en témoigner. Il y avait même des caméras pour le prouver. Souvent, j'allais là-bas et je m'asseyais à l'extérieur, au niveau des grandes portes coulissantes. Dès qu'elles s'écartaient en sifflant pour libérer des clients dans un courant d'air frais, je me tournais vers eux et je leur demandais s'ils avaient des bonbons. Parfois, ils m'en donnaient et parfois, même, ils m'en achetaient exprès. Maman aurait eu honte si elle avait su, mais j'aime tellement les bonbons. En tout cas, ce jour-là, je ne me suis approché ni du lac ni de la petite fille à la glace au sirop.

Quand j'ai enfin pu rentrer chez moi, leur odeur flottait partout dans la maison. Un mélange de parfums, de sueur, de caoutchouc et de produits chimiques. J'étais en colère parce qu'ils avaient vu tous mes trésors, comme la photo de papa et maman. Déjà, à cette époque, les couleurs avaient commencé à passer et on avait de plus en plus de mal à discerner les traits de leur visage. C'était comme s'ils s'apprêtaient à me quitter, à disparaître vers le blanc. Sur le rebord de la cheminée, il y avait aussi la boîte à musique cassée que maman avait rapportée du pays lointain où elle avait grandi. La boîte à musique ne fonctionnait plus. Je l'avais cassée le jour où j'avais aussi fracassé les poupées russes. Le jour de l'incident avec la souris. La petite ballerine avait chuté de son piédestal et était allongée, comme morte. C'était surtout pour elle que je me sentais triste (je l'ai appelée Eloise ; je ne sais pas pourquoi, je trouve qu'elle ressemble à une Eloise). J'ai entendu dans ma tête la belle voix de maman. *Tu me prends tout, Theodore. Tout, tout, tout.*

Ces gens avaient fouillé dans mes affaires avec leurs yeux et leurs pensées et, maintenant, c'était comme si cette maison n'était plus la mienne.

J'ai fermé les paupières et je me suis forcé à respirer profondément pour me calmer. Quand je les ai rouvertes, la grosse poupée russe me souriait. À côté d'elle, dans sa boîte à musique, Eloise se tenait debout, le regard fier, les bras tendus bien haut au-dessus de la tête. Sur la photo, maman et papa affichaient un grand sourire, eux aussi. Et sous mes pieds, j'avais retrouvé mon beau tapis orange tout moelleux.

Tout de suite, je me suis senti mieux. Les choses étaient rentrées dans l'ordre. J'étais à la maison.

Olivia s'est frotté la tête contre ma main. J'ai ri, je l'ai prise dans mes bras, j'étais comblé. Mais tout en haut, au grenier, les garçons verts s'agitaient.

Le lendemain, j'étais dans le journal. La une titrait PERQUISITION CHEZ UN SUSPECT et, juste en dessous, on me voyait, debout devant ma maison. Les policiers avaient effectué d'autres perquisitions mais, en lisant l'article, on avait l'impression que j'étais le seul suspect. Il faut croire que les autres avaient été assez malins pour ne pas se laisser approcher par le journaliste. Pas de photo, pas d'article. Et comme ma photo se trouvait juste à côté de celle de la petite fille à la glace au sirop, c'était facile de tirer des conclusions.

Sur le cliché, le nom de la rue n'était pas visible, mais j'imagine que les gens ont quand même reconnu ma maison, car c'est à partir de ce jour-là qu'on a commencé à lancer des pierres et des briques dans mes fenêtres. C'était infernal. Dès que je remplaçais un carreau, on me le recassait. À la fin, j'ai abandonné et je me suis résolu à clouer des panneaux de bois sur toutes les ouvertures. Ça les a calmés. Il faut croire que c'est moins amusant de jeter des cailloux quand il n'y a rien à détruire. Après ça, j'ai arrêté de sortir la journée. C'était une période compliquée.

Je mets la petite fille à la glace au sirop – enfin, le journal avec sa photo dessus – dans le placard sous l'escalier. Mais, alors que je me penche pour la placer en dessous de l'énorme pile de papier branlante, je découvre un objet caché derrière, sur l'étagère : un magnétophone.

Je le reconnais tout de suite. C'est celui de maman. Je l'attrape et éprouve aussitôt une sensation étrange, comme si quelqu'un murmurait à côté de moi, mais juste un peu trop bas pour que je l'entende.

Dans l'appareil, une vieille cassette avec un logo aux bandes jaunes et noires et une étiquette sur laquelle figure un seul mot presque effacé : « NOTES ». C'est bien l'écriture soigneuse de maman. L'enregistrement est arrêté à environ la moitié d'une des faces.

Je ne l'écoute pas. Je sais déjà ce qu'il y a dessus. Maman prenait toujours ses notes à voix haute. Sa voix, avec cette hésitation sur les consonnes dont elle n'arrivait pas à se débarrasser. On pouvait presque entendre la mer, dans sa voix. C'est qu'elle était née loin, maman, sous une étoile noire.

Remets-le à sa place, je pense. *Oublie que tu l'as vu.*

J'ai mangé un gros cornichon aigre-doux et maintenant, ça va beaucoup mieux. Après tout, ces choses se sont passées il y a très longtemps. La luminosité augmente, ça va être une belle journée. Bientôt, les oiseaux seront là. Tous les matins, ils quittent la forêt et viennent trouver refuge dans mon jardin. Parulines, roitelets, bruants, becs-croisés des sapins, moineaux, merles, pigeons… Il y en a une multitude et c'est un spectacle magnifique. J'adore les observer. J'ai percé un trou dans le panneau de bois de la fenêtre, pile à la bonne taille et pile au bon endroit pour voir tout le jardin. Je m'assure que les mangeoires sont toujours pleines et qu'il y a de l'eau. Les oiseaux sont très sensibles à la chaleur.

Je m'apprête à regarder par le trou, comme je le fais chaque matin, quand mon estomac se serre. Parfois, mon ventre devine les choses avant ma tête. Ce matin, il y a un problème. C'est trop silencieux. Je me dis d'arrêter de me faire des idées, je prends une grande inspiration et je colle mon œil au trou.

C'est le geai des pinèdes que je vois en premier, étendu en plein milieu de la pelouse. Ses plumes noires luisent comme du pétrole. Il agite désespérément une de ses ailes pour s'envoler. Au sol, les oiseaux ont souvent l'air mal à l'aise. On sent qu'ils ne sont pas faits pour ça.

Ma main tremble tandis que j'actionne les trois gros verrous de la porte du jardin. *Clac, clac, clac*. Malgré les circonstances, je prends quand même le temps de refermer derrière moi. Il y en a partout, éparpillés sur l'herbe desséchée. Ils tressaillent pour tenter de se débarrasser des morceaux de papier brun qui leur collent aux plumes. Beaucoup sont morts – une vingtaine, peut-être. D'autres s'accrochent encore. J'en compte sept dont le cœur bat toujours. Ceux-là ont le bec grand ouvert, leur étroite langue noire raidie par la souffrance.

Mon esprit se disperse, je panique. Il me faut trois grandes respirations pour comprendre ce que j'ai sous les yeux. Dans la nuit, quelqu'un s'est approché des mangeoires et y a installé des pièges à glu : il y a en a sur tous les grillages et jusque sur les boules de graisse qui pendent au bout de leur fil. Quand les oiseaux sont venus se nourrir à l'aube, leurs pattes et leur bec sont restés collés.

Dans ma tête, le même mot se répète à l'infini : *meurtrier, meurtrier, meurtrier*… Qui a bien pu s'en prendre ainsi à des oiseaux ? Et ensuite, je me dis *Il faut que je nettoie tout ça. Lauren ne doit pas voir ce carnage.*

La chatte tigrée qui traîne souvent par ici est tapie dans les hautes herbes au niveau de la clôture, les yeux brillants.

« Va-t'en ! »

Je lui lance ce qui me tombe sous la main, en l'occurrence une cannette de bière vide, qui passe loin au-dessus de sa tête et rebondit sur un des poteaux de la clôture avec un gros *dong*. La chatte s'éloigne tranquillement, comme si c'était elle qui l'avait décidé, d'un pas rendu maladroit par l'absence de griffes.

Après quoi, je récupère les oiseaux encore vivants. Ils forment une masse frémissante qui me colle aux mains. On dirait un monstre de cauchemar, avec des pattes et des yeux partout, et des becs grands ouverts qui cherchent désespérément à avaler de l'air. Quand j'essaie de les séparer, leurs plumes se détachent de leur chair. Et pendant tout ce temps, ils ne font pas le moindre bruit. C'est sûrement le pire, d'ailleurs. Les oiseaux ne sont pas comme les gens. La douleur les fait taire.

Je les ramène à l'intérieur et tente tout ce qui me vient en tête pour dissoudre la colle. Mais après quelques essais avec du dissolvant, je comprends que je ne fais qu'aggraver les choses. Les oiseaux ferment les yeux et s'asphyxient dans les vapeurs chimiques. Je ne sais plus quoi faire. Cette glu ne partira pas. Les volatiles ne peuvent plus vivre, mais ils ne sont pas encore morts. J'envisage de les noyer ou de leur taper sur la tête avec un marteau, mais chacune de ces idées me donne la nausée. Je pourrais peut-être ouvrir le placard dans lequel est rangé l'ordinateur portable. Si ça se trouve, Internet a une solution. Mais je ne vois pas où poser les oiseaux en attendant. Ils collent à tout ce qu'ils touchent.

C'est alors que je me souviens d'un truc que j'ai vu à la télé. Ça vaut le coup d'essayer, surtout qu'on a du vinaigre. D'une main, je coupe un morceau de tuyau d'arrosage. Puis je récupère sous l'évier un gros Tupperware, une boîte de bicarbonate de soude et la bouteille de vinaigre blanc. Délicatement, je place les oiseaux dans le Tupperware, je le ferme et je fais passer le morceau de tuyau d'arrosage dans un trou que je perce dans le couvercle en plastique. Ensuite, je mélange du bicarbonate de soude et du vinaigre dans un sac plastique que j'attache au tuyau avec un élastique. Le résultat : une chambre à gaz miniature. L'air dans le Tupperware se transforme et les frémissements ralentissent. Je regarde, parce que j'estime que la mort mérite un témoin. Même celle d'un oiseau. Il ne faut pas longtemps. Tous avaient déjà pratiquement abandonné la lutte, vaincus par la chaleur et le stress. Le dernier à mourir est un pigeon : sa poitrine rebondie se soulève dans un ultime effort, avant de s'immobiliser.

Le Meurtrier a aussi fait de moi un meurtrier.

Je sors mettre les cadavres dans la poubelle. Des petits corps tout mous, tout doux et encore tièdes. Quelque part dans le quartier, quelqu'un a démarré sa tondeuse à gazon. L'odeur de l'herbe coupée emplit peu à peu l'air. Les gens se réveillent.

« Tout va bien, Ted ? »

C'est l'homme qui a les cheveux de la même couleur que le jus d'orange et qui va promener tous les matins son gros chien dans les bois.

« Oui, oui, ça va », je réponds.

L'homme fixe mes pieds. Je me rends compte que je ne porte ni chaussures ni chaussettes. Ma peau est blanche et poilue. Je pose un pied sur l'autre, mais ça ne m'aide pas à me sentir mieux. Le chien halète et me regarde en souriant. D'une manière générale, les animaux de compagnie valent mieux que leurs propriétaires. J'ai de la peine pour tous ces chiens, chats, lapins et souris forcés non seulement de vivre avec des gens, mais, pire encore, de les aimer. Olivia, ce n'est pas un animal de compagnie. C'est beaucoup plus que ça. (En même temps, j'imagine que tous les propriétaires de chat sont de mon avis.)

Quand je pense au Meurtrier furetant autour de ma maison dans le noir, installant des pièges dans mon jardin – peut-être même s'approchant pour nous épier de ses petits yeux d'insecte, Lauren, Olivia et moi –, mon cœur se met à palpiter.

Je reviens à moi. La dame au chihuahua est debout juste à côté de moi. Sa main sur mon épaule. Inhabituel. En général, les gens n'aiment pas trop me toucher. Le minuscule chien dans ses bras tremble en posant sur moi ses yeux exorbités.

Je suis devant chez elle, une maison jaune avec des liserés verts. J'ai le sentiment que je viens d'oublier ou que je suis sur le point d'apprendre quelque chose. *Ressaisis-toi*, je me dis. *Ne sois pas bizarre*. Les gens remarquent quand on est bizarre. Et ils s'en souviennent.

« … Ton pauvre pied, dit-elle. Où sont passées tes chaussures ? » Je reconnais le ton qu'elle emploie. Les femmes qui sont petites veulent toujours s'occuper des hommes qui sont grands. C'est un mystère.

« Il faut que tu fasses un peu plus attention à toi, Ted. Ta mère serait folle d'inquiétude si elle te voyait comme ça. »

Je remarque que mon pied fuit – un liquide rouge foncé qui s'écoule sur le trottoir. J'ai dû marcher sur un truc.

« Je cours après la chatte tigrée, lui dis-je pour tenter de me justifier. Je veux dire, je lui ai couru après. J'ai peur qu'elle s'attaque aux oiseaux dans mon jardin. »

J'ai du mal avec les temps. J'ai toujours l'impression que les choses sont en train de se passer alors que, parfois, elles ont déjà eu lieu.

« Une vraie saleté, cette bestiole, réagit-elle, et je devine à la lueur dans ses yeux que j'ai réussi à lui faire oublier mon pied. Et teigneuse, avec ça ! La municipalité devrait traiter ces chats errants de la même manière qu'elle traite les autres nuisibles.

— À qui le dites-vous ! »

Je ne me rappelle jamais les noms, mais j'ai plusieurs moyens pour juger les gens et me souvenir d'eux. Le premier, c'est : est-ce qu'ils seraient gentils avec mon chat ? Cette femme, je ne la laisserais jamais s'approcher d'Olivia.

« Merci, en tout cas, j'ajoute. Ça va beaucoup mieux, maintenant.

— Mais de rien. Viens donc prendre un thé glacé à la maison, demain. Je ferai des cookies.

— Demain, je ne peux pas.

— Quand tu pourras alors. On est voisins, après tout. Il faut bien qu'on s'entraide.

— Pour ça, je suis bien d'accord avec vous. »

Je suis quelqu'un de poli.

« Tu as un joli sourire, Ted, tu sais ? Tu devrais t'en servir un peu plus. »

Alors je souris, j'agite la main et je m'éloigne en boitillant, mimant une douleur que je ne ressens pas, exagérant l'appui sur mon pied indemne jusqu'à ce que la femme ait tourné au coin de la rue.

La dame au chihuahua n'a pas remarqué mon absence, et c'est tant mieux. Je crois qu'elle n'a pas duré trop longtemps. Le trottoir est encore tiède sous mes pieds, pas brûlant. La tondeuse à gazon est toujours en marche et l'odeur verte et collante d'herbe coupée imprègne toujours l'atmosphère. Quelques minutes, peut-être. Mais ça n'aurait pas dû arriver dans la rue. Et j'aurais dû enfiler des chaussures avant de sortir de chez moi. C'était une erreur.

Je nettoie ma coupure au pied avec la bouteille de désinfectant en plastique vert, mais je crois que c'est un produit pour les carrelages et les lavabos, pas pour la peau. Mon pied a vraiment l'air horrible, après : la peau est toute rouge, presque à vif. Si j'étais capable de sentir quelque chose, je pense que j'aurais très mal. Au moins, maintenant, la blessure est propre. Je mets un bandage – j'ai plein de bandages et de pansements à la maison, on a tendance à avoir des accidents.

Mes mains sont collantes, comme si quelque chose y était resté accroché. Un chewing-gum. Ou la mort. Je me souviens avoir lu quelque part que les oiseaux ont des poux. À moins que ce soit les poissons. Je me frictionne les mains avec le produit ménager. Je tremble. Alors j'avale le cachet que j'aurais dû prendre il y a plusieurs heures de ça.

Aujourd'hui, ça fait pile onze ans que la petite fille à la glace au sirop a disparu. Ce matin, quelqu'un a tué mes oiseaux. Et peut-être que ces deux faits n'ont aucun rapport. Le monde est rempli de coïncidences. Mais peut-être aussi qu'il y a un lien. Comment le Meurtrier a-t-il su que les oiseaux venaient se nourrir dans mon jardin à l'aube ? Est-ce qu'il connaît le quartier ? Ces pensées m'oppressent.

Je fais une liste. En haut, j'écris : *Le Meurtrier*. Ce n'est pas une liste très longue.

Monsieur aux cheveux couleur jus d'orange
Dame au chihuahua
Un inconnu

Je mâchouille le bout de mon crayon. Je me rends compte que je ne connais pas très bien les voisins. Maman n'avait pas ce problème. Charmer les gens, c'était sa spécialité. Moi, ils ont tendance à changer de trottoir quand ils m'aperçoivent. J'en ai même vu faire carrément demi-tour. Je me dis qu'il est tout à fait possible que le Meurtrier habite le quartier et qu'à l'heure qu'il est, il soit en train de se goinfrer de pizza en riant du mauvais tour qu'il m'a joué. J'ajoute à ma liste :

Le monsieur loutre ou sa femme ou ses enfants
Les deux hommes qui habitent dans la maison bleue
La dame qui sent les beignets

C'est presque tous les gens de la rue et je ne vois pas qui parmi eux pourrait être le Meurtrier. Certains, comme la famille loutre, sont même en vacances en ce moment.

Notre rue a un nom étrange. D'ailleurs, il y a parfois des gens qui s'arrêtent pour prendre en photo le panneau abîmé devant chez moi. Ensuite, ils font demi-tour, parce que après il n'y a plus rien à part la forêt.

D'une écriture hésitante, je finis par ajouter un dernier nom à la liste. *Ted Bannerman*. On ne sait jamais.

Je déverrouille le placard où je range tout le matériel de dessin et je cache la liste sous une vieille boîte de craies que Lauren n'utilise jamais.

J'ai deux critères pour juger les gens : comment ils traitent les animaux et ce qu'ils aiment manger. Ceux qui adorent la salade ont forcément mauvais fond. À l'inverse, ceux qui ont un faible pour le fromage ont tendance à m'inspirer confiance.

Il n'est pas encore 10 heures – je le sais à la façon dont le soleil s'infiltre par les trous dans les panneaux de bois et éparpille ses piécettes de lumière sur le sol – et c'est déjà une très mauvaise journée. Alors, même s'il est tôt, je décide de me préparer mon déjeuner préféré. Le meilleur déjeuner du monde. Attendez, je ferais mieux d'aller chercher la machine pour enregistrer.

Parce que j'ai pensé : pourquoi ne pas me servir du magnétophone pour mes recettes ? Je sais, ça ne plairait pas à maman. D'ailleurs, je ressens dans la nuque le même frisson glacé que les fois où elle me disait que j'étais « pénible ».

J'ouvre un nouveau paquet de cassettes. Elles sentent bon. J'en mets une dans l'appareil. Quand j'étais petit, je voulais toujours jouer avec. Il y a un gros bouton rouge qui ressemble à une touche de piano et qui fait *clic* lorsqu'on appuie dessus. Par contre, je ne sais pas quoi faire de la vieille cassette de maman, et ça m'embête. Je ne peux pas la jeter ni la détruire – c'est hors de question –, mais je ne veux pas non plus la laisser avec mes belles cassettes toutes neuves. Alors je la glisse sous la pile de journaux dans le placard de l'escalier, juste en dessous de la petite fille à la glace au sirop. Allez, je suis prêt !

Recette du sandwich miel-fromage, par Ted Bannerman. Faites chauffer de l'huile dans une poêle jusqu'à ce qu'elle fume. Beurrez deux tranches de pain de mie des deux côtés. Prenez du cheddar, moi je préfère celui en tranches, mais vous faites comme vous voulez, c'est votre déjeuner, après tout ! Ensuite, étalez du miel sur le pain, mais seulement d'un côté. Mettez le cheddar sur le miel. Mettez des rondelles de bananes sur le cheddar. Et maintenant, fermez le sandwich et mettez-le à frire dans la poêle jusqu'à ce qu'il soit bien doré des deux côtés. Quand c'est prêt, assaisonnez avec du sel, du poivre et de la sauce piquante. Coupez le sandwich en deux. Regardez le fromage et le miel dégouliner. Ce serait presque dommage de le manger. Ha, ha ! Presque.

Ma voix est horrible ! On dirait un enfant bizarre qui aurait une grenouille dans le ventre. Tant pis, je continuerai à enregistrer mes recettes, mais je ne les réécouterai que si je n'ai vraiment pas le choix.

C'est l'homme-scarabée qui m'a donné l'idée d'enregistrer des trucs. Il m'a dit de tenir un « journal de mes ressentis ». Des mots qui m'ont tout de suite inquiété. À l'entendre, c'était tout simple : « Racontez ce qui se passe et comment ça vous affecte. » Hors de question ! Par contre, c'est pratique pour les recettes, au cas où je disparais un jour et qu'il n'y a plus personne pour s'en souvenir. Demain, je m'occuperai du sandwich vinaigre-fraises.

Maman avait des opinions très arrêtées sur la nourriture, mais moi, j'adore ça. À une époque, j'ai même envisagé une carrière de cuisinier. J'aurais eu mon propre restaurant, qui sait ? Chez Ted – vous imaginez, un peu ? Ou alors j'aurais écrit des livres de recettes. Mais c'est impossible à cause de Lauren et d'Olivia. Je ne peux pas les laisser seules.

Ça me ferait du bien de parler de ça avec quelqu'un. (Pas l'homme-scarabée, ça va de soi – il ne faut surtout pas que je lui montre qui je suis.) J'aimerais bien partager mes recettes avec un ami, mais je n'en ai pas.

Je m'assois sur le canapé avec mon sandwich et je regarde un spectacle de monster trucks à la télé. J'adore les monster trucks : ça fait du bruit et ça écrase tout un tas de choses. Rien ne peut les arrêter. Du fromage et des monster trucks… Je devrais être heureux, mais, dans ma tête, il n'y a que des plumes et des becs. Qu'est-ce qui se passerait si je me retrouvais pris dans un piège à glu ? Si je disparaissais ? Il n'y aurait personne pour être mon témoin.

Un petit coup tout doux contre ma cuisse. Olivia enfonce sa tête dans ma main puis grimpe sur mes genoux – ses pattes de velours piétinent ma chair. Elle se tourne et se retourne jusqu'à trouver la bonne position, puis s'installe. Elle sait quand je suis chamboulé. Ses ronronnements font trembler le canapé.

« Allez viens, chaton, je lui dis. Il est temps de te remettre dans ta caisse. Lauren ne va pas tarder à arriver. »

Olivia ferme les yeux. Son corps tout détendu manque me glisser entre les doigts tandis que je l'emmène, toujours ronronnante, vers la cuisine. Je soulève le battant du vieux congélateur cassé. J'aurais dû me débarrasser de ce machin il y a des années, mais Olivia l'adore, allez savoir pourquoi. Comme toujours, je vérifie qu'il est débranché, même si ça fait des années qu'il n'a pas marché. La semaine dernière, j'ai rajouté quelques trous dans le couvercle – j'ai peur qu'Olivia s'asphyxie, là-dedans. Tuer des êtres vivants, ce n'est pas facile, bien sûr, mais s'assurer qu'ils restent en vie et en sécurité, c'est beaucoup plus difficile. Ça, croyez-moi, je suis bien placé pour le savoir.

Je suis en train de jouer avec Lauren à son jeu préféré. Il y a beaucoup de règles, mais, en gros, le but consiste à foncer à travers la maison sur son vélo rose en criant les noms des capitales du monde. Lauren fait tinter sa sonnette deux fois si la réponse est bonne, quatre fois si elle est fausse. C'est un jeu bruyant, mais, comme il est vaguement éducatif, je laisse faire. Soudain, quelqu'un frappe à la porte. Tout de suite, je pose ma main sur la sonnette du vélo.

« Aucun bruit pendant que je vais voir ce que c'est, d'accord ? je préviens. Silence complet. Pas un murmure. »

Lauren acquiesce.

C'est la dame au chihuahua. La tête du petit chien semble jaillir du sac à main, et on ne voit que ses gros yeux globuleux et inquiets.

« Ça s'amuse bien, là-dedans, visiblement ! commente la dame au chihuahua. Mais comme je dis toujours, les enfants, il faut les laisser faire du bruit !

— Ma fille est là, je réponds. Ce n'est pas vraiment le bon moment, je suis très occupé.

— Mais oui, j'ai appris que vous aviez eu une fille, il y a quelques années. Qui c'est qui m'avait dit ça, déjà ? J'ai oublié. Par contre, je me souvenais que vous aviez une fille. J'adorerais la rencontrer. Je trouve ça important, de bien s'entendre, entre voisins. Je vous ai apporté du raisin. C'est très sain, le raisin et, comme c'est sucré, tout le monde aime ça, même les enfants. Les bonbons de la nature.

— Merci, mais il faut que je vous laisse. Je ne la vois pas souvent et, en plus, c'est un vrai bazar à l'intérieur.

— Comment vas-tu, Ted ? Enfin, en ce moment, comment ça va ?

— Ça va bien.

— Et ta maman ? J'aimerais bien qu'elle m'écrive pour me donner des nouvelles.

— Elle va bien. »

Une minute s'écoule.

« Bon, finit-elle par soupirer. À bientôt, alors.

— Papa ! hurle Lauren une fois la porte refermée. Chili ?

— Santiago ! » je hurle en retour.

Lauren crie de joie et repart à toute allure sur son vélo, slalomant entre les meubles. Elle chante à tue-tête en pédalant, une chanson de son invention sur les cloportes. Avant d'être père, je n'aurais jamais cru possible de pouvoir ressentir autant de bonheur en entendant une chanson sur les cloportes. Mais ça fonctionne comme ça, l'amour : c'est comme une main qui va chercher jusqu'à l'intérieur de vous.

Soudain, Lauren freine et les pneus couinent sur le parquet.

« Arrête de me suivre, Ted, me lance-t-elle.

— Mais on est en train de jouer. »

Mon cœur se brise. C'est reparti.

« Je ne veux plus jouer. Va-t'en, tu me déranges.

— Je suis désolé, chaton, mais je ne peux pas te laisser seule. Tu risques d'avoir besoin de moi.

— Je n'ai pas besoin de toi ! Et je veux faire du vélo toute seule. »

Elle ajoute, d'une voix qui monte se percher dans les aigus :

« Je veux habiter dans une maison toute seule, manger toute seule, regarder la télé toute seule, et je ne veux plus jamais voir personne. Je veux aller au Chili, à Santiago.

— Je sais, mais les enfants ne peuvent pas faire ça. Ils ont besoin d'un adulte pour les protéger.

— Un jour, je partirai.

— Ça, c'est tout à fait inconcevable, chaton, je lui dis de ma voix la plus douce. Et tu le sais. »

Je m'efforce d'être aussi honnête que possible avec elle.

« Je te déteste, Ted. »

Ce n'est pas la première fois qu'elle prononce ces mots, mais l'effet qu'ils ont sur moi est toujours le même : un coup de matraque sur l'arrière de mon crâne.

« Papa, pas Ted, je corrige. Et tu ne le penses pas vraiment.

— Si ! réplique-t-elle d'une voix fine comme une patte d'araignée. Je te déteste.

— Est-ce que ça te dirait qu'on mange de la glace ? je propose, rongé par la culpabilité.

— J'aurais voulu ne jamais exister », conclut-elle, et elle s'éloigne à vélo dans un tintement de sonnette, roulant au passage sur le dessin qu'elle a fait un peu plus tôt et qui représente un chat noir avec des yeux vert émeraude. Olivia.

Je ne mentais pas quand j'ai dit à la dame au chihuahua que c'était un vrai bazar à l'intérieur : Lauren a renversé de la confiture dans la cuisine et, comme elle est passée dessus avec son vélo, ça fait des traces collantes dans toute la maison. Il y a des morceaux de crayons de cire sur le canapé et de la vaisselle sale partout. Un des jeux préférés de Lauren consiste à sortir toutes les assiettes du placard, puis à les lécher une par une avant d'annoncer : « Papa, toutes les assiettes sont sales. » À présent, elle a lâché son vélo et se promène à quatre pattes par terre en faisant le tracteur, à grand renfort de rugissements.

« Tant que ça la rend heureuse », je marmonne.

Ce n'est pas simple, la vie de parent.

Je m'apprête à avaler le cachet que je dois prendre le midi quand Lauren me rentre dedans. Mon verre d'eau se renverse sur le tapis bleu et la petite pilule jaune m'échappe des mains, rebondit au sol et disparaît. Je m'agenouille et regarde sous le canapé, mais je dois me rendre à l'évidence, elle est perdue. Ça tombe d'autant plus mal qu'il ne m'en reste plus beaucoup.

« Merde ! » je jure, sans réfléchir.

Aussitôt, Lauren se met à crier. Une sirène stridente qui me perfore les tympans.

« Tu as dit un gros mot ! hurle-t-elle. Tu n'as pas le droit, et en plus tu es méchant, tu es gros et tu n'es pas beau ! »

C'est la goutte d'eau qui fait déborder le vase. J'aurais voulu rester stoïque, mais c'est plus fort que moi. Et j'aimerais pouvoir dire que ces insultes sur mon physique n'ont rien à voir là-dedans, mais ce serait mentir.

« Ça suffit, je gronde. On arrête tout, tout de suite !

— Non ! »

Elle me griffe le visage. Ses ongles tranchants cherchent mes yeux.

« Si tu n'es pas capable de te tenir, tu n'as plus le droit de jouer. »

Je parviens à la maintenir à distance et, au bout d'un moment, elle finit par se calmer.

« Je crois que tu as besoin de dormir, chaton. »

Je la couche et je lance le disque. Le murmure de la platine est apaisant. La jolie voix de la chanteuse emplit doucement l'atmosphère. Il est question d'une nuit d'hiver où personne n'a de lit à offrir, où personne n'a de bonbons… Je ne me souviens plus du nom de l'interprète, mais ses yeux sont remplis de compassion. Elle est comme une mère, mais une mère dont il n'y aurait pas à avoir peur.

Je ramasse les crayons de cire et les feutres et les compte. Ils sont tous là, tout va bien.

J'ai appris à Lauren à s'endormir au son de cette chanson. Ma petite fille très agitée est sur le point de devenir une adolescente difficile. C'est quoi, le mot, déjà ? Ah oui, « pré-ado ». Il y a des jours, comme aujourd'hui, où elle a l'air d'une enfant et où tout ce qu'elle veut, c'est se promener dans la maison sur son vélo rose. Mais la dispute qu'on vient d'avoir m'inquiète. Beaucoup de choses m'inquiètent.

La première, et la plus grave, c'est que je m'absente de plus en plus. Ça arrive quand je suis stressé. Qu'est-ce qui se passera si je m'absente un jour et que je ne reviens pas ? Lauren et Olivia se retrouveront toutes seules. Il me faut des cachets plus puissants. J'en parlerai à l'homme-scarabée. La cannette de bière froide contre ma paume émet un sifflement de serpent lorsque j'en soulève la languette. Je sors trois cornichons du bocal, les coupe en deux dans le sens de la longueur et les tartine de beurre de cacahuètes (celui avec les morceaux). Pour moi, il n'y a pas meilleur en-cas au monde. En plus, ça va très bien avec la bière, mais là, je n'arrive pas à en profiter.

Deuxième source d'inquiétude : le bruit. Notre maison se trouve vers le bout de l'impasse ; derrière, il y a une forêt. Et la maison sur la gauche est inoccupée depuis une éternité. (Les journaux scotchés aux fenêtres sont tout jaunes et abîmés.) Ce qui fait qu'au fil des années, j'ai baissé ma garde. J'ai pris l'habitude de laisser Lauren crier et chanter autant qu'elle le souhaite. Sauf qu'aujourd'hui, la dame au chihuahua l'a entendue, alors il va falloir que je trouve une solution.

Je repère un tas de petites crottes noires sous la table de la cuisine. La souris est revenue. Lauren pleure toujours, mais avec de moins en moins de conviction, ce qui est bon signe – la musique fait son effet. Avec un peu de chance, sa sieste durera longtemps et je pourrai la réveiller pour le dîner. Je lui préparerai son repas préféré : des hot-dogs avec des spaghettis.

Troisième source d'inquiétude : combien de temps continuera-t-elle encore à aimer les hot-dogs et les spaghettis ? Combien de temps pourrai-je encore continuer à la protéger ? Lauren nécessite une surveillance constante. Les enfants nous mettent une laisse autour du cœur, puis ils tirent sans cesse dans toutes les directions. Elle grandit vite ; je sais bien que tous les parents disent ça, mais c'est vrai.

Calme-toi, je me dis. Regarde, Olivia a fini par s'accommoder de la situation. Quand elle était chaton, elle tentait de s'enfuir chaque fois que j'avais le malheur d'ouvrir la porte. Pourtant, elle n'aurait jamais survécu, seule dehors, mais c'était plus fort qu'elle. Avec le temps, elle s'est rendue à l'évidence : ce qu'on désire n'est pas toujours ce qui est le mieux pour nous. Si un chat a réussi à comprendre ça, Lauren y arrivera aussi. Enfin, je l'espère.

La journée touche à sa fin. Après le dîner, il est temps que Lauren reparte.

« Au revoir, chaton, je lui dis.

— Au revoir, papa.

— À la semaine prochaine.

— Oui. »

Elle joue avec la bretelle de son cartable, l'air indifférente. Moi, je déteste toujours ce moment, même si je m'impose de ne pas le montrer. Je remets le disque au début. La voix de la chanteuse imprègne peu à peu le crépuscule étouffant.

Les mauvais jours, j'ai souvent du mal avec les notions de « maintenant » et d'« avant ». Il m'arrive d'entendre les voix de papa et maman dans certains endroits de la maison. Parfois, ils se disputent pour savoir qui ira faire les courses. Parfois, c'est le ronronnement du vieux téléphone à cadran de l'entrée que je perçois, puis la voix de maman expliquant à la directrice de l'école que je suis encore malade. Parfois, au réveil, j'entends très distinctement maman qui m'appelle pour le petit déjeuner. Puis le silence retombe et je me souviens qu'ils ne sont plus là. Seuls les dieux savent où ils se trouvent.

Les dieux sont plus proches qu'on pourrait le croire. Ils vivent au milieu des arbres, derrière un voile si fin qu'un simple coup d'ongle suffirait à le déchirer.

Olivia

J'étais occupée à passer ma langue sur la partie de ma patte qui me grattait quand Ted m'a appelée. Je me suis dit : « Ah non, ce n'est pas le moment. » Mais il y avait dans sa voix un ton que je connaissais bien, alors je me suis interrompue pour aller le voir. Tout ce que j'ai eu à faire, c'est suivre le cordon, qui est d'un doré très brillant aujourd'hui.

Il se tenait dans le salon. Ses yeux avaient disparu. « Chaton », répétait-il en boucle. Les souvenirs progressaient en lui comme des vers sous sa peau. Il y avait de l'orage dans l'air. Cette fois, c'était du sérieux.

J'ai frotté mon flanc contre lui et il m'a prise entre ses mains tremblantes. Son souffle formait des routes dans ma fourrure, alors je me suis mise à ronronner contre sa joue jusqu'à ce que le vent se calme et que l'orage s'éloigne. La respiration de Ted s'est ralentie. J'ai planté mon visage contre le sien et tous ses sentiments m'ont submergée. C'était douloureux, mais supportable. Les chats sont résistants.

« Merci, chaton », a-t-il murmuré.

Vous voyez ? J'étais occupée quand il m'a appelée, mais je suis quand même allée le réconforter. C'est le rôle que m'a assigné le Seigneur, alors je l'endosse avec plaisir. Les relations sont comme des êtres très fragiles, il faut les nourrir chaque jour.

La femme ted chante sa musique mélancolique. Je connais toutes les chansons par cœur, toutes les hésitations dans sa voix, et jusqu'à la petite fausse note dans la chanson qui parle de prairies. Quand Lauren n'est pas là, les chansons jouent toute la journée et toute la nuit, sans interruption. Ça fait de la compagnie à Ted. Il faut croire que pour lui, un chat, ça ne compte pas. Si j'étais susceptible, je pourrais me sentir vexée. Mais les teds ne sont pas des êtres très affectueux et il ne faut pas le prendre pour soi. Je généralise : je ne connais aucun autre ted que Ted. Et Lauren, si on peut dire.

Je vais commencer par le début. Comment il m'a trouvée dans la tempête, le jour où le cordon nous a liés l'un à l'autre.

Je me souviens de ma naissance. Un instant je n'étais pas là, et celui d'après si. Expulsée du chaud vers le froid, entortillée dans une membrane collante dont j'essayais de me dépêtrer en agitant mes pattes toutes faibles. Pour la première fois j'ai senti l'air sur ma fourrure, et pour la première fois j'ai ouvert ma gueule pour pleurer. Elle s'est penchée sur moi, grosse comme le ciel. Langue tiède, gueule tiède autour de ma nuque. « Viens, mon chaton, nous ne sommes pas en sécurité ici. » Mamanchat. Les autres, on les a laissées dans la boue. Elles n'avaient pas survécu à la traversée. Les formes molles avec qui j'avais partagé l'obscurité pendant tous ces longs mois étaient à présent immobiles, fouettées par la pluie. « Viens. » Elle avait peur. J'avais beau être toute petite, je le sentais.

La tempête a duré des jours. Je ne saurais dire combien. On se déplaçait sans cesse, en quête de chaleur, en quête d'un abri. Mes yeux n'étaient pas encore ouverts, alors j'ai surtout des souvenirs d'odeurs et de sensations : le nid doux et terreux où on a dormi, la puanteur acide du rat. La fourrure de Mamanchat sur ma truffe lorsqu'elle se lovait autour de moi, le parfum éphémère des feuilles de houx.

Mes yeux ont fini par s'ouvrir, mais je voyais flou. La pluie qui s'abattait sur nous faisait penser à des poignards luisants. Le monde explosait et tremblait. Je n'avais jamais rien connu d'autre, alors je croyais que la tempête était éternelle.

J'ai appris à me lever et à marcher, maladroitement. Très vite, j'ai compris qu'il y avait quelque chose qui n'allait pas avec Mamanchat, avec son corps. Ses mouvements étaient de plus en plus lents. Et il y avait de moins en moins de lait.

Un soir, on a trouvé refuge dans un fossé. Au-dessus de nos têtes, les ronces s'agitaient frénétiquement dans le vent. Mamanchat m'a réchauffée et m'a nourrie. Elle ronronnait. Puis les vibrations ont perdu en intensité, la chaleur s'est dissipée. Au bout d'un moment, elle a complètement arrêté de bouger et le froid s'est insinué en moi.

Il y a eu un rugissement et un rayon de lumière aveuglant, mais pas la lumière tremblante du ciel. Là, il s'agissait d'un cercle jaune. Une espèce d'araignée de chair luisante de pluie s'est approchée de moi. Je ne connaissais pas le mot pour main, à l'époque. Les doigts se sont refermés sur moi et m'ont arrachée à Mamanchat.

« Qu'est-ce que c'est que ça ? »

Il dégageait une forte odeur de terre mouillée. Ses manches étaient maculées de boue. Pas très loin, on entendait un animal qui fredonnait. Il m'a mise dans l'animal. La pluie frappait le toit en métal comme de petites pierres. Il m'a enveloppée. Tout chaud. La couverture était jaune, avec des papillons bleus dessinés. Elle sentait le parfum de quelqu'un que je connaissais, ou que j'avais très envie de connaître. Comment était-ce possible ? Je ne connaissais encore personne.

« Pauvre chaton, a-t-il dit. Moi aussi, je suis tout seul. »

Je lui ai léché le pouce. C'est à ce moment-là que ça s'est produit. Une lueur très pâle s'est formée sur sa poitrine, à l'endroit où son cœur devait se trouver. La lueur s'est transformée en un cordon qui flottait dans l'air et qui s'est approché de moi. Je me suis débattue, en vain. La lumière qui s'échappait de son cœur m'a entouré le cou, mais ça n'a pas fait mal. Ça nous a simplement liés l'un à l'autre. Je ne sais pas si lui aussi l'a senti – j'aime à penser que oui.

Après ça, il m'a ramenée chez lui. Une jolie maison toute tiède où je peux passer mes journées à dormir et à me faire caresser. Je n'ai même pas à regarder dehors si je n'en ai pas envie ! Toutes les fenêtres sont recouvertes de planches. Ted a fait de moi une chatte d'intérieur et depuis, je n'ai plus jamais eu à m'inquiéter de rien. C'est notre maison rien qu'à nous et personne d'autre n'a le droit d'y pénétrer. À part Nocturne, bien sûr, et aussi les garçons verts et Lauren. Pour tout vous avouer, je me passerais bien de la compagnie de certains.

J'imagine que je devrais nous décrire. C'est ce qu'on fait quand on raconte une histoire. Pas facile. Je n'arrive jamais à distinguer les teds des autres teds à la télévision. Je ne sais pas quels détails sont significatifs. Je dirais que mon ted est un peu de la même couleur que le sable. Il a des morceaux de fourrure rousse sur le visage et une crinière plus épaisse sur la tête, mais plus foncée, comme du bois verni.

Quant à moi, Ted m'appelle toujours « chaton » ou « toi ». Mais mon vrai nom, c'est Olivia. J'ai une étroite bande blanche sur le poitrail qui fait ressortir mon manteau noir charbon. Ma queue est longue et fine, comme une baguette. Et j'ai des oreilles assez larges, taillées en pointes et capables de pivoter. Elles sont aussi très sensibles. Enfin, j'ai des yeux en amande verts comme des olives. Je pense qu'on peut affirmer sans risque que je suis belle.

Avec Ted, parfois on forme une vraie équipe et, parfois, on se dispute. C'est comme ça. À la télé, ils disent qu'il faut accepter tous les teds et tous les chats tels qu'ils sont, mais moi, je trouve qu'il faut aussi savoir fixer des limites. C'est important, les limites.

Bon, ça suffit pour aujourd'hui. Les sentiments, c'est très fatigant.

Je me réveille de ma sieste en sursaut, la faute à un carillon lointain, ou peut-être à une voix suraiguë.

Je secoue la tête pour dissiper les vestiges de mon rêve. Mais le bruit continue. Est-ce qu'il y a quelque part une minuscule créature en train de chanter ? Ça ne me plaît pas du tout. *IiiiiiiIIIIiiiii.*

Le tapis orange – comme le soleil couchant sur la mer – est très agréable sous mes coussinets, c'est un peu comme marcher sur de minuscules pilules molles. Par les trous dans les planches, la lumière s'insinue et forme de petits disques d'un rouge profond sur les murs. Avec Ted, on trouve que c'est une très belle couleur. Comme quoi, il y a des points sur lesquels on est d'accord ! Il y a le fauteuil inclinable de Ted, dont le cuir élimé brille au niveau de l'appuie-tête et des accoudoirs. Un pansement de Scotch argenté recouvre le trou à l'endroit où il a enfoncé un couteau pointu pendant une course de moto-cross. Dans cette pièce, j'aime tout, à part deux choses qui sont posées sur le rebord de la cheminée, à côté de la boîte à musique.

La première chose que je déteste s'appelle une poupée russe. Elle contient à l'intérieur une poupée identique mais plus petite, qui contient elle-même une poupée identique mais plus petite, et ainsi de suite. Quelle horreur ! Des prisonnières. Je les imagine hurlant dans le noir, incapables de bouger ou de parler. La poupée a un gros visage rond et arbore un grand sourire. À croire qu'elle est ravie de garder ses filles captives.

La deuxième chose que je déteste, c'est le portrait sur la cheminée. Les Parents, qui regardent la pièce derrière la plaque de verre. Tout dans cette photo me déplaît. Le cadre est large et argenté, avec un motif de grappes de raisin, de fleurs et d'écureuils. C'est répugnant. Les têtes des écureuils semblent avoir fondu.

Comme si quelqu'un avait versé de l'argent en fusion dessus et avait attendu que ça refroidisse. Mais le pire, c'est l'image elle-même. En fond, un lac noir et vitreux. Au premier plan, deux personnes debout sur une plage de sable. Leurs visages, deux trous donnant sur le néant. Les Parents n'étaient pas gentils avec Ted. Chaque fois que je m'approche de cette photo, je sens ces deux âmes sombres qui essaient de m'attirer vers elles.

En revanche, j'aime beaucoup la boîte à musique. La petite dame se tient toute droite, les bras tendus comme pour toucher le ciel.

IiiiiIIIiiii. Le bruit aigu ne vient pas des Parents. Je lève la queue et leur présente mon derrière.

Le vélo rose est renversé au milieu du salon, ses roulettes stabilisatrices tournant imperceptiblement. Lauren. Elle est la petite ted de Ted. À moins qu'elle n'appartienne à un autre ted et que Ted la garde simplement de temps en temps ? J'ai oublié. Son odeur reste sur le tapis, sur l'accoudoir du fauteuil, mais la maison est calme. Elle a déjà dû partir. Tant mieux. N'empêche qu'elle pourrait ranger son vélo, bon Dieu ! Oups. D'habitude, je fais attention à ne pas jurer – ha, ha ! c'est faux ! Mais quand même, je m'efforce de ne pas blasphémer le saint nom de Dieu.

Quand Lauren rend visite à Ted, je vais dans ma caisse. Dedans, il y a de la place pour mes pensées. Il fait toujours noir, c'est agréable. Je suis sûre que le Seigneur ne serait pas d'accord avec moi, mais je trouve les petits teds horribles. On ne sait jamais ce qu'ils vont faire. En plus, Lauren a un « problème psychiatrique » ; je ne connais pas tous les détails, mais, visiblement, être effrontée et faire tout le temps du bruit font partie des symptômes. Les chats sont sensibles au bruit. On voit avec nos oreilles et notre truffe. Et aussi avec nos yeux, évidemment.

Dans la cuisine, ma caisse se trouve contre le mur. Je colle mon oreille au flanc bien frais, mais le son ne semble pas venir de l'intérieur. Ted a encore empilé ses poids sur le dessus, alors je ne peux pas aller vérifier. Décevant. Lauren a laissé tout un tas de griffonnages maladroits sur le tableau blanc à côté du réfrigérateur. *Bla, bla, bla*, a-t-elle écrit. *Ted est Ted. Olivia est un chat.* Quelle fine observatrice. Elle ira loin. Le réfrigérateur émet ses gargouillis, le robinet goutte. Rien à voir avec le bruit aigu dans mes oreilles, qui refuse de s'arrêter.

Dans la pièce avec tous les vrombissements, les choses sont en ordre, les placards fermés. J'entends les machines ronronner doucement derrière les portes verrouillées. Téléphone portable, ordinateur, imprimante. On dirait qu'ils sont vivants, et j'ai toujours l'impression qu'ils vont me parler, mais ils ne le font jamais.

Le petit carillon ou la voix aiguë continue. Ce ne sont pas non plus les machines qui en sont à l'origine.

Je monte à l'étage. J'adore gravir l'escalier – la situation m'apparaît toujours meilleure quand je grimpe. J'aime aussi faire la sieste sur la marche qui se trouve pile au milieu. Ça me donne l'impression de flotter dans l'air. La moquette sur les marches est noire, le camouflage parfait. Il arrive que Ted trébuche sur moi. Il boit trop.

C'est bizarre, je me déplace de pièce en pièce, mais le son garde la même intensité. Je passe devant la porte du grenier et prends soin de bien la contourner. Sale endroit.

Dressée sur mes pattes arrière, j'actionne la poignée de la porte de la chambre. Un gros *clic* et le battant s'écarte (qu'est-ce que j'aime les portes). Sur le lit de Ted trônent cinq ou six rouleaux de chatterton. Il faut dire qu'il achète ce truc au mètre. Je ne sais vraiment pas pourquoi il en a besoin d'autant. Je lèche l'adhésif – un goût fort et collant. Le *iiiiioooоiiiii* murmure toujours à mon oreille. Ça m'agace, ça m'agace. Il y a un côté métallique – je me demande si ça ne viendrait pas d'un tuyau.

Dans la salle de bains, je saute sur le lavabo pour vérifier les robinets. Aucun bruit n'en émane, à part l'écho de mon souffle. Je lèche l'embout métallique et renifle la crasse qui recouvre les bords de la vasque. Ted n'est pas un ted très propre. Sa salle de bains ne ressemble pas à celles qu'on voit à la télévision.

La porte du placard à pharmacie est ouverte. Les flacons forment de longues rangées sur les étagères. Je passe le bout de ma queue dessus et donne un petit coup. Les flacons tombent par terre, vomissant leurs pilules. Roses, blanches, bleues. Ted ne les referme jamais correctement, parce qu'ils sont équipés de bouchons de sécurité et qu'il n'arrive pas à les ouvrir quand il est ivre. Les cachets sont tous mélangés sur le carrelage sale. Quelques-uns ont atterri dans une flaque, vestige de la douche de ce matin. L'eau se teinte déjà de rose. De la patte, je chasse une gélule verte et blanche dans la pièce.

IIIIoooоiiiii. La chanson aiguë. C'est un message, je le sais, et j'ai l'impression qu'il m'est exclusivement destiné. Mais il faut que je mette mon enquête sur pause, parce qu'*elle* va arriver d'une seconde à l'autre.

Je suis liée à Ted par le cordon et je dois m'occuper de lui – telle est la volonté du Seigneur –, mais il ne faut pas croire : j'ai une vie à côté ! J'ai des passions. Enfin, une passion. *Elle* va arriver et je suis très excitée.

Je dévale les marches, contourne le vélo rose, passe derrière le canapé, laissant des traces de pattes dans la poussière, et m'approche de la fenêtre. Je ne peux pas m'empêcher d'avoir peur d'être en retard, alors que je sais pertinemment que ce n'est pas le cas : les disques de lumière sur le mur sont pile à la bonne hauteur. Je saute sur la table verte en macramé. Si je me perche sur les pattes arrière et m'étire juste ce qu'il faut, je peux atteindre un des trous qui donnent sur le chêne et, derrière, sur la rue. Le cordon flotte dans mon dos, d'une belle lumière argentée.

Les autres ouvertures sont à hauteur de ted ; je suis trop petite. Ce trou est mon seul moyen d'apercevoir l'extérieur. Il n'est pas grand, de la taille d'une pièce de monnaie. À travers, on ne voit pas grand-chose : un morceau de tronc tordu, quelques branches nues (c'est l'hiver) et, derrière, deux ou trois mètres de trottoir. Alors que je scrute la rue, les nuages gris se crèvent et des flocons commencent à tomber en silence. Bientôt, le trottoir a disparu sous une couche de neige et une étroite ligne blanche s'accroche à chaque branche.

Ce morceau de monde, c'est tout ce que je connais. Est-ce que ça m'embête ? Est-ce que sortir me manque ? Pas du tout. C'est dangereux, dehors. Et tant que je peux la voir, ça me suffit largement.

J'espère que Ted ne va pas décider un jour de déplacer la table en macramé. Ce serait bien son genre.

Je serais obligée de me mettre vraiment en colère, or je déteste être en colère.

Si elle ne vient pas, j'attendrai. Patience et endurance, la définition même de l'amour. C'est le Seigneur qui me l'a enseigné.

Son odeur délicieuse la précède, traversant l'atmosphère. Elle apparaît à l'angle et avance de sa démarche gracieuse. Comment la décrire ? Elle est rayée, comme un petit tigre poussiéreux. Ses yeux jaunes sont de la même couleur qu'une pomme bien mûre, ou que du pipi. Ce que je veux dire, c'est qu'ils sont magnifiques. Elle est magnifique. Elle s'arrête, s'étire d'un côté, puis de l'autre, exhibant ses longues griffes noires. Elle cligne des yeux chaque fois qu'un flocon se pose sur sa truffe. Il y a quelque chose d'argenté qui dépasse de sa bouche, une queue, peut-être. Un poisson – une sardine ou un anchois. Je me suis toujours demandé quel goût avait le poisson. Moi, je n'ai droit qu'à des tranches de fromage industriel, des restes de nuggets au poulet ou des morceaux de viande que Ted a achetés au rayon discount du supermarché. Quand vraiment j'ai très faim, je demande à Nocturne de chasser pour moi. (J'abhorre la violence sous toutes ses formes, mais ce n'est pas moi qui ai créé le monde et, quand il faut manger, il faut manger.)

J'espère que ton poisson est délicieux, lancé-je silencieusement à la chatte tigrée. Je gratte la planche avec ma patte. *Je t'aime.* Le vent se met à mugir, l'air se charge de neige tourbillonnante, et l'amour de ma vie disparaît dans un dernier éclair de noir et d'or. Le spectacle est terminé. Dieu donne et Dieu reprend.

En général, après l'avoir vue, je m'assois et je réfléchis quelque temps. Mais là, le son aigu est de retour, plus fort à présent. Je me gratte frénétiquement l'oreille avec la patte jusqu'à avoir mal, mais ça ne change rien. D'où vient ce fichu bruit ? *OOooooiiiiooooii.* Ça ne s'arrête jamais. Je ne peux rien faire tant qu'il y a cette chose dans mon oreille. C'est comme un réveil qui sonne. Mais pire, parce qu'on dirait qu'il est à l'intérieur de moi et qu'il n'y a aucun moyen de l'éteindre. Cette idée me met mal à l'aise. Pourquoi ce réveil sonne-t-il ? C'est l'heure de quoi ? J'ai besoin de conseils.

Alors je vais chercher ma bible. Je dis ma bible parce que je me la suis appropriée, mais je crois qu'elle appartenait à la mère de Ted. Sauf que celle-ci est partie, et tant qu'elle n'est pas revenue, je ne vois pas où est le mal. Les pages sont fines et murmurantes, comme des pétales séchés. Il y a des dorures sur la couverture qui attirent l'œil comme un secret. Ted la pose toujours sur une table très haute et très étroite du salon. Il ne l'ouvre jamais. Franchement, c'est du gâchis. Le livre commence à être un peu cabossé, mais il faut bien que je fasse mes dévotions.

Je saute sur la table étroite. C'est la partie amusante, parce que j'ai tout le temps l'impression que je vais tomber. Je m'efforce de trouver un équilibre précaire et, d'une patte, je pousse délicatement le livre jusqu'à ce qu'il bascule dans le vide.

Il s'écrase au sol avec fracas et s'ouvre. J'attends, parce que ce n'est pas encore terminé ; quelques instants plus tard, la maison tremble et un grondement s'élève du sol. La première fois, j'ai poussé un miaulement apeuré et j'ai couru me réfugier sous le canapé. Mais j'ai fini par comprendre que c'est Sa manière de me dire que ce que je fais est bien.

D'un bond, je regagne le plancher et le Seigneur oriente mon regard en direction du verset qu'Il veut me montrer.

Bien-aimés, aimons-nous les uns les autres ; car l'amour est de Dieu et quiconque aime est né de Dieu et connaît Dieu.

C'est si vrai que j'en tremble. J'aime mon ted, ma chatte tigrée, ma maison, ma vie. J'ai beaucoup de chance.

Quand je tombe sur un verset qui me plaît, comme celui que je viens de lire, j'essaie de le mémoriser. Mais c'est parfois difficile de garder des phrases tout entières dans ma tête. C'est un peu comme renverser un gobelet rempli de billes sur du carrelage : les mots ont tendance à se disperser dans le noir.

Le livre n'est qu'un guide, en réalité. Je crois que le Seigneur est différent pour les chats. Il préfère s'adresser à nous directement. Parce qu'on ne voit pas les choses de la même manière que les teds.

Je m'installe sur le canapé dans un disque de lumière et tourne délibérément le dos à la bible, ainsi Ted saura que ce n'est pas moi qui l'ai fait tomber. J'ai l'impression que le bruit aigu s'est un peu atténué.

Pourquoi ai-je un mauvais pressentiment ? Qu'est-ce qui ne va pas ? Le passage de la Bible était pourtant on ne peut plus positif. Peu importe, depuis le temps, j'ai compris que dans la vie, si on a un problème, le plus simple est de dormir jusqu'à ce qu'il disparaisse.

Ted

Ça fait quelque temps que je me dis que je devrais enregistrer certains souvenirs que j'ai de maman. Comme ça, même si moi je disparais, eux ne disparaîtront pas. Je ne veux pas qu'on l'oublie. Le problème, c'est que c'est très difficile d'en choisir un. La plupart de mes souvenirs contiennent des secrets.

Je sais ! Et si je racontais la journée au lac ? Il n'y a pas de secret dans cette histoire. Au début, je n'arrive pas à remettre la main sur l'appareil pour enregistrer ; j'étais pourtant sûr de l'avoir laissé dans la cuisine. Finalement, après une fouille minutieuse, je le retrouve derrière le canapé du salon. Bizarre. Que voulez-vous ? Mon cerveau a un fonctionnement à part.

Bon. Alors c'est comme ça que j'ai découvert mon amour des oiseaux. C'était l'été et on avait décidé de passer la journée au lac. J'avais six ans. Je n'ai pas beaucoup de souvenirs de cette époque, mais celui-là, je me le rappelle bien.

Maman portait sa robe bleu foncé, sa préférée. Le tissu voletait dans le courant d'air chaud qui entrait en sifflant par la vitre entrouverte. Elle avait ramené ses cheveux en chignon, mais quelques mèches blanches s'étaient échappées et lui fouettaient la nuque. Papa conduisait ; son chapeau formait une chaîne de montagnes noires devant la lumière. Moi, j'étais allongé sur le dos sur la banquette arrière et je regardais défiler le ciel.

« Est-ce que je pourrais avoir un petit chat ? » j'ai demandé, comme je le faisais souvent.

Peut-être que je me suis dit qu'en la prenant par surprise, j'obtiendrais une réponse différente.

« Pas d'animaux à la maison, Teddy, elle a rétorqué. Tu sais ce que j'en pense. C'est très cruel de maintenir des êtres vivants en captivité. »

On entendait bien qu'elle n'était pas d'ici. Sa voix avait gardé des traces à peine perceptibles du pays de son père : une façon de prononcer les R avec la gorge. Mais c'était surtout son attitude, comme si elle s'attendait à tout moment à recevoir un coup par-derrière.

« Papa ? j'ai insisté.

— Tu as entendu ta mère. »

Les larmes me sont montées aux yeux, mais je les ai retenues. Je ne voulais pas qu'elle me dise que j'étais pénible. J'ai caressé l'air avec ma main en imaginant que je sentais sous mes doigts une fourrure toute douce, une petite tête bien dure surmontée de deux oreilles pointues. J'avais toujours voulu avoir un chat. Et maman avait toujours refusé. (Aujourd'hui, je ne peux pas m'empêcher de me demander si elle était au courant de quelque chose que je ne savais pas, si elle était capable de voir l'avenir, comme une zébrure rouge à l'horizon.)

En approchant du lac, on sentait dans l'air l'odeur de l'eau profonde.

Il était tôt mais la plage était déjà peuplée de familles, avec des serviettes étendues partout sur le sable blanc. Au-dessus de la surface de l'eau, des nuées d'éphémères formaient de petits nuages noirs. Le soleil matinal tapait fort et me picotait la peau comme du vinaigre.

« Ne retire pas ton tricot, Teddy », m'a dit maman.

Il avait beau faire chaud, je savais qu'il valait mieux éviter de la contredire.

J'ai joué avec papa dans l'eau. Maman était assise sur sa chaise, la main posée sur le pied du parasol bleu clair, dont la frange s'agitait dans l'air. Elle ne lisait pas. Elle regardait à travers la forêt, la plage et l'eau, quelque chose qu'elle seule pouvait voir. On aurait dit qu'elle rêvait ou qu'elle montait la garde. Quand j'y repense, je crois que c'était un peu des deux.

Le magasin de souvenirs vendait des porte-clés en pin. Ils étaient magnifiques, en forme de chiens, de poissons, de chevaux… Les petits animaux qui ballottaient doucement dans la brise m'observaient avec leurs yeux en bois, leurs anneaux argentés reflétant la lumière. Les doigts ridés par l'eau, je me suis mis à fouiller l'étalage. Et là, tout au fond, je l'ai trouvée : une petite chatte absolument parfaite, assise bien droit, les pattes rapprochées. Sa queue en forme de point d'interrogation, ses oreilles délicates. Le sculpteur avait travaillé les nœuds et le grain du bois pour donner l'illusion d'une fourrure soyeuse. Je mourais d'envie de l'avoir. J'avais le sentiment que nous étions faits l'un pour l'autre.

La main de maman est tombée sur mon épaule.

« Repose ça, Teddy.

— Mais ce n'est pas un vrai ! j'ai protesté. C'est juste un morceau de bois, je pourrais le garder à la maison.

— C'est l'heure de déjeuner. Viens. »

Elle m'a noué une serviette autour du cou et m'a tendu une cuillère et deux petits pots avec une étiquette bleu et blanc – l'un contenait une purée de carottes, l'autre de la compote de pommes. Moi, j'imaginais que tout le monde nous observait, même si c'était probablement faux. Autour de nous, les autres enfants mangeaient des hot-dogs et des sandwichs. Maman a suivi mon regard.

« Ces trucs sont pleins de gras et de conservateurs, a-t-elle déclaré. Nous, notre déjeuner est sain et équilibré. Il y a toutes les vitamines dont tu as besoin dans ces petits pots. Et en plus, ils ne coûtent pas cher. »

Elle avait parlé de sa voix d'infirmière, un peu plus grave que sa voix normale et avec les syllabes bien détachées. À son travail à l'hôpital, maman s'occupait d'enfants malades, alors elle savait de quoi elle parlait. De toute façon, quand elle prenait sa voix d'infirmière, il n'y avait pas à discuter. Papa, lui, était entre deux boulots. Il était tombé dans un trou tout noir et il n'arrivait pas à en sortir. Assis à côté de nous, il mangeait ses pruneaux et son riz au lait sans un mot. Les petits pots avaient l'air minuscules dans ses grosses mains brunes. Au bout d'un moment, il a sorti sa Thermos de café.

Pas très loin, une femme rouge et impatiente était occupée à nourrir un bébé. L'étiquette du pot était bleu et blanc. Avec un frisson d'horreur, j'ai compris que le bébé mangeait le même riz au lait que mon père.

« Cache vite le pot ! je l'ai supplié. Les gens vont nous voir ! »

Maman m'a dévisagé, en silence. Puis elle s'est tournée vers papa et, d'une voix douce, elle lui a dit :

« Finis ton déjeuner. »

Après le repas, maman a rangé les petits pots les uns à côté des autres dans la glacière.

« Tu sais d'où je viens, Teddy.

— De Locronan, j'ai répondu. C'est en Bretagne, et la Bretagne, c'est en France. »

C'était tout ce que je savais. Maman ne parlait jamais de cet endroit.

« Il y avait un garçon dans mon village... »

Son regard s'était perdu de l'autre côté du lac, et j'avais l'impression que ce n'était plus à moi qu'elle s'adressait.

« Ses parents étaient morts de la grippe espagnole, pendant la grande épidémie qui avait décimé la région. Nous, on lui donnait tout ce qu'on pouvait, même si on n'avait pas grand-chose. Il dormait dans notre grange, avec l'âne et les moutons. Je ne me souviens plus de son vrai nom, mais, dans le village, on l'appelait Pemoc'h, parce qu'il dormait au même endroit que les cochons. Tous les matins, Pemoc'h se présentait à la porte de la cuisine. Je lui donnais un verre de lait et un quignon de pain. Parfois, il avait droit à un bol avec la graisse du rôti du dimanche. Je lui mettais aussi de côté nos restes, les fanes de navet, les œufs fêlés, qu'il revenait chercher le soir. Il me remerciait toujours trois fois. "Trugarez, trugarez, trugarez." C'est quelque chose

qui m'a marquée. Parfois, il avait tellement faim que, quand il prenait la nourriture que je lui donnais, il avait les mains qui tremblaient. En échange de cette maigre pitance, ce garçon passait la journée à travailler aux champs pour mon père. Ça a duré comme ça pendant des années et ses remerciements venaient toujours du fond du cœur. Il était reconnaissant, ce garçon. Il savait la chance qu'il avait. »

Soudain, maman s'est levée et a annoncé :

« Je vais faire mes trente minutes. »

Papa a acquiescé. Elle s'est éloignée, sa robe bleue se mêlant au bleu du ciel. Maman n'avait jamais trop chaud.

Malgré le café, papa s'est endormi, son chapeau sur le visage. Il dormait beaucoup, depuis quelque temps. On aurait dit que chaque moment éveillé l'épuisait. La femme rouge nous fixait du regard ; elle avait remarqué que nous mangions tous les trois des petits pots pour le déjeuner. J'ai essayé de me dire que si elle était rouge, c'était parce qu'elle avait été grièvement brûlée et qu'elle allait bientôt mourir. J'ai souhaité sa mort de toutes mes forces mais, évidemment, ça n'a rien donné. De l'autre côté du lac, à l'endroit où la forêt arrivait jusqu'à l'eau, des canetons s'amusaient. Papa ronflait. Il n'était pas censé dormir pendant qu'il me surveillait.

Car pas très longtemps avant, aux abords de ce lac, un jeune garçon avait disparu. Le week-end, il arrivait que des animateurs du foyer voisin amènent des enfants se baigner – peut-être que c'est toujours le cas, d'ailleurs –, mais, ce jour-là, au moment du départ, un des garçons manquait à l'appel. Il m'arrivait de jouer à me faire peur en imaginant ce qui avait pu lui arriver. Peut-être qu'il avait suivi un joli oiseau rouge, ou un chevreuil, jusqu'à se retrouver hors de vue, à l'endroit où le lac était bordé de falaises. Quand il avait trébuché et qu'il était tombé dans l'eau froide, personne n'avait entendu ses appels à l'aide. Ou bien il s'était aventuré sous la vaste canopée verte de la forêt, jusqu'à ce que son esprit devienne vert, qu'il se fonde dans la lumière tamisée et qu'il se transforme en quelque chose d'autre qu'un garçon. En réalité, le plus probable était qu'il avait fait de l'auto-stop pour se rendre dans la grande ville la plus proche. C'était un garçon à problèmes, tout le monde le disait.

« Tiens, Teddy. »

Maman m'avait effleuré la tête du bout des doigts, mais j'ai sursauté en poussant un cri comme si elle m'avait frappé. Elle m'a glissé quelque chose dans la main, j'ai plissé les yeux à cause du soleil qui m'aveuglait et j'ai vu ce que c'était. La petite chatte en bois était là, nichée contre ma paume.

La vague de joie qui a déferlé sur moi était si puissante que ça m'a presque fait mal. J'ai caressé le dos de la chatte avec mon index.

« Coucou, chaton ! Coucou, petit chaton !

— Est-ce que ça te plaît ? m'a demandé maman, et j'ai entendu le sourire dans sa voix.

— Oh oui, je l'adore ! Je vais bien m'occuper d'elle. »

Soudain, un frisson d'angoisse a traversé mon bonheur.

« Est-ce que c'était cher ? » j'ai soufflé.

Je savais qu'on était pauvres, à cette époque, et je savais aussi que je n'étais pas censé le savoir.

« Ne t'inquiète pas pour ça, enfin ! m'a sermonné maman. Est-ce que tu vas lui donner un nom ?

— Elle s'appelle Olivia. »

Je trouvais ça à la fois élégant et mystérieux, parfaitement adapté à ce chat en bois.

Cette folie que maman avait faite semblait avoir mis du baume au cœur à tout le monde. J'ai passé le reste de l'après-midi à jouer avec Olivia sans me soucier de ce que les autres gens pensaient de nous. Maman chantonnait, et même papa souriait et s'amusait à marcher bizarrement, à se prendre les pieds dans son lacet et à s'écrouler dans le sable.

Une des règles de maman, c'était qu'il fallait toujours profiter à fond d'une sortie, alors on est restés sur la plage jusqu'à ce que presque tout le monde soit parti. Quand on a enfin levé le camp, les ombres s'allongeaient, les collines commençaient à grignoter le soleil et il y avait des chauves-souris qui voletaient entre les arbres. La voiture, qui avait passé la journée en plein soleil, était une véritable fournaise, alors papa a dû étendre une serviette sur la banquette arrière pour que je puisse m'asseoir sans me brûler les fesses. Avant de m'installer, j'ai pris soin de ranger Olivia dans la poche de mon pantalon.

« Je vais conduire, a annoncé maman d'une voix douce en regardant papa. Tu as fait l'aller, je peux bien faire le retour.

— Tu es une reine parmi les femmes », a répondu papa en lui caressant la joue.

Maman a souri, avec toujours le même regard lointain. Ce n'est que plusieurs années plus tard que je me suis rendu compte qu'elle ne laissait jamais papa prendre le volant l'après-midi, lorsqu'il avait commencé à boire sa Thermos de café et à faire ses démarches rigolotes.

La voiture ronronnait dans la nuit tombante, je me sentais heureux. Tout était doux, à l'intérieur de moi et à l'extérieur. Seuls les enfants peuvent éprouver ce sentiment de sécurité ; je le sais, maintenant. À un moment, j'ai dû m'assoupir parce que le réveil m'a fait l'effet d'une claque.

« On est arrivés ? j'ai murmuré.

— Non », a répondu maman.

J'ai relevé la tête, encore à moitié endormi, et j'ai regardé par la vitre. À la lueur des phares, j'ai vu qu'on était garés sur le bord d'un chemin forestier. Pas de trottoir, pas d'autres voitures, pas de passants, rien. De longues fougères caressaient le pare-brise, telles des plumes d'autruche. Et derrière, il y avait les bruits et les odeurs des arbres, et des insectes nocturnes qui faisaient des drôles de sons, comme des tic tic tic.

« On est tombés en panne, maman ?

— Sors de la voiture, Teddy, m'a-t-elle ordonné en se retournant vers moi.

— Qu'est-ce que tu fais ? » a demandé papa.

Il y avait de la peur dans sa voix, même si, à l'époque, je n'en avais pas conscience. Tout ce que je savais, c'était que le ton qu'il avait employé me dégoûtait.

« Rendors-toi », a dit maman.

Puis, se tournant à nouveau vers moi :

« Allez, dépêche-toi, Teddy, s'il te plaît. »

Dehors, l'air faisait comme du coton mouillé contre ma joue. Je me sentais tout petit dans cette obscurité immense. D'un autre côté, il y avait quelque chose d'excitant à se retrouver avec maman dans la forêt en pleine nuit. Maman n'a jamais fait les choses comme tout le monde. Elle m'a pris par la main et on s'est éloignés de la voiture, de la lumière, pour s'enfoncer à travers les arbres. Dans le noir, je ne voyais que sa robe. On aurait dit une créature marine flottant au-dessus du plancher océanique.

Dans la forêt, même les choses familières semblaient étranges. En entendant le crépitement constant de la nuit, j'avais l'impression d'être enfermé dans un cachot à écouter l'eau goutter du plafond. Les branches qui grinçaient devenaient les membres couverts d'écailles de monstres en train de s'étirer. Les brindilles qui s'accrochaient à mes vêtements étaient les doigts squelettiques d'une créature qui cherchait à m'attraper – une créature qui avait peut-être été un enfant, jadis, avant de s'aventurer dans la lumière verte pour ne jamais revenir. J'ai commencé à avoir peur. J'ai serré la main de maman, qui a pressé la mienne en retour.

« Je vais te montrer quelque chose d'important, Teddy. »

Sa voix était normale, comme si elle m'annonçait la composition du petit pot que j'avais mangé à midi. Ça m'a rassuré. Mes yeux se sont adaptés à l'obscurité et j'ai commencé à percevoir des lueurs un peu partout, comme si l'atmosphère elle-même était lumineuse.

On s'est arrêtés sous un immense sapin.

« Ici, ce sera très bien », a annoncé maman.

Au loin, à travers les branches frémissantes, je distinguais toujours le vague halo des phares de la voiture.

« Je t'ai acheté ce chat, aujourd'hui », a déclaré maman.

J'ai acquiescé.

« Est-ce qu'il te plaît ?

— Oui, j'ai répondu.

— À quel point ?

— Je l'aime plus que... plus que la glace à la vanille. »

Je ne voyais pas trop comment expliquer les sentiments que j'éprouvais à l'égard de cette chatte en bois.

« Est-ce que tu l'aimes plus que tu aimerais que papa trouve un travail ? m'a-t-elle demandé. Dis la vérité.

— Oui, j'ai murmuré après quelques secondes de réflexion.

— Tu vois la petite fille dont je m'occupe à l'hôpital, celle qui a un cancer ? Est-ce que tu aimes ce chat plus que tu voudrais qu'elle guérisse ?

— Non », j'ai répondu.

Il ne fallait pas exagérer ! Et puis, l'alternative aurait fait de moi un garçon très très vilain.

Maman a posé une main glaciale sur mon épaule.

« Dis la vérité », a-t-elle insisté.

J'avais l'impression d'avoir la gorge remplie de poignards. J'ai hoché la tête.

« J'aime plus le chat, j'ai soufflé.

— C'est bien. Tu es un enfant honnête. Maintenant, sors le porte-clés de ta poche et pose-le par terre, juste ici. »

Le plus délicatement possible, j'ai posé la petite chatte en bois sur un carré de mousse au pied du sapin. Je ne voulais pas la lâcher, même pas pour une seconde.

« Et maintenant, on retourne à la voiture. Il est temps de rentrer. »

Maman a tendu la main. Je me suis baissé pour ramasser Olivia, mais les doigts de maman ont fait comme une menotte autour de mon poignet.

« Non. Le chat reste ici.

— Mais pourquoi ? »

J'ai tout de suite pensé à cette pauvre Olivia, toute seule dans le noir et dans le froid, à la pluie qui allait la mouiller et la faire pourrir, aux écureuils qui allaient dévorer sa jolie petite tête.

« Vois ça comme un entraînement, m'a dit maman. Parce que tout dans la vie est une préparation au deuil. Et ça, il n'y a que les gens intelligents qui le savent. Un jour, tu me remercieras. »

Après ça, elle m'a traîné jusqu'à la voiture. Autour de moi, le monde était complètement flou. Je pleurais tellement que j'avais l'impression que ma poitrine allait exploser.

« Je veux que tu savoures la puissance de ce sentiment, a-t-elle ajouté. Quand on quitte quelque chose qu'on aime. On se sent fort, tu ne trouves pas ? »

Les étoiles lumineuses des phares se sont rapprochées, puis j'ai entendu claquer la portière de la voiture. Mon père dégageait une odeur de clafoutis aux prunes et de transpiration. Il m'a serré fort dans ses bras.

« Où est-ce que vous êtes allés ? a-t-il demandé à maman. Qu'est-ce qui se passe ? Pourquoi il pleure comme ça ? »

Papa a fait pivoter ma tête d'un côté puis de l'autre, pour vérifier que je n'avais pas reçu de coup.

« Pas la peine d'en faire tout un plat, a rouspété maman avec dans la voix un peu de l'infirmière. On a essayé de trouver une chouette à observer ; il y en a qui nichent dans le coin. Teddy a fait tomber son porte-clés et, dans le noir, on n'a pas réussi à remettre la main dessus. D'où les larmes.

— Oh, mon pauvre petit gars, a dit mon père. Allez, ce n'est pas si grave... »

Ses bras autour de moi ne m'ont été d'aucun réconfort.

Je n'ai plus jamais demandé à avoir un chaton. Je me suis même convaincu que je n'en voulais plus. Parce que si je l'aimais, je serais peut-être obligé de l'abandonner dans la forêt. Ou un jour, il mourrait, et ce serait presque pareil.

Tout ça pour dire que maman a commencé à me préparer pour son départ des années avant qu'il survienne. Je la comprends mieux, aujourd'hui. Maintenant que, moi aussi, je suis père, je sais à quel point on peut s'inquiéter pour son enfant. Parfois, quand je pense à Lauren, j'ai tellement peur que je me sens presque transparent, comme une vitre.

Quand on est arrivés à la maison, maman m'a fait couler un bain, puis elle m'a déshabillé et m'a examiné sous toutes les coutures. Elle a trouvé une coupure sur mon mollet qui saignait. Alors elle a sorti sa trousse d'infirmière et elle m'a fait deux points de suture pour refermer la plaie. Elle me cassait, puis elle me réparait, et ensuite elle recommençait – c'était comme ça, avec ma mère.

C'est le lendemain que maman a installé toutes les mangeoires dans le jardin. Il y avait six cylindres grillagés pour les oiseaux les plus petits, fixés à des poteaux pour que les écureuils ne viennent pas voler la nourriture, une espèce de plateau en bois posé à même le sol au fond duquel elle a émietté du fromage, des cabanes miniatures en bois remplies de céréales diverses, des tubes en plastique qui servaient de distributeurs de graines de tournesol, des boules de graisse qui pendaient au bout d'un fil, et même un bloc de sel.

« Les ancêtres des oiseaux étaient des géants, m'a expliqué maman. À une époque, c'étaient eux qui régnaient en maîtres sur la Terre. Mais quand les choses ont tourné au vinaigre, ils ont su devenir petits et agiles, et ils ont appris à vivre dans les arbres. Les oiseaux sont l'illustration parfaite de la ténacité. Ça, ce sont de vrais animaux sauvages, Teddy. Beaucoup plus précieux qu'un porte-clés. »

Au début, j'avais peur de les nourrir ou même de les regarder. J'ai demandé à ma mère :

« Est-ce que tu vas me les prendre, eux aussi ?

— Mais comment voudrais-tu que je fasse ? a-t-elle répliqué, surprise. Ils ne t'appartiennent pas ! »

J'ai compris qu'elle me montrait quelque chose que je pouvais aimer sans crainte.

Mais ça, c'était avant l'incident avec la souris, bien sûr – avant que maman ait peur de moi. Sauf que maintenant, le Meurtrier m'a pris les oiseaux, même si maman m'avait assuré que c'était impossible.

J'ai dû arrêter l'enregistrement parce que je commençais à être tout chamboulé.

Toute cette histoire s'est passée quinze ans avant que la petite fille à la glace au sirop disparaisse aux abords de ce même lac. Le lac, la petite fille à la glace au sirop, le Meurtrier. Je n'aime pas me dire que toutes ces choses sont liées, mais je dois bien reconnaître que l'écho de certains événements résonne dans d'autres. Finalement, peut-être que dans cette histoire aussi, il y a des secrets. En tout cas, pour moi, enregistrer les souvenirs, c'est fini. Ça ne m'a pas plu du tout.

Dee

C'était le deuxième jour des vacances. Leur père s'était trompé une ou deux fois de chemin depuis le départ de Portland, mais l'odeur de l'eau qui imprégnait l'atmosphère avait fini par tous les rassurer : ils touchaient au but.

Dee se rappelle surtout les détails ; la glace au sirop de Lulu qui, en fondant, répandait son liquide verdâtre et collant sur ses petits doigts, la sensation du bâtonnet en bois sur sa propre langue toute violette. Le frottement désagréable du sable qui avait envahi ses chaussures et son short. Sur une serviette voisine était installée une fille qui devait avoir à peu près le même âge qu'elle. Quand leurs regards se sont croisés, la fille a levé les yeux au ciel et enfoncé deux doigts dans sa bouche pour faire mine de vomir. Dee a pouffé. Les vacances en famille, c'était tellement la honte.

Lulu s'est approchée de Dee. Les lanières de ses sandalettes blanches étaient tout entortillées.

« Tu peux m'aider, s'il te plaît, Dee Dee ? »

Les deux sœurs avaient les mêmes yeux que leur mère : les mêmes grands iris marron teintés de vert foncé, les mêmes longs cils noirs. Sauf que ce n'était pas cette ressemblance que voyait Dee chaque fois qu'elle croisait le regard de Lulu, mais le fait que sa sœur était la préférée de ses parents.

« Pas de problème, espèce de gros bébé ! »

Lulu pousse un cri vexé et lui donne un petit coup sur la tête, mais Dee ne lui en tient pas rigueur. Elle désentortille les lanières, remet les sandalettes aux pieds de sa sœur et regagne son affection en lui faisant la grimace du dromadaire. Après quoi elle l'emmène à la fontaine pour boire, mais Lulu rechigne parce que l'eau a un goût de crayon.

« On joue à lire dans les pensées ? » propose Lulu.

C'est son nouveau truc – l'année d'avant, c'était les poneys.

« Si tu veux. »

Lulu s'éloigne de dix pas et, sans quitter Dee des yeux, elle se cache la bouche derrière les mains et se met à murmurer dans ses paumes avec ferveur.

« Qu'est-ce que j'ai dit ? crie-t-elle aussitôt après. Est-ce que tu as entendu quelque chose ?

— Je ne suis pas sûre, mais je crois que oui.

— C'était quoi, c'était quoi ? insiste Lulu, tout excitée.

— Trop bizarre : j'étais là, perdue dans mes pensées et, tout d'un coup, j'ai entendu ta voix dans mon oreille qui disait : "Je suis une peste et ma grande sœur Dee est la plus belle."

— Non ! C'est pas du tout ce que j'ai dit !

— Tu es sûre ? Parce que je te jure que c'est ce que j'ai entendu.

— Tu mens ! proteste Lulu, au bord des larmes. Tu fais rien qu'à tricher, Dee Dee. »

Dee prend Lulu dans ses bras et serre contre elle le petit corps de sa sœur, ses os frêles, sa peau douce réchauffée par le soleil, sa tignasse brune coupée à la garçonne. Lulu déteste avoir chaud à la tête. Quelques semaines plus tôt, elle a même demandé à ce qu'on lui rase intégralement les cheveux. Leur mère a remporté la bataille, mais il s'en est fallu de peu.

Dee s'en veut d'avoir embêté sa sœur.

« C'était pour rire, s'excuse-t-elle. On recommence ? »

Dee met ses mains devant sa bouche et sent la chaleur de son haleine les réchauffer.

« J'adore la nouvelle salopette que j'ai achetée en soldes, murmure-t-elle. Mais je ne pourrai pas la porter avant l'automne, parce qu'il fait trop chaud pour se promener en salopette. »

Dee imagine les mots voler jusqu'aux oreilles de sa sœur. Cette fois, elle a vraiment joué le jeu.

« Tu penses à l'école de danse, dit Lulu. Tu ne rêves que de ça et tu trouves que maman et papa sont méchants.

— Ce n'est pas vrai du tout, fait Dee en baissant lentement les mains.

— Si, je l'ai lu dans tes pensées. Murmure-moi autre chose, Dee Dee. »

À nouveau, la grande sœur colle ses mains à ses lèvres.

« Tu penses à Greg, du cours de maths. Tu veux l'embrasser sur la bouche avec la langue.

— Je le savais ! tonne Dee. Tu as lu mon journal intime, espèce de sale fouineuse. »

Si maman et papa viennent à apprendre l'existence de Greg, du cours de maths, ce sera la crise. Peut-être même remettront-ils en cause l'inscription de Dee au Pacific Ballet Conservatory, où elle doit débuter en septembre. En effet, elle doit leur prouver qu'elle est capable d'avoir un comportement exemplaire. Pas de garçons, de bonnes notes, rentrer à l'heure du lycée et s'occuper de sa sœur.

« Arrête, Dee Dee, t'as pas le droit de me crier dessus. »

La voix de Lulu est montée d'une octave et soudain, elle a l'air beaucoup plus jeune. La petite fille sait qu'elle est allée trop loin.

« Ça suffit, aboie Dee. Tu retournes voir maman et papa. Je ne sais même pas pourquoi je fais des efforts avec toi.

— Non ! Pas tout de suite ! J'ai encore soif et je veux caresser le chaton !

— Tu as déjà bu et il n'y a pas de chat, ici. »

Pourtant, l'espace d'un instant, Dee a cru voir une queue noire en forme de point d'interrogation disparaître derrière une poubelle. Les chats noirs sont censés porter malheur, non ? Ou bien porter chance ?

Lulu regarde sa grande sœur avec des yeux humides.

« Faut pas être méchante avec moi », murmure-t-elle.

Alors qu'elles regagnent la serviette en silence, Lulu glisse sa main dans celle de Dee. Celle-ci ne la repousse pas à cause de tous les gens autour, mais elle attrape les petits doigts le plus mollement possible et ignore la pression de connivence de Lulu, qui grimace, blessée.

Dee éprouve un sentiment de satisfaction. Son cœur bat à toute allure. Elle pense à son journal intime, à la grille d'aération de sa chambre, derrière laquelle elle le cache et qu'elle n'oublie jamais de revisser. Lulu a dû chercher longtemps avant de le trouver. Dee l'imagine prendre un tournevis dans la boîte à outils de papa pour ouvrir la grille, lire ses confidences, puis refermer la grille correctement… Rien que d'y penser, elle a envie de gifler sa sœur, de la voir pleurer. Lulu peut détruire sa vie, si elle veut.

Dee rêve du conservatoire de danse depuis ses cinq ans. Après onze ans d'intenses négociations, ses parents ont fini par céder. C'est un établissement mixte, et Dee n'aura d'autre choix que de vivre dans une chambre sur le campus, un point qui ne manque pas de provoquer des bouffées d'angoisse à ses parents chaque fois qu'il est évoqué. D'ailleurs, Dee les soupçonne presque d'espérer secrètement qu'elle commette une erreur qui remettra tout en cause. Elle se doit donc d'être irréprochable.

« Je ne le dirai pas à papa et maman, Dee Dee, promet Lulu. Je le jure. Et je ne lirai plus jamais ton journal. »

Dee secoue la tête. Évidemment que Lulu finira par parler. Elle ne doute pas de la sincérité de sa petite sœur, mais elle la connaît. Il ne lui reste plus qu'à jeter son journal intime dans une poubelle et soutenir mordicus que Lulu a tout inventé. En espérant que cela sera suffisant.

Lulu s'installe à l'ombre du parasol, aux pieds de maman, qui est endormie avec son magazine serré contre la poitrine. Papa est assis sur la chaise longue au tissu rayé et lit un livre en se frottant régulièrement les yeux. Lui aussi est fatigué.

Lulu se met à jouer avec son seau et sa pelle, très concentrée.

« J'ai trouvé un joli caillou, annonce-t-elle soudain. Tu le veux, Dee Dee ? »

Elle présente l'offrande sur sa main ouverte, les yeux remplis d'espoir. Dee l'ignore et se tourne vers son père.

« Est-ce que je peux aller me baigner ? demande-t-elle.

— D'accord, mais si tu n'es pas de retour dans une demi-heure, j'appelle la police.

— Oui, papa. »

Quand elle a le dos tourné, elle lève les yeux au ciel pour la forme, mais elle est surprise. Son père doit vraiment être épuisé – en temps normal, jamais il ne l'aurait autorisée à s'éloigner sans surveillance.

« Pas si vite, Delilah ! s'exclame soudain sa mère. Emmène ta sœur ! »

Dee étant assez loin pour prétexter n'avoir rien entendu, elle presse le pas, se frayant un chemin entre les serviettes colorées, les parasols et les paravents. Elle ne sait pas ce qu'elle cherche, ni qui elle cherche, mais elle sait qu'il faut qu'elle soit seule pour qu'il se passe quelque chose.

Elle essaye d'imaginer que sa progression au milieu de la foule des vacanciers est une chorégraphie. Chaque pas doit être parfaitement calculé. À son gala de fin d'année, elle a joué le rôle de la Chenille dans *Les Aventures d'Alice au pays des merveilles*, et elle garde en mémoire le moment précis où elle s'est vraiment sentie chenille et où elle a cessé de voir la danse comme un simple enchaînement de déboulés, d'arabesques et de développés. À présent, donc, chacun de ses pas est une pirouette gracieuse la rapprochant d'une grande histoire d'amour. Elle imagine les gens (les garçons) la regarder passer, même si, en réalité, il lui semble que personne ne fait attention à elle. Elle imagine leurs pensées. Qui est donc cette fille aux longs cheveux brillants ? Comme elle semble différente de toutes les autres ! Tellement mystérieuse… Cache-t-elle un secret ? Ce fantasme qu'elle cultive lui permet de laisser un instant ses complexes à la porte : ses fesses qu'elle trouve trop grosses, la forme de son menton qui lui déplaît.

Une fois qu'elle a atteint le rivage, elle s'assoit sur le sable mouillé. Devant elle, une flottille de bambins équipés de brassards barbote dans l'eau peu profonde. Un peu plus loin, derrière les bouées, la surface immobile du lac renvoie une image parfaite, quoique inversée et plus sombre, du ciel et des arbres qui le bordent. Dee se figure des monstres marins tapis sous l'eau verdâtre. Sentant dans l'air une odeur de hamburgers, elle affiche une moue dégoûtée. Depuis quelque temps, elle a décidé qu'elle détestait la nourriture et il lui paraît important de se tenir à ses convictions, ne serait-ce que pour elle-même. Les ballerines ne mangent pas de hamburgers.

« Salut ! »

Quelque chose s'est penché sur elle, projetant une ombre imposante. Puis ce quelque chose s'assoit à côté d'elle dans le sable et prend une apparence humaine. Un garçon. Il est blond, élancé, avec des traces blanches de crème solaire sur sa peau pâle.

« Salut », fait Dee en retour.

Il doit avoir au moins dix-neuf ans. Brutalement, elle se rend compte qu'elle a les mains moites et le cœur qui bat à toute allure. De quoi vont-ils bien pouvoir parler ?

« Je m'appelle Trevor », se présente le nouveau venu en tendant maladroitement la main.

Le geste fait sourire Dee et lui procure une certaine forme de soulagement, car il donne à ce Trevor un côté « garçon bien élevé » qui ne déplairait pas à sa mère. Elle ignore la main tendue (ce qui fait rougir Trevor), hausse un sourcil (ce qu'elle a appris à faire tout récemment) et lui lance :

« Ça boume ?

— Euh, ça va, oui, répond Trevor en essuyant sa main sur son short, comme si c'était ce qu'il avait prévu de faire depuis le début. Est-ce que tu es là en famille ?

— Ouais, mais j'ai réussi à les semer, lâche-t-elle d'un ton détaché, et Trevor sourit timidement.

— Ils sont où ?

— Tout là-bas, à côté du poste de secours. Ils faisaient la sieste et je m'ennuyais.

— Tu es juste avec tes parents ?

— Et ma petite sœur.

— Ah. Elle a quel âge ?

— Six ans. »

Dee n'a aucune envie de continuer à parler de sa famille.

« T'es à la fac ? demande-t-elle à brûle-pourpoint.

— Oui, à l'université de Washington, à Seattle.

— Cool. Moi je suis au Pacific Ballet Conservatory, révèle-t-elle, ce qui est presque vrai.

— Cool », répète Trevor, et elle voit une lueur s'allumer dans ses yeux.

Depuis le temps, elle a compris que les garçons avaient un faible pour les ballerines. Le côté féminin et mystérieux, certainement.

« Tu veux aller prendre une glace ? » propose Trevor.

Dee réfléchit, hausse les épaules, se lève et époussette le sable qu'elle a sur elle. Trevor se lève à son tour et, hésitant, lui dit :

« Euh, tu as un truc sur l'arrière de ton short. »

Dee se retourne. Il y a une tache sombre sur le coton blanc.

« J'ai dû m'asseoir sur une saleté, dit-elle en retirant son tee-shirt pour le nouer autour de sa taille. Tu n'as qu'à partir devant, je te rejoins. »

D'un pas pressé, elle gagne les toilettes pour femmes et constate qu'il y a la queue – des mères qui monopolisent les cabines avec leurs enfants, lesquels ont évidemment tous envie de faire pipi en même temps. Plus le temps passe, plus Dee est nerveuse. Sentant une limace de sang parcourir lentement l'intérieur de sa cuisse, elle attrape une poignée de serviettes en papier pour limiter les dégâts. Au bout d'un moment, elle finit par demander à la femme luisante de transpiration qui attend son tour devant elle :

« Excusez-moi, est-ce que vous auriez une serviette hygiénique, par hasard ?

— Il y a un distributeur, répond la femme en la dévisageant. Juste là, contre le mur. »

Dee quitte sa place dans la queue et s'approche de la machine pour découvrir que celle-ci n'accepte que les pièces de vingt-cinq cents. Elle retourne ses poches ; elle n'a qu'un billet d'un dollar et quelques pièces de dix cents.

« L'une d'entre vous aurait-elle de la monnaie sur un dollar ? s'enquiert-elle.

— Où est ta mère ? l'interroge une femme tenant dans les bras un bébé au visage rougeaud. C'est à elle de s'occuper de toi.

— Est-ce que quelqu'un ici aurait de la monnaie, s'il vous plaît ? »

Dee a pris un ton sarcastique et un peu sec pour ne pas montrer qu'elle est sur le point de pleurer. Une blonde avec un carré plongeant finit par lui tendre quatre pièces de vingt-cinq cents. Malheureusement pour Dee, le distributeur est cassé et n'arrête pas de recracher ses pièces avec un tintement moqueur. Ravalant ses larmes, elle rend son argent à la blonde et se nettoie du mieux qu'elle peut, avant de rincer son short dans le lavabo sous les regards médusés de l'assistance. Pourtant, elle est en maillot de bain, comme tout le monde. Elle remet le tee-shirt autour de sa taille, s'assure qu'il cache bien tout, et reprend sa place dans la queue.

Quand elle rejoint enfin le kiosque du marchand de glaces, Trevor n'est pas là. Elle attend quelques minutes, sans se faire trop d'illusions. Peut-être qu'elle a passé trop de temps aux toilettes et qu'il a perdu patience. Le plus probable étant qu'il n'avait aucune envie d'acheter une glace à une fille qui n'est même pas fichue de savoir quand tombent ses règles.

Elle abandonne le tee-shirt sur la plage et patauge entre les enfants à brassards jusqu'à avoir de l'eau aux genoux, à mi-cuisses, à la taille. Tout de suite, elle se sent mieux – cachée. Sous le soleil écrasant, le changement de température lui fait l'effet d'une chute dans le vide, d'un choc qui lui procure des frissons tout le long de la colonne vertébrale. Du bout des doigts, elle caresse le miroir brisé de la surface, la peau du lac. Celui-ci est comme une bête qui se meut très lentement. Dee continue à avancer, ne s'arrêtant que lorsque son menton se retrouve immergé et que les vaguelettes menacent de faire décoller ses pieds du fond caillouteux. Ses crampes sont presque agréables, désormais, avec la fraîcheur de l'eau, le soleil et le brouhaha lointain de la foule des vacanciers qui roule sur l'eau depuis la plage. Soudain, le fait que le garçon n'est pas revenu n'a plus d'importance. Dee se contente largement de la compagnie de son propre corps, qui, depuis quelque temps, adopte des comportements nouveaux et très surprenants, comme un ami qu'on ne connaît pas encore très bien. Tous ces changements ont quelque chose de fascinant. Douleur et plaisir ont de nouveaux visages, et Dee est un récit en cours d'écriture. Elle ferme les yeux pour savourer la douceur du froid et profiter de tous ces bouleversements qui s'opèrent en elle.

Soudain, quelque chose de lisse lui touche la joue. Une fois, deux fois, trois fois, comme une petite caresse taquine. Elle ouvre les yeux et découvre avec horreur que son champ de vision est rempli d'écailles mouvantes, noires et grises. Elle retient sa respiration. Le corps du serpent est légèrement immergé, mais sa tête est hors de l'eau, dressée un peu comme celle d'un cygne. Très lentement, le reptile curieux se met à lui tourner autour, lui effleurant le bras au passage. Sûrement est-il attiré par la chaleur que dégage son corps. De quelle espèce s'agit-il ? Dee force son cerveau paniqué à réfléchir. L'animal ressemble à un mocassin d'eau, mais elle a toujours entendu dire qu'on n'en trouvait que dans le sud-est des États-Unis. Une autre idée essaie de se frayer un chemin vers son esprit, mais elle fait tout pour la repousser. Un crotale. C'est alors qu'elle remarque deux autres paires d'yeux sur sa gauche, puis trois ou quatre. C'est un groupe. Une famille, peut-être. Elle repère plusieurs juvéniles et un adulte énorme avec sa gueule préhistorique au sourire sans lèvres. Elle ne saurait dire combien il y en a en tout – de toute façon, son cœur s'est arrêté de battre depuis un bon moment déjà. Une tête arrondie s'avance en ondulant vers son visage. Dee ferme les yeux et songe *Ça y est, c'est la fin*. Elle attend les crochets acérés, la mâchoire se refermant sur elle, le poison inondant ses veines. À un moment, elle croit sentir le baiser soyeux d'une langue sur sa joue. Malgré le bourdonnement dans ses oreilles, elle s'efforce de rester immobile, de donner l'illusion d'un morceau de bois. Quelque chose lui caresse l'épaule.

Après ce qui lui semble durer une éternité, elle finit par rouvrir les yeux et découvre que les serpents ont disparu. Le lac est parfaitement calme. Peut-être qu'ils sont partis. Ou bien peut-être qu'ils continuent à lui tourner autour, mais sous l'eau, hors de vue, au niveau de ses jambes ou de ses bras. Elle a l'impression de les sentir partout sur son corps. La tête en feu à cause du soleil, elle se met à trembler. Ses pieds se dérobent sous elle, sa tête se retrouve immergée et elle sent dans sa bouche le goût métallique de l'eau. Dans un effort désespéré, elle se redresse, se tourne vers la plage et se met à marcher péniblement vers le rivage, ignorant l'eau qui ralentit chacun de ses pas et les serpents qui s'enroulent autour de ses mollets.

Enfin, elle atteint la berge. Elle s'extirpe du lac et, surprise par le poids de son propre corps, perd l'équilibre et s'écroule. La sensation du sable sur sa peau est comme une délivrance. À bout de forces, elle se roule en boule et se met à pleurer en silence au milieu des bambins rougis par le soleil.

Après quelques minutes, Dee se relève et refait en sens inverse le trajet qu'elle a effectué plus tôt entre les serviettes et les parasols. Alors que le sable essaie de lui attraper les chevilles, elle remarque une odeur sucrée dans l'air. Elle n'a pas sa montre sur elle, mais elle sait qu'elle a largement dépassé la demi-heure autorisée. Tant pis, tout ce qu'elle désire, en cet instant, c'est retrouver la présence rassurante des siens. Sa mère tremblera comme une feuille, éclatera en sanglots et la prendra dans ses bras. Lulu aura l'air à la fois terrifiée et excitée, et n'arrêtera pas de lui demander : « Alors ? Combien il y en avait, des serpents ? C'était quelle espèce, tu penses ? » Son père, hors de lui, ira trouver le surveillant de baignade pour lui hurler dessus en lui reprochant son incompétence, et Dee se réchauffera à la chaleur de sa colère, soulagée de se savoir protégée. Cette aventure ne sera plus cette chose glacée enfermée à l'intérieur de son corps, mais une anecdote familiale qu'ils raconteront en frissonnant : *Tu te souviens de la fois où Dee Dee s'est fait attaquer par les serpents ?*

Malgré la distance qui les sépare d'elle, Dee voit tout de suite que ses parents sont dans tous leurs états. Maman pleure, papa hurle. Deux sauveteurs sont là, avec des gens qui parlent dans des talkies-walkies. Dee grimace. La honte. Elle n'a pourtant pas tant de retard que ça.

En approchant, elle entend son père qui dit :

« Je me suis seulement assoupi une minute. Même pas une minute ! »

Dee regagne la serviette et s'assoit à l'ombre.

« Maman ? murmure-t-elle. Je… je suis désolée.

— Pas maintenant, Dee, s'il te plaît. Ton père est en train de dire à ces incapables de se remuer. »

Sa mère a la lèvre qui tremble. Son mascara lui fait deux larmes noires sur les joues.

« Lulu ! » hurle-t-elle soudain en se levant.

Toutes les têtes se tournent vers eux.

« Lulu ! crie de nouveau sa mère.

— Elle a les cheveux courts, n'arrête pas de répéter son père. On la prend souvent pour un garçon. Elle refuse de les laisser pousser. »

Dee prend alors conscience de deux choses : la première, c'est que ses parents ne se sont pas rendu compte de son retard ; la seconde, c'est que Lulu n'est plus là. Elle soupire et se remet une mèche derrière l'oreille. Les crampes sont vraiment douloureuses, à présent, et Dee se sent soudain submergée par l'émotion : comme par hasard, au moment où elle a le plus besoin de réconfort, il faut que Lulu attire l'attention sur elle. Et maintenant, il n'y a personne pour la débarrasser du poids des serpents.

Alors que ce long après-midi caniculaire s'étire, d'autres personnes les rejoignent. Des policiers.

« Laura Walters, surnommée Lulu, répètent les gens dans les talkies-walkies, avant de l'annoncer à tous les vacanciers via le gros haut-parleur perché au sommet du poteau planté à côté du stand de hot-dogs. Laura Walters, six ans, cheveux bruns, yeux noisette. Elle porte un maillot de bain, un short en jean et un débardeur rouge. »

Ce n'est qu'au crépuscule, une fois la plage presque vide, que Dee comprend qu'on ne retrouvera pas sa sœur ce jour-là. Il lui faudra beaucoup plus de temps pour comprendre qu'on ne la retrouvera jamais. Lulu est partie Dieu sait où, avec Dieu sait qui, et elle n'est jamais revenue.

Quelques semaines plus tard, à des kilomètres et des kilomètres de là, une famille du Connecticut retrouvera une sandalette blanche au milieu de ses affaires de plage. Personne ne saura comment elle a atterri là, ni même s'il s'agit de celle de Lulu. Et comme elle est passée à la machine à laver, il n'y aura pas grand-chose à en tirer.

Aujourd'hui, Lulu aurait dix-sept ans. Non. Aujourd'hui, Lulu a dix-sept ans, se corrige Dee. Elle a dix-sept ans.

La dernière chose que Dee a entendue de la bouche de sa sœur, c'est : « J'ai trouvé un joli caillou. » Il y a des jours où Dee n'arrive à penser à rien d'autre qu'à ce caillou. À quoi ressemblait-il ? Était-il lisse comme un galet, ou au contraire pointu ? Était-il gris ? Blanc ? Tranchant ? Tenait-il tout entier dans la paume de Lulu ? Dee ne le saura jamais, parce que, quand sa sœur a voulu le lui offrir, elle s'est levée et s'est éloignée sans se retourner.

Après cela, les Walters sont restés un mois sur place, dans l'État de Washington, à espérer des nouvelles. Mais la police n'avait aucune piste et le patron du père de Dee commençait à perdre patience, alors ils ont fini par rentrer à Portland. La maison paraissait étrange, sans Lulu. Tous les soirs, Dee dressait machinalement la table pour quatre personnes au lieu de trois, et cela faisait toujours pleurer sa mère.

D'ailleurs, celle-ci est partie peu de temps après. Dee savait que sa mère ne supportait plus de la voir, elle, cette pâle copie de sa fille disparue. Et donc un jour, elle a vidé le compte en banque et elle aussi a disparu sans prévenir. Contrairement à son père, Dee ne lui en a pas voulu. Et ensuite, il y a eu l'autre événement.

La veille, de la neige tombait du ciel silencieux telle de la cendre. Son père était en bas, au salon, occupé à construire une maquette d'avion. Dee sentait l'odeur de la colle époxy dans l'escalier. Son père était capable de passer des heures assis à assembler ses modèles réduits, les yeux rougis par les vapeurs chimiques. Il ne montait se coucher qu'au petit matin. *Demain, je lui parlerai*, avait songé Dee. *Je n'ai plus le choix.*

Elle avait raté le premier semestre au Pacific Ballet Conservatory, mais c'était encore rattrapable. Ils manquaient d'argent, certes, mais elle pouvait toujours se dégoter un petit boulot. De toute façon, son père n'avait pas besoin d'elle pour fabriquer ses avions et fixer le plafond. Dee avait respiré profondément pour faire passer la culpabilité qui la rongeait de l'intérieur. Dans l'air flottait une odeur de colle et de désespoir. Elle s'était dit, les joues brûlantes de larmes : *Je ne veux pas d'une vie pareille. Je ne veux pas d'une vie de fantôme.*

Le lendemain matin, Dee a préparé le café spécial pour l'apporter au lit à son père. Le café spécial requérait l'utilisation de la belle machine en verre qui venait de San Francisco, celle dont le bocal se remplissait goutte à goutte. Le café était amer et épais comme de la boue, mais c'était comme ça que son père le préférait. Peut-être que s'il mettait autant d'amour dans sa cafetière, c'était parce que les choses qui comptaient vraiment étaient trop douloureuses. Dee détestait cette cafetière qui lui rappelait une époque où ils étaient tous ensemble. Elle a fait couler l'eau frémissante sur le café moulu, et l'odeur riche et brune a envahi la cuisine. Ce matin, elle allait lui parler. C'était décidé.

Elle a remonté sa manche, s'est versé un peu d'eau bouillante sur le poignet et a grimacé de douleur. Après ça, elle a regardé le bracelet de cloques rougeâtres apparaître sur sa peau. C'était un besoin, pour elle. Elle a remis la manche en place pour cacher la brûlure et a terminé de préparer le plateau pour son père. Elle allait lui dire. Il se mettrait en colère, il se sentirait blessé, mais tant pis, elle ne pouvait plus garder ça pour elle. *Joli caillou.*

Elle est entrée dans la chambre de son père et a posé le plateau sur la table de chevet, songeant que l'odeur du café au réveil le mettrait de bonne humeur. Ensuite, elle a tiré les rideaux pour découvrir un monde tout blanc. Les maisons, les boîtes aux lettres, les voitures – tout était recouvert d'une épaisse couche de neige. Ce n'est que lorsqu'elle s'est retournée vers le lit pour dire « Tu as vu tout ce qui est tombé, cette nuit ? » qu'elle l'a vu. Son corps raide sur le matelas, immobile dans la lumière aveuglante. Son visage arborait une expression qu'elle a d'abord eu du mal à identifier. Puis elle a reconnu le soulagement.

Les médecins ont conclu à un AVC. Ils ne se sont pas aventurés à affirmer que l'attaque avait été provoquée par la disparition de sa fille, suivie du départ de sa femme. Ce n'était pas nécessaire. La personne qui avait enlevé Lulu avait donc aussi enlevé la mère de Dee, puis son père. Et Dee, d'une certaine manière.

Car que reste-t-il d'elle, après tout ça ? Elle, en tout cas, se sent comme une grande chambre vide plongée dans le noir.

Finalement, il n'y a pas eu d'école de danse, faute d'argent. Dee n'a même pas terminé le lycée. Elle s'est fait embaucher comme caissière dans un supermarché. Et elle a commencé son vrai travail, celui qui consiste à chercher la personne responsable de l'enlèvement de sa sœur. Tous les hommes présents au lac ce jour-là, tous les regards échangés, la longue liste des suspects. C'est ça, son boulot, maintenant.

Une fois par semaine, au minimum, elle téléphone à Karen, l'inspectrice de police en charge de la disparition de Lulu, qui a toujours l'air à la fois exténuée et en colère. Dans ses yeux expressifs, on peut lire toute la douleur qu'elle a vue, les épaules qu'elle a tapotées, les mouchoirs qu'elle a tendus, les bouches qui ont hurlé à quelques centimètres de son visage.

Pendant un temps, la policière et Dee ont été proches. L'inspectrice éprouvait de la compassion pour cette jeune fille qui en quelques semaines s'était retrouvée seule au monde. *Appelle-moi Karen*. Quand Dee lui téléphonait, Karen lui racontait les dernières avancées, elle lui parlait. Maintenant, elle se contente de répondre : « L'enquête suit son cours. »

Ted

Parfois, j'ai des doutes, mais là je suis presque sûr que je m'apprête à faire quelque chose d'important. Je vais me trouver un ami. Ou une amie. Je m'absente de plus en plus, depuis quelque temps. Qui s'occupera de Lauren et d'Olivia, si un jour je ne reviens pas ? Je ne suis qu'une seule personne, ça ne suffit pas.

En tout, maman m'a emmené trois fois dans la forêt. La dernière fois, elle m'y a envoyé seul. Oui, je sens toujours maman sous la canopée sombre. Elle est dans le crépitement de lumière sur la terre recouverte de feuilles. Et oui, parfois, elle est dans le placard sous l'évier. Mais la vérité, c'est que depuis ce jour-là, je suis seul.

Je me répète que je fais ça pour Lauren et Olivia, et c'est la vérité. Mais c'est aussi parce que je ne veux plus être seul.

Je choisis un moment où Lauren n'est pas là. Si elle savait ce que je faisais… Disons que ça ne se passerait pas très bien. Je retire le cadenas du placard du salon dans lequel se trouve mon ordinateur portable. Dans la pénombre de la pièce, l'écran forme un rectangle de lumière fantomatique qui fait penser à une porte vers le royaume des morts.

C'est facile de trouver un site. Il y en a des centaines. Mais ensuite ? Je fais défiler les profils. Des visages se succèdent à toute vitesse, des yeux, des noms, des âges – autant de petits morceaux d'existence. J'essaie de réfléchir sérieusement à ce dont j'ai besoin, à ce qui serait le mieux pour Lauren. Les femmes sont plus douées pour les questions d'éducation que les hommes, paraît-il. Alors, j'imagine que c'est une femme qu'il faut que je cherche. Mais il faut que ce soit une femme très spéciale qui comprenne notre situation. J'en trouve quelques-unes qui ont l'air gentilles. Tiens, celle-ci, trente-huit ans, aime le surf. Ses yeux sont deux disques bleus, aussi bleus que l'eau derrière elle, et ils inspirent confiance. Ses cheveux ont la couleur du beurre, ses dents sont blanches et bien droites. Elle a un sourire heureux. Quand on la voit, on se dit qu'elle s'intéresse aux autres. Celle d'après est de toutes les couleurs de la forêt. Marron, vert, noir. Ses vêtements sont magnifiques et très moulants. Elle travaille dans les relations publiques. Son rouge à lèvres brille comme de l'huile rouge foncé.

J'ai retiré les miroirs il y a quelques années parce que Lauren les détestait. Moi, je n'ai pas besoin d'un miroir pour savoir à quoi je ressemble. Ses mots me piquent encore. *Gros, pas beau*. Mon ventre ressemble à une énorme poche en caoutchouc qu'on aurait accrochée sous ma poitrine. Je grossis tellement vite que je n'arrive pas à suivre. Je renverse des choses, je me cogne contre les encadrements de porte. Je ne suis pas habitué à la place que je prends dans le monde. Comme je ne sors jamais, ma peau est très blanche. Lauren a un nouveau jeu qui consiste à m'arracher des touffes de cheveux, ce qui fait qu'il y a désormais des petits carrés de peau au milieu du brun. Il n'y a ni rasoir ni ciseaux dans la maison, j'ai donc une barbe qui me tombe jusqu'au milieu de la poitrine. Je ne sais pas pourquoi, mais elle est rousse et très épaisse, pas du tout comme mes cheveux. On dirait une fausse barbe, pour tout dire, le genre qu'un acteur mettrait pour jouer le rôle d'un pirate. Mes mains et mon visage sont couverts de griffures, et je me ronge tellement les ongles qu'il ne m'en reste presque plus. Pour ce qui est de mes ongles de pieds, ça fait très longtemps que je n'ai pas eu le courage de regarder à quoi ils ressemblaient. Le reste de ma personne… Disons que j'essaie de ne pas trop y penser. J'ai remarqué que mon corps dégage une odeur d'humus depuis quelques jours, un peu comme des champignons. Je crois qu'il est en train de se retourner contre moi.

Je fais défiler la page sur l'ordinateur. Quelque part là-dessus, il y a forcément une amie. Toutes ces femmes me regardent depuis l'autre côté de l'écran, le teint rayonnant, les yeux pétillants. Sur leurs profils, elles décrivent leurs passions et font des plaisanteries. J'essaie d'imaginer comment je pourrais me décrire. *Père célibataire*, je tape sur le clavier. *Adore la nature.* Obéit aux dieux dans les arbres blancs… Non. Il ne faut peut-être pas exagérer.

La semaine dernière, je suis allé au supermarché acheter de la bière, mais, en arrivant, j'ai été pris d'un vertige, alors je me suis assis un instant sur la marche qui est juste à l'entrée. Peut-être une vieille habitude. Mais surtout, je me sentais fatigué. Je suis toujours fatigué. J'ai fermé les yeux, et quand je les ai rouverts, il y avait un type en train de déposer deux pièces de vingt-cinq cents à mes pieds. J'ai poussé un grognement d'ours qui l'a fait sursauter, et il s'est enfui. J'ai gardé les sous. N'empêche, j'ai du mal à m'imaginer avec ces femmes.

Je m'apprête à fermer l'ordinateur portable quand, soudain, j'entends un bruit. Les poils de ma nuque se redressent tout doucement. Je laisse l'écran ouvert, parce que je ne veux pas me retrouver tout seul dans le noir. J'ai la sensation qu'il y a une paire d'yeux dans mon dos qui m'observe. À la lueur bleutée de l'écran, je distingue les meubles étranges et silencieux autour de moi, et je n'arrive pas à me débarrasser de l'impression qu'ils m'épient.

J'ai comme un nœud dans l'estomac. Où suis-je exactement ? Sans un bruit, je me lève pour vérifier. Le vilain tapis bleu est là, c'est bon. Sur le rebord de la cheminée, la ballerine est allongée dans les vestiges de sa boîte à musique. Bon, je sais où je suis. Mais qui est là avec moi ?

« Lauren ? »

Ma voix est un murmure.

« C'est toi ? »

Le silence me répond. C'est ridicule, je sais bien qu'elle n'est pas là.

« Olivia ? »

Mais non, c'est impossible.

La main froide de maman sur ma nuque, sa voix, toute douce dans mon oreille. *Il faut que tu les déplaces*, me dit-elle. *Ne laisse personne découvrir ce que tu es.*

« Je ne veux pas, je lui réponds, mais ma voix me paraît geignarde, un peu comme celle de Lauren. Ça me fait peur, maman, et en plus ça me rend triste. Ne me force pas à le faire. »

La jupe de maman s'éloigne avec un bruissement, son parfum s'estompe. Mais elle n'est pas partie pour autant – ça, jamais. Peut-être qu'elle passe un peu de temps dans un des souvenirs qui traînent dans la maison. Peut-être qu'elle s'est lovée dans le placard sous l'évier, là où on range la grosse bouteille de vinaigre. Je déteste la retrouver là-dessous, souriant dans le noir, avec du tissu bleu qui lui flotte autour du visage.

La cannette que j'ai prise est si froide qu'elle me colle aux doigts. Quand je soulève la languette, le sifflement résonne dans le silence de la maison et me rassure. Je continue à faire défiler les visages de toutes ces femmes, mais la voix de maman chante dans ma tête et ça me perturbe. Alors je finis par récupérer la pelle. Il est temps d'aller à la clairière.

Je suis de retour. J'ai décidé de faire cet enregistrement, au cas où j'oublie comment je me suis fait mal au bras. Parfois, je ne me souviens pas des choses et, ensuite, j'ai peur.

J'ai été réveillé par un bourdonnement. Quelque chose marchait sur mes lèvres. C'était le matin, et il y avait des nuées de jeunes mouches fraîchement écloses. On aurait dit un rêve, sauf que j'étais réveillé. Le soleil estival faisait scintiller les toiles d'araignée tendues entre les arbres. Ça m'a fait penser à un poème : Venez dans ma toile, dit l'araignée à la mouche. Je crois qu'on est censé être du côté de la mouche, mais bon, personne n'aime les mouches.

Mon bras formait un angle bizarre, et j'avais un goût métallique dans la bouche – il faut croire que je m'étais cassé la figure et que je m'étais mordu la langue. J'ai craché une glaire sanglante au pied d'un sorbier d'Amérique. Une offrande pour les oiseaux qui s'égosillaient sur les branches, au-dessus de ma tête. Mon sang contre le leur. Depuis le passage du Meurtrier, ils ne viennent plus dans le jardin. Les oiseaux se racontent ces choses-là.

Au bout d'un moment, je suis parvenu à rentrer chez moi. C'était un tel soulagement d'entendre les verrous se refermer derrière moi. Enfin en sécurité.

Ensuite, la mémoire m'est revenue petit à petit. J'avais pour projet de déplacer les dieux. Ça fait à peu près un an qu'ils sont dans le même sanctuaire, et il faut éviter de les laisser au même endroit plus de quelques mois – après ça, ils commencent à attirer les gens vers eux. Donc j'étais en chemin pour les déterrer. Mais la forêt n'en fait qu'à sa tête, surtout la nuit. J'aurais dû m'en souvenir. Le sol a tremblé, les racines m'ont attrapé les chevilles. Ou peut-être que j'étais trop ivre. Bref, je suis tombé. Et la dernière chose dont je me souviens, c'est le craquement qu'a fait mon épaule en touchant le sol.

J'ai des griffures sur le visage, et mon bras est couvert de fleurs noires et il ne veut pas se remettre droit. Je ne crois pas qu'il soit cassé, mais je me suis quand même fabriqué une écharpe avec un vieux tee-shirt. Quand on se blesse, ça rend le corps et le cerveau bizarres, même quand on ne ressent pas la douleur. Et là, j'ai les pensées qui sont complètement éparpillées.

Quand je suis descendu au salon tout à l'heure, Olivia n'a pas arrêté de me tourner autour. Par curiosité, certainement. Elle m'a léché le visage ; c'est une chatte qui aime le goût du sang.

Olivia

« Coucou, chaton. »

Ted apparaît dans l'encadrement de la porte d'entrée, une silhouette noire qui se découpe devant la lumière. Sa manière de se tenir debout est étrange, et il manque se casser la figure en se retournant pour refermer la porte, les mains tremblantes. Il doit s'y prendre à plusieurs fois avant de réussir à fermer tous les verrous.

« Il m'est arrivé une drôle d'aventure, chaton », me confie-t-il.

Son bras est tout tordu. Ted tousse et une goutte de sang s'échappe de sa bouche, plane quelques instants, avant de s'écraser sur le tapis orange en un disque sombre.

« Il faut que je dorme », annonce-t-il, et il se dirige vers l'escalier.

Moi, je lèche la tache sombre sur le tapis, savourant le goût lointain du sang. *Oooooоiiiiiii*, *ooooooiiiii*. Le bruit est revenu.

Aujourd'hui, quand je grimpe sur mon poste d'observation, la chatte tigrée est déjà là, assise sur le bord du trottoir. Mon cœur battant la chamade, je ronronne et tape la vitre avec ma patte. Sa fourrure est toute gonflée à cause du froid, si bien qu'elle paraît deux fois plus grosse qu'elle ne l'est en réalité. Sans prêter attention à moi, elle fait le tour du chêne dans le jardin, avant de s'intéresser à une flaque gelée sur le trottoir. Enfin, elle se tourne vers moi, nos regards se croisent pour ne plus se lâcher, et c'est l'apothéose – je pourrais me noyer en elle. Je crois qu'elle attend que je rompe le silence. Évidemment, maintenant, je ne sais plus quoi dire. Au bout de quelques instants, horreur, elle me tourne le dos, mais le pire est encore à venir : car c'est cet instant que choisit le chat blanc pour arriver. Le gros, celui avec la clochette sur le collier. Il s'adresse à elle et essaie de frotter sa joue contre la sienne. Je crache si fort que ça fait comme un sifflement de Cocotte-Minute.

Il essaie de l'imprégner de son odeur, mais ma chatte tigrée ne compte pas se laisser faire : elle arque le dos et recule jusqu'à disparaître de mon champ de vision. J'ai envie de pleurer : de soulagement, d'abord, puis de tristesse, parce qu'elle a disparu. Chaque fois, c'est la même douleur, aiguë et aveuglante.

Permettez que je vous donne deux ou trois informations sur les chats blancs : ce sont des êtres sournois, méchants et mentalement attardés. Je sais qu'on n'est pas censé dire ce genre de choses, que ce n'est pas « politiquement correct », mais c'est la vérité vraie, et tout le monde le sait.

Comme je l'ai déjà dit, je me souviens de ma naissance. Mais ma vraie naissance, elle, est survenue plus tard. Est-ce que vous voulez connaître le Seigneur ?

Parce que Lui veut vous connaître. Ha, ha, ha ! Je rigole – je pense qu'il s'en fiche. D'ailleurs, le Seigneur est assez difficile ; Il ne se montre pas à n'importe qui. Mais quand Il vous choisit, alors là, c'est vraiment quelque chose !

C'est le jour où j'ai découvert ma raison d'être. Tous les chats en ont une, de la même manière que tous les chats peuvent devenir invisibles ou lire dans les pensées. (Sur ce dernier point, on est vraiment très forts.)

Je n'ai pas toujours été reconnaissante à Ted de m'avoir sauvée. Longtemps, je n'ai pas voulu être une chatte d'intérieur. Au tout début, je me sentais seule et je pleurais beaucoup. Mes petites sœurs qui étaient mortes sous la pluie à côté de moi me manquaient. Et Mamanchat aussi, vous vous en doutez. Son gros ronronnement assourdissant, son flanc tout chaud. On n'a pas vraiment eu le temps de se connaître, avec mes sœurs et Mamanchat. Je savais bien qu'elles étaient mortes – d'ailleurs, chaque fois que je repensais à leurs corps froids, ça me faisait un gros poids dans le ventre –, mais d'un autre côté je savais qu'elles n'étaient pas mortes. J'étais convaincue que si je parvenais à sortir, je les retrouverais.

Alors pendant des semaines, j'ai cherché des moyens de m'évader, sans jamais en trouver. À plusieurs reprises, j'ai simplement attendu que la porte s'ouvre pour foncer vers l'extérieur. (Je ne suis pas une grande planificatrice.) Chaque fois, Ted se penchait pour me ramasser, puis il me posait sur le canapé. Là, il me caressait, ou il prenait un morceau de laine et jouait avec moi jusqu'à ce que j'arrête de pleurer. « Dehors, il y a des méchants qui te feraient du mal ou qui essaieraient de t'arracher à moi, me disait-il. Tu es sûre que tu ne préfères pas rester ici avec moi ? » Alors je me laissais faire. Pendant un temps, j'oubliais mes envies d'extérieur et profitais du confort de l'intérieur. Hélas, ce confort finissait toujours par se révéler insuffisant, je m'en voulais d'avoir cédé à Ted, et le chagrin me consumait de nouveau.

J'avais fini par échafauder un plan. Tout était réglé comme du papier à musique, mais il fallait que le timing soit parfait et que tous les teds se comportent exactement comme ils l'avaient fait par le passé. Heureusement, j'avais remarqué que ce sont des créatures attachées à leur routine.

C'est que je sais beaucoup de choses sur ce qui se passe à l'extérieur : je ne peux pas tout voir, mais je peux compter sur mon ouïe et mon odorat. Ainsi, je sais qu'à un certain moment de la journée, un ted qui sent le cuir et le savon se promène dans la rue, accompagné de son gros brouhaha. Souvent, il s'arrête pas très loin de chez nous pour le caresser. Je ne sais pas à quoi ressemble un brouhaha parce que je n'en ai jamais vu, mais si j'en juge par l'odeur, il s'agit d'un animal très laid. La puanteur que celui-ci dégage me fait penser à une vieille chaussette remplie de caca. Le brouhaha passe son temps à se tortiller et à geindre, et j'entends son collier tinter quand il remue le derrière. L'âme des chats se trouve dans leur queue et celle des teds derrière leurs grands yeux humides, mais je pense que les pensées les plus profondes des brouhahas se cachent au niveau de leur arrière-train.

Le ted parle au brouhaha comme si celui-ci pouvait le comprendre : « Alors, Champion ? C'est qui, mon champion ? Mais oui, c'est toi ! Mais oui ! Mais oui ! Hein, gros nigaud, que c'est toi mon champion ? » J'entends le claquement de la langue du brouhaha, l'odeur d'amour qu'il irradie, et c'est quand même la preuve irréfutable de ce qu'affirmait le ted : les brouhahas sont bien de gros nigauds. Le champion n'a qu'une envie, me tuer. C'est le vieux savoir qui me l'a dit, celui qui est présent à l'intérieur de notre corps. Les teds n'ont plus beaucoup de ce vieux savoir en eux, mais les chats, si.

Avant de passer à l'action, j'ai attendu de connaître le timing par cœur. Une fois par jour, il y a un moment où Ted sort acheter des bonbons et des bières. Souvent, il revient au moment où le brouhaha et son ted passent aux abords de la maison. Parfois, le ted dit bonjour et Ted lui répond par une espèce de grognement.

Le jour J était arrivé. Mon cœur battait plus vite que les ailes d'un oiseau-mouche, mais je savais que ça allait fonctionner. Je le savais au plus profond de moi.

À cette époque, je n'étais pas encore très grande – je pouvais toujours marcher sous le canapé sans que la pointe de mes oreilles touche le sommier. Et donc je me suis cachée derrière le porte-parapluie, dans l'entrée. Quel objet inutile ! Combien de parapluies Ted croit-il posséder ? En attendant, ça constituait une bonne cachette.

J'ai entendu les pas de Ted à l'extérieur, les craquements de petits morceaux de monde se brisant sous ses pieds. Rien qu'au bruit, je savais qu'il avait commencé tôt. Ça aussi, c'était une bonne nouvelle : Ted serait lent. (Quand il boit, sa démarche est plus traînante, un peu comme une danse rudimentaire.) Je me suis accroupie, ma queue donnant des coups de fouet à droite et à gauche. Derrière moi, le cordon s'étirait dans l'air. Ce jour-là, il était orange foncé et, à chacun de mes mouvements, il crépitait comme un feu de cheminée.

J'étais prête à bondir. De l'autre côté de la porte, Ted actionnait les différents verrous en fredonnant une mélodie. D'où j'étais tapie, je pouvais sentir l'odeur de terre de l'extérieur. Je pouvais aussi sentir le brouhaha et son haleine d'œuf pourri. Un trait de lumière a brisé la pénombre de l'entrée et le battant a commencé à s'ouvrir. Alors j'ai bondi et je me suis mise à courir aussi vite que me le permettaient mes petites pattes. Mon plan consistait à atteindre le chêne du jardin. Après ça, j'aurais tout le temps d'improviser, puisque je serais libre.

Je me suis arrêtée au milieu du perron, aveuglée par la lumière blanche. Je ne voyais plus rien du tout. Le monde était une fente qui me brûlait les yeux. Il faut dire que j'avais vécu presque toute ma vie dans la pénombre de la maison et que mes yeux n'étaient pas préparés à affronter le soleil. Je les ai fermés. C'était bizarre de sentir l'air glacé sur ma truffe. Peut-être que je pouvais tenter ma chance en ne comptant que sur mes autres sens ?

La porte était à présent grande ouverte. Le vent avait dû porter mon odeur vers l'extérieur, car d'un coup le brouhaha s'est mis à gronder. J'ai senti l'excitation qui se dégageait de lui à l'idée de me tuer. J'ai entendu le tintement de son collier. J'ai imaginé le brouhaha bondir vers moi. Tout s'est ralenti, jusqu'à s'arrêter.

Dans un feu d'une blancheur aveuglante, j'ai senti ma mort approcher.

C'est à cet instant que je me suis rendu compte que mon plan n'était pas si bon que ça. Jamais je ne pourrais atteindre l'arbre, puisque je ne pouvais même pas ouvrir les yeux pour le voir. Le brouhaha était tout proche. Je sentais l'odeur de ses dents pourries et de la grotte répugnante qui lui servait de gueule. Soudain, un cercle de feu s'est enroulé autour de ma nuque. Le cordon – il était brûlant. Dans un claquement sec, il m'a tiré vers l'ombre protectrice de la maison. Après ça, j'ai entendu Ted fermer la porte.

J'ai rouvert les yeux. J'étais à nouveau à l'intérieur – en sécurité. Dehors, Ted criait, pendant que le brouhaha haletait et gémissait, sa truffe collée au bas de la porte. Sa puanteur se répandait dans la maison, mais j'étais trop choquée par ce que je venais de vivre pour y prêter attention. Comment avais-je pu croire que m'enfuir était une bonne idée ? À cet instant, j'ai pris conscience de la précarité de mon existence. La finesse de mes pattes, la délicatesse de mes veines, la douceur de ma fourrure, la beauté de mes yeux... Comment avais-je pu les exposer ainsi au danger en m'aventurant dans un monde où un brouhaha pouvait ne faire qu'une bouchée de moi ?

« Hé ! s'est écrié Ted. Vous pouvez pas tenir votre chien, non ? »

Il était en colère. Et s'il y a bien une chose que je sais, c'est qu'il ne faut pas chercher des histoires à Ted quand il est en colère.

Les aboiements et la puanteur se sont un peu dissipés. L'autre ted avait dû éloigner son brouhaha de la porte.

« J'ai ma fille à l'intérieur, a ajouté Ted. Elle a eu très peur, alors faites un peu attention.

— Désolé, a répondu le ted. C'est juste qu'il aime bien jouer.

— Remettez-lui sa laisse. »

Peu à peu, l'odeur du brouhaha s'est mêlée à celle de la forêt, jusqu'à disparaître totalement. Ted est rentré, a fermé la porte derrière lui et a actionné les trois verrous. Clac, clac, clac. *Jamais je n'avais été aussi contente de les entendre se fermer.*

« Pauvre chaton, a-t-il dit. Tu as dû avoir si peur. »

Ted m'a prise entre ses mains et j'ai senti le cordon brûlant s'élargir pour former un halo de lumière autour de nous.

« C'est pour ça que je ne veux pas que tu sortes, a-t-il ajouté. C'est très dangereux, dehors. »

Je suis désolée, *j'ai répondu.* Je ne savais pas.

Il ne pouvait pas me comprendre, bien sûr, mais je trouvais quand même important de le dire. La chaleur rayonnait. Le halo tiède qui nous entourait formait un cocon de flammes.

C'est alors que je L'ai vu. Nous n'étions pas deux, dans ce cocon, mais trois. Il ne ressemblait à rien de ce que je connaissais du monde, et en même temps Il ressemblait à tout. Son visage n'arrêtait pas de se transformer : pygargue à tête blanche, feuille d'érable rouge, moustique... J'ai deviné que mon visage aussi était là, quelque part au milieu de cette multitude, mais je ne voulais pas le voir. Car je savais que ce serait le dernier à apparaître : lorsque je pousserai mon dernier soupir, Il se montrera, et le visage qu'Il portera sera le mien.

Ta place est ici, *m'a dit le Seigneur.* Je t'ai sauvée pour une raison précise. Il faut que vous vous entraidiez, toi et lui.

Je comprends, *ai-je répondu.*

Et c'est logique : Ted a vraiment besoin d'aide. Il est complètement perdu.

Depuis ce jour, on forme une bonne équipe, avec Ted. On se protège l'un l'autre. Bon, c'est pas tout ça, mais j'ai faim, alors je vais y aller.

Dee

Les yeux du millionnaire sont bleus et profonds.

« Delilah ! Je suis ravi de faire enfin votre connaissance. »

Il a des cheveux d'un blanc éblouissant ramenés en une petite queue-de-cheval et il porte un pantalon et une chemise en lin. Sa maison est sublime, tout en verre et en bois de thuya géant. L'immense terrasse qui en fait le tour semble flotter au milieu des arbres. C'est exactement le genre d'endroits où Dee rêverait d'habiter. Dans l'air plane une odeur de végétation baignée de soleil, mêlée aux arômes du pichet de citronnade que le majordome silencieux a déposé entre eux à l'instant où ils se sont assis – quelques feuilles de menthe flottent à la surface, et les glaçons offrent aux oreilles un tintement mélodieux.

L'enveloppe jaune est posée sur la table, à côté du pichet. Dee remarque tout de suite qu'une goutte de condensation a serpenté le long du récipient et a humidifié un des coins du papier. *Et si le contenu était abîmé ?* ne peut-elle s'empêcher de se demander, et elle sent la panique monter en elle.

« À ma connaissance, c'est le seul exemplaire en circulation, explique le millionnaire d'une voix tranquille lorsqu'il remarque le regard de Dee braqué sur l'enveloppe. Et comme le photographe qui l'a prise est décédé d'une crise cardiaque il y a quelques années et que la feuille de chou pour laquelle il travaillait ne conserve aucunes archives, il y a de grandes chances qu'il s'agisse du seul exemplaire tout court. »

L'homme ne cherche pas à écarter l'enveloppe du pichet, et Dee prend sur elle pour ne pas le faire.

« Si vous le voulez bien, je vais juste y jeter un coup d'œil et ensuite je vous laisserai tranquille, dit-elle. Je vous ai déjà fait perdre assez de temps comme ça.

— Oh non, vous n'aurez qu'à repartir avec tout à l'heure. J'imagine que vous préférerez être seule pour la regarder.

— Merci, répond-elle, surprise. Vraiment, je… Merci.

— En tout cas, j'espère que vous ne commettrez pas la même erreur que dans l'Oregon. Vous avez eu de la chance de ne pas vous retrouver en prison, après un coup pareil. »

Dee frémit. Évidemment qu'il est au courant. Son interlocuteur fait référence à un homme qui habitait dans l'Oregon et qui était au lac le jour de la disparition de Lulu. Karen l'épuisée avait eu la mauvaise idée de révéler à Dee l'emplacement de sa cabane de chasse.

Dee connaît les probabilités par cœur. Il y a de grandes chances que la personne qui a enlevé Lulu soit un homme de vingt-sept ans environ, pas marié. Au chômage ou exerçant un emploi non qualifié. Quelqu'un de plutôt marginal, susceptible d'avoir un casier judiciaire.

Le principal mobile lors d'un enlèvement d'enfant par un inconnu est… Dee s'interdit d'aller au bout de sa pensée. Avec les années, elle est passée maîtresse dans l'art de censurer son propre cerveau.

L'habitant de l'Oregon, donc, remplissait tous les critères. Ce que Dee ignorait, en revanche, c'est qu'au moment de l'enlèvement de Lulu, il se trouvait à plusieurs kilomètres de là, à Hoquiam, en train de changer une roue crevée, et qu'il y avait neuf témoins qui pouvaient le confirmer. L'homme n'avait pas porté plainte contre Dee, mais Karen s'était montrée plus distante avec elle, après ça.

« Combien est-ce que vous en voulez ? » demande Dee en cherchant du regard les yeux bleus de son interlocuteur.

Celui-ci la regarde sans rien dire puis, très lentement, il se verse un verre de citronnade d'une main tremblante. Cette fragilité apparente est un leurre – Dee a bien vu les muscles saillants sous la peau de ses avant-bras.

« J'aimerais plutôt vous proposer un échange », dit-il.

Dee sent un frisson lui parcourir la colonne vertébrale.

« Non, non, s'empresse-t-il d'ajouter, tout sourires. Rien de scabreux, rassurez-vous. Vous connaissez mon passe-temps, n'est-ce pas ? Vous savez que je fais collection de toutes sortes de curiosités et que j'ai chez moi un véritable petit musée ? Eh bien ce musée, je voudrais que vous le visitiez. Que vous le traversiez, rien qu'une fois.

— Je peux vous payer, insiste Dee. J'ai de l'argent.

— Pas assez, répond le millionnaire d'un ton aimable. Alors, c'est d'accord ? »

Dee regarde la vue sur la canopée environnante, puis elle examine les vêtements immaculés de l'homme qui lui fait face. Elle voit son assurance procurée par l'argent et comprend qu'elle ne fait pas le poids. Elle ne lui demande pas si elle peut avoir confiance en lui, elle ne lui demande pas de vérifier que l'enveloppe contient bien la photo annoncée. À quoi bon ?

Elle acquiesce, parce qu'elle n'a pas le choix.

L'homme l'escorte jusqu'au cœur de la maison. Au pied de l'escalier, il déverrouille une porte qui, aussi impossible que cela puisse paraître, semble fabriquée à partir d'une dalle de granit brut. Dee frissonne. Peut-être qu'il va refermer la porte derrière elle et l'enfermer à l'intérieur.

Devant elle s'ouvre un couloir qui à vue de nez doit s'étirer sur la longueur de toute la maison. Pas de fenêtres. L'air est frais, contrôlé au degré près. Au mur, des photos encadrées avec chacune leur éclairage dédié, ainsi que plusieurs vitrines. Le fameux « petit musée ». Dee en a entendu parler, bien sûr. Cet homme est une célébrité pour qui s'intéresse à ce genre de choses, et il possède certaines pièces que personne ne devrait pouvoir obtenir. Des pièces sur lesquelles personne ne devrait avoir le droit de poser les yeux, même. Car cet homme collectionne les objets en rapport avec la mort et le crime : photos, fioles de sang volées dans des salles de scellés, lettres de l'époque victorienne à la belle écriture inclinée, et même des morceaux de cadavres qu'un assassin cannibale n'a pas eu le temps de dévorer avant de se faire arrêter.

Bref, ce couloir est l'incarnation des pires cauchemars de Dee. Chaque objet est une suggestion monstrueuse de ce qui a pu arriver à Lulu. Dee jette un œil à la photo en noir et blanc sur le mur à sa gauche et s'empresse de détourner le regard.

« Vous devez regarder, insiste l'homme. C'est le marché que nous avons conclu. »

Il sait exactement ce qu'elle ressent. Elle l'entend dans sa voix.

Dee descend lentement le couloir. Elle s'arrête devant chaque vitrine pendant exactement trois secondes avant de passer à la suivante, et elle force son cerveau à projeter un écran blanc. L'homme marche à côté d'elle – il est beaucoup trop proche et sa peau dégage une vague odeur métallique. On dirait qu'il ne respire pas.

Lorsque Dee atteint enfin le bout du couloir, elle se tourne vers son hôte, la main tendue. L'espace de quelques instants, celui-ci reste immobile et elle sent ses yeux bleus la parcourir minutieusement de la tête aux pieds. Elle comprend alors qu'il est en train d'ajouter cet instant à sa collection. De l'ajouter, elle. Car il y a certains souvenirs qu'on ne peut enfermer dans une boîte en verre. *Ça y est, c'est trop tard, je sens que je vais vomir*, songe Dee. Mais l'homme finit par hocher imperceptiblement la tête et lui glisse l'enveloppe dans la main.

La lumière extérieure est aveuglante, l'air lui brûle la gorge. En voyant les arbres, elle se sent tellement reconnaissante qu'elle a envie de pleurer. Mais elle refuse d'offrir quoi que ce soit d'autre à cet homme.

« Soyez prudente sur la route », dit-il avant de disparaître derrière la porte de son palais de bois.

Maintenant qu'il a pris ce qu'il voulait, Dee ne représente plus le moindre intérêt pour lui. D'un pas lent, elle se dirige vers sa voiture et dépose nonchalamment l'enveloppe sur le siège passager. Après quoi elle démarre et remonte l'allée forestière à une allure d'escargot, au cas où il serait en train de l'observer. Mais son pied droit tressaille sur la pédale d'accélérateur et sa respiration est saccadée.

Lorsque enfin elle quitte l'allée pour s'engager sur la route, elle écrase l'accélérateur et le moteur se met à hurler.

Elle laisse le ruban noir de la route l'emporter jusqu'à ce que la forêt disparaisse, remplacée par des prairies peuplées de granges et de chevaux, puis par un paysage urbain de zones industrielles où flotte une forte odeur d'essence. Quand Dee estime qu'il y a suffisamment de kilomètres entre elle et les yeux bleu glace du millionnaire, elle s'arrête sur une aire de service, pose la tête sur le volant et prend plusieurs inspirations bruyantes. Régulièrement, d'énormes camions passent sans ralentir sur la voie rapide à côté d'elle, faisant trembler la voiture. Au moins, ils ont le mérite de couvrir son souffle saccadé.

Au bout d'un moment, Dee finit par retrouver une respiration à peu près normale. Elle se redresse – il est temps de découvrir ce qu'elle a acheté. Réprimant un haut-le-cœur, elle ouvre l'enveloppe et en sort la photo.

L'image familière est là, sous ses yeux. Ne manque que le titre : PERQUISITION CHEZ UN SUSPECT. Et lui aussi est là, justement, le suspect, avec sa main en visière pour se protéger du soleil. Dee connaît cette photo. Elle a souvent demandé à Karen si elle pouvait la lui procurer.

Karen lui a plusieurs fois expliqué que cet homme avait un alibi, que la perquisition n'avait rien donné et que les policiers avaient abandonné cette piste-là.

« Mais les gens qui l'ont vu devant le supermarché, peut-être qu'ils se sont trompés ? a fait remarquer Dee un jour. Ils avaient tellement l'habitude de le trouver là qu'ils s'attendaient forcément à le voir. Si ça se trouve, leurs yeux ont vu que le bout de trottoir était vide, mais leur cerveau y a quand même assis le suspect. »

Dee était bien placée pour savoir que sa théorie tenait la route.

« Il y a des images de vidéosurveillance, a rétorqué Karen.

— Sur toute la durée ? Karen, ces images, elles couvrent l'intégralité de l'après-midi ? »

L'inspectrice n'a pas répondu, et Dee a compris à son haussement d'épaules que la réponse était non. C'était l'époque où Karen donnait encore des informations à Dee, l'époque avant l'incident avec l'homme de l'Oregon.

Karen serait très inquiète si elle savait ce que Dee tenait actuellement entre les mains. Contrairement à la copie qui a servi à illustrer le journal, cette photo n'a pas été recadrée. Peut-être même s'agit-il de l'originale ?

Le cœur battant, Dee découvre sur les côtés du cliché des détails qu'elle n'avait jamais vus. Elle se force à prendre son temps, à regarder chaque élément l'un après l'autre : voir, savoir, comprendre.

Derrière la maison, au loin, on distingue des arbres. Une forêt dense et touffue, typique de la partie nord de la côte du Pacifique. Sur le trottoir, une femme avec un chapeau tourne le dos à l'objectif et traîne un petit chien poilu en laisse. Derrière la fenêtre d'une maison située en arrière-plan, on devine des visages pâles et curieux : des enfants.

Dee remarque l'élément le plus important en dernier, comme si son esprit était incapable d'intégrer le succès après tant d'années d'échecs. Il s'agit d'un panneau qui se dresse à l'angle de la rue. Il est quasiment au premier plan, de sorte qu'on peut lire sans mal ce qui est écrit dessus : « NEEDLESS STREET ».

Pour la première fois de sa vie, Dee comprend pourquoi les gens tombent dans les pommes et ce qui provoque leur perte de connaissance. Ça fait comme un flash aveuglant dans son cerveau, suivi d'un grand trou noir. À présent, elle sait où habitait le suspect, et où il habite peut-être toujours. Elle se met à respirer à toute vitesse. En soi, c'est une information capitale, mais ce n'est pas tout.

« On est passés par cet endroit, ce jour-là, murmure Dee. Papa s'était trompé de chemin. »

Sa bouche se remplit du goût des souvenirs et de celui du chewing-gum. Elle avait dû en mâcher au moins une trentaine, lors de ce trajet. Papa avait raté la sortie pour le lac et ils s'étaient retrouvés à tourner en rond dans une espèce de banlieue résidentielle grisâtre qui bordait la forêt. Au bout d'un moment, les pavillons d'un étage avaient laissé place à de vieilles demeures victoriennes décrépites, et l'odeur sauvage de la forêt s'était faite plus prégnante. Dee se souvient avoir vu ce même panneau et avoir pensé : *C'est clair qu'il sert à rien, ce quartier*[1]. Et elle se souvient que cette rue était un cul-de-sac. Papa s'était essuyé le front en marmonnant un juron, puis il avait fait demi-tour au bout de l'impasse.

Après ça, ils avaient fini par retrouver le bon chemin, et le nom de la rue s'était enfoui dans les profondeurs du cerveau de Dee, à côté d'autres informations superflues : la couleur de l'uniforme du pompiste quand ils s'étaient arrêtés pour faire le plein, le prénom de sa meilleure amie en maternelle, le nom du bassiste de tel groupe de rock…

L'espace d'un instant, Dee se demande s'il peut s'agir d'une coïncidence, mais elle repousse vite cette idée. Il y a forcément un lien. C'est sûr et certain.

Le suspect les a-t-il vus tourner dans le quartier, complètement perdus ? A-t-il aperçu Lulu qui s'ennuyait sur la banquette arrière et décidé de les suivre jusqu'au lac ? Est-ce que papa lui a parlé ? Parce que s'il s'était arrêté pour demander son chemin au suspect, alors celui-ci aurait su leur destination et aurait pu s'y rendre directement. Dee essaie de se souvenir de l'endroit où papa s'est arrêté, mais, de la même manière que certaines parties de cette journée sont inscrites en elle, marquées au fer rouge sur sa peau, d'autres demeurent insaisissables. Comme une impasse de plus. Lulu et elle étaient jeunes, elles avaient chaud et elles en avaient assez d'être dans la voiture. Elles ne pouvaient pas savoir qu'il s'agissait là des derniers moments de paix avant que l'orage fasse éclater leur monde et que tout change à jamais.

---

1. *Needless Street* signifie « Rue inutile » en anglais. (*N.d.T.*)

Si Dee écoutait la raison, elle contacterait la police. Elle téléphonerait à Karen l'épuisée, qui est toujours en charge de l'affaire. Lulu est une personne disparue. Son corps n'a jamais été retrouvé. (À une époque, Dee estimait qu'il valait mieux que sa sœur soit disparue que morte, mais les longues années qui se sont écoulées depuis l'ont fait changer d'avis.)

« Ce n'est pas censé arriver, a confié une fois Karen à Dee. La plupart d'entre nous menons l'intégralité de notre carrière sans avoir à nous occuper d'un enlèvement d'enfant par un inconnu. C'est quelque chose qui vous use, qui vous pousse à bout. Parfois, je me demande : pourquoi ici ? pourquoi moi ?

— Moi aussi, j'ai une question, a répliqué Dee du tac au tac. Pourquoi vous ne faites pas votre boulot ? »

Karen a viré au cramoisi.

« Lulu n'est pas la première à avoir disparu, a enchaîné Dee. Je me suis renseignée, il y a un vrai problème, autour de ce lac. »

Avec le recul, peut-être que c'est à ce moment-là que leur relation a commencé à se détériorer. Mais cela n'empêche, Dee devrait quand même l'appeler.

Elle sait pourtant qu'elle n'en fera rien. Cette photo, c'est un cadeau. Un cadeau juste pour elle. Et puis, elle sent la colère monter doucement en elle en songeant que si la police ne lui avait pas systématiquement tout caché, peut-être qu'elle se serait souvenue du nom de la rue et qu'elle aurait fait le rapprochement il y a des années. Que de temps perdu…

La photo a un dernier secret à révéler. Dee scrute la chemise du suspect. Elle approche l'image de son visage jusqu'à avoir mal aux yeux, mais parvient néanmoins à distinguer des lettres cousues sur sa poche de poitrine. Le journal a dû les flouter avant publication. Dee reconnaît un nom. Ed, ou peut-être Ted, Banner quelque chose.

Elle a l'impression d'avoir infligé le coup de poing du K.-O. après un très, très long combat de boxe. Elle a un nom – en tout cas un morceau de nom – et une rue. Dee se rend compte qu'elle pleure, ce qui est absurde puisque c'est la première fois de sa vie qu'elle éprouve une telle détermination. L'espace d'un battement de cœur, elle sent la présence de Lulu à côté d'elle. La voiture se remplit de l'odeur de sa peau toute chaude tartinée de crème solaire. Une petite joue rebondie se frotte contre la sienne, et Dee hume le shampooing de sa sœur et son haleine sucrée.

« J'arrive », lui promet-elle.

Ted

C'est le jour de mon rendez-vous, alors, dès l'aube, je me rends chez l'homme-scarabée. Je l'ai trouvé sur une petite annonce en ligne. Il n'est pas aussi cher que les autres, ce qui fait que je peux me permettre une séance toutes les deux semaines. Il me donne toujours rendez-vous très tôt le matin, avant que les autres gens soient levés – au moment où personne n'est disponible, j'imagine. Moi, j'aime bien aller le voir. Je lui parle d'Olivia et de tout l'amour que je ressens pour elle, des émissions de télé que j'ai vues, des sucreries que j'ai mangées et des oiseaux qui viennent se poser dans le jardin. Parfois, je lui parle même de maman et de papa. Mais pas trop. Bien sûr, je ne lui dis rien sur la situation avec Lauren ou avec les dieux. Chaque fois, je glisse une ou deux vraies questions au milieu du baratin. Petit à petit, je me rapproche du moment où je lui poserai la vraie grande question. C'est pour bientôt. Parce qu'il faut dire la vérité : avec Lauren, c'est de plus en plus compliqué.

Parfois, j'ai même l'impression que ça m'aide de discuter avec lui. En tout cas, il me prescrit les médicaments, et ça, c'est sûr que ça m'aide.

Pour me rendre à son cabinet, je dois marcher trois quarts d'heure, mais ça se passe bien. Il ne pleut pas vraiment, c'est plutôt comme une bruine chaude et frelatée en suspens dans l'air. Les phares des voitures projettent un halo diffus sur la chaussée humide et il y a quelques lombrics qui tortillent leur corps rosâtre et luisant sur le trottoir.

Le cabinet de l'homme-scarabée se trouve dans un immeuble qui ressemble à un empilement maladroit de cubes pour enfants. La salle d'attente est déserte, et je m'installe sur une chaise. J'aime bien ce genre d'endroits entre une chose et une autre. Les couloirs, les salles d'attente, les entrées – toutes ces pièces où il n'est rien censé se passer. Ça retire beaucoup de pression et ça me permet de réfléchir plus facilement.

Il y a une forte odeur de nettoyant ménager qui fait penser à une prairie en fleurs, en version chimique. J'imagine que dans le futur, on atteindra un moment où plus personne ne connaîtra le parfum d'une vraie prairie. Mais bon, si ça se trouve, d'ici là, les vraies prairies auront disparu et toutes les fleurs seront fabriquées en laboratoire. Du coup, les ingénieurs feront en sorte que les fleurs aient une odeur de nettoyant ménager, parce qu'ils penseront que c'est ça, la véritable odeur des fleurs, et ça fera un cercle infini. Voilà le genre de pensées passionnantes que j'arrive à avoir lorsque je me retrouve dans une salle d'attente, à un carrefour, ou que je fais la queue à l'épicerie.

L'homme-scarabée apparaît, rajuste sa cravate et m'invite à entrer. Je crois que je le mets mal à l'aise. Ça doit être ma corpulence. La plupart du temps, il arrive plutôt bien à le cacher. Son ventre ressemble à un coussin rond, comme ceux qu'utilisait maman pour décorer le canapé. Il est blond, mais son crâne commence à se dégarnir, et il porte des lunettes derrière lesquelles apparaissent deux yeux bleus parfaitement circulaires.

Vous l'avez compris, je ne me rappelle pas son nom. Il ressemble à une gentille punaise, ou à un lucane, c'est pour ça que je l'ai surnommé l'homme-scarabée.

Son cabinet est clair, dans les tons pastel, avec beaucoup plus de chaises que nécessaire. Il y en a de toutes les tailles, de toutes les formes et de toutes les couleurs. Chaque fois, c'est une véritable torture pour moi de choisir où m'asseoir. Je me demande si c'est une manière pour l'homme-scarabée de juger mon humeur. Parfois, j'essaie de penser comme Lauren et de deviner quelle chaise elle choisirait. Tu parles, elle les balancerait probablement toutes à travers la pièce !

Aujourd'hui, j'opte pour une chaise pliante cabossée en métal. J'espère que ce choix inconfortable prouvera à l'homme-scarabée que je suis là pour faire des progrès.

« Vous avez encore perdu des cheveux, fait remarquer l'homme-scarabée d'un ton doux.

— Je crois que c'est ma chatte qui me les arrache, la nuit.

— Et votre bras gauche a l'air abîmé. Qu'est-ce qui s'est passé ?

— J'avais un rendez-vous avec une fille, je réponds en regrettant de ne pas avoir mis un tee-shirt à manches longues. Elle m'a refermé la portière de la voiture sur le bras sans faire exprès. »

Je n'ai pas encore eu de rendez-vous avec une fille, mais je crois que ça a plus de chances d'arriver si je dis que si – c'est un peu comme un sortilège qui me forcerait à passer à l'action.

« Ça a dû être très douloureux, commente l'homme-scarabée. Et sinon, comment s'est passé ce rendez-vous ?

— Ah, oui, c'était très bien. Et sinon, j'ai commencé à regarder une nouvelle série à la télé. C'est sur un type qui tue des gens, mais seulement s'ils le méritent. Il tue des méchants, quoi.

— Qu'est-ce qui vous plaît, dans cette série ?

— Elle ne me plaît pas. Je trouve que c'est n'importe quoi. On ne peut pas deviner comment sont les gens juste à partir de ce qu'ils font. On peut très bien faire quelque chose de mal sans être quelqu'un de mauvais. Et à l'inverse, ça doit aussi arriver que des gens mauvais fassent quelque chose de bien une fois de temps en temps. Ce que je veux dire, c'est qu'on ne peut jamais savoir. »

Je le vois prendre sa respiration pour me poser une question, alors je me dépêche d'ajouter :

« Et il y a aussi une autre série avec un type qui tue plein de gens, mais ensuite il a un accident où il se cogne la tête et quand il se réveille, il pense qu'on est dix ans plus tôt. Il ne se souvient pas d'avoir assassiné tous ces gens, il est perdu avec les nouveaux téléphones portables et il ne reconnaît pas sa femme. Bref, il est une personne différente de celle qui a tué ces femmes. Du coup, est-ce qu'il est quand même coupable, si ça s'est passé sans qu'il le sache ?

— Avez-vous parfois l'impression de faire des choses sans le savoir ? »

Prudence, je me dis.

« Et enfin il y a une dernière série sur un chien qui parle. D'une certaine manière, ça me paraît beaucoup plus réaliste que quelqu'un capable de distinguer les gentils des méchants. Ma chatte ne sait pas vraiment parler, bien sûr, mais je sais toujours ce qu'elle veut. Donc c'est tout comme.

— Votre chatte compte beaucoup pour vous, dit l'homme-scarabée.

— C'est ma meilleure amie », je réponds sans hésiter. Je crois que c'est la première fois que je lui dis quelque chose qui est vrai depuis six mois que je viens le voir. Un silence s'installe dans la pièce – pas désagréable du tout, d'ailleurs. L'homme-scarabée note quelque chose sur son bloc-notes jaune, mais je ne vois pas trop ce que ça peut être à part une liste de courses, vu que je ne lui ai rien confié d'intéressant.

« Je me fais du souci pour elle, j'ajoute, et je le vois relever la tête. Je crois qu'elle est… Je crois que ma chatte est, comment dire ? Homosexuelle. Gay. J'ai l'impression qu'elle est attirée par les femelles.

— Qu'est-ce qui vous fait penser ça ?

— Il y a une autre chatte qu'elle regarde, par la fenêtre. Elle est tout le temps en train de l'observer. Elle est amoureuse d'elle, je le vois bien. Ma mère serait très en colère si elle savait que j'avais une chatte homosexuelle. Elle avait des idées très arrêtées sur le sujet. »

L'odeur du vinaigre emplit l'espace pendant un instant, et j'ai peur de vomir. J'en ai trop dit.

« Pensez-vous que votre chatte…

— Je ne veux plus parler de ça, je le coupe.

— Mais…

— Non. Non, non, non, non, NON.

— Très bien. Comment va votre fille ? »

Je frémis. Il y a une fois où, sans faire exprès, j'ai commis la bêtise de mentionner Lauren. Depuis, il ne veut pas lâcher le morceau.

« Elle passe beaucoup de temps à l'école. Du coup, je ne la vois pas trop.

— Vous savez que cette séance est la vôtre, Ted. Elle est totalement privée et vous pouvez dire ce que vous voulez, ici. Certains de mes patients ont le sentiment que c'est le seul endroit où ils peuvent s'exprimer en toute honnêteté. Dans notre vie de tous les jours, il est parfois difficile de dire à nos proches ce qu'on pense ou ce qu'on ressent. Et quand on garde des secrets, on finit souvent par se sentir très seul. C'est pour ça qu'il est important d'avoir un endroit où on peut se livrer en toute sécurité. Ici, vous pouvez tout dire.

— Eh bien, il y a des aspects de ma vie que j'aimerais bien partager un jour avec quelqu'un. Pas avec vous, mais avec quelqu'un. »

Il fronce les sourcils.

« L'autre jour, je regardais un spectacle de monster trucks à la télé, et je me disais : les monster trucks, c'est vraiment quelque chose que j'adore. C'est énorme, ça fait du bruit, c'est divertissant. J'espère qu'un jour, je rencontrerai quelqu'un qui partagera ma passion pour ces gros engins.

— Un très bel objectif », commente-t-il, mais je vois ses yeux se ternir. Maintenant, on dirait deux billes sales.

Pendant des semaines, j'emmagasine mes pensées les plus inintéressantes pour les raconter à l'homme-scarabée. C'est du boulot, parfois, de trouver assez d'idées pour tenir une heure. Mais là, le coup des monster trucks m'est venu spontanément.

« Dans mon livre, dit l'homme-scarabée, je parle du rôle protecteur que peut jouer la dissociation sur… »

Maintenant que je peux relâcher mon attention sans risque, je ne me fais pas prier. L'homme-scarabée aime beaucoup parler de son livre. Il n'est pas encore publié. D'ailleurs, je crois qu'il n'est même pas terminé. Depuis que je le connais, il est dessus. Mais bon, j'imagine qu'on a tous quelque chose qui nous tient plus à cœur que le reste. Pour moi, c'est Lauren et Olivia. Pour l'homme-scarabée, c'est son livre qu'il n'arrive pas à terminer.

À la fin de l'heure, il me tend un sac en papier kraft, le même genre que ceux dans lesquels on emballe les pique-niques. Je sais qu'il y a quatre boîtes de cachets à l'intérieur et, tout de suite, je me sens beaucoup mieux.

Je dois dire que je suis assez content de ma stratégie avec l'homme-scarabée. L'idée m'est venue il y a un moment, pas très longtemps après la petite fille à la glace au sirop.

Lauren avait de la fièvre depuis quelques jours et je voulais lui donner des antibiotiques, mais je ne savais pas comment m'en procurer. Aucun médecin n'aurait pu comprendre notre situation. Au début, j'ai espéré qu'elle guérisse toute seule, mais au bout de quelques jours j'ai dû me rendre à l'évidence : ce n'était pas parti pour. Pis, son état s'était même aggravé. Alors j'ai regardé sur Internet et j'ai trouvé un dispensaire gratuit de l'autre côté de la ville.

« Comment tu te sens ? j'ai demandé à Lauren. Dis-moi exactement.

— J'ai chaud, m'a-t-elle répondu d'une voix un peu rauque. Il y a des insectes qui rampent sur ma peau. Je n'arrive pas à réfléchir. Tout ce que je veux, c'est dormir. Même parler me fatigue. »

J'ai bien écouté et j'ai tout noté sur un papier que j'ai ensuite fourré dans ma poche.

À la nuit tombée, j'ai marché jusqu'au dispensaire.

J'ai dû patienter plusieurs heures. Ça ne me dérangeait pas. La salle d'attente était nue et sentait un peu l'urine, mais elle était silencieuse, et il y avait des chaises pour s'asseoir. Et, comme je l'ai dit, j'adore réfléchir dans les salles d'attente.

Quand la dame en colère a appelé mon nom, j'ai sorti le papier de ma poche et je l'ai relu trois fois, en croisant les doigts pour me souvenir de tout. Ensuite, on m'a fait entrer dans une espèce de cabine où m'attendait un médecin qui avait l'air fatigué. Il m'a demandé mes symptômes, alors j'ai pris une voix rauque et j'ai récité :

« J'ai chaud. Il y a des insectes qui rampent sur mon corps. Je n'arrive pas à réfléchir. Tout ce que je veux, c'est dormir. Même parler me fatigue. »

J'avais tout bon ! Au mot près ! Et en plus, ça a marché : le médecin m'a prescrit des antibiotiques et beaucoup de repos. Après la consultation, je suis passé à la pharmacie voisine récupérer les médicaments, et je me sentais tellement soulagé que j'ai failli me mettre à danser dans les rayons. Sur le chemin du retour, j'ai pris le temps d'observer le monde autour de moi. J'ai vu un joli panneau lumineux en forme de fleur et un étal où on trouvait des fruits en forme d'étoiles. J'ai aussi vu une femme qui promenait un minuscule chien noir dans son sac à main rouge. J'ai serré le sac en papier avec les antibiotiques contre ma poitrine.

En arrivant dans ma rue, j'étais très fatigué. Pour faire l'aller-retour jusqu'au dispensaire, j'avais marché au moins quinze kilomètres. J'ai donné les antibiotiques à Lauren en les cachant dans sa nourriture. Après ça, elle a vite guéri. Mon plan avait fonctionné !

Quand les choses ont commencé à devenir compliquées avec Lauren, j'ai rapidement compris qu'il allait me falloir des réponses. Pas sur son corps, mais sur son esprit. C'est comme ça que j'ai eu l'idée d'aller voir l'homme-scarabée et de lui faire croire que je parlais de moi, alors qu'en fait je lui posais des questions sur Lauren. Exactement comme la fois avec les antibiotiques, sauf que là, ce n'était pas une ordonnance que je cherchais, mais des informations.

Je suis de retour. Dans ma rue. La maison face à moi est jaune avec des liserés verts – je suis à nouveau devant la maison de la dame au chihuahua et j'éprouve le même sentiment que la dernière fois : l'impression d'être sur le point d'apprendre quelque chose. Ça fait comme des fourmis dans mon cerveau, qui défileraient sur leurs petites pattes.

Je remarque une affiche agrafée au poteau téléphonique. Je m'approche – souvent, c'est parce qu'il y a un chat qui a disparu. Les chats ont l'air très débrouillards et très indépendants, comme ça, mais ils ont souvent besoin de notre aide.

Cette fois, ce n'est pas un chat, mais la photocopie un peu floue d'un visage qui se répète au loin, poteau après poteau. Il me faut un moment avant de la reconnaître. Elle a l'air beaucoup plus jeune, évidemment, et elle n'a pas de chien avec elle, mais c'est bien la dame au chihuahua. Sur la photo, elle est adossée à un mur en plein soleil et elle sourit. Elle a l'air heureuse.

La dernière fois que j'ai vu une vraie personne sur un poteau téléphonique, c'était la petite fille à la glace au sirop.

Quand je pousse la porte, Lauren m'attend.

« Tu étais où ? me demande-t-elle, haletante.

— Calme-toi, chaton. Tu risques de tomber dans les pommes. »

C'est déjà arrivé.

« Tu as une amoureuse ! se met-elle à hurler. Tu vas m'abandonner ! »

Elle prend ma main, la glisse entre ses dents, et elle me mord.

Au bout d'un moment, je finis par réussir à la coucher. J'essaie de regarder les monster trucks à la télé, mais je suis épuisé par la journée que je viens de passer. C'est fatigant, les sentiments.

Je me réveille en sursaut au milieu de la nuit. L'obscurité est comme une caresse sur ma peau. La platine vinyle est censée tourner en boucle, mais elle commence à être vieille, ou alors peut-être que j'ai fait une mauvaise manipulation. Dans le silence, j'entends Lauren ramper par terre en faisant claquer ses petites dents pointues.

« Méchant monsieur, murmure-t-elle. Sors, sors, sors. »

J'essaie de la calmer, je la recouche. Elle crie et me mord à nouveau la main, cette fois jusqu'au sang. Et elle se débat en pleurant et en criant.

« Même si j'avais une amoureuse, c'est toujours toi que j'aimerais le plus. »

Je tente de la rassurer, mais je me rends tout de suite compte que je n'aurais jamais dû dire une chose pareille.

« Je le savais, que tu avais une amoureuse ! Je le savais ! »

Lauren se remet à me griffer de plus belle, et la crise continue jusqu'à ce que le matin fasse fuiter du gris dans la chambre.

Quand je me lève, je suis toujours aussi fatigué et j'ai des bleus partout. Lauren, elle, fait la grasse matinée. J'en profite pour mettre à jour le calendrier, une habitude que m'a inculquée maman.

Une fois par semaine, maman inspectait la maison de fond en comble armée de son carnet, un examen minutieux qu'elle refaisait toujours quelques heures plus tard – c'était capital, selon elle, parce que ça limitait le risque d'erreur. Elle notait tout : chaque mouton de poussière, chaque araignée, chaque tuile fêlée… Ensuite, elle donnait le carnet à papa pour qu'il fasse le nécessaire pendant la semaine. Elle appelait ce carnet son « calendrier des choses cassées ». Maman parlait un anglais quasiment parfait, c'était donc toujours étonnant lorsqu'elle employait un mot de travers. Ni papa ni moi ne l'avons jamais reprise.

Et donc, comme maman, tous les samedis matin à l'aube, je prends le carnet et j'inspecte chaque recoin de la maison. Le soir, avant le coucher du soleil, je recommence. Je débute toujours par un tour du terrain pour m'assurer que la clôture est en bon état, puis je passe à l'extérieur de la maison. Je vérifie qu'il n'y a pas de clou mal fixé, pas de terrier creusé par un rongeur, pas de trace de termites, ce genre de choses… Ce n'est pas compliqué mais, je l'ai dit, c'est très important.

Les trois verrous de la porte de derrière s'ouvrent bruyamment. *Clac, clac, clac.* J'attends. Je ne sais jamais ce qui risque de réveiller Lauren, mais, là, en tout cas, elle continue à dormir. Dehors, le soleil est aveuglant et le sol tout craquelé a l'air calciné. Les mangeoires sont vides. Il n'y a pas un souffle de vent dans les arbres et toutes les feuilles semblent paralysées par la chaleur. On dirait que la mort a posé son index sur la rue. Je reverrouille la porte derrière moi et me dirige vers le cabanon attenant à la maison.

À l'intérieur, il fait plus frais. Dans la pénombre, je sens des effluves de rouille et d'essence – le parfum de tous les cabanons. Il faut que je me méfie, car les odeurs sont une autoroute pour la mémoire. Trop tard : dans un coin du cabanon, papa est debout, silencieux. Il tend la main vers une boîte de vis et la bouteille brune posée derrière. Petit Teddy lui tire sur la manche. Il voudrait monter dans la voiture et s'en aller, mais papa doit d'abord s'occuper de maman.

Je me dépêche de récupérer les outils et, en retrouvant la chaleur extérieure, je pousse un soupir de soulagement avant de refermer la porte de l'appentis derrière moi. *Reste là, papa. Et toi aussi, petit Teddy. Il n'y a pas de place pour vous, ici.*

Quand j'écris dans mon carnet, je m'applique toujours. Ce n'est pas le même carnet que maman, évidemment. Moi, mon calendrier des choses cachées, je le tiens dans un vieux livre d'école de Lauren. J'écris à l'endroit où il y a les cartes.

Souris de la cuisine de retour, je note dans le vaste espace bleu clair au large de la Papouasie-Nouvelle-Guinée. *Lavabo salle de bains – fuite robinet. Bible encore tombée de la table ?!?!? Pourquoi ? Table bancale ?!?!?!*

Et ainsi de suite. La porte de la chambre grince ; il faut huiler les gonds. Un des panneaux de bois devant la fenêtre du salon ne tient plus très bien ; il faut remettre des clous. Quelques tuiles sont tombées. C'est les ratons laveurs ; ils font beaucoup de dégâts sur les toits des maisons. Mais j'adore leurs minuscules mains noires.

Je fais ce que je peux dès maintenant. Pour le reste, je verrai dans la semaine. Je dois être à la fois une maman et un papa pour Lauren. J'aime bien réparer la maison et reboucher des trous, comme pour la rendre complètement étanche. Rien ne peut entrer ni sortir sans ma permission.

Je termine de préparer les pancakes aux pépites de chocolat au moment où Lauren se réveille. Personnellement, je trouve que ces espèces de crêpes trop épaisses sont une abomination – c'est comme manger des gants de toilette chauds. Mais Lauren adore ça, alors bon…

« D'abord, on se lave les mains, je la préviens. J'ai passé la matinée à travailler dehors et toi, tu t'es amusée à faire du vélo en pédalant avec les mains. »

Je suis tellement fier d'elle : elle arrive à caler la selle contre son ventre et à mouliner avec ses bras. Une chose est sûre, elle a de la ressource, cette petite !

« C'est parce que c'est plus facile avec les mains, dit-elle.

— Je sais, chaton, je lui réponds en l'embrassant. Et tu vas tellement vite, en plus ! »

Nous nous lavons les mains dans l'évier de la cuisine, en utilisant la brosse pour bien gratter sous les ongles.

Lauren mange en silence. Hier, c'était compliqué ; elle était dans tous ses états et ça l'a épuisée. Demain, elle doit repartir, et la perspective de son absence nous rend tous les deux très maussades.

« Aujourd'hui, on peut faire tout ce que tu veux, je lui propose sans réfléchir, et je vois une lueur s'allumer dans ses yeux.

— Je veux aller faire du camping. »

Mon impuissance me heurte de plein fouet. On ne peut pas aller camper. Lauren le sait pertinemment. Alors pourquoi faut-il toujours qu'elle cherche à repousser les limites ? Toujours à tirer, à mordiller, comme les petits chiens qui se mettent dans les pattes des taureaux pour les embêter ? Pas étonnant que je me mette en colère.

Mais je ressens aussi du chagrin, parce que c'est tellement injuste, comme situation. La plupart des enfants ont le droit d'aller faire des feux dans la forêt et de dormir sous la tente. Pour eux, c'est même une activité normale. Peut-être que ce qui s'est passé avec le Meurtrier m'a déprimé, peut-être que moi aussi, j'en ai assez d'être enfermé dans la maison, en tout cas je cède.

« D'accord. Allons camper, alors. On part ce soir, au crépuscule.

— C'est vrai ? C'est vrai, papa ?

— Je t'ai dit qu'on pouvait faire tout ce que tu voulais, non ? »

Son bonheur illumine toute la pièce.

Je suis occupé à fourrer le nécessaire (lampe torche, couverture, bâche, barres de céréales, bouteilles d'eau, papier toilette, etc.) dans un sac à dos quand j'entends derrière moi un bruissement de tissu. Oh non. Je ferme les yeux le plus fort possible.

Sa main est comme un morceau d'argile glacé sur ma nuque. *Ne laisse personne découvrir ce que tu es*, me souffle maman.

« Ça n'arrivera pas, je réponds. Je veux juste faire plaisir à Lauren. C'est seulement pour cette fois, je te jure. Et je vais faire en sorte qu'elle n'ait jamais envie d'y retourner. »

Il faut que tu les déplaces.

Par le trou qui fait face à la forêt, je regarde le soleil descendre lentement vers les arbres. Lorsqu'il a presque disparu, je passe les bretelles du sac à dos et éteins les lumières de la maison.

« Il est temps d'y aller, j'annonce. Les feutres et les crayons de cire, s'il te plaît. »

Lauren les compte et me les tend un par un, pendant que je les range. Ils sont tous là.

« Est-ce que tu veux boire un peu d'eau avant de partir ? Est-ce que tu as besoin de passer aux toilettes ? Après, ce sera trop tard. »

Lauren secoue la tête. L'excitation qui émane d'elle fait comme de petites explosions. Je sais que le vélo rose sera inutile sur le sol boueux de la forêt, alors je la préviens :

« Tu vas devoir me laisser te porter.

— D'accord. »

On sort par la porte de derrière et je referme les verrous derrière nous. Une fois que j'ai pris le temps de vérifier que la rue est vide, on quitte l'ombre de la maison. Des nuées de moucherons dansent sous les lampadaires à la lueur jaunâtre. La maison d'à côté nous observe de ses yeux couverts de journaux. Un peu plus bas dans la rue, c'est une autre histoire : les fenêtres ouvertes répandent leur bruit et leur lumière chaleureuse. Je perçois une mélodie au piano, tandis que de lointains effluves de côtes de porc grillées me chatouillent les narines.

« On pourrait aller toquer chez des gens, suggère Lauren. On leur dirait bonsoir et peut-être qu'ils nous inviteraient à dîner ?

— Je croyais que tu voulais aller camper ? Allez, viens, chaton. »

On prend la direction de l'endroit où les arbres se découpent contre le ciel violet. Après quelques pas, on passe sous une barrière en bois et ça y est, nous y sommes. La lampe torche projette son rayon exsangue sur le chemin.

Bientôt, toute trace de la ville a disparu, et on n'est plus entourés que par la forêt qui se réveille. L'air sombre se remplit de hululements, de cliquetis et de chants. Grenouilles, cigales, chauves-souris. Lauren frissonne, impressionnée et émerveillée à la fois.

J'adore la sentir si proche de moi. Je ne me souviens pas de la dernière fois qu'elle m'a laissé la porter sans se débattre. Elle déteste se sentir impuissante.

« Qu'est-ce que tu fais si on croise quelqu'un ? je lui demande à nouveau.

— Je me tais et je te laisse parler. C'est quoi, cette puanteur ?

— Une moufette », je réponds en lui désignant un animal au bord du sentier.

Le petit carnivore curieux nous suit quelque temps avant de disparaître dans les buissons, emportant son odeur avec lui.

On ne marche pas très longtemps – deux kilomètres, peut-être. À quelques dizaines de mètres du sentier se trouve la clairière, à l'abri derrière sa muraille de rochers et d'épaisses broussailles qui la dissimule aux regards. Mais je connais bien le chemin. C'est là qu'habitent les dieux.

Une odeur entêtante de thuya et de serpolet imprègne la nuit. Pourtant, les arbres qui encerclent la clairière ne sont pas des thuyas géants, mais des spectres pâles et squelettiques.

« Papa, murmure Lauren, c'est quoi, ces arbres blancs ?

— Ce sont des bouleaux. Des bouleaux à papier, pour être précis. Tiens, regarde. »

Je détache une bande d'écorce du tronc et la montre à Lauren, qui passe doucement les doigts dessus. Je me garde bien de lui dire qu'on les appelle surtout « arbres à os ».

Je trouve l'endroit que je cherche dans un coin de la clairière et étends la bâche par terre – le sol a gardé la chaleur accumulée pendant la journée. On s'assoit. Je donne de l'eau à Lauren et lui fais manger une barre de céréales. Au-dessus de nous, on voit les étoiles à travers les branches. Lauren ne dit rien. Je sais qu'elle sent la présence des dieux.

« C'est très agréable, je commente. Toi et moi, dans la forêt. Ça me rappelle l'époque où tu étais petite. Qu'est-ce que c'était bien !

— Moi, j'ai détesté », me répond-elle.

La frustration me fouette le visage. Lauren tente toujours de me repousser. Mais je garde mon calme et affirme simplement :

« Je t'aime plus que tout au monde. »

Ce qui est la vérité. Lauren est unique. Les autres n'ont jamais eu le privilège de voir la clairière.

« Tout ce que je veux, c'est te protéger, j'ajoute.

— Mais papa, je n'en peux plus de vivre comme ça. Parfois, je n'ai même plus envie de vivre du tout. »

Sa dernière phrase chasse l'air de mes poumons. Je parviens malgré tout à reprendre mon souffle et à déclarer d'une voix aussi tranquille que possible :

« Je vais te confier un secret, chaton. Tout le monde se sent comme ça par moments. Parfois, les choses vont mal et on a l'impression que rien ne pourra s'arranger, que l'avenir est bouché, comme le ciel un jour de pluie. Mais tu sais, la vie, ça change à toute vitesse. Les choses bougent tout le temps, les bonnes comme les mauvaises, et le ciel finira par se dégager. Je te le promets.

— Sauf que moi, je ne suis pas comme tout le monde, me fait remarquer Lauren d'une voix tranchante. La plupart des gens, ils auraient pu marcher jusqu'ici. Pas moi. Et ça, ça ne changera jamais. Pas vrai, Ted ? »

Je grimace. Je suis dans l'impasse. Et je déteste quand elle m'appelle Ted.

« On n'a qu'à regarder les étoiles, d'accord, chaton ?

— Je veux que tu me laisses faire des choses, papa. Tu dois me laisser grandir, à un moment.

— Lauren, je fais d'une voix plus sévère. Ce n'est pas juste, de me reprocher ça. Je sais bien que tu te sens grande, mais tu as quand même besoin qu'on te surveille. Tu te souviens de ce qui s'est passé au centre commercial ?

— Mais c'était il y a des années ! Les choses ont changé, depuis. Regarde, on est dehors et j'ai un comportement exemplaire. »

C'est juste après ça qu'elle sent la première piqûre.

« Il y a quelque chose qui m'a mordu ! » s'exclame-t-elle, surprise.

Il n'y a pas encore de peur dans sa voix.

Moi aussi, je me fais piquer. Deux fois en quelques secondes, sur la jambe. Je ne sens rien, évidemment, mais je vois ma peau rougir et former deux petites cloques. Elles sont partout sur nous, à présent. Lauren se met à hurler.

« Mais c'est quoi, ce truc ? Papa, papa, qu'est-ce qui se passe ?

— Des fourmis de feu. On a dû s'installer sur leur fourmilière.

— Enlève-les ! Vite, enlève-les, ça brûle ! »

J'attrape le sac à dos et m'élance entre les arbres en portant Lauren. J'ignore les racines et les ronces qui me font trébucher. Arrivé au sentier, je m'arrête et je nous frotte vigoureusement la peau, avant de verser de l'eau sur les parties de notre corps qui ont été exposées.

« Est-ce qu'il y en a qui sont rentrées sous tes vêtements ? je demande.

— Non, je ne crois pas, sanglote-t-elle. Est-ce qu'on peut rentrer à la maison, papa ?

— Mais bien sûr, chaton. »

Je la serre fort contre moi sur le chemin du retour, savourant la satisfaction de ne plus me faire appeler Ted.

« C'était une très mauvaise idée, d'aller camper, dit-elle. Merci d'avoir bien voulu qu'on rentre.

— C'est normal, chaton. »

Vaincue par toutes ces émotions, Lauren s'endort avant même qu'on ait atteint la maison. Une fois à l'intérieur, je mets de la crème sur nos boutons et je caresse délicatement sa peau endormie. Une ligne de pustules rouge vif remonte son mollet jusqu'à l'intérieur de son genou, mais c'est tout. On s'est enfuis avant que les fourmis aient eu le temps de faire vraiment de gros dégâts. Je crois que les enfants ressentent la douleur plus fort que les adultes, parce qu'ils ne savent pas encore jusqu'à quelle intensité elle peut monter.

Le lendemain matin, il est temps de se dire au revoir. Lauren s'accroche à moi. Sa respiration est humide contre ma barbe.

« Je t'aime, papa. Je ne veux pas y aller.

— Je sais, chaton. »

Le goût de ses larmes sur mes lèvres fait déferler en moi une vague de sentiments si puissante que je suis obligé de fermer les yeux. J'ajoute :

« On se voit la semaine prochaine, alors ne t'en fais pas, d'accord ? D'ici là, sois bien sage. Comme ça, le temps passera encore plus vite. »

Chacun de ses sanglots me frappe comme un coup de marteau.

Après son départ, je m'assois sur le canapé en écoutant la musique – je suis profondément malheureux. Au bout d'un moment, des moustaches viennent me chatouiller le dos de la main. Puis une tête poilue se glisse entre mes doigts.

Olivia est sortie de sa cachette et elle a compris que j'avais besoin d'elle.

Je me dirige vers la forêt armé d'un gros bidon d'insecticide. C'est un endroit très différent, en pleine journée. Les taches lumineuses éparpillées sur le sol font penser à des grains de raisin. Au milieu d'un buisson touffu, une tête de chevreuil apparaît. L'animal me regarde, les yeux écarquillés, puis s'enfuit. Je comprends vite pourquoi lorsque je croise quelques instants plus tard l'homme aux cheveux couleur jus d'orange accompagné de son chien. Comme d'habitude, le chien me fait un grand sourire. Il doit se souvenir de la fois où Olivia a essayé de sortir. Un peu plus tard, je tombe sur une famille vêtue de vestes rouges assorties, en pleine randonnée. J'ai l'impression qu'ils se font la tête. Les enfants ont le visage fermé et sérieux ; le père a l'air épuisé. La mère, elle, marche devant comme si elle était toute seule.

Je dépasse de quelques mètres l'endroit où je quitte habituellement le sentier pour rejoindre la clairière et m'assois sur une souche. La famille passe en silence.

Le père m'adresse un salut de la tête. Maintenant, j'en suis certain : ils se sont disputés. C'est compliqué, les familles.

J'attends que les vestes rouges aient disparu entre les arbres, puis je fais demi-tour et vais retrouver la clairière. Ma bâche est toujours là, froissée sur son lit de feuilles comme la mue d'un monstre inconnu. En tout cas, les fourmis semblent l'avoir adoptée. Il faut que je la récupère, sinon elle risque d'attirer l'attention sur cet endroit. Je ramasse un long bâton que j'utilise pour former une espèce de boule avec la bâche, je la ramasse et la mets dans un gros sac-poubelle que j'ai apporté.

Ensuite, je remonte le défilé des ouvrières jusqu'à l'entrée principale de la fourmilière. Les insectes sont presque transparents à la lumière du jour, et ils ont l'air absolument inoffensifs – jamais on ne devinerait qu'ils peuvent infliger une douleur aussi aiguë.

« Désolé », je murmure en versant le contenu de mon bidon sur la fourmilière, sur les différents accès qui y mènent et dans le sac-poubelle.

En posant la bâche à cet endroit précis, la veille au soir, je ne savais pas que les fourmis de feu étaient encore là, mais je me doutais que si : ce sont des créatures très territoriales. Ça a été difficile pour moi d'écouter les pleurs de Lauren, d'entendre la douleur qu'elle ressentait à chaque piqûre. Mais en même temps, c'était nécessaire – il faut qu'elle apprenne.

Je dois reconnaître que le comportement de Lauren s'est grandement amélioré, depuis quelque temps. L'incident de la galerie marchande ne semble plus qu'un lointain souvenir, désormais.

Je me tiens debout au centre de la clairière, qui se trouve également être le centre du dessin. La lumière du soleil y forme une espèce de mare. Je salue les dieux et ressens leur puissance. Allongés sous le sol de la forêt, ils viennent à ma rencontre, et j'ai l'impression d'être tiré à droite et à gauche par de petits fils tout fins. Maman a raison. Dès que mon bras sera guéri, il faudra que je leur trouve un nouveau sanctuaire. Les gens commencent à sentir leur présence. La famille de tout à l'heure, par exemple, s'est beaucoup trop approchée.

En gravissant les marches de mon perron, je me rends compte qu'elles sont nues. Le vent a fait s'envoler les feuilles mortes et tout le reste. Ça ne va pas. Si des gens s'approchent de chez moi, je veux pouvoir les entendre. Ce que je fais toujours, c'est que je réduis en miettes quelques boules de Noël et que je les répartis sur les marches. Comme ça, ça fait un crissement bien reconnaissable qui me laisse le temps de m'organiser. En plus, ce n'est pas dangereux du tout, vu que tout le monde porte des chaussures. Bon, je sais que l'autre jour je suis sorti pieds nus, mais la plupart des gens ne font pas ça.

Alors que je saupoudre les marches de petits morceaux de verre, je perçois un mouvement du coin de l'œil. Je me tourne, en espérant que ce soit mon imagination qui me joue des tours. Malheureusement, ce n'est pas le cas : dans la maison abandonnée voisine, le papier journal jauni a disparu d'une des fenêtres du rez-de-chaussée. Bientôt, je vois une main blanche libérer une autre fenêtre, ne laissant à sa place qu'un grand œil noir et vide. La main soulève ensuite le châssis, et un tourbillon de poussière s'échappe vers le jardin. C'est alors que j'entends le bruit d'un balai à l'intérieur.

Je rentre chez moi, verrouille la porte d'entrée, puis colle mon œil au trou situé côté est – celui qui donne sur la maison abandonnée. Malgré les tiges de vulpin trop longues qui se dressent devant moi, j'arrive à voir la camionnette de déménagement blanche se garer, puis la femme sortir de la maison, descendre les marches du perron d'un pas tranquille et ouvrir la portière arrière. Elle a la mâchoire figée, ce qui lui donne l'air plus vieille qu'elle ne doit l'être en réalité. Pour être franc, on dirait qu'elle manque de sommeil. Un homme en uniforme marron sort de la camionnette côté conducteur. À eux deux, ils commencent à décharger. Des cartons, des lampes, un grille-pain. Un fauteuil. Pas tant de choses que ça, finalement.

La femme se tourne vers moi. Son regard semble percer les touffes de vulpin et les planches de bois qui nous séparent. D'instinct, je me baisse, même si je sais qu'elle ne peut pas me voir. Son arrivée est une très mauvaise nouvelle : les gens ont des yeux pour regarder et des oreilles pour écouter, et les femmes regardent et écoutent plus attentivement que les hommes.

Je suis tellement perturbé que je me rends à la cuisine pour me préparer des bullshots. J'aurais aimé être l'inventeur de ce délicieux cocktail, malheureusement ce n'est pas le cas. Je suis sûr qu'il n'est pas difficile de trouver la recette originale, mais comme j'y ai apporté quelques changements, je vais quand même l'enregistrer.

Après une longue fouille, je finis par dénicher l'appareil sous le lit. J'imagine que j'ai dû donner un coup de pied dedans par mégarde.

> *Recette des bullshots à la Bannerman. Faites frémir un petit peu de bouillon de bœuf dans une casserole et ajoutez-y du poivre et du Tabasco. Vous pouvez aussi mettre une cuillerée à café de moutarde. Personnellement, je saupoudre toujours le tout d'un peu de sel au céleri. Ensuite, versez dans la casserole un shooter de bourbon. Ou deux, c'est selon. On est censé mettre aussi du jus de citron, mais les gens qui aiment le jus de citron sont les mêmes que ceux qui aiment la salade. Pas de ça chez moi.*

J'en bois trois avant de me sentir un peu mieux. Après ça, je prends mon cachet et, là, je sens enfin le sommeil me gagner. Comme disait souvent maman :

« Si tu es malade, prends un médicament ; si tu te coupes, fais-toi recoudre. »

Tout le monde sait ça.

Parfois, maman me racontait l'histoire de l'Ankou, le dieu aux multiples visages qui vivait dans les cimetières, là où elle avait grandi. Ça doit être tellement terrifiant, d'avoir plusieurs visages. Comment vous faites pour savoir qui vous êtes vraiment ? Quand j'étais petit, la nuit, il m'arrivait de voir l'Ankou dans ma chambre, pendu dans le noir ; c'était un vieux monsieur avec un long couteau, et ses yeux se reflétaient sur la lame. Ensuite, c'était un cerf avec des bois pleins de sang. Puis une chouette immobile qui me fixait du regard.

C'était mon monstre. J'ai du mal à faire la différence entre ce que maman m'a raconté sur lui et ce que mon cerveau de petit garçon a inventé. Encore aujourd'hui, penser à l'Ankou me fait frissonner. Mais maintenant, j'ai Olivia. Quand je caresse sa fourrure ou même que j'entends les bruits qu'elle fait en se promenant dans la maison, ça me rappelle que je suis en sécurité et que l'Ankou est très loin d'ici.

Alors que je pique du nez, les mots de l'homme-scarabée n'arrêtent pas de tourner dans ma tête. *Quand on garde des secrets, on finit souvent par se sentir très seul.* C'est bizarre parce que, d'une certaine manière, je suis très seul, mais, d'une autre, j'ai l'impression d'avoir toujours trop de monde qui me tient compagnie.

Je suis presque endormi lorsque la sonnette fracasse le silence comme un marteau-piqueur.

Olivia

Quelqu'un est en train d'actionner cette satanée sonnette et Ted ne veut pas se lever. Il se réveille toujours tard après avoir été en forêt. Je l'entends ronfler comme une caisse claire. Et voilà que ça recommence ! BRRRRRRRRR. Non, pas une caisse claire. Plutôt une scie, ou un pistolet à clous qu'on m'aurait collé contre la tempe. Allez ! J'ai besoin que le ted au pouce préhenseur se lève et aille ouvrir la porte. Je ne peux pas le faire pour lui. Je suis un chat, nom de D…

Je monte l'escalier en courant et lui marche sur le visage jusqu'à ce qu'il se réveille. Une fois debout, il tire des vêtements sur son corps en poussant des grognements parce que ça lui demande un gros effort, puis ses pas lourds s'éloignent dans l'escalier. J'en profite pour arpenter les draps où se dessine encore le contour de son corps chaud. Les verrous qui s'actionnent : *clac*, *clac*, *clac*. Ted ouvre la porte. Une autre voix qui dit quelque chose d'un ton suppliant – je crois que c'est une femelle ted. J'attends, confiante. Ted ne va pas se faire prier pour envoyer promener cette autre ted ! Il déteste que les gens appuient sur la sonnette. Il faut dire que les autres teds sont dangereux. Il me l'a suffisamment répété.

Mais comble de l'horreur, voilà qu'il invite l'autre ted à entrer ! La porte se ferme et, aussitôt, l'orage éclate. Toute la maison se met à trembler, les poutres qui soutiennent le toit gémissent, les murs vibrent… Sous mes pattes, le tapis glisse et j'essaie de m'y raccrocher avec mes griffes, mais c'est comme si tout ce qui m'entourait se désagrégeait.

Peu à peu, la tempête se calme, mais je n'arrive pas à quitter mon abri, sous le lit. J'ai le cœur qui bat à toute allure et je suis paralysée par l'horreur. La nouvelle puanteur de cette femelle ted a infesté la maison et agresse mes narines. C'est comme si je reniflais du poivre noir et du piment en même temps. Cette ted me fait ressentir beaucoup trop d'émotions – qui peut-elle bien être ?

En bas, les teds discutent comme si de rien n'était. J'ai l'impression qu'ils sont dans la cuisine. Je ne veux pas espionner leur conversation, bien sûr que non, mais je ne vais pas non plus me crever les oreilles. La femelle ted va habiter la maison d'à côté. Ensuite, elle parle de mettre un chat dans la machine à laver ! Seigneur ! Serait-ce une foldingue comme on n'en voit qu'à la télévision ?

La voix de Ted prend un ton étrange. Serait-ce de l'intérêt ? De la joie ? En tout cas, c'est abominable. Et s'il lui demandait de revenir ? Et si cette catastrophe se reproduisait à l'infini ? En bas, la conversation s'éternise et je me dis : *Invite-la carrément à s'installer ici, tant que tu y es !* Enfin, enfin, les voix se déplacent vers l'entrée. Ted ouvre la porte.

Au moment de partir, la femelle ted dit : « Si vous avez besoin d'un coup de main » et ensuite quelque chose au sujet d'un bras cassé qui m'échappe un peu.

Ça y est, il a refermé la porte. Elle est partie.

Eh ben ! Quelle horreur ! Affreux, affreux, affreux. Les gémissements dans mon oreille atteignent un pic qui me donne l'impression que ma tête va exploser. Ted vient de trahir la confiance qui nous unissait – et, sans confiance, que nous reste-t-il ? Imaginez si cette femelle ted était une meurtrière ? Et qu'elle décidait de revenir ? Non, c'est tout simplement inacceptable.

Ted remonte l'escalier et j'entends les ressorts du lit grincer au-dessus de ma tête. Il retourne faire la sieste, évidemment. Il m'appelle mais je suis furieuse, alors je sors de la chambre en courant. De toute évidence, lui n'est pas perturbé le moins du monde, parce que, quelques minutes après, il ronfle à nouveau.

Je fais les cent pas dans le salon. Les trous dans les planches sont comme des yeux qui me fixent. Je ne me sens plus en sécurité nulle part. Je me fais les griffes sur le joli tapis, mais même ça, ça ne m'apporte pas la satisfaction habituelle. Je suis tellement hors de moi que même mes yeux ne semblent pas fonctionner correctement. Tout est de la mauvaise couleur : les murs ont l'air verts, le tapis bleu.

Ted a besoin d'une bonne leçon. Casser des choses ne suffira pas, ce coup-ci.

Je grimpe sur le plan de travail et saute sur la porte du réfrigérateur. Après plusieurs essais, je parviens à agripper la poignée avec une patte et à ouvrir la porte. Je laisse échapper un ronronnement de satisfaction. Du froid se dégage de l'appareil. Avec les températures qu'il fait en ce moment, bientôt, tout aura fondu. La bière sera tiède, le lait et la viande seront bons à jeter. Bien fait ! Ça t'apprendra à laisser ma gamelle vide !

Après ça, je me sens mieux. Je retourne au salon et constate avec soulagement que mes yeux fonctionnent à nouveau. Je me roule en boule sur le tapis orange et m'octroie une petite sieste bien méritée, parce que bon D…, quelle aventure !

Dee

Un craquement. Quelque chose cède sous ses pieds. Dee baisse la tête et remarque de minuscules fragments brillants parmi les feuilles mortes qui recouvrent les marches du perron. C'est comme si quelqu'un avait piétiné une boîte entière de décorations de Noël. Cette découverte ajoute un côté encore plus irréel à la scène.

Dee se demande si, dès qu'elle le verra, elle saura. Si la vérité flottera autour de lui comme une odeur tenace.

Elle actionne la sonnette à trente ou quarante reprises. Il y a du mouvement derrière la fenêtre, mais personne ne semble vouloir ouvrir la porte, et elle hésite à rebrousser chemin. Une partie d'elle éprouve un grand soulagement à cette idée, mais elle sait bien qu'elle ne peut pas s'infliger cette épreuve une deuxième fois. *Il faut avancer, Dee Dee*. La voix de son père dans sa tête. C'était leur credo, pendant ces six mois interminables qu'ils n'avaient passés que tous les deux. *Il faut avancer, il faut persévérer* ; et tant pis si c'est difficile, tant pis si les battements de ton cœur t'empêchent de dormir la nuit, tant pis si les cauchemars te réveillent en sursaut. *Il faut avancer.* Elle se redresse et, à cet instant, elle entend comme un frottement à l'intérieur. Puis un petit bruit aigu – un miaulement, peut-être ? Et enfin des bruits de pas, lourds, qui font trembler l'escalier, les murs et les panneaux de bois recouvrant les fenêtres.

Trois verrous qui claquent, puis la porte s'entrouvre. Un œil marron et endormi apparaît, encadré par un visage très pâle hérissé de poils. Il a une barbe rousse beaucoup plus lumineuse que la mèche brunâtre qui lui cache le front – la couleur a même quelque chose d'attrayant qui lui donne un côté pirate jovial.

« Bonjour, dit-elle.

— C'est pour quoi ? réplique-t-il d'une voix plus aiguë que ce à quoi elle s'attendait.

— Je suis Dee, votre nouvelle voisine. Je voulais me présenter, et aussi vous apporter… (elle se retient de lui faire remarquer qu'elle vient de faire des vers sans en avoir l'air) une tarte. »

Elle tend alors vers lui la boîte en carton contenant la tarte au potiron qu'elle a achetée au supermarché, mais la couche de poussière qu'elle vient de remarquer sur l'emballage lui rappelle que la saison des courges est terminée depuis un moment.

« Une tarte », répète-t-il, et sa main très pâle se faufile dans l'entrebâillement pour saisir la boîte en carton.

L'espace d'un instant, Dee se demande si la peau de l'homme ne va pas se mettre à grésiller au contact de la lumière du soleil. Elle ne lâche pas prise tout de suite, et une espèce de jeu de tir à la corde s'engage.

« Je suis vraiment désolée de vous embêter avec ça, poursuit-elle, mais on ne vient me raccorder l'eau que cet après-midi. Alors j'aurais voulu savoir si je peux vous emprunter vos toilettes ? La route a été longue. »

Dans l'ouverture, l'œil cligne.

« Ça ne m'arrange pas vraiment.

— Je comprends ! s'exclame Dee, tout sourires. À peine débarquée, la nouvelle voisine commence déjà à casser les pieds… Je suis vraiment désolée. J'ai déjà frappé à plusieurs portes, mais j'ai l'impression que tout le monde est au travail. »

Le battant s'ouvre enfin en grand. D'un ton sec, l'homme dit :

« D'accord, mais faites vite. »

Dee pénètre alors dans un monde de cauchemars ; derrière les panneaux de bois qui obstruent toutes les fenêtres se cache une caverne ténébreuse, où quelques rayons de lumière épars viennent se poser sur des concrétions étranges constituées d'objets brisés – Dee remarque que ces rayons proviennent de trous percés dans les planches.

Elle jette un œil vers la gauche et découvre le salon. Une fois ses yeux accoutumés à la pénombre, elle voit que le plancher est recouvert de vieux tapis et de piles de livres. Sur les murs vert foncé – la même couleur qu'une forêt –, elle remarque des rectangles clairs aux endroits où à une époque devaient être accrochés des cadres et des miroirs. Un fauteuil inclinable cabossé trône devant un poste de télévision. Au sol, un tapis bleu sale qui semble constitué de petites pilules. Et partout, une odeur de mort ; pas des effluves de pourriture ou de sang, mais bien le parfum des ossements desséchés et de la poussière. Comme un tombeau oublié. Tout ici est dans un état de décrépitude avancé – Dee constate notamment que le loquet d'une des fenêtres est tellement rongé par la rouille qu'il s'émiette en flocons rouge foncé sur le rebord situé en dessous. Dee a dans la tête la voix de l'inspectrice fatiguée. *Un environnement familial malsain. Un célibataire. Un marginal.*

Derrière elle, la porte d'entrée se referme. Quand elle entend les trois verrous se remettre en place, les poils de sa nuque se dressent les uns après les autres, très lentement.

« Vous avez des enfants ? demande-t-elle en désignant le vélo rose couché sur le flanc.

— Une fille, Lauren. Mais je ne la vois pas aussi souvent que je voudrais.

— C'est dur, ça », compatit Dee.

L'homme est plus jeune qu'elle l'a d'abord cru. Une petite trentaine d'années, peut-être. Onze ans plus tôt, il aurait eu à peine vingt ans.

« Les toilettes se trouvent au bout du couloir, indique-t-il. Suivez-moi.

— Très sympa, la musique ! » s'exclame-t-elle en lui emboîtant le pas.

Et c'est vrai que la chanson qui est diffusée quelque part dans la maison est aussi agréable que surprenante – un air de country très touchant, chanté par une femme à la voix envoûtante. Dee remarque soudain des trous dans la tignasse brune de l'homme qui la précède, comme si des mains minuscules lui avaient arraché des touffes de cheveux. Sans qu'elle comprenne vraiment pourquoi, c'est cette image qui achève de faire monter la terreur en elle.

Dans la salle de bains, elle ouvre les deux robinets. Elle entend l'homme qui patiente derrière la porte – elle perçoit sa détresse, sa respiration animale. Et en même temps, elle a une conscience aiguisée de son propre corps : sa peau, si épaisse à certains endroits (les talons, le bout des doigts) et si fine à d'autres (les paupières). Les poils délicats qui se dressent sur ses avant-bras, les deux sphères molles qui constituent ses yeux, sa langue immense, sa gorge, les organes violacés dans son abdomen et le cœur musclé dans sa cage thoracique qui achemine le sang dans tout son corps. Il pompe à toute vitesse, à cet instant. Tant de choses vulnérables qui ne demandent qu'à être cassées ou crevées : le sang peut se répandre, les os peuvent se briser et traverser la chair, les yeux peuvent imploser sous la pression de deux pouces. Dee cherche un miroir pour se rassurer – elle a besoin de vérifier que son corps est intact, qu'elle n'est pas blessée –, mais il n'y en a ni au-dessus du lavabo ni à aucun autre endroit de cette salle de bains sombre et crasseuse.

Elle tire la chasse, se lave les mains et rouvre la porte.

« Est-ce que je pourrais avoir un verre d'eau, s'il vous plaît ? Je suis assoiffée. Il fait toujours aussi chaud, par ici ? Moi qui croyais que cette région était réputée pour son climat pluvieux ! »

Sans un mot, l'homme tourne les talons et se dirige d'un pas pesant vers la cuisine.

En buvant, Dee regarde autour d'elle.

« Est-ce qu'il vous arrive d'aller à la chasse ? demande-t-elle à brûle-pourpoint. Ou à la pêche ?

— Non, répond-il, avant d'ajouter, après quelques secondes de réflexion : Pourquoi ?

— Je me disais que vous deviez avoir beaucoup de choses à stocker pour avoir besoin de deux congélateurs. »

Seul le congélateur qui fait aussi réfrigérateur semble être utilisé. L'autre – un vieil appareil industriel au format coffre – est ouvert, sa porte appuyée contre le mur.

L'homme paraît soudain gêné.

« Olivia aime bien dormir dedans, se justifie-t-il. Olivia, c'est ma chatte. Quand il est tombé en panne, je me suis dit que j'allais m'en débarrasser, mais elle adore ce vieux machin, elle ronronne comme une perdue dès que je la mets à l'intérieur, alors qu'est-ce que vous voulez ? Je le garde. C'est bête, mais bon, c'est comme ça. »

Dee jette un œil dans le coffre et découvre qu'on y a installé des couvertures et des oreillers. Au milieu de cette espèce de nid, elle aperçoit un cheveu brun-roux qui ne ressemble pas vraiment à un poil de chat.

« Est-ce qu'Olivia passe beaucoup de temps dehors ? demande Dee en songeant qu'elle n'a vu aucune gamelle dans la cuisine.

— Non ! répond l'homme d'un ton brusque. Certainement pas ! Ce serait beaucoup trop dangereux. C'est une chatte d'intérieur.

— J'adore les chats, confesse Dee avec un grand sourire. Même si parfois, ils se comportent vraiment comme des enfoirés. Surtout quand ils sont vieux. »

Il rit – une espèce de bégaiement surpris.

« Pour ça, c'est sûr que la mienne, elle n'est plus toute jeune ! dit-il. Ça fait très longtemps que je l'ai. Depuis tout petit, je rêvais d'avoir un chat.

— La nôtre avait pris l'habitude de faire la sieste dans la machine à laver. Mon père en faisait des cauchemars. Il avait tellement peur de la confondre avec un pull et de… »

Elle effectue un mouvement circulaire avec la main en imitant la tête d'un chat horrifié de se retrouver coincé derrière le hublot. L'homme lâche un nouveau rire étranglé, et Dee décide d'improviser la danse du chat pris dans la rotation du tambour.

« Vous êtes drôle, dit-il en lui adressant un sourire de guingois (on sent qu'il n'a pas l'habitude). Moi, j'avais toujours peur qu'Olivia se retrouve coincée à l'intérieur du congélateur. Au moins, maintenant, elle ne risque plus de s'asphyxier, ajoute-t-il en désignant les trous percés dans le battant.

— Oh, c'est joli, ça, murmure Dee. Et c'est vraiment doux. »

Du bout du doigt, elle caresse une couverture jaune décorée de papillons bleus. D'un geste lent mais ferme, l'homme abaisse le couvercle, forçant Dee à retirer sa main. C'est à ce moment-là qu'elle remarque sa main gonflée et les vestiges d'ecchymoses sur son avant-bras.

« Mais vous êtes blessé ! Qu'est-ce qui s'est passé ?

— La portière de la voiture se referme sur mon bras, répond-il. S'est refermée, je veux dire. J'étais garé dans une pente. Mais au moins, ce n'est pas cassé.

— J'imagine que ça doit quand même faire un mal de chien, commente-t-elle en grimaçant. Moi, je me suis cassé le bras, une fois. Ça faisait tellement bizarre ensuite, quand je devais ouvrir des pots de confiture ou des trucs comme ça. Vous êtes droitier ? En tout cas, si vous avez besoin d'aide, n'hésitez pas à me demander.

— Hmm, marmonne-t-il, avant de laisser passer un long silence. Qu'est-ce que vous faites dans la vie ? demande-t-il enfin.

— Il y a une époque où je voulais être danseuse, répond Dee. Mais maintenant, je ne suis rien. »

Elle est surprise d'avoir choisi ce moment pour s'avouer cela à voix haute. L'homme hoche la tête.

« Moi, je voulais être cuisinier. Mais que voulez-vous, la vie…

— La vie », acquiesce-t-elle.

À la porte, elle lui serre la main.

« Au revoir, Ted.

— Je vous ai dit mon nom ? Je n'avais pas l'impression.

— Il est inscrit sur votre chemise.

— Ah oui ! Je travaillais dans un garage automobile, avant. La chemise me plaît, alors je continue à la porter. »

Travailleur manuel ou chômeur.

« En tout cas, merci encore pour votre accueil, reprend Dee. Maintenant, c'est promis, je ne vous dérangerai plus.

— Vous ne m'avez pas dérangé », répond Ted, mais soudain, il semble se rappeler quelque chose et, l'air inquiet, il se dépêche de fermer la porte derrière elle.

Clac, clac, clac.

À pas lents, Dee retraverse le jardin brûlé par le soleil. Ted est en train de l'observer, elle le sait ; elle sent le poids de son regard dans son dos. Cette rencontre l'a beaucoup plus secouée que prévu, et elle doit prendre sur elle pour ne pas se mettre à courir. Elle était tellement convaincue qu'il ne la laisserait pas entrer chez lui.

Les mains tremblantes, elle referme la porte de sa maison et s'assoit sur le sol poussiéreux, le dos appuyé contre le battant. Elle essaie de respirer de manière régulière, de se calmer, mais c'est comme si elle avait confié son corps à quelqu'un d'autre. Ses mains se serrent et se desserrent. Des vagues chaudes déferlent sur son crâne. Un grincement strident s'échappe de sa gorge, tandis qu'elle entend son cœur tambouriner dans ses oreilles. *C'est simplement une crise d'angoisse*, se rassure-t-elle. *Il faut que tu te reprennes.* Mais elle a l'impression de s'enfoncer de plus en plus dans des sables mouvants.

Enfin, la crise se calme et, après une quinte de toux, Dee parvient à reprendre son souffle. C'est alors qu'elle prend conscience de l'odeur âcre qui flotte dans la maison, mélange d'herbes sèches, de poivrier d'Amérique, de mimosa et de punaise écrasée – l'extérieur qui cherche à rentrer à l'intérieur, là où il n'a pas sa place. Elle se lève, faible comme un chaton, et suit l'odeur jusqu'à sa source. Dans le salon poussiéreux, elle remarque qu'il manque un carreau à une des fenêtres. Des feuilles mortes sont éparpillées sur le plancher strié de cicatrices. Quelque chose a dormi ici. Pas une moufette, non, mais un animal. Un opossum, peut-être. Ou un raton laveur.

« Non, non, non, murmure-t-elle dans la pièce déserte. Désolée, mais nous sommes complets. »

Et elle pousse une bibliothèque devant le carreau manquant en songeant qu'elle devra probablement se débrouiller seule pour le remplacer, vu que son propriétaire n'a pas l'air d'être le genre à lever le petit doigt pour quoi que ce soit. Ça ne la dérange pas. Elle préfère largement qu'il lui fiche la paix.

Elle décide de faire une expérience : elle tourne sur elle-même en embrassant du regard le salon au milieu duquel elle se trouve – les murs brunis par la fumée de cigarette, les toiles d'araignées dans les coins – et elle essaie de se dire *C'est chez moi*. Elle ne peut s'empêcher de ricaner. Elle ne se souvient pas de la dernière fois qu'elle a considéré un endroit comme étant « chez elle ». Cela doit remonter à son adolescence, à l'époque où Lulu dormait dans la chambre voisine de la sienne. Elle revoit sa sœur, son pouce entre les lèvres, et elle entend les ronflements légers qui s'échappent de sa bouche.

Lorsque Dee allume l'antique cuisinière blanche de la cuisine, elle est surprise de constater que le gaz est raccordé. Elle se prépare donc un repas composé d'un steak, de haricots verts et d'une pomme de terre, qu'elle engloutit sans plaisir. La nourriture ne l'intéresse pas, mais il faut bien qu'elle prenne un minimum soin d'elle. C'est une leçon qu'elle a apprise à ses dépens. Lorsqu'elle éteint la cuisinière, celle-ci continue à siffler et une faible odeur de gaz envahit la cuisine – encore une chose à réparer. Elle s'en occupera demain, si toutefois elle ne meurt pas intoxiquée pendant la nuit. Elle choisit de laisser le destin en décider pour elle.

Alors que le soleil disparaît à l'horizon, Dee s'assoit en tailleur sur le sol du salon. La nuit s'immisce, engloutissant d'abord les angles, puis submergeant le parquet comme une marée montante. Elle scrute l'obscurité et l'obscurité la scrute en retour. Au bout d'un moment, les petits trous percés dans les fenêtres de Ted s'illuminent. À travers, on devine de la couleur et du mouvement – la télé, certainement. Plus tard, les disques s'éteignent au rez-de-chaussée pour se rallumer à l'étage l'espace de quelques minutes. À 22 heures, extinction des feux. Ted est donc un couche-tôt – et apparemment, quand il se couche, c'est pour dormir. Pas de lecture au lit. Dee continue à observer cette maison plongée dans le noir, sans parvenir à se défaire de l'idée que la bâtisse ne dort pas. Il y a quelque chose de frénétique dans cette immobilité. Mais elle a beau regarder, il ne se passe rien. Peu à peu, elle prend conscience de l'engourdissement qui gagne ses membres épuisés. Du noir qui l'entoure. Elle aussi ferait bien de dormir, de reprendre des forces. Elle risque d'en avoir besoin.

Le carrelage blanc de la salle de bains du premier étage est fissuré de partout. Un néon crépitant est pendu au plafond, son cache rempli de cadavres de mouches et de papillons de nuit. Dee empile des couvertures et des oreillers dans la baignoire. « En cas de tremblement de terre, c'est l'endroit le plus sûr de la maison », disait son père. De toute façon, elle n'a pas encore de lit. Dee pose un gros marteau sur le carrelage froid à côté d'elle. Elle ferme les yeux et s'entraîne à l'attraper dans le noir – pour plus de réalisme, elle s'imagine réveillée en sursaut par une silhouette sombre penchée au-dessus d'elle.

Mais soudain, c'est le visage de Lulu qui apparaît devant ses yeux, un visage sur lequel les expressions passent comme des nuages devant le soleil.

Dee lit *Les Hauts de Hurlevent*. Elle n'est plus qu'à quelques pages de la fin, mais dès qu'elle aura terminé la dernière ligne, elle rouvrira le roman au hasard vers le milieu et reprendra sa lecture. Parce que même si Dee aime beaucoup lire, elle sait que les livres réservent parfois des surprises malvenues et qu'elle ne peut pas se permettre d'être prise au dépourvu. Alors elle préfère se limiter aux *Hauts de Hurlevent*. Au moins, dans ce roman, les gens ont compris que la vie est un très mauvais choix qu'on doit refaire chaque jour. *Laissez-moi entrer*, supplie Catherine. *Laissez-moi entrer.*

Dee finit par éteindre la lumière et se retrouve dans le noir complet. Autour d'elle, la bâtisse respire, relâchant la chaleur emmagasinée dans la journée en faisant craquer son plancher. Par la fenêtre, on aperçoit quelques étoiles. Il faut dire que la maison est très isolée de la ville – derrière, il n'y a que la forêt. Dee est si proche de l'endroit où ça s'est passé qu'elle a le sentiment que le souvenir de cette terrible journée imprègne encore l'atmosphère : il y en a des traces qui flottent dans le vent et d'autres enfouies sous la terre, la mousse humide et jusque dans le cœur des arbres.

Les rêves de Dee sont remplis d'un soleil brûlant et d'une peur de la perte. Ses parents marchent au milieu du désert, main dans la main, sous un ciel rempli d'étoiles. Dee les observe aussi longtemps que possible, mais ensuite les oiseaux rouges prennent leur envol, le ciel vire au blanc et le bruit de leurs ailes devient une espèce de frottement insistant. Dee se redresse en sursaut dans le noir, le cœur battant. De la sueur ruisselle dans son dos et entre ses seins. Le bruit l'a suivie en dehors du rêve. À présent qu'elle est parfaitement réveillée, elle l'entend de nouveau, en provenance du rez-de-chaussée, et elle se rend compte qu'il s'agit plus d'un grattement que d'un frottement. Comme un clou sur du bois.

Sa main moite glisse sur le manche en caoutchouc du marteau tandis qu'elle descend l'escalier à pas de loup. Sous ses pieds, les marches craquent comme des coups de feu, mais, en bas, le bruit continue. Dee comprend qu'il s'est opéré un basculement entre deux mondes. *Laissez-moi entrer, laissez-moi entrer*. Une lueur argentée s'infiltre par les fenêtres du salon. Le grattement est plus rapide, à présent. Plus insistant. Dee croit discerner un autre son, en arrière-plan : quelque chose de plus aigu, de plaintif. Des sanglots, peut-être ? La bibliothèque frémit, comme si la force qui se trouvait derrière elle gagnait en puissance à chaque instant.

« Je vais te laisser entrer », murmure Dee, tout en tirant le meuble sur le côté.

Celui-ci laisse échapper un long grincement sinistre. Maintenant que le passage est dégagé, elle voit ce qui est tapi de l'autre côté de la fenêtre. Elle laisse tomber son marteau par terre, s'agenouille et s'approche de l'enfant, de sa peau d'un blanc argenté qui reflète la lumière de la lune, de sa bouche couleur cerise noire, de ses yeux qui scintillent comme des lanternes infernales, de son crâne nu et meurtri par les coups de bec des oiseaux.

« Entre », murmure Dee, et elle tend la main par le carreau manquant.

L'enfant siffle – un son inhumain –, et Dee pousse un cri d'effroi. Une vague de terreur glaciale la submerge. L'enfant ouvre la bouche et tend la main pour lui attraper l'avant-bras et l'attirer vers son monde. Dee voit des dents blanches bien alignées sur des mâchoires puissantes. Elle voit des doigts émoussés, scarifiés. Elle voit un visage pâle qui se floute dans la lumière hésitante, comme un reflet sur un lac lorsque le vent se lève.

Elle crie, et aussitôt le rêve se dissipe – si toutefois « rêve » est le terme qui convient. Dee se rend compte que ce n'est pas une petite fille morte de l'autre côté de la fenêtre, mais un chat au pelage tigré, la gueule ouverte, qui crache en tentant désespérément de lui taillader le bras. Malheureusement pour lui, ses pattes sont dépourvues de griffes. Dee recule et tente de prendre une voix rassurante pour appeler l'animal. Effarouché, ce dernier fait volte-face, prêt à s'enfuir. Mais il hésite. Il se retourne quelques instants vers Dee, ses oreilles pointues découpant la nuit, puis s'enfonce lestement dans les herbes hautes du jardin et disparaît.

Dee s'assoit par terre, toute tremblante.

« C'était juste un chat, dit-elle. Évite de lire des livres qui font peur juste avant d'aller te coucher, d'accord Dee Dee ? Promis. Ne t'inquiète pas, je ne le ferai plus. »

C'est une vieille habitude qu'elle a prise : prononcer à voix haute les réponses que son père voudrait entendre, tout en gardant ses véritables sentiments bien enfouis à l'intérieur. Elle n'a pas le choix, il faut qu'elle tienne. Elle ferme les yeux, pense à Lulu, et le résultat est immédiat : se concentrer sur l'objectif l'apaise. Son cœur, qui s'était emballé, retrouve un rythme normal.

Une fois calmée, elle tourne la tête vers la jungle qui lui sert de jardin. Dans la nuit, cet espace sauvage et impénétrable pourrait abriter n'importe quelle créature susceptible de s'approcher de la maison sans être détectée. S'approcher des fenêtres, pour ensuite tendre un long doigt squelettique vers… Dee remarque que la plupart des voisins ont tondu leur pelouse à ras. Certainement pour éviter que serpents et rongeurs ne viennent s'y installer. Dee frémit. Le jardin de Ted ressemble beaucoup au sien : herbes hautes et buissons touffus ont envahi tout l'espace et semblent onduler à la lueur de la lune. Dee secoue la tête pour réprimer un haut-le-cœur. La journée au lac lui a pratiquement tout pris, mais elle lui a aussi apporté quelque chose. Le terme exact est « ophidiophobie » : une peur panique des serpents. Et là, Dee a l'impression de voir partout leurs corps couverts d'écailles rampant dans l'ombre. La terreur ralentit son cœur et son cerveau jusqu'à un quasi-arrêt.

Très lentement, elle place ses mains en coupe et les rapproche de ses lèvres, comme un masque. Puis elle se met à murmurer dans ses paumes, un nom et une question, qu'elle répète en boucle. Des nuages passent devant la lune, offrant un jeu d'ombres et de lumières sur son visage rendu luisant par les larmes.

Le lendemain matin, elle reprend sa place à la fenêtre du salon. Elle garde les rideaux tirés en permanence et n'allume jamais la lumière une fois le soleil couché.

Elle sait qu'une fenêtre allumée est comme un phare dans la nuit. Visiblement, Ted aussi le sait : avec ses panneaux de bois recouvrant chaque ouverture, on dirait que sa maison a décidé de tourner le dos à Dee pour regarder la forêt.

Peu à peu, elle apprend les habitudes de son voisin. Parfois, il va passer une nuit ou deux en forêt. Il lui arrive aussi de se rendre en ville, mais ce sont des visites plus courtes qui dépassent rarement quelques heures, et dont il rentre quelquefois très ivre. Un matin, Dee voit Ted planté dans son jardin, en train de croquer dans ce qui ressemble à un cornichon tartiné de beurre de cacahuètes. Il regarde droit devant lui, les yeux dans le vague, pendant que sa mâchoire mastique machinalement. Il y a plusieurs mangeoires disséminées dans son jardin, mais aucun oiseau ne vient jamais. Est-ce parce qu'ils savent quelque chose ?

Dee effectue des recherches en ligne qui lui permettent de découvrir que Ted contribue de temps à autre à une rubrique du journal local recensant les observations d'oiseaux rares. Elle tombe aussi à cette occasion sur une vieille photo de la mère de son nouveau voisin : une très belle femme, élégante et fine, qui tient entre ses doigts délicats la récompense *Infirmière de l'année*. Dee se demande ce que ça fait, d'avoir un enfant comme Ted. Est-ce qu'elle l'aime encore ? Et où est-elle, cette mère, d'ailleurs ?

Une première fois, Dee tente de suivre Ted dans la forêt, mais celui-ci s'arrête au départ du sentier et attend dans le noir. Quand elle l'entend respirer, elle s'immobilise, paniquée à l'idée qu'il perçoive les battements de son cœur. Au bout d'un moment, il finit par pousser une espèce de grognement et s'enfonce dans les bois. Dee sait qu'elle ne peut pas le suivre. Pas aujourd'hui. Il a senti sa présence.

Elle a beau s'en vouloir, elle est soulagée – combien de serpents abrite cette forêt sombre ? Elle rentre chez elle et vomit.

Après cet épisode, Dee décide de se concentrer sur l'observation de la maison voisine. Après tout, ce n'est pas pour Ted qu'elle est venue. Alors elle attend. Elle a *Les Hauts de Hurlevent* ouvert sur les genoux, mais elle ne le regarde même pas. À la place, elle fixe la maison de Ted, imprime dans sa mémoire la moindre écaille de peinture qui se détache des bardeaux, le moindre clou rouillé, la moindre touffe de prêles ou de pissenlit qui se balance devant les murs.

Deux jours plus tard, alors qu'elle est sur le point d'abandonner, elle entend, derrière les stridulations des cigales, le bourdonnement des abeilles et des mouches, le pépiement des hirondelles et le vrombissement lointain des tondeuses, quelque chose qui ressemble à un bruit de verre brisé. Chaque cellule de son corps se concentre sur ce nouveau son. Est-ce que ça venait de la maison de Ted ? Elle est presque sûre que oui. Presque certaine à cent pour cent.

Dee se redresse, le corps engourdi par les longues heures d'immobilité ; il faut qu'elle en ait le cœur net. Elle a cru entendre un bruit de carreau cassé et, tout de suite, elle a cru à un cambriolage – en tant que voisine, elle ne pouvait pas rester là sans rien faire…

Mais alors qu'elle s'apprête à sortir, elle voit Ted remonter la rue, un sac en plastique à la main.

Sa démarche exagérément prudente est celle de quelqu'un qui est soit blessé, soit ivre. Dee se rassoit aussitôt. Elle a la tête qui tourne, les mains moites – c'est fou comme le corps réagit de la même manière lorsqu'on a peur ou qu'on est amoureux !

Ted gravit avec précaution les marches de son perron avant d'ouvrir la porte de chez lui. Quelques instants plus tard, on entend des rires s'élever. La télé, peut-être. Et au milieu de ce brouhaha, une voix claire et aiguë qui dit : « J'aime pas les mathématiques. »

Puis le grondement grave d'une voix d'homme. Ted, peut-être. Dee tend l'oreille comme jamais, au point que l'effort lui fait mal à la tête. L'air chaud qui sépare les deux maisons semble désormais épais et impénétrable. Une petite fille entonne une chanson où il est question de cloportes. Depuis plusieurs jours qu'elle observe cette maison, Dee n'a jamais vu quelqu'un d'autre que Ted y entrer ou en sortir.

Une vague de soulagement et d'horreur déferle sur elle, lui laissant après coup dans la bouche un goût de boue et d'eau croupie. Sa plus grande crainte et son plus grand espoir se confirment enfin : il y a bien dans cette maison une enfant qui ne sort jamais. *Pour l'instant, tu n'en sais pas plus*, se dit-elle pour tempérer son enthousiasme. *Vas-y pas à pas, Dee Dee.* Mais elle ne peut pas s'en empêcher. *Lauren*, songe-t-elle. *Lulu*, *Laura.* Son vrai prénom. *Lulu, Laura, Lauren.* Des sons si proches qu'ils se superposent presque.

Pour Dee, à cet instant, la petite fille qui chante a exactement la même voix que sa sœur. Le même timbre, les mêmes intonations.

Ted

« J'aime pas les mathématiques, gémit Lauren en prenant sa moue boudeuse que je ne supporte pas.

— Je ne veux pas le savoir, je gronde. Et arrête de geindre, c'est compris ? Aujourd'hui, c'est mathématiques et géographie, alors on arrête de chanter et on s'y met. Allez, va chercher tes livres et rejoins-moi à la table de la cuisine. »

Ma voix est plus sèche que je le voudrais. Je suis fatigué et j'ai tellement de mal à garder mon calme quand Lauren se met à faire son cinéma. Elle a vraiment mal choisi son jour… En plus, je me suis rendu compte qu'il me restait beaucoup moins de cachets que je ne le pensais.

« J'ai mal à la tête, pleurniche-t-elle.

— Oui, mais en même temps regarde, tu n'arrêtes pas de t'arracher les cheveux. »

Depuis quelque temps, Lauren a un nouveau jeu préféré : elle s'amuse à attraper une fine mèche de ses cheveux bruns qu'elle mordille quelques instants, puis elle tire dessus d'un coup sec. Résultat, maintenant, elle a des trous partout sur la tête. Parfois c'est ses cheveux, parfois c'est les miens. Ça ne change rien.

« Tu veux que je te renvoie plus tôt que prévu ? je tonne. Alors tiens-toi tranquille, bon sang !

— Désolée, papa », répond-elle en se penchant sur sa page.

Elle ne cherche peut-être pas la solution à son problème mathématique, mais, au moins, elle fait semblant. Au bout de quelques secondes de silence, elle se tourne vers moi.

« Papa ?

— Oui ?

— C'est moi qui vais préparer le dîner, ce soir. Tu as l'air fatigué.

— Merci, Lauren. »

Discrètement, j'essuie une larme. Je m'en veux d'être aussi grognon. Et je ne peux pas m'empêcher d'espérer qu'elle commence enfin à s'intéresser à la nourriture.

Évidemment, elle met un bazar pas possible. Elle utilise toutes les poêles de la cuisine et, à force de les faire chauffer à vide, une odeur âcre de brûlé flotte dans toute la maison.

« Arrête de me surveiller, papa, rouspète-t-elle. Je peux y arriver toute seule. »

Je lève les mains en signe de résignation et m'éloigne.

Les pâtes sont à moitié cuites et la sauce, complètement ratée, a un goût indéfinissable. Je remarque quelques petits morceaux de viande crue, mais j'avale tout ce qu'elle me sert.

« C'est le meilleur dîner que j'ai jamais mangé, je la félicite. Merci, chaton. Est-ce que tu as utilisé le bœuf que j'ai acheté aujourd'hui ? »

Elle acquiesce.

« Hummm, c'est délicieux, j'ajoute. Toi, par contre, tu ne manges pas grand-chose.

— Je n'ai pas faim.

— Ma maman, ta grand-mère, disait toujours : "Les cuisiniers n'ont jamais faim." Ça et : "Ne dis jamais à une femme qu'elle est folle."

— Ce n'était pas ma grand-mère », marmonne Lauren, mais je laisse couler, parce qu'elle a vraiment fait de gros efforts, aujourd'hui.

Après le repas, je nettoie tout et, ensuite, on s'installe pour une fin de soirée calme. Lauren s'assoit par terre au milieu de la cuisine. Bizarrement, alors que la nuit est tombée, j'ai l'impression qu'il fait de plus en plus chaud. On a tous les deux la peau luisante de transpiration.

« Est-ce que je peux ouvrir une fenêtre, papa ?

— Tu sais bien qu'on ne peut pas. »

Et à cet instant, croyez-moi que je le regrette, parce que l'air autour de nous est brûlant.

Lauren soupire ostensiblement et retire son chemisier avant de se remettre à dessiner. Son maillot de corps est sale ; il va être temps de faire tourner une machine. Le frottement des feutres sur le papier est apaisant. Quand il s'interrompt, je relève la tête et vois une mer de crayons de cire autour d'elle, ainsi qu'un arc-en-ciel de feutres, dont tous les capuchons ont été retirés.

« Lauren ! je m'exclame. Dépêche-toi de refermer les feutres ! Tu sais combien ça coûte, des beaux feutres comme ça ? »

Mais elle ne réagit pas et regarde droit devant elle, les yeux vitreux.

« Ça va, chaton ? » je lui demande.

En guise de réponse, elle laisse échapper un râle qui me glace le sang. Je pose ma main sur son front et me rends compte qu'il est froid et humide, comme le dessous d'un rocher.

« Allez viens, on va monter te coucher. »

Elle s'apprête à dire quelque chose quand un flot de vomi s'échappe de sa bouche. À bout de forces, elle finit par s'étendre en plein milieu de la flaque infecte. Quand j'essaie de la déplacer, elle vomit de nouveau. Je nettoie du mieux que je peux, je lui mets de l'eau sur le front, j'essaie de lui faire avaler de l'aspirine et de l'ibuprofène pour faire tomber la fièvre, mais elle rend presque aussitôt les cachets.

« Courage, chaton. »

Alors que je prononce ces mots, quelque chose d'étrange se produit : j'ai l'impression que ma voix est très lointaine et qu'une lance chauffée à blanc m'a transpercé l'abdomen. Tout à coup, tout se met à gargouiller, à l'intérieur. Oh non… C'est mon tour de rendre le contenu de mon estomac. Allongés à même le sol, on se tortille tous les deux sur le carrelage en gémissant de douleur.

Avec Lauren, on est malades pendant encore toute une journée et toute une nuit. On frissonne, on transpire. Le temps ralentit, s'arrête et redémarre, progresse à allure d'escargot.

Quand enfin il semble reprendre un cours normal, je fais boire de l'eau à Lauren, ainsi que quelques boissons énergétiques que je trouve dans un placard. Plus tard dans la soirée, je lui tartine du beurre sur des crackers et les lui donne un par un. Pendant tout ce temps, on s'accroche l'un à l'autre.

« Il va bientôt être l'heure de partir, je lui dis lorsque je constate que le rose est revenu à ses joues.

— Je suis obligée ? murmure-t-elle.

— Sois bien sage, d'accord ? On se revoit dans une semaine. »

Elle est immobile dans mes bras. Et puis d'un coup, elle se met à crier. Elle se débat, elle me griffe. Parce qu'elle sait bien que je mens.

« Ça vaut mieux comme ça, je lui dis en la serrant fort contre moi. S'il te plaît, chaton, s'il te plaît, arrête de te débattre. »

Mais elle refuse de se calmer et je finis par perdre mon sang-froid.

« Bravo, tu as gagné – tu es punie ! »

J'ai la tête qui tourne, l'estomac sens dessus dessous, mais il faut que je sache. Alors je fouille la poubelle à la recherche de la viande avariée que j'y ai jetée la fois où j'ai oublié de refermer la porte du réfrigérateur. Des asticots blancs grouillent dans la barquette, mais celle-ci est beaucoup moins remplie que lorsque je m'en suis débarrassé. Quelque chose de chaud remonte dans ma gorge, mais je parviens à le garder à l'intérieur.

Je sors la poubelle, chose que j'aurais dû faire depuis longtemps. Le monde tremble autour de moi, l'air semble s'être solidifié – jamais je n'ai été aussi malade.

Ça faisait des années que Lauren n'avait pas tenté quelque chose de ce genre. Je me sens stupide, parce que je croyais qu'on était amis, elle et moi. Je n'aurais pas dû relâcher ma vigilance.

Le disque raye le silence, la voix de la femme emplit l'atmosphère. Je n'aime pas cette chanson – trop de tambourin. Mais je la laisse quand même.

Je vérifie tout minutieusement. Le couteau est bien à sa place dans le placard du haut. Le cadenas du placard de l'ordinateur est verrouillé. Mais le métal a l'air un peu… un peu terni, comme si de nombreuses mains poisseuses l'avaient manipulé, avaient tenté de trouver le code. J'aime ma fille de tout mon cœur, mais je suis à peu près sûr qu'elle a essayé de nous empoisonner.

Lorsque je fais l'inventaire du matériel à dessin, je constate qu'un feutre rose a disparu. Pis, lorsque j'ouvre le placard à fournitures, je vois ma liste de suspects posée sur la boîte de crayons de cire. Ce n'était pourtant pas là que je l'avais rangée. Je la récupère et constate qu'un autre nom y a été ajouté, au feutre rose, d'une écriture maladroite que je connais bien : *Lauren*. Ce que je craignais depuis le début.

Je me roule en boule sur le canapé, comme un cloporte. Les bords de mon champ de vision sont baignés par l'obscurité, mon estomac gargouille. Pourtant, je n'ai plus rien à vomir, si ? C'est forcément terminé, à présent. Oh non…

Olivia

Je sais bien que ce n'est pas encore l'heure, mais je regarde quand même par le trou. L'amour, c'est aussi l'espoir. Un ciel gris, une pelouse en piteux état, un triangle de trottoir verglacé. J'ai l'impression qu'il fait plutôt froid, dehors. C'est des jours comme celui-ci que je ne regrette pas d'être une chatte d'intérieur.

Derrière moi, la télévision parle de se promener dans les rues, à l'aube. Enfin, je crois. Ted la laisse allumée pour me tenir compagnie. Parfois, le poste s'allume tout seul – il est assez vieux. On apprend beaucoup de choses en regardant la télévision. Ce que j'apprécie beaucoup, également, c'est qu'elle noie le gémissement aigu qui est devenu mon compagnon permanent, ces temps-ci. Iiiiii, iiii.

J'ai dû m'assoupir, car une voix me fait sursauter. Au début, croyant que c'est le Seigneur, je me dépêche de me redresser. Oui ?

« Nous devons commencer par identifier le traumatisme, déclare la voix. Remonter à sa racine. Ensuite, il faudra le revivre, afin de pouvoir définitivement le surmonter. »

Je bâille. Ce n'est pas la première fois que je tombe sur ce ted, à la télévision, mais je le trouve ennuyeux au possible. Et puis je n'aime pas ses yeux : ils sont tout ronds, comme deux petits trous bleus. Chaque fois qu'il est à l'écran, j'ai l'impression de sentir son odeur et ça fait frémir ma queue. Il émane de lui une puanteur de lait caillé et de poussière. Mais comment est-ce possible ? On ne peut pas sentir les teds de la télévision !

Les émissions qui passent pendant la journée sont horribles. Je crois que c'est une chaîne publique ou quelque chose comme ça. J'aimerais tellement pouvoir en changer.

Je pense que je devrais avoir ma propre émission, ce serait très divertissant. Ça s'appellerait Entrechats *et je raconterais tout ce que j'ai mangé ce jour-là. Je parlerais aussi de ma belle amoureuse aux yeux de tigre et à la démarche chaloupée. Mais surtout, je proposerais une grande enquête sur les différents types de siestes et leurs avantages respectifs. On a d'abord les siestes courtes et profondes, que j'ai surnommées « le puits aux souhaits ». On trouve aussi l'espèce de demi-sommeil qui peut durer des heures et que j'appelle « skateboard ». Il y a bien sûr les siestes qu'on fait devant la télé quand il y a une bonne émission qui passe (pas comme celle-ci), et où on écoute d'une oreille en même temps qu'on dort – ça, c'est les « chuchoteurs ». Et enfin, les siestes où on s'endort en se faisant caresser et où nos ronronnements se mêlent à la voix grave de la terre… Elles, je ne leur ai pas encore trouvé de nom, mais ce sont les meilleures, et de loin.*

Bref, je pense que ce serait une bonne chose de partager mon expérience et toutes mes bonnes idées. Un peu comme ce que je suis en train de faire, mais sur un média visuel, parce que je suis très télégénique.

Ted

Lauren me manque tellement. À présent que le choc initial est passé, je me rends compte qu'il est impossible qu'elle soit le Meurtrier. Non pas que je la croie incapable d'imaginer un plan aussi diabolique, mais simplement parce que je sais qu'elle n'est pas en capacité physique de le mettre à exécution, vu qu'elle ne peut pas sortir de la maison. Comment aurait-elle pu se procurer les pièges sans que j'en sache rien ? Comment aurait-elle pu les installer ? Non, ça ne peut pas être Lauren. Si elle a inscrit son nom sur la liste, c'est juste pour m'énerver. Sa grande passion.

En attendant que j'aie pris une décision à son sujet, elle ne peut pas revenir.

Quand le jour de mon nouveau rendez-vous avec l'homme-scarabée se présente, j'ai perdu plusieurs kilos. Je suis un peu tremblant, mais j'arrive à marcher sans trébucher. Tant mieux, parce que j'ai des questions à lui poser.

Je commence à parler avant même qu'il ait refermé la porte de son cabinet.

« J'ai commencé à regarder une nouvelle série télé vraiment très bien. »

L'homme-scarabée s'éclaircit la gorge et remet minutieusement ses lunettes sur son nez – la monture noire est assez épaisse, avec des verres rectangulaires. À mon avis, elles doivent coûter cher. Je me demande à quoi ressemble sa vie et s'il lui arrive d'en avoir marre de passer ses journées à écouter des gens évoquer leurs problèmes.

« Comme je vous l'ai déjà dit, si vous voulez me parler pendant toute la séance de ce que vous avez regardé à la télévision, libre à vous, mais…

— Cette série parle d'une fille. Une adolescente qui a des… des tendances, disons. Ce que je veux dire, c'est qu'elle est violente. Elle aime faire du mal aux gens et aux animaux. Elle a une mère qui l'adore et qui essaie de la protéger et de l'empêcher de tuer. Un jour, la mère blesse sa fille et, du coup, la fille ne peut plus marcher. Quand je dis qu'elle la blesse, c'est un accident, elle n'a pas agi délibérément, mais la fille la déteste à cause de ça. Elle est persuadée que sa mère l'a fait exprès. Moi, je trouve que ce n'est pas juste. Mais bref, la fille est forcée de rester à la maison à cause de son handicap. Et elle n'arrête pas d'essayer de tuer sa mère. La mère, elle, passe sa vie à dissimuler les actes violents de sa fille, à cacher sa véritable nature pour la protéger.

— Ça a l'air compliqué, commente l'homme-scarabée.

— Je me demandais : si ça se passait dans la vraie vie, qu'est-ce que pourrait faire la mère pour soigner sa fille ? Pour l'empêcher de se comporter de manière violente ? Et aussi, est-ce que c'est héréditaire ? Est-ce que c'est la faute de la mère si la fille est tout le temps en colère, ou est-ce que ça vient d'elle ?

— Qu'est-ce qui relève de l'inné et qu'est-ce qui relève de l'acquis ? C'est une des grandes questions de l'humanité. Mais pour y répondre, je crois que j'ai besoin d'en savoir un peu plus sur la situation. »

L'homme-scarabée me regarde intensément, à présent, avec ses yeux de grillon. Je peux presque voir les antennes s'agiter au-dessus de sa tête.

« Je ne sais rien d'autre. La série vient tout juste de commencer.

— Je comprends. Est-ce que vous pensez que ça pourrait être une bonne idée de me parler de votre fille ?

— Non ! »

Ses yeux ont perdu leur éclat, à présent. On dirait deux vieilles pièces ternies.

« Il y a un monstre qui se cache en chacun de nous, Ted, déclare l'homme-scarabée. Si vous laissez sortir le vôtre, peut-être qu'il ne vous mangera pas. »

Il a l'air complètement différent, tout à coup – un insecte venimeux plutôt qu'un gentil scarabée. J'ai du mal à respirer. Comment a-t-il pu savoir ? Je croyais pourtant avoir été prudent.

« Je ne suis pas aussi stupide que vous le pensez, reprend-il d'un ton calme. Vous dépersonnalisez votre fille.

— Qu'est-ce que ça signifie ?

— La voir comme une personne est trop difficile pour vous, alors vous gérez ses émotions en les attribuant au chat.

— Si vous ne pouvez pas m'aider, vous n'avez qu'à me le dire ! »

Je me rends compte que j'ai crié, alors je prends une profonde inspiration. L'homme-scarabée me regarde fixement en hochant la tête.

« Désolé, j'ajoute. C'était très malpoli de ma part. Je suis de mauvaise humeur, c'est à cause de cette série stupide.

— Vous avez tout à fait le droit d'exprimer votre colère ici. Poursuivons. »

L'homme-scarabée a retrouvé son apparence normale d'insecte inoffensif. J'ai dû rêver, tout à l'heure.

Il se met à me parler de traumatismes et de souvenirs – tout son bla-bla habituel que je n'écoute plus. J'ai beau essayer de lui expliquer que je n'ai pas subi de traumatisme, il ne veut rien entendre. Alors je le laisse causer.

Je regrette de m'être emporté. Je me suis laissé distraire et je n'ai pas obtenu les réponses que je cherchais. Il faut croire que Lauren me pousse à bout. En même temps, c'est difficile de vivre avec quelqu'un qui veut vous tuer.

Sur les poteaux téléphoniques, les affichettes ont subi les assauts de la météo. Le visage de la dame au chihuahua ressemble à celui d'un fantôme. Quand je passe devant chez elle, je baisse la tête parce que j'ai peur que la maison me regarde et je serre dans ma main le sac en papier kraft que m'a donné l'homme-scarabée.

Olivia

Par les fenêtres, l'obscurité est complète. Pas d'étoiles, pas de lune. Depuis combien de temps Ted n'est-il pas rentré ? Deux jours ? Trois ? Personnellement, je trouve ça irresponsable.

Dans la cuisine, des êtres vivants remuent mollement dans mon bol. Je ne peux pas manger ça, alors je lape un peu d'eau au robinet qui fuit. Quelque chose court dans les murs. J'ai tellement faim…

Il existe bien une solution, pourtant… Je pousse un soupir. Quand je l'invite à entrer, c'est vraiment que j'en ai besoin. Moi, je suis une chatte paisible. J'aime les petits coins au soleil, j'aime les caresses mais pas tout le temps, et j'aime la sensation extraordinaire lorsque j'affûte mes griffes sur la rampe de l'escalier. Je suis le chaton de Ted et j'essaie de le rendre heureux parce que c'est ce que le Seigneur m'a ordonné de faire, et parce que c'est le fondement même de toute relation, non ? Je n'éprouve aucun plaisir à tuer. Mais là, j'ai trop faim.

Lorsque je ferme les yeux, je sens tout de suite sa présence. Il est toujours là à attendre, roulé en une boule noire dans le fond de mon esprit.

Est-ce que c'est à moi ? demande-t-il.

Oui, je lui réponds, à contrecœur. *C'est à toi.*

Je suis le chaton de Ted, mais j'ai mon autre nature à qui je peux laisser temporairement le contrôle de mon corps. Peut-être qu'on a tous une autre personnalité sauvage et secrète tapie en nous. En tout cas, la mienne est un mâle, et il s'appelle Nocturne.

Il se redresse, tout en fluidité. Il est noir, comme moi, mais sans la bande blanche sur le poitrail. C'est difficile à dire, parce qu'il fait partie de moi, mais il me semble qu'il est plus gros. De la taille d'un chat sauvage, je dirais, ce qui paraît plutôt logique. Nocturne, c'est le souvenir de ce que j'ai été à une époque. C'est un tueur.

Et à présent, je lui ordonne : *Chasse !*

Une langue rose caresse les crocs acérés de Nocturne, puis il sort de l'obscurité d'une démarche gracieuse.

Quand je reprends connaissance, je suis secouée de haut-le-cœur et, allez savoir pourquoi, je me trouve dans la salle de bains. Par la porte ouverte, j'aperçois la fenêtre de toit du couloir. Dehors, il fait toujours nuit noire. Pas la moindre lueur rose à l'est.

Devant moi, sur le carrelage, un petit tas d'ossements parfaitement nettoyés. Mon ventre est rempli de viande nocturne. Je me demande quel animal c'était. Peut-être cette satanée souris qui passe son temps à chanter dans les murs de la cuisine. Ou peut-être un écureuil. Il y a un nid au grenier. Parfois, je les entends pousser de petits cris et courir sur les poutres. Je crois bien que ce sont des écureuils, mais, si ça se trouve, ce sont des fantômes. Je ne monte jamais au grenier. Il n'y a pas de fenêtre, là-haut, et moi, je n'aime que les pièces avec des fenêtres. Nocturne, lui, ne s'arrête pas à ce genre de considérations.

Penser aux fantômes me contrarie et me fait me sentir bizarre. Désormais, je trouve que le tas devant moi ne ressemble plus vraiment à la dépouille d'une souris mais plutôt aux os d'une main humaine – une main d'enfant.

Dans la pièce du dessus, j'entends quelque chose qui se promène. Au bruit, c'est beaucoup trop lourd pour un écureuil. Alors, aussi vite que mes pattes me le permettent, je cours me réfugier dans mon panier moelleux.

Ted n'est pas au courant de l'existence de Nocturne. Non seulement il serait incapable de nous différencier, mais en plus je ne peux pas lui expliquer, à cause de la barrière de la langue. De toute façon, qu'est-ce que je lui dirais ? Nocturne fait partie de moi ? Nous sommes deux natures différentes qui partageons un même corps ? C'est un truc de chat, ça.

La nuit n'est toujours pas terminée, et j'ai encore faim.

C'est à nouveau à moi ?

Oui, c'est à nouveau à toi.

Alors Nocturne revient, et sa démarche est remplie d'allégresse.

Ted

À ma grande surprise, la femme blonde a dit oui. J'aurais pensé qu'elle serait plus méfiante, mais il faut croire que les gens sont d'un naturel confiant. On a passé toute la nuit à s'écrire. *C'est tellement agréable de discuter avec quelqu'un qui partage mon amour de l'océan*, m'a-t-elle dit. Bon, je n'ai peut-être pas été très honnête sur ce point précis, mais je lui expliquerai à notre premier rendez-vous.

Mais quand lui donner rendez-vous, justement ? Et où ? Qu'est-ce que je porterai ? Est-ce qu'elle viendra ? Les questions se bousculent dans ma tête et, d'un coup, ça devient l'horreur. Je regarde ce que je porte. Ma vieille chemise provient d'un garage automobile où j'ai travaillé il y a longtemps. La couleur bordeaux a viré au rose, le tissu est par endroits aussi fin que du papier à cigarettes et, évidemment, il y a mon nom inscrit sur la poche de poitrine. Pratique, si jamais je l'oublie, ha, ha, ha. Mais je ne crois pas que cette chemise plairait à une femme. Quant à mon jean, je l'ai tellement porté qu'il est devenu gris, à part à un endroit où il y a des taches brunes qui doivent être du ketchup, je pense. Les jambes sont trouées au niveau des genoux, mais ça ne fait pas « cool » pour autant. Tout ce que je porte est tellement délavé. Moi, je voudrais être coloré, comme mon beau tapis orange vif.

Cette femme me fait me sentir immonde, avec ses yeux bleus et ses beaux cheveux de la couleur du beurre. Comment peut-elle m'infliger une telle épreuve ? Pourquoi m'a-t-elle choisi, moi ? J'imagine déjà l'expression sur son visage quand elle me verra. Sûrement qu'elle tournera les talons et partira.

Maman et papa me regardent dans leur cadre en argent. C'est du vrai argent, d'ailleurs. J'ai longtemps repoussé ce moment, mais je crois qu'il est enfin arrivé. Je retire délicatement la photo, j'y dépose un baiser, puis je la roule et la mets à l'abri au fond de la boîte à musique. La ballerine brisée gît dans son cercueil musical.

Après le départ de maman, j'ai découvert qu'on pouvait mettre des objets en gage. Les petites cuillères en argent, la montre à gousset de papa, que lui-même tenait de son père… Tout ça n'est plus là, maintenant. Un peu partout dans la maison, il y a comme des trous, des espaces vides aux endroits où se trouvaient ces choses dont j'ai dû me séparer. Ce cadre est le dernier objet de valeur qui me reste.

La boutique sombre se trouve dans une rue tiède et poussiéreuse. L'homme derrière la caisse me donne de l'argent pour le cadre – beaucoup moins que ce dont j'ai besoin, mais il faudra que je m'en contente. J'aime les endroits où les gens ne posent pas de questions. La sensation des billets dans ma main est agréable. J'essaie de ne pas penser au visage presque effacé de maman, fixant l'obscurité de la boîte à musique.

Je marche jusqu'à tomber sur un magasin avec des vêtements dans la vitrine. J'entre. Il y a tout, ici : cannes à pêche, leurres, boîtes à appâts, bottes en caoutchouc, fusils, cartouches, lampes-torches, réchauds à gaz, tentes, purificateurs d'eau, pantalons jaunes, pantalons verts, pantalons rouges, chemises bleues, chemises à carreaux, tee-shirts, vestes réfléchissantes, chaussures à tige haute, chaussures à tige basse, bottes marron, bottes noires… J'ai à peine le temps de regarder quelques articles que mon cœur s'emballe. Il y a tellement de choses. Jamais je n'arriverai à choisir.

Le vendeur porte une chemise à carreaux marron, un jean marron et une espèce de manteau vert sans manches. Il est barbu, comme moi, d'ailleurs peut-être qu'il me ressemble un peu, et c'est ça qui me donne l'idée.

« Est-ce que je peux acheter ces vêtements ? je lui demande en le pointant du doigt.

— Quoi ? »

Je suis quelqu'un de patient, alors je répète ma question.

« Les vêtements que je porte ? me dit-il. Vous avez de la chance, on a tout en stock. J'en déduis qu'ils me vont bien, hein ? »

Je n'aime pas particulièrement sa tenue. Mais si l'arborer signifie que je ne suis pas obligé de me rendre à un rendez-vous avec mon nom sur ma chemise comme un élève de maternelle, alors je m'en contenterai.

« Je vais prendre directement ceux-là, je lui indique. Vous n'avez qu'à les enlever. »

Le cou du vendeur se tend et ses pupilles se rétractent. Les mammifères ont tous la même réaction physique lorsqu'ils sont en colère.

« Écoutez, mon gars…

— Je plaisante, je me dépêche de l'interrompre. Ha, ha, je vous ai bien eu. Euh… est-ce que vous vendez des robes, aussi ? De plusieurs couleurs, si possible… bleu, par exemple ?

— Ici, on vend des équipements sportifs d'extérieur », me répond-il en me dévisageant longuement.

De toute évidence, j'ai commis un impair.

Le vendeur va me chercher des vêtements que je ne prends même pas le temps d'essayer. Je jette les dollars sur le comptoir et me dépêche de sortir du magasin.

J'arrive en avance et m'installe au bar entre deux types coiffés d'une casquette – des routiers. Avec mes nouveaux vêtements, je ressemble à l'un d'entre eux, et c'est pour ça que j'ai choisi cet endroit. C'est agréable de se fondre dans le paysage.

Le bar se trouve juste à la sortie de la route nationale, et il y a de grandes tables à l'arrière, avec des bancs pour s'installer quand ils font des barbecues. Je me suis dit que ce serait une bonne idée, vu la chaleur qu'il fait depuis quelques jours. En plus, ils installent toujours des guirlandes lumineuses dans les arbres, ça fait très joli – et c'est le genre de trucs qui plaît aux femmes. Mais je me rends vite compte qu'en fait, j'aurais difficilement pu trouver pire endroit. Ce soir, il pleut, un gros orage d'été. Résultat : tout le monde s'est réfugié à l'intérieur. Or, sans les bancs et sans les guirlandes lumineuses, cet endroit a l'air très différent. Dans la salle, il règne un silence que seuls quelques rots viennent perturber à l'occasion. Il n'y a pas de musique, les néons aveuglants au plafond projettent un éclat froid sur les tables en aluminium jonchées de verres et de cannettes vides, et le sol en lino est maculé de traces laissées par les chaussures boueuses. Au début, je me suis dit que ce serait, je ne sais pas, folklorique, mais maintenant je vois bien que c'est une très mauvaise idée.

Je me commande une bière avec un shooter de bourbon. Il y a un grand miroir derrière le comptoir, ce qui est une autre raison pour laquelle j'ai choisi ce bar et cette place en particulier. D'où je me trouve, j'ai une vue imprenable sur la porte.

Elle entre, luisante de pluie. Je la reconnais tout de suite – elle est exactement comme sur sa photo. Des cheveux de la même couleur que le beurre frais, des yeux bleus qui inspirent confiance. Alors qu'elle découvre cet environnement inconnu où elle est la seule femme, je vois ce qu'elle voit, et mes sens perçoivent encore plus de choses. Je note ainsi une odeur que je n'avais pas remarquée jusque-là. Un peu comme une cage de hamster qui n'a pas été changée depuis longtemps. Ou une cage de souris, peut-être (non, ne pense pas à ça).

Elle se dirige vers une table en inox et s'assoit. Soit elle est optimiste, soit elle est désespérée. Justement, je m'étais demandé si elle partirait immédiatement en voyant que l'homme au sourire éclatant sur ma photo de profil n'était pas dans le bar. (Je n'utilise plus de photos de moi, c'est une leçon que j'ai très vite retenue ; non, celle que j'ai publiée, je l'ai trouvée sur le site Internet d'un cabinet d'expertise comptable, l'homme fait semblant de signer un document, tout en présentant à l'objectif ses belles dents toutes blanches.) Elle commande quelque chose à la serveuse fatiguée. Une eau gazeuse – optimiste, peut-être, mais pas stupide pour autant. Lorsqu'elle détache ses cheveux, une cascade blonde vient lui masquer le visage. Mais surtout, elle porte une robe bleue. Parfois, elles viennent en jean ou en chemise à carreaux, et ce n'est pas ce que je veux. Cette femme, elle, a bon sur toute la ligne. Certes, le tissu de sa robe n'est pas de l'organza, mais quelque chose de plus épais – du velours ou du coton, peut-être –, et elle porte des bottes et non des sandales. Mais à part ça, c'est quand même parfait.

J'ai amené le sujet petit à petit lorsqu'on s'échangeait des messages. J'ai commencé par lui parler de *Blue*, l'album de la chanteuse que j'écoute tout le temps, en lui expliquant que c'était mon disque préféré. Je lui ai aussi révélé que j'aimais le bleu parce que c'était la couleur des yeux de ma fille. Mais aussi – quand j'ai finalement senti que les choses se passaient bien entre nous – parce que c'était la couleur de ses yeux à elle. *Comme un océan apaisé*, j'ai écrit. Et je le pensais vraiment, ses yeux me plaisaient beaucoup. Évidemment, ça l'a flattée.

Pourquoi on ne s'habillerait pas en bleu pour notre premier rendez-vous ? je lui ai proposé. *Comme ça, on se reconnaîtra tout de suite.*

Elle a trouvé l'idée excellente.

Ma chemise en coton est marron et jaune. J'ai une casquette verte sur la tête. Même mon jean est marron. Mes nouveaux vêtements me grattent, mais au moins il n'y a pas mon nom inscrit dessus ! Je ne supporterais pas que cette femme fasse comme la première à qui j'ai donné rendez-vous : entrer, me jeter un seul coup d'œil et ressortir immédiatement. Alors je triche un peu, même si je n'en suis pas fier. De toute façon, je lui expliquerai quand j'irai la voir, dans un instant. Et je lui expliquerai aussi que c'est seulement d'une amie dont j'ai besoin. Je m'excuserai et on en rira. Ou pas. Tout ce stress me fait mal à la tête.

Elle regarde son portable. Elle pense que je lui ai fait faux bond. Ou plutôt, que l'homme aux dents blanches lui a fait faux bond. Mais elle attend quand même, parce que ça ne fait pas encore vingt minutes et que tout le monde sait qu'on laisse toujours vingt minutes de marge au retardataire, c'est quelque chose d'universel. Et elle attend surtout parce que l'espoir, c'est ce qui meurt en dernier. Si ça se trouve, je me trompe et elle est simplement en train de se réchauffer avant de ressortir affronter la pluie. Elle boit une gorgée d'eau gazeuse et grimace – ce n'est pas sa boisson de prédilection. Je me commande une deuxième bière avec un shooter de bourbon. *Il va bientôt être temps d'aller l'aborder*, je me dis. Mais avant ça, j'ai besoin de ce dernier verre pour me donner du courage.

Au bout de trente-cinq minutes exactement, elle se lève. La déception rend ses yeux tout petits. Je me sens vraiment mal de l'avoir rendue aussi triste. Je voudrais me lever pour aller la voir, mais je ne sais pas pourquoi, je n'y arrive pas. Alors je la regarde dans le miroir enrouler une espèce d'étoffe bleue autour de son cou. C'est trop étroit pour une écharpe – plutôt un ruban ou une sorte de cravate. Elle pose un billet de cinq dollars sur la table, se dirige vers la porte d'un pas rapide et décidé, et sort sous le déluge.

À l'instant où la porte se referme derrière elle, c'est comme si on m'avait arraché mes chaînes. J'avale mon verre d'un trait, enfile ma veste et me lève à mon tour. Je m'en veux tellement de l'avoir abandonnée comme ça, d'avoir laissé la peur me paralyser. Je veux me rattraper. Alors je fonce sur le linoléum mouillé. Il ne faut pas que je la laisse partir. Je vais tout lui expliquer et elle comprendra, je n'en doute pas une seconde. Il y a tellement de gentillesse dans ses beaux yeux bleus. J'imagine déjà les petits plats que je vais lui mitonner. Je lui préparerai mon curry de poulet au chocolat. Une recette clivante, je le reconnais, mais je suis sûr qu'elle, elle l'appréciera.

Je m'élance sous la pluie.

C'est encore la fin de l'après-midi, mais les nuages sont tellement épais qu'on a l'impression qu'il fait déjà nuit. Les gouttes de pluie crépitent dans les flaques comme des coups de feu. Je la cherche du regard dans ce parking rempli de pick-up et de camionnettes, en vain. Et puis enfin, je l'aperçois, tout au fond, assise sous le plafonnier allumé de sa petite citadine. Son visage est humide à cause de la pluie – ou des larmes, je ne sais pas. Elle n'a pas encore refermé sa portière, comme si elle ne s'était pas encore résolue à partir. Je la vois ajuster le ruban bleu autour de son cou, fouiller dans son sac et en sortir un mouchoir en papier. Elle s'essuie le visage, se mouche. Je suis très ému devant une telle démonstration d'élégance et de courage. Elle a défié la vie en venant ici me rencontrer, la vie l'a punie (puisque je n'étais pas au rendez-vous), et pourtant regardez-la ! Elle s'essuie le visage, déjà prête à se remettre en selle. Ces qualités, c'est ce que je recherche chez une amie. Je me dis que cette femme est tout à fait le genre de personnes sur qui Olivia et Lauren pourraient compter. Quelqu'un qui soit là pour elles, si jamais je venais à disparaître.

J'enfonce la tête dans les épaules et traverse le parking détrempé pour aller à sa rencontre.

Dee

« Vous avez dit que vous m'aideriez, annonce Ted.

— Pardon ? »

C'est un dimanche matin, très tôt, et Ted se trouve devant la porte de Dee. Celle-ci a le cœur qui bat à tout rompre, car, à cet instant, elle est convaincue qu'il a découvert qui elle est et ce qu'elle fait là. *Reprends-toi, Dee Dee. Personne ne se fait assassiner un dimanche de bon matin.* Et pourtant, évidemment que si. Elle bâille pour masquer son angoisse et se frotte les yeux pour chasser le sommeil.

Ted bascule d'un pied sur l'autre. Sa barbe a l'air encore plus épaisse et plus rousse que d'ordinaire, sa peau plus blanche, ses yeux plus petits.

« Vous m'avez dit que s'il y avait quelque chose que je n'arrivais pas à faire, euh… à cause de mon bras, vous pourriez m'aider, explique-t-il. Mais peut-être que c'était juste pour être polie.

— Ah mais oui, bien sûr. Qu'est-ce qui se passe ?

— C'est ce bocal, je n'arrive pas à l'ouvrir.

— Donnez-le-moi. »

Dee force sur le couvercle, qui cède très facilement. À l'intérieur du bocal se trouve un unique morceau de papier. Dessus, en lettres capitales d'imprimerie, une inscription : *ÇA VOUS DIT D'ALLER BOIRE UN VERRE ?*

« Astucieux, commente-t-elle en s'efforçant de rester calme alors que son cerveau fonctionne à plein régime.

— Je n'ai pas précisé, mais je voulais dire en tant qu'amis, s'empresse d'ajouter Ted. Vous êtes libre ce soir ?

— Euh…

— Parce que je m'absente souvent.

— Ah ?

— Ces prochaines semaines, je risque de passer plus de temps à l'endroit du week-end.

— Vous avez une maison secondaire ? Une cabane de chasse ?

— En quelque sorte.

— Près du lac, j'imagine, insiste-t-elle, le cœur battant. C'est très joli, par là-bas.

— Non, pas là, répond-il. Ça m'étonnerait que vous connaissiez.

— En tout cas, si vous devez vous absenter, on ferait bien de boire ce verre avant !

— On peut aller au bar à la sortie de la nationale, propose-t-il. 19 heures ?

— Parfait. On se retrouve là-bas.

— Super, dit-il. Génial. *Sayonara !* »

Il trébuche légèrement en reculant, manque se casser la figure, mais parvient à retrouver son équilibre.

« Un rencart, murmure Dee en retournant dans le salon. Ça, je ne l'avais pas vu venir. »

La chatte aux yeux jaunes lève la tête. Dee et elle ont passé un accord tacite – aucune des deux n'aime être touchée. Dee ajoute :

« Il faut absolument que je profite de cette occasion. »

Elle se demande qui elle essaie de convaincre. *Finis-en une bonne fois pour toutes.*

À 18 h 30, alors qu'un crépuscule argenté enveloppe le jardin, Dee est accroupie à la fenêtre fermée du salon, épiant la maison de Ted. Dans cette lumière particulière, tout a l'apparence du velours. Le monde semble à la fois mystique et passionnant. Dee attend, ignorant les crampes qui menacent ses mollets, jusqu'à entendre les trois verrous du voisin s'actionner. La porte arrière de la maison de Ted s'ouvre, puis se ferme. De nouveau, le bruit des verrous. Des pas qui s'éloignent, un pick-up qui démarre… Dee attend cinq minutes avant de longer le mur du salon en tremblant. Sans un bruit, elle se coule hors de la maison et enjambe la clôture pour pénétrer dans le jardin de Ted. Grâce aux hautes herbes qui poussent ici librement, elle est presque invisible depuis la rue. Mais elle n'a pas une minute à perdre. Une fois devant la fenêtre du salon de Ted, elle sort le marteau de la poche de sa salopette et, à l'aide de la pointe recourbée, elle entreprend de retirer les clous qui maintiennent le panneau de bois en place. Après quelques grincements récalcitrants de la part de ce dernier, elle parvient à libérer la fenêtre. Le loquet est complètement rongé par la rouille – elle l'a remarqué lors de sa précédente visite. Ted a dû oublier de le changer, ou alors il a estimé que le panneau de bois à l'extérieur constituait une protection suffisante. D'un coup sec, Dee soulève l'ouvrant et une pluie d'écailles de peinture tombe dans le salon de Ted.

Laissez-moi entrer, laissez-moi entrer. Sauf que cette fois, le fantôme à la fenêtre n'a plus l'apparence de Catherine Linton, mais de Dee. Celle-ci passe un pied par l'ouverture. À l'intérieur, elle a tout de suite l'impression d'être observée. Debout dans le salon vert, respirant la poussière, elle attend que ses yeux s'accoutument à l'obscurité. Il flotte dans la maison de Ted un parfum de soupe aux légumes et de renfermé. Si le désespoir avait une odeur, ce serait celle-ci, songe-t-elle.

« Minou, minou ? chuchote-t-elle. Tu es là, minette ? »

Aucun bruit. Elle se dit qu'elle devrait récupérer la chatte de Ted en partant – ce n'est pas une vie pour cette pauvre bête. L'espace d'un instant, elle aperçoit l'éclat d'un regard dans un coin de la pièce, mais elle se rend vite compte que c'est un des lampadaires de la rue qui se reflète sur la petite boîte argentée qui trône, seule, sur le rebord de la cheminée. À côté, Dee distingue un rectangle vide au milieu de la couche de poussière, comme s'il y avait eu là un cadre qu'on avait retiré récemment.

Elle se déplace avec rapidité ; elle n'a pas beaucoup de temps. Elle traverse le salon, la cuisine. Le congélateur est ouvert, le battant appuyé contre le mur. À première vue, il ne semble pas y avoir de sous-sol. Dee soulève les tapis, inspecte le plancher à la recherche d'une trappe.

Après quoi elle monte à l'étage. La moquette sur les marches s'arrête au niveau du palier. Ensuite, c'est à nouveau un parquet poussiéreux. Dee contourne une énorme armoire qui encombre l'espace. Le meuble est fermé, et il n'y a aucune clé en vue. Dee lève les yeux vers le plafond. Pas de trappe non plus.

Dans la chambre, elle découvre alignés le long des murs des sacs cabas qui débordent de vêtements. Il y a pourtant un placard dans la pièce, mais celui-ci est complètement vide, à l'exception d'un cintre cassé. On dirait que Ted vient d'emménager, sauf que rien ne semble avoir bougé depuis une éternité.

Le lit est défait, la couverture figée dans la position qu'elle a prise au moment où elle a été écartée, et il y a une poignée de piécettes de cuivre éparpillées sur les draps. En s'approchant, Dee constate qu'il ne s'agit pas de cents, mais de taches sombres. Surmontant son dégoût, elle approche son nez. Une odeur métallique. Du sang.

La salle de bains est telle que dans ses souvenirs : à peine meublée, un morceau de savon desséché posé sur le lavabo, un rasoir électrique, plusieurs flacons de médicaments, et un grand rectangle blanc à l'endroit où devait jadis être installé le miroir. Dee voudrait prendre des photos, mais elle n'a ni son appareil ni son téléphone. Alors, ignorant le fracas de son cœur battant dans sa poitrine, elle essaie de consigner le plus de détails possible dans sa mémoire.

Il y a une deuxième chambre avec un fauteuil pivotant, un bureau et un canapé sur lequel est étendue une couverture rose. Sur les murs, des dessins de licornes plus ou moins réussis. Ici aussi les placards sont verrouillés, au moyen de cadenas à trois chiffres.

Dee s'accroupit pour les examiner. Du bout du doigt, elle caresse une des molettes.

Un grincement au rez-de-chaussée. Dee a l'impression que des doigts griffus se sont refermés sur son cœur. Elle entend soudain de petits pas dans le mur, et elle ne peut retenir un cri étouffé. La souris continue sa course. À vrai dire, le bruit est impressionnant pour une souris. Peut-être plutôt un rat. Dee s'appuie contre le mur et tâche de réfléchir malgré la panique qui menace de la paralyser. Combien de temps Ted attendra-t-il seul, dans le bar ? Elle l'imagine pousser la porte et la regarder sans rien dire, debout dans le noir. Elle pense à son regard vide, à ses mains puissantes. Il faut qu'elle parte.

Sur la pointe des pieds, elle descend l'escalier, s'attendant d'un instant à l'autre à entendre le bruit d'une clé actionnant la serrure. Sa respiration ressemble à un hoquet irrégulier. D'un côté elle a l'impression qu'elle va s'évanouir, de l'autre elle se sent tout excitée par l'étrangeté de la situation. Soudain, alors qu'elle est de retour dans le salon, elle repère une forme noire et élancée qui l'observe depuis un angle, et son cœur s'arrête de battre.

« Minou, minou, murmure-t-elle, brisant le silence pesant. Est-ce que tu as vu une petite fille ? »

Mais il n'y a rien dans l'angle, à part de la poussière et des ombres. Soit le chat s'est réfugié ailleurs, soit il n'a jamais été là. Dee décide de regagner la sortie, mais elle ne peut s'empêcher de laisser échapper un cri de surprise lorsque son pied glisse sur l'immonde tapis bleu. Enfin, elle ressort par la fenêtre, pousse un juron lorsqu'elle se cogne la tête à l'encadrement et referme l'ouvrant avec un énorme soupir de soulagement. Elle est sortie ! L'air nocturne lui semble doux et sucré, et elle n'a jamais trouvé un ciel sombre aussi magnifique.

Les mains tremblantes, elle remet le panneau de bois en place. Les vieux clous sont tordus et rouillés – inutilisables. Dee les retire et récupère dans sa poche des clous neufs qu'elle a achetés en prévision à la quincaillerie. Le bruit du marteau lui fait penser à un cercueil qu'on ferme, et elle secoue la tête pour chasser l'image. Ce n'est pas le moment de se déconcentrer : il faut qu'elle se dépêche de fixer le panneau de bois tant qu'il n'y a personne dans la rue pour l'entendre.

Quand enfin elle pousse la porte de chez elle, elle se rend compte qu'elle tremble de tout son corps – comme si elle avait de la fièvre. À vrai dire, elle a un peu froid. Elle allume le poêle à bois et s'accroupit devant, les jambes raidies par les crampes et les frissons. Avant, quand elle avait ces symptômes, elle pensait qu'elle était malade. Désormais, elle sait que c'est la manière qu'a son corps de manifester son désarroi.

Lulu n'est pas dans la maison. Dee se rend compte qu'elle s'était convaincue que sa sœur se trouvait juste à côté. Elle avait été jusqu'à imaginer sa respiration dans le noir. Elle espérait qu'elle soit prisonnière de cette maison. Et soudain, cela lui semble injuste d'avoir été poussée à penser une chose pareille. Les sentiments lui tailladent la gorge. Elle essaie de faire de l'ordre dans son esprit. Si Lulu n'est pas là, c'est qu'elle est ailleurs.

« L'endroit du week-end », murmure Dee.

C'est forcément ça.

Elle place ses mains en coupe devant sa bouche et, les yeux rivés sur les flammes qui gagnent lentement en intensité derrière la paroi de verre, elle murmure une promesse :

« J'arrive. »

Olivia

J'étais à la fenêtre en train de regarder la chatte rayée quand le bruit a recommencé. C'est un peu comme une mouche, mais en plus aigu – une aiguille dans ma tête. J'ai couru dans toute la maison, mais la petite voix continuait à gémir et à me poignarder. D'un coup de griffes, j'ai déchiré un des coussins du canapé, avant de monter dans la chambre m'en prendre à un oreiller. Mais d'où vient cette saleté de bruit ?

Je viens de me repasser l'enregistrement, et on entend très distinctement le bruit. C'est la preuve qu'il n'est pas seulement dans ma tête. Il existe pour de vrai. D'un côté c'est un peu un soulagement, et d'un autre pas du tout. Je ferai toute la lumière sur cette affaire. Je pense que j'aurais fait une très bonne enquêtrice, vous savez, comme celles qu'on voit à la télévision, parce que je suis très observatrice et…

Il vient de m'arriver une chose horrible.

J'étais assise là, à me gratter la tête pour essayer de me débarrasser du bruit dans mes oreilles, quand j'ai entendu le cliquetis d'une clé cherchant la serrure. Au bout d'un moment, la clé a fini par entrer dans son logement. Clac. *Les verrous de la porte d'entrée se sont ouverts l'un après l'autre.* Clac, clac. Eh ben, *je me suis dit,* il en tient vraiment une bonne, ce coup-ci.

« Coucou Lauren ! » s'est-il exclamé.

Je me suis dirigée vers lui en ronronnant, et il m'a caressé la tête et chatouillé l'oreille.

« Désolé, chaton, il s'est excusé. J'avais oublié. Olivia. »

Cette haleine, mes aïeux...

Je te déconseille de craquer une allumette, *je l'ai prévenu. Je dis toujours à Ted ce que je pense. La franchise, c'est important, même s'il ne comprend pas un traître mot de ce que je raconte.*

Il est entré en titubant, a embrassé les Parents à travers la plaque de verre et s'est laissé tomber sur le canapé.

« Elle n'est pas venue, a-t-il soupiré, les yeux mi-clos. J'ai attendu une heure. Tout le monde me regardait, moi, le raté qui attendait dans un bar. Dans un bar, il a répété, comme si c'était ça le plus grave. Tu es la seule à tenir à moi. »

Il m'a tapoté la tête de sa paume moite, avant d'ajouter :

« Je t'aime, chaton. C'est toi et moi contre le reste du monde. Me faire faux bond, à moi... Qu'est-ce que c'est que ces manières ? »

Il a poussé un nouveau soupir, visiblement épuisé par son monologue. Puis il a fermé les yeux pour de bon, et sa main est retombée sur le côté, la paume tournée vers le haut comme pour une supplication muette.

Sa respiration a ralenti jusqu'à devenir un soufflet grave et régulier. Ted a toujours l'air plus jeune quand il dort.

Derrière, dans l'entrée, j'ai remarqué que la porte s'agitait doucement dans la brise du soir. Elle était mal fermée.

J'ai sauté du canapé. Le cordon était fin aujourd'hui, et d'un violet très élégant. Alors que j'avançais vers la porte, je l'ai senti se resserrer autour de mon cou. Sur le seuil, je pouvais encore respirer, mais difficilement. Par l'ouverture s'engouffrait une lumière d'un blanc aveuglant. Soudain, une main lourde s'est posée sur ma tête et s'est mise à me gratter les oreilles maladroitement. Ted. Il faut croire qu'il ne dormait que d'un œil.

« Alors, m'a-t-il dit, tu veux aller dehors, chaton ? Tu sais que c'est dangereux et que tu ferais mieux de rester ici, en sécurité. Mais si tu y tiens vraiment... »

Je ne comptais pas sortir, *j'ai répondu.* Le Seigneur m'a interdit de le faire et je ne compte pas lui désobéir.

Ted a ri. Puis il a ajouté :

« Mais d'abord, il faut qu'on te refasse une beauté. Prête pour le "relooking" ? »

Je l'avais déjà vu dans cet état, alors j'ai commencé à reculer, mais il m'a attrapée entre ses grosses mains et m'a serrée contre lui – j'avais l'impression d'être prise dans un étau. Il a refermé la porte – clac, clac, clac – *puis m'a emmenée à la cuisine. Comme il titubait à chaque pas, j'avais l'impression que le monde tournoyait autour de moi. Ted a alors ouvert le placard le plus haut et il en a sorti un objet brillant : le grand couteau. Quand j'ai vu ça, je me suis débattue et j'ai essayé de le mordre et de lui mettre des coups de griffes, mais Ted m'a pincé la peau au niveau de la nuque, avant de me soulever sans effort.*

Le couteau faisait un bruissement agréable tandis que la lame tailladait ma fourrure. Dans l'air il y avait une myriade de petites touffes noires et soyeuses qui n'arrêtaient pas de faire éternuer Ted, mais celui-ci a continué son ouvrage, rasant partiellement ma nuque, mon dos et la pointe de ma queue. Je ne sais pas comment il s'y prenait, mais il arrivait à la fois à me tenir, à agripper le manche du couteau et à écarter les poils qu'il s'apprêtait à couper. Il est capable de la plus grande concentration quand il est ivre.

Et puis d'un coup, tout s'est arrêté. Le bras qui me maintenait prisonnière s'est immobilisé, le visage de Ted s'est figé et ses yeux ont disparu. Je me suis libérée, évitant soigneusement la lame qui planait à quelques centimètres au-dessus de ma colonne vertébrale, et j'ai laissé Ted debout en plein milieu de la cuisine, le poing serré sur le manche du couteau. Dans l'air, les touffes noires voletaient toujours.

Je me suis éloignée. Le cordon me suivait, mais il était désormais jaune sale et fin comme un vieux lacet.

Maintenant, l'air est froid aux endroits où mon beau manteau noir est troué. Je peux pardonner à Ted ses attaques sur ma dignité, sur mes sentiments. C'est ce que le Seigneur attend de moi, d'ailleurs. Mais il y a des limites. Ted n'aurait jamais dû porter atteinte à mon apparence physique. Je suis furieuse comme jamais. Pardonnez-moi, Seigneur, mais Ted est vraiment un gros cé-o-enne. Et il va bientôt se rendre compte que ses actes ont des conséquences.

Dans le salon, je saute sur la bibliothèque, pousse la bouteille de bourbon dans le vide et la regarde s'écraser au sol en mille morceaux. La puanteur, aussi forte que celle de l'essence, me fait aussitôt monter les larmes aux yeux. Brièvement, un souvenir désagréable me revient en mémoire, un rêve que j'ai fait, je crois, où j'étais prisonnière dans un endroit sombre et où un meurtrier m'aspergeait d'acide… Ma queue s'agite – je ne sais plus si c'était un cauchemar ou quelque chose que j'ai vu à la télévision, mais c'était vraiment horrible.

Je grimpe sur le rebord de la cheminée et fais tomber la grosse poupée affreuse. Dans sa chute, elle libère ses bébés, puis toute la famille se fracasse au sol avec un grand bruit de craquement – c'est un véritable massacre. J'essaie aussi de faire basculer la photo des Parents dans le vide, même si je sais que je n'y arriverai pas. Que voulez-vous, je suis une éternelle optimiste ! Je me demande ce que Ted a fait pour que le cadre soit impossible à bouger – est-ce qu'il l'a collé à la cheminée avec de la colle forte ? Je regarde les écureuils et me fais la réflexion qu'ils ont encore plus des têtes de mort que d'habitude. Je suis surprise que Ted n'ait pas encore vendu ce machin en argent – ça doit avoir un peu de valeur, pourtant. Peut-être que lui non plus n'arrive pas à le déplacer !

Peu importe, j'ai plus d'un tour dans mon sac. Sans un bruit, je monte dans la chambre de Ted, ouvre son placard et fais pipi dans chacune de ses paires de chaussures.

Je sais bien que ça ne plaira pas au Seigneur, mais il faut bien que je me venge.

Ted m'appelle, à présent, mais je refuse d'aller le voir, même si sa voix est remplie de pics noirs.

Ted

Lorsque je reviens à moi, je suis à bout de souffle et j'ai l'impression d'avoir reçu un coup de pied dans le ventre. Dans mon poing serré, je tiens un couteau. C'est le grand, celui que je cache toujours au fond du placard du haut, dans la cuisine. Personne à part moi ne connaît son existence. La lame impressionnante au tranchant acéré scintille à la lumière grise du jour. Elle a été affûtée récemment.

« Réfléchis, petit Teddy », je murmure.

La rime me fait rire.

D'abord, les deux questions de base : je suis où et on est quand ? Où, c'est facile. Je vois le salon, le joli tapis orange vif, la ballerine sur la pointe des pieds dans sa boîte à musique, les trous dans les panneaux de bois – des ronds gris remplis de pluie. Je suis donc à la maison, au rez-de-chaussée.

Quand, c'est un peu plus difficile. Dans le réfrigérateur, je trouve une brique de lait entamée qui dégage une odeur rance et un bocal de cornichons. Rien d'autre. Dans la poubelle, seize cannettes de bière vides. Bref, pendant mon absence, j'ai tout mangé et tout bu.

Par contre, j'ai été étonnamment propre : la cuisine est impeccable et sent même la Javel.

« Chaton ? » j'appelle, mais Olivia ne vient pas.

Tout de suite, les pires idées me viennent : est-ce qu'elle est malade ? Est-ce qu'elle est morte ? Cette dernière pensée fait souffler sur moi un vent de panique, et je me force à respirer de manière régulière. *Calme-toi. Elle est sûrement cachée quelque part.*

Cette fois, c'est des journées entières que j'ai perdues. Comme ça, je dirais trois. Je vérifie l'horloge de la télévision. Bientôt midi. Plus ou moins trois jours, donc.

Je me promène dans toute la maison, examinant les cadenas des placards et du congélateur, vérifiant absolument tout. J'ai causé des dégâts pendant mon absence : j'ai griffé le beau tapis orange et j'ai cassé les poupées russes de maman en mille morceaux. En regardant dans mon placard, je me rends compte que toutes mes chaussures sont mouillées. Est-ce qu'il a plu ? Est-ce que j'ai traversé une rivière à pied ? *Ou un lac ?* me murmure mon esprit. Je ferme aussitôt la porte à cette idée et descends boire un verre, pour m'apercevoir qu'apparemment, j'ai aussi cassé la bouteille de bourbon. Tant pis. J'en sors une nouvelle de la réserve et pioche un cornichon dans le bocal.

À un moment, je fais tomber le cornichon. Quand je me baisse pour le ramasser, j'aperçois une lueur blanche. Il y a quelque chose sous le réfrigérateur. Je sais très bien ce que c'est, et ça n'a rien à faire là.

Il y a un vacarme pas possible dans le grenier. C'est les garçons verts qui sanglotent. Pourtant, ces derniers temps, ils m'avaient plutôt laissé tranquille.

« La ferme ! je crie. La ferme ! Je n’ai pas peur de vous ! »

Mais c’est faux. Je fais souvent un cauchemar où je me réveille dans le grenier, entouré par les garçons verts et leurs longs doigts, et où je me fonds petit à petit dans le vert jusqu’à disparaître complètement. Je récupère la sandalette blanche sous le réfrigérateur et la jette à la poubelle. Trop de mauvais souvenirs sont attachés à cette chaussure.

Je ne remets pas le grand couteau dans le placard du haut. À la place, je l’enterre dans le jardin, « à la faveur de l’obscurité ». C’est une jolie expression, non ? Il y a quelque chose de chaleureux, dedans, comme si la nuit était une couverture toute tiède. Mais bref, j’enterre le couteau sous un sureau.

Comme je suis encore pas mal bouleversé, je mange un autre cornichon devant la télévision et je finis par me calmer. Je ne peux plus m’arrêter, à présent. Ces femmes n’étaient pas les amies qu’il me fallait, de toute évidence, mais je ne compte pas abandonner pour autant.

Olivia

Ted est encore parti. Honnêtement, depuis quelque temps, il est toujours en vadrouille.

Le bruit est insupportable. *Iiiiiiii*. Ma tête est une caverne remplie de sons, et j'ai désespérément besoin d'aide. D'un coup de patte, je pousse la bible de la table et la fais tomber sur le plancher. Après quoi j'attends, les yeux fermés. Quand le grondement retentit, il est si puissant que mes tympans menacent d'exploser. La maison tremble jusque dans ses fondations. De grands craquements retentissent, comme si le monde ou le ciel était en train de se briser. Ça monte et ça monte pour former un cri, et je me dis, *Est-ce que c'est la fin ?* Horrible. Terrifiant.

Quand ça se calme enfin, j'éprouve un profond soulagement. Pourtant, j'ai l'impression d'être une salière qu'on aurait trop secouée. Je reste assise quelques instants, le temps que mon estomac se remette en place.

Puis je me penche. Le verset sur lequel mon regard se pose dit :

Ehoud étendit la main gauche, prit le poignard sur sa cuisse droite et l'enfonça dans le ventre du roi. Même la poignée entra après la lame et la graisse se referma sur la lame, car Ehoud n'avait pas retiré le poignard du ventre du roi.

Écoutez, si tout ce que disait le Seigneur était parfaitement limpide, avoir la foi n'aurait plus vraiment de sens, si ? Le gémissement infini se poursuit. On dirait presque une abeille qui appelle à l'aide. Aujourd'hui, il y a quelque chose de bizarre avec la maison, un peu comme si quelqu'un avait tout déplacé d'un centimètre vers la gauche pour faire une plaisanterie.

Soudain, une voix se met à parler dans le salon, alors j'en déduis que Ted a laissé la télévision allumée pour moi.

« Il faut revivre le traumatisme, indique la voix. Vous connaissez l'expression “reculer pour mieux sauter” ? Eh bien, il est fondamental de retourner dans le passé, d'exhumer les traumatismes subis pendant l'enfance et de braquer la lumière dessus. »

Peut-être que c'est de la télé que provient ce gémissement continu. Pourtant, j'ai vérifié au moins… je ne sais pas, des centaines de fois. Mais il faut que je fasse quelque chose. Sur son rebord de cheminée, la poupée russe avec son visage blanc et son ventre rebondi me regarde fixement. Elle a l'air plus heureuse que jamais d'avoir emprisonné toutes ses petites amies dans son estomac. Les Parents aussi me regardent, dans leur cadre terrifiant. *Allez-vous-en*, je leur murmure, mais ils ne s'en vont jamais.

Quand je vois qui est à l'écran, je plaque les oreilles en arrière. Encore lui ! Ses yeux bleus tout ronds qui ne me lâchent pas. L'air sérieux, il acquiesce à une question que je n'ai pas entendue. Et bien sûr, je ne sens plus désormais que l'odeur de poussière et de lait caillé. Je sais que ce n'est qu'une image sur un écran, mais j'ai quand même l'impression qu'il est là. Je m'assois et me lèche consciencieusement la patte. C'est quelque chose qui me fait toujours du bien. *Je serais tellement plus douée que toi pour animer cette émission*, je lui lance. *Tu n'as aucun charisme.*

Il sourit comme s'il avait entendu ma remarque. Après ça, je n'ai plus envie de lui parler. Je ne sais pas pourquoi – ce n'est pas comme si la télé pouvait m'entendre. Si ? L'odeur est tellement forte, à présent. Ce n'est pas vraiment une odeur de ted, plutôt quelque chose qu'on aurait laissé traîner trop longtemps hors du réfrigérateur.

Et soudain, dans l'entrée, je perçois des bruits étouffés. Je m'approche sur la pointe des coussinets. Il y a quelqu'un derrière la porte, je le sens. Un ted mâle. Il ne frappe pas, il n'actionne pas la sonnette. Alors que fait-il ? Et la puanteur est partout, s'infiltrant sous la porte, envahissant mes narines si sensibles. C'est la même odeur que celle qui émanait de la télévision. Je ne sais pas par quel miracle, mais le ted de la télévision est également devant chez moi. Il faut croire que c'est une émission préenregistrée.

Le ted respire dans l'espace qui sépare la porte de l'encadrement. Des inhalations longues et délicates. Il doit avoir le nez collé à l'interstice. C'est comme s'il était en train de humer la porte d'entrée. Est-ce qu'il perçoit mon odeur ? Ted m'a prévenu mille fois du danger que représente l'extérieur. Je comprends maintenant que c'était de ça qu'il parlait. Depuis l'écran dans le salon, les petits yeux bleus et ronds du ted me regardent.

« On a tous un monstre qui se cache à l'intérieur de nous », affirme-t-il.

Il faut que je me cache. Quelque part où il fait sombre. Le plus discrètement possible, je monte l'escalier qui mène à l'étage. Au-dessus de ma tête, j'entends un des fantômes du grenier frotter son ongle sur toute la longueur du plancher et je me mets à courir.

Je fonce jusqu'à la chambre de Ted et me réfugie sous le lit. En bas, j'entends toujours à la télévision le ted-animateur raconter les méchancetés que font subir certaines personnes à de petits teds. À moins que ça ne soit le ted derrière la porte qui parle ?

Quand je suis inquiète, je choisis entre l'une de ces deux activités : soit je consulte ma bible, soit je casse quelque chose qui appartient à Ted, soit je fais une sieste. Bon, d'accord, ça fait trois activités. Après la dernière fois, je n'ai aucune intention de m'approcher de la bible. C'était beaucoup trop terrifiant. Et cette semaine, j'ai déjà cassé la poupée russe une fois et la boîte à musique deux fois. (Je m'en veux un peu.)

Alors il va me falloir une très, très longue sieste. Je crois que je vais devoir aussi pardonner à Ted. Ça fait plusieurs jours que je refuse de lui adresser la parole. Mais aujourd'hui, ça n'a pas été une journée facile, et en plus il y a un truc bizarre avec ma queue. J'ai besoin qu'on me caresse.

Je n'arrive pas à dormir. Je me tourne et me retourne en ronronnant, les yeux fermés, mais je me sens bizarre, et ma queue qui bourdonne n'arrête pas de m'embêter.

Ted

Avec Olivia, on est tranquillement assis sur le canapé à regarder un spectacle de monster trucks à la télé quand ils arrivent. Je m'inquiète un peu pour ma chatte. Elle a l'air stressée en ce moment, ce qui ne lui ressemble pas – Olivia va toujours bien. C'est d'ailleurs le principe des chats, non ? Ils vont toujours de l'avant.

Mais peut-être que c'est moi qui me fais des idées parce que aujourd'hui, je ne suis pas dans mon assiette – Lauren me manque beaucoup. Je sais qu'elle est mieux là où elle est, mais c'est très dur pour un parent d'être séparé de son enfant. J'essaie de l'appeler, mais elle ne me répond pas. Je pense que c'est parce qu'elle m'en veut. En tout cas, ça me blesse. Pire que ça, c'est comme si on m'arrachait le cœur avec une paire de tenailles.

Et je suis toujours en colère contre la voisine. Non pas que je croyais qu'on allait devenir les meilleurs amis du monde du jour au lendemain, mais bon, elle aurait au moins pu faire l'effort d'essayer de me connaître un peu plus. Je me demande à quoi elle ressemblerait, avec une robe. Une robe en tissu léger qui flotterait au niveau de ses chevilles quand elle marcherait. Une robe bleue, peut-être. Mais je suis resté assis au bar, à l'attendre, et elle n'est jamais venue. Qu'est-ce que j'avais l'air bête… J'essaie de me trouver une amie, mais pour l'instant, je pense qu'on peut dire que mes recherches ne se passent pas très bien.

C'est Olivia qui l'entend en premier et qui file aussitôt se réfugier sous le canapé. Moi, il me faut plus longtemps pour le percevoir. Le bruit ne vient pas de la télé, mais de dehors, et, bientôt, on n'entend plus que lui. De gros engins s'approchent. Des pelleteuses, peut-être, ou des tracteurs ? Un vacarme assourdissant, beaucoup trop proche. Qu'est-ce qu'ils fabriquent ici ? À cette extrémité de la rue, il n'y a que deux maisons et la forêt. Mais ils continuent à s'avancer vers ici. Je colle mon œil à un des trous et les vois passer dans la rue, jaunes comme la mort, leurs mâchoires infernales croûtées de terre. Ils se dirigent vers la forêt. Un homme descend de la cabine et retire les chaînes qui maintiennent la barrière fermée. Il y a quelque chose de terrifiant dans ce geste, quelque chose d'officiel. L'homme soulève la barrière pour permettre aux engins de passer, et la pelleteuse et le bulldozer se remettent en marche dans un grondement de moteurs avant de s'engager sur le chemin.

Je sors de chez moi en courant – je suis tellement furieux que j'oublie presque de refermer les verrous derrière moi (mais au dernier moment, je m'en souviens). La voisine et d'autres voisins sont debout sur le trottoir et regardent les engins disparaître au milieu de la végétation dans un fracas de tous les diables.

« Qu'est-ce qui se passe ? » je demande à la voisine. Je suis tellement inquiet que j'en oublie provisoirement que je suis fâché contre elle. « Ils n'ont pas le droit d'aller là-bas. C'est une réserve naturelle protégée !

— Ils vont construire de nouvelles aires de pique-nique, m'explique-t-elle. Sûrement pour attirer plus de randonneurs et de touristes. Au fait, j'ai encore reçu par erreur du courrier qui vous était destiné, ce matin. Vous voudrez que je passe vous le déposer, un peu plus tard ? »

Je l'ignore et m'élance vers la forêt et le bruit des machines. Quand je les aperçois, je ralentis et continue à les suivre en restant à distance. Au bout d'environ un kilomètre et demi, elles quittent le chemin pour s'enfoncer dans le sous-bois. Les jeunes arbres cèdent sur leur passage dans un bruit de craquement. C'est comme écouter des hurlements d'enfants. Ces engins sont en train de retourner la terre à moins de cent mètres de la clairière. Je ne pense pas qu'ils l'atteindront aujourd'hui, mais demain, c'est une autre histoire. Un homme vêtu d'une veste orange fluo se tourne vers moi. Je lui adresse un salut de la main, puis je fais demi-tour et m'éloigne en essayant de ressembler à une personne normale. Le bruit me suit sur le chemin bien après que les machines m'ont perdu de vue. Un bruit de mâchoires dévorant la forêt.

J'ai envie de me mettre des gifles. Je le savais – j'ai laissé les dieux enterrés dans la clairière trop longtemps. À force, les gens ont fini par sentir leur présence. Même s'ils ne s'en rendent pas compte, ils sont attirés vers eux. Je me demande si mon bras est guéri. J'ai l'impression que ça va mieux. Les bleus se sont estompés.

De toute façon, je n'ai plus le choix. Il faut que je les déplace ce soir.

L'après-midi s'écoule si lentement que j'ai l'impression qu'il se passe des années avant que le soleil ne se décide à descendre. Enfin, il disparaît derrière l'horizon, laissant derrière lui un ciel zébré de pourpre.

Même dans la douceur de l'obscurité, la forêt ne semble plus m'appartenir. Je sens l'odeur des machines bien avant d'apercevoir le chantier – la terre noire retournée, les arbres assassinés qui se vident de leur sève. Au milieu de ce carnage, la pelleteuse et le bulldozer silencieux ressemblent à deux grosses larves jaunes. J'ai envie de leur faire mal. J'ai réfléchi à la question, d'ailleurs. Une bouteille d'eau oxygénée dans le réservoir, et ce serait réglé. Mais ça ferait aussi du mal à la forêt et ça, je n'en ai pas envie.

Dans la clairière, je regarde les arbres blancs autour de moi. Je me sens si triste. C'était vraiment un beau sanctuaire, pour les dieux. Mais s'ils restent ici, tôt ou tard, quelqu'un finira par les trouver. Et autant je ne suis pas le plus malin dans certains domaines, autant ça, je le sais : personne ne comprendrait, pour les dieux.

Je plante ma pelle dans le sol, déroule la pochette contenant mes outils et me mets à creuser. J'ai enterré les dieux en quinze points différents, suivant un motif sacré. Quinze étoiles formant une constellation qui est gravée à jamais dans ma mémoire.

Délicatement, j'époussette la surface arrondie du premier dieu. La terre d'où je l'ai tiré est noire et riche – les dieux la nourrissent. J'approche mon oreille et j'écoute. Le dieu me murmure ses secrets d'une voix qui ressemble à la pluie.

« Je te garde dans mon cœur », je lui murmure.

Puis je le place dans un sac-poubelle que j'enfouis ensuite dans mon sac à dos, avant de passer à l'emplacement suivant, qui se trouve plus à l'est, à côté d'un rocher qui ressemble à un doigt. Ce dieu-là est fragile. Je pose la pelle sur le côté et creuse avec mes mains. Il n'est pas enfoui profondément. D'ailleurs, j'aime bien le déterrer une fois de temps en temps pour le regarder. J'ouvre l'emballage en plastique et récupère la robe, qui paraît gris foncé à la lueur de la lune. Je voudrais la revoir au moins une fois à la lumière du jour pour profiter de sa vraie couleur, un bleu profond qui ressemble à l'océan. Malheureusement, je ne peux pas me permettre de le faire. Je m'essuie les mains sur mon jean et caresse le tissu. Par le bout de mes doigts, la robe me raconte des choses. Chaque dieu a ses propres souvenirs et ses propres sentiments. Tout à coup, j'ai les yeux qui piquent : ce dieu me rend toujours triste. Mais aussi nerveux. Excité, presque.

« Je te garde dans mon cœur », je chuchote, mais ma voix me paraît assourdissante.

Ensuite vient le vanity-case, près du centre de la clairière, légèrement sur la gauche. Pour ce dieu-là, je me dépêche. Parce qu'il contient des objets pointus et brillants et une voix comme des orties ou du vinaigre.

L'un après l'autre je les déterre, et l'un après l'autre les dieux remplissent l'air de leur voix.

« Je te garde dans mon cœur », je leur murmure à tour de rôle.

Chaque fois, c'est comme tout revivre en entier : le moment de la création du dieu, le chagrin.

Enfin, la clairière est vide. Je tremble. Ils sont tous dans mon cœur, à présent, et le sac à dos pèse lourd. C'est le moment où j'ai toujours l'impression que je vais exploser. Méthodiquement, je rebouche les trous et éparpille des feuilles et des brindilles un peu partout pour donner l'impression que l'endroit a reçu la visite de marmottes ou de lapins – rien d'autre que la nature suivant son cours. Après quoi je ramasse le sac à dos.

Nous nous enfonçons plus profondément dans les bois. Je sais qu'à l'ouest, la lisière de la forêt se trouve au niveau du lac, alors je choisis une autre direction. Même après toutes ces années, je ne veux pas m'approcher du lac.

Il faut que je trouve l'endroit parfait. Les dieux ne peuvent pas vivre n'importe où. Le faisceau de ma lampe torche danse sur les herbes hautes et les buissons desséchés. Il fait tellement doux, ce soir, qu'on dirait que la forêt dégage de la chaleur – celle-ci s'échappe en spirales du tronc des thuyas géants, s'élève lentement du tapis de feuilles mortes. Je retire mon pull. Des nuées de moustiques et de moucherons se mettent bientôt à tourner autour de mes bras nus et de ma nuque, sans jamais se poser. Il y a aussi des chauves-souris qui volettent autour de nous, et qui s'approchent parfois si près que je sens leur corps duveteux me frôler les joues. Les branches des arbres s'écartent devant moi pour me libérer un passage. À un moment, je marque une courte pause, le temps de reprendre mon souffle, et un serpent brun glisse affectueusement sur le bout de ma chaussure. Ce soir, je fais partie intégrante de la forêt. Ce soir, elle me garde dans son cœur.

C'est à l'oreille que je repère la source – je reconnais le murmure de l'eau courant sur la pierre. Par contre, je ne saurais dire d'où il vient. Dans la forêt, on a souvent l'impression que le son vient de partout à la fois. J'éteins ma lampe torche et reste immobile dans le noir. Dans mon dos, le sac est mal équilibré, et quelque chose de pointu s'enfonce dans ma nuque. Les dieux sont impatients. Ils veulent un nouveau sanctuaire. Je suis le chemin qu'ils m'indiquent à travers les buissons et les ronces. À présent que les nuages se sont écartés, la demi-lune scintille. Sans la lampe torche, je vois la forêt dans son manteau de nuit, tout en nuances d'argent.

Devant moi, j'aperçois soudain un éclat d'écorce blanche. Ces bouleaux qui poussent ici, ces « arbres à os », c'est le signe que j'attendais. J'ai trouvé l'endroit que je cherchais.

La source jaillit d'une roche noire et s'éloigne rapidement dans une gouttière naturelle étroite surplombée par des fougères. Au-dessus, sur la paroi rocheuse, je repère plusieurs fissures sombres, chacune d'une taille idéale pour accueillir un dieu. Un par un, je les glisse dans leur nouveau sanctuaire. Ce faisant, je tremble comme une feuille – ce n'est pas facile de tenir une telle puissance entre mes mains.

Je termine au moment où le ciel à l'est commence à se teinter de rose, signe que l'aube est proche. Je recule et contemple mon œuvre. Derrière la paroi de pierre, j'entends les dieux chantonner en déployant autour d'eux leurs racines de puissance, sous le regard plongeant du bosquet de bouleaux voisin. Je suis à bout de forces. Chaque déménagement me détruit. Mais c'est mon devoir : je dois m'occuper d'eux. Maman me l'a bien fait comprendre.

Les bois se réveillent. Il va me falloir marcher longtemps pour retrouver la maison et le quotidien. Autour de moi, les oiseaux chantent à pleins poumons.

« Vous me manquez », je leur dis.

Au moins, ici, ils ne risquent pas de se faire surprendre par le Meurtrier. Je dépasse les engins jaunes sans y prêter la moindre attention. Ils peuvent bien retourner la terre, maintenant que les dieux sont en sécurité dans leur nouvelle maison.

J'ai trouvé le magnétophone dans le réfrigérateur. À mon avis… Non, je ne vais même pas essayer de deviner comment il a pu atterrir à cet endroit.

Pas de recette, aujourd'hui. Je me suis dit que peut-être je pourrais le dire, au cas où j'oublie : je les ai déplacés.

Peut-être que je m'enregistre seulement parce que je veux parler à quelqu'un. Quand je suis avec les dieux, je me sens encore plus seul que quand je suis tout seul. Et maintenant que Lauren est partie, j'ai besoin de choses qui me rappellent qui je suis. J'ai tellement peur de disparaître et de ne jamais revenir.

Mais ça ne marche pas, ça ne m'aide pas du tout. Au contraire, je me sens bête, alors je vais arrêter.

Dee

Tout le monde sur Needless Street a reçu le prospectus dans la boîte aux lettres. Mais cela n'empêche pas Dee de sursauter lorsqu'elle voit les engins jaunes descendre la rue tels des lions affamés, leurs immenses gueules de métal encore tachées de la boue de leurs précédentes victimes.

Dee sort de chez elle pour assister à la scène. Étrangement, cela lui paraît moins risqué que de rester à l'intérieur. Elle ne doit pas être la seule à éprouver ce sentiment, car une poignée de voisins sont déjà plantés sur le trottoir, la bouche ouverte et les yeux ronds.

Un homme roux s'avance devant une des pelleteuses et crie quelque chose au conducteur. Quand il voit que son gros chien commence à gémir, il l'attrape par le collier.

« J'espère que vous n'allez pas utiliser cette saleté de peinture fluorescente pour marquer les arbres, crie le roux en indiquant les bombes aérosol qui jonchent le plancher de la cabine. C'est très toxique, vous savez ? »

L'ouvrier hausse les épaules et rajuste son casque.

« Je suis garde-forestier, insiste le propriétaire du chien, désormais surexcité. Ces peintures sont un désastre pour l'écosystème.

— Faut bien qu'on marque les arbres, répond le conducteur d'une voix tranquille. Et le fluo, ça se voit bien de jour comme de nuit. »

Puis il hoche la tête, redémarre son moteur assourdissant, et la pelleteuse s'éloigne comme un dinosaure.

Un souffle chatouille le cou de Dee et soulève les cheveux sur sa nuque. Il est si proche que lorsqu'elle se retourne, surprise, sa barbe lui frôle presque la joue. Elle sent le désarroi qui émane de tout son corps et qui ressemble à une odeur de purin d'ortie. Ted titube. Dee se rend compte qu'il est complètement ivre.

« Non ! s'exclame-t-il. Non ! Ils ne peuvent pas faire ça ! »

Il lui demande quelque chose et Dee lui répond, mais elle ne sait plus de quoi il est question, à cause du bourdonnement qui résonne soudain dans sa tête. Elle a reconnu la panique dans les yeux de Ted. Et pas n'importe quelle panique : celle de quelqu'un qui sent que son secret est sur le point d'être découvert.

Lorsqu'il s'élance sur le chemin à la suite des engins de chantier, elle devine qu'il court vers quelque chose. Vers ce secret, qu'il a visiblement caché dans la forêt. Dee sait qu'elle ne peut pas le suivre. Il la repérerait aussitôt. Non, elle ne peut que croiser les doigts pour que ce qu'il a caché ne soit pas accessible en pleine journée.

Alors elle rentre chez elle, s'installe à son poste d'observation derrière la fenêtre et se mordille la lèvre jusqu'à la réduire en charpie. Peut-être qu'à se montrer trop méfiante, elle a raté sa chance et qu'en ce moment même, il est en train de déplacer Lulu, de l'emmener dans un endroit reculé… Dee regarde la forêt jusqu'à s'en brûler les yeux.

Une demi-heure plus tard, Ted réapparaît à l'entrée du chemin. Le cœur de Dee s'emballe lorsqu'elle constate que chacun des mouvements de son voisin trahit l'angoisse. Il secoue la tête de droite à gauche, comme s'il était en plein débat avec lui-même. Dee comprend tout de suite qu'il n'a pas pu faire ce qu'il avait prévu. Ce qui signifie qu'il n'est pas trop tard. Cette nuit, il risque d'y avoir de l'action.

Dee enfile une paire de chaussures de marche. Puis elle récupère dans ses affaires un pull et un manteau sombres, elle remplit une bouteille d'eau et fourre des fruits secs dans ses poches. Après quoi elle se rassoit à la fenêtre et surveille la maison de Ted. Des nuages passent et le soleil finit par descendre vers la forêt. Bientôt, le crépuscule a tout enveloppé.

Quand elle entend le bruit des trois verrous qui s'ouvrent, suivi par le grincement de la porte de derrière, elle est fin prête. Dans l'obscurité, elle sent plus qu'elle ne voit Ted quitter la maison. Celui-ci passe sous un lampadaire, et Dee remarque alors la forme étrange de son sac à dos. Que peut-il bien contenir ? Des outils, une pioche, une pelle ? Ted suit la route jusqu'à se retrouver dans la pénombre. Ici, en guise de lampadaires, il n'y a plus que la demi-lune qui éclaire la nuit naissante.

Dee suit son voisin à une distance raisonnable. Par chance, la lampe torche que Ted a allumée est comme un phare. Lorsqu'il s'arrête à l'entrée du chemin et regarde autour de lui, Dee s'empresse de se cacher derrière un tronc d'arbre. Elle laisse la nuit le rassurer, lui dire que tout va bien, qu'il est parfaitement seul. Et quand enfin Ted se décide à pénétrer dans la forêt, Dee lui emboîte le pas.

Ils quittent le sentier. Bientôt, Dee voit Ted s'arrêter, au loin. Les arbres sont plus clairsemés, à cet endroit. Une clairière, peut-être ? Elle s'accroupit derrière une pelleteuse. Devant elle, elle entend le bruit d'un outil creusant la terre, et des murmures. Elle tremble. On dirait Ted, mais sa voix étrange ressemble au frémissement des feuilles et au grincement des arbres. Dee a les cuisses et les mollets perclus de crampes, mais elle n'ose pas bouger. Si elle entend Ted, c'est que celui-ci aussi peut l'entendre. La lune est plus haute, à présent, et la nuit semble se réchauffer. Une température idéale pour les serpents. *Toi, ma tête, tu te tais*, songe Dee en frémissant. Qu'est-ce que Ted peut bien être en train de faire ? Elle envisage un instant de s'approcher, mais chacun de ses mouvements lui paraît aussi bruyant qu'un coup de feu. Alors elle finit par s'asseoir et écoute. Le temps passe, elle ne saurait dire s'il s'écoule une heure ou plus. Les murmures de Ted et les chocs réguliers de la pelle se mêlent aux sons nocturnes de la forêt.

Enfin, des pas qui s'approchent. Dee sursaute – elle était sur le point de s'endormir. Vite, elle rampe se réfugier sous la pelleteuse. Malgré les nuages qui cachent la lune, elle arrive à distinguer Ted : il est courbé par le poids de ce qu'il porte sur le dos et, dans sa main, la pelle est encore pleine de terre. Il a déterré quelque chose. Aussi silencieusement que possible, Dee se redresse.

Derrière la colline située à moins de deux kilomètres à l'ouest, la lune se reflète sur un plan d'eau immobile – le lac. *Une heure de marche entre la maison de Ted et l'endroit où Lulu a disparu*, songe Dee. Or, ce soir, Ted a prouvé qu'il était capable de parcourir rapidement une grande distance avec un gros chargement sur le dos. Quand elle pense que les policiers l'ont relâché… En même temps, elle est convaincue que, quoi qu'elle puisse leur raconter, ils le relâcheront de nouveau. Parce qu'ils s'en fichent. Parce qu'ils sont feignants, incompétents, au bord du burn-out. Dee se rend compte qu'elle tremble de tout son corps. À l'aveugle, elle s'appuie à une branche pour ne pas perdre l'équilibre. Autour d'elle, la forêt bruisse de dizaines de soupirs : le frottement sur les feuilles mortes d'un long ventre couvert d'écailles. *C'est dans ta tête*, tente de se rassurer Dee. *C'est juste ton ophidiophobie qui se réveille.* Trop tard : le mot lui-même s'est déjà transformé en serpent et s'enroule autour de sa langue.

Elle essaie de faire un pas vers l'avant, de ne pas imaginer la créature potentiellement tapie sous les feuilles à ses pieds. *Il n'y a pas de serpents, ici*, se répète-t-elle. *Ils dorment tous au fond de leur terrier et ils ont plus peur de toi que l'inverse.* Mais son souffle est saccadé, ses chaussures ancrées au sol. Elle a peur de la forêt, peur de se perdre au milieu des arbres, peur de se retrouver seule dans le noir avec un assassin.

Mais surtout, elle a peur des racines qui n'arrêtent pas de s'agiter à la lueur de la lune et qui tournent vers elle leurs pupilles verticales.

Ne soyez pas stupide, lance-t-elle à ses jambes. *Marchez, bon sang ! Puisque je vous dis qu'il n'y a pas de serpents !* Et pourtant, elle reste paralysée. Soudain, elle entend un bruissement de feuilles un peu plus loin. Déjà, elle imagine le long corps ramper vers elle. *Mais marche !* s'intime-t-elle avec toute la volonté qui lui reste.

Au loin, la lampe torche de Ted clignote avant de disparaître au milieu des arbres, et Dee se retrouve seule avec la créature au corps mou et musclé qui continue à glisser vers elle dans l'obscurité.

Alors elle ouvre la bouche jusqu'à avoir mal à la mâchoire et elle pousse un long hurlement silencieux. Après quoi, enfin libérée de sa paralysie, elle tourne les talons et s'enfuit à toutes jambes. Elle court, elle court, mais le sifflement infernal la poursuit, et, à chaque pas, elle sent le monstre sur le point de la rattraper.

Elle ferme la porte à clé, récupère le marteau et s'assoit à la fenêtre. Sa respiration est rauque. Ses yeux se posent sur les papiers gras et les pots de yaourt vides qui jonchent le sol et entre lesquels les fourmis font des allers-retours. *Je suis en train de devenir comme lui*, songe-t-elle, dégoûtée. *Et je suis aussi lâche que lui.*

Ted revient à l'aube. Il déverrouille la porte de derrière, et Dee l'entend dire « Coucou, chaton » d'une voix calme et enjouée. Elle décide alors de dresser une liste de choses à acheter. Ce ne sera pas facile, elle devra se battre contre son cerveau, mais la prochaine fois que Ted ira dans la forêt, elle sera vraiment prête.

Olivia

Ça fait plusieurs semaines que Lauren n'est pas venue. Je crois qu'elle est en vacances avec sa maman ted... À vrai dire je n'en sais rien, j'ai tendance à déconnecter quand Ted parle d'elle. En tout cas, il n'y a plus de vélo rose étendu comme une vache morte au milieu du salon, plus de messages sur le tableau blanc, plus de cris, plus de bazar. La quiétude, la tranquillité – le bonheur !

C'est aussi une bonne chose que Lauren ne soit pas là, parce que Ted n'arrête pas de sortir, et Lauren déteste quand il va voir des filles. Elle lui hurle dessus. Quand j'y pense, c'est vraiment une peste, cette petite ted.

Ça fait également un moment que je n'ai pas vu ni senti le ted de la télé, avec ses yeux bleus tout ronds. Je crois que sur ce coup-là, je me suis un peu laissée emporter. Il faut dire que j'ai une imagination débridée.

Bref, tout serait absolument parfait s'il n'y avait ce fichu gémissement dans mes oreilles. C'est comme si j'avais en permanence une aiguille ou un couteau coincé dans ma tête. IIIIIooooiiiii.

Je pousse le livre dans le vide et ferme les yeux pour me préparer à l'impact. Mais lorsque les grondements et les vibrations surviennent, ils paraissent plus lointains, plus profondément enfoncés dans la terre. Sur la page, je lis :

Si le sel perd sa saveur, comment redeviendra-t-il du sel ? Il ne vaut plus rien ; on le jette dehors et il est foulé aux pieds par les hommes.

À présent, je sens l'odeur du sel et du gras. Je fonce à l'étage retrouver Ted. Comme je m'y attendais, il est au lit, en train de manger des frites – à une main. Je prends de l'élan, je bondis et j'atterris à quatre pattes sur son ventre. Le Seigneur ne me déçoit jamais.

« Tu m'as fait peur, chaton ! » souffle Ted, et il lâche l'objet qu'il tenait dans son autre main.

C'est un morceau de tissu bleu, trop fin pour être une écharpe… Plutôt une cravate en soie ou quelque chose comme ça. Je m'installe sur le ventre de Ted et me mets à ronronner. On est vraiment très heureux tous les deux, ces jours-ci. Oui. Je crois bien que les choses sont en train de revenir à la normale.

Ted

Le passé est proche, aujourd'hui. La membrane du temps se gonfle et se tend. J'entends maman dans la cuisine, qui parle à la dame au chihuahua – elle lui raconte l'incident avec la souris, le jour où tout a commencé. Je me bouche les oreilles et monte le son de la télé, mais sa voix me parvient toujours. Je me souviens parfaitement de l'incident avec la souris, ce qui est inhabituel pour moi qui ai une mémoire qui ressemble plutôt à du gruyère.

Chaque classe avait son animal de compagnie, un peu comme une mascotte. Il y en a une, ils avaient carrément un serpent des blés qui avait l'air tout étonné, ce qui était mille fois mieux que notre souris blanche avec ses petits yeux rouges.

Le garçon avec les grains de beauté était censé la ramener chez lui ce week-end-là, mais, le vendredi, il était absent. Sa mère avait dit que c'était parce qu'il avait un rhume, mais tout le monde savait qu'il se faisait retirer ses grains de beauté au visage. En tout cas, il ne pouvait plus récupérer la souris et c'était moi qui étais après lui dans la liste alphabétique. Son nom, c'était Flocon. À la souris, pas au garçon.

Alors j'ai ramené Flocon à la maison. Il a fallu que je me montre très discret – pour maman, les propriétaires d'animaux domestiques ne valaient guère mieux que des esclavagistes, alors elle n'aurait jamais voulu qu'on ait une souris, même pour deux jours. Ensuite, l'incident s'est produit et, le lundi, je n'ai pas rapporté la souris à l'école.

Ça ne m'a pas attiré d'ennuis. En même temps, il n'y avait pas grand-chose à dire ou à faire. C'était un accident, après tout – la porte de la cage s'était ouverte. J'étais très triste, bien sûr, mais j'éprouvais également d'autres sentiments – des sentiments agréables. J'avais découvert une partie de moi-même que je ne connaissais pas. Je me souviens encore de la façon dont m'a regardé le maître, ce lundi-là. Dans ses yeux, il y avait désormais de la méfiance. Pour la première fois, il voyait qui j'étais vraiment. Il comprenait que j'étais dangereux.

Pour remplacer Flocon, la classe a ensuite adopté un hamster, et le maître a trouvé un nouveau système pour savoir qui s'en occuperait le week-end : le vendredi, il mettait les noms des élèves dans un chapeau et il en piochait un au hasard. Évidemment, je n'ai jamais été tiré au sort. Ce maître est devenu directeur de l'école, quelques années plus tard. Et un jour, alors que j'avais donné un coup de poing à quelqu'un dans le couloir, il a sauté sur l'occasion. Je ne me souviens même plus à qui j'ai donné le coup de poing. Je me demande si ce n'était pas plutôt un coup de pied, d'ailleurs. Ce que je sais, c'est que c'était mon troisième avertissement, et donc j'ai été renvoyé de l'école. Le directeur attendait ce moment depuis l'incident avec la souris, j'en suis sûr et certain.

Je regarde les cassettes bien alignées sur l'étagère. Je pense à celle que j'ai cachée dans le placard de l'entrée. Peut-être que si j'étais plus courageux, je l'écouterais. Les derniers mots de maman.

Les pensées sont une porte que franchissent les morts. Je la sens, à présent, qui me caresse la nuque avec ses doigts glacés. *Laisse-moi tranquille, s'il te plaît, maman.*

Il faut que je me concentre. Je secoue les mains, les tourne vers le plafond et prends le temps de les observer – tous les doigts les uns après les autres, le petit coussin à la base du pouce, la paume tannée comme du cuir. À chaque partie, je prends une grande inspiration. C'est une méthode que m'a recommandée l'homme-scarabée, et je dois reconnaître qu'à ma grande surprise, ça fonctionne plutôt bien.

Après ça, je déverrouille le placard et allume l'ordinateur portable. Sur l'écran, l'homme apparaît derrière son bureau, tout sourires – on ne dirait même pas une vraie photo, mais je me suis rendu compte que les gens qui se sentent seuls se moquent de savoir ce qui est vrai et ce qui ne l'est pas. Comme les fois d'avant, je ne me sens pas fier d'utiliser une photo de profil qui n'est pas la mienne, mais je sais que sans ça, personne n'accepterait de me rencontrer.

Je regarde les rangées et les rangées de femmes. Il y en a tellement. Même si, pour l'instant, mes recherches n'ont encore rien donné, je trouve qu'il est important de ne pas abandonner.

Peut-être que je m'y prends mal. Je cherche une femme blonde avec des yeux bleus, alors que ce qu'il me faudrait, c'est quelqu'un avec qui j'aie plus de choses en commun. Une mère célibataire, par exemple. Je modifie mes critères de recherche et les visages disparaissent, aussitôt remplacés par d'autres. Ces femmes sont plus âgées, en moyenne. Je tente ma chance avec quelques-unes, mais elles semblent plus méfiantes que les femmes sans enfants. Moins réactives.

Enfin, j'en trouve une qui accepte qu'on se voie ce soir. Elle répond vite, toujours en moins de trois secondes. Même moi, je sais que c'est une erreur : ça fait trop « désespéré ». Après quelques échanges, on convient d'un rendez-vous dans un café, en début de soirée. Je me rends compte qu'elle est plutôt jolie. Un visage doux, avec un menton rond. Sa teinture doit remonter à plusieurs semaines, car on voit des racines grises à la base de ses cheveux d'un brun terne. Ça fait un peu dernière minute, mais elle va demander à sa sœur si elle veut bien garder sa fille de douze ans.

Moi aussi, j'ai une fille, je lui dis. *Lauren. La tienne, elle s'appelle comment ?*

Elle me répond et j'écris : *C'est un joli prénom. En tout cas, ça fait du bien de parler avec quelqu'un qui sait ce que c'est d'élever seul un enfant. Ce n'est quand même pas toujours une partie de plaisir.*

Tu m'étonnes ! elle me répond. *Il y a des jours où j'ai juste envie de pleurer.*

Si ta sœur n'est pas disponible ce soir, tu n'as qu'à venir avec ta fille, je lui propose. *Je serais ravi de faire sa connaissance. Auquel cas je viendrais avec Lauren.* (Évidemment que je ne viendrai pas avec Lauren. Au pire, je dirai qu'elle est malade.)

Tu es tellement compréhensif. Ça se voit que tu es quelqu'un de bien.

Je porterai une chemise bleue, je tape. *Peut-être que toi aussi, tu pourrais t'habiller en bleu, comme ça on n'aura aucun problème à se reconnaître.*

Pourquoi pas, ce sera rigolo !

Bon, peut-être pas non plus un jean, parce que ça, tout le monde en porte.

OK...

Est-ce que tu as une robe bleue ?

Je ne me suis pas lavé depuis un moment, alors j'allume le tourne-disque et je prends une douche en fredonnant la sublime mélodie que chante la femme à la voix triste. Ensuite, je gobe quelques cachets – je ne veux surtout pas tout gâcher.

Avant de partir, je m'autorise une bière, que je vide d'un trait, debout devant la porte ouverte du réfrigérateur. Et là, je remarque de petites crottes noires sur le comptoir de la cuisine : de toute évidence, mon problème de souris ne s'est pas réglé tout seul. Je n'ai rien contre les souris, tant que les chats s'en occupent. Il y a certains problèmes qui disparaissent sans qu'on fasse rien, et d'autres où c'est le contraire. Je devrais sortir le calendrier des choses cassées pour ne pas oublier de chercher une solution, mais je n'ai pas le temps !

Je sors de chez moi, referme les trois verrous et remonte la rue sombre et silencieuse. La maison de la dame au chihuahua est toujours vide. Quand je passe devant, je sens la porte qui cherche à m'attirer vers elle : ça fait comme un coup sec, le même genre que lorsque les dieux déploient leurs racines de puissance.

Olivia

Ted est encore parti. Ça fait une journée et une nuit. Je voudrais retrouver l'obscurité de ma jolie caisse, mais il a empilé des poids dessus. Quel manque de considération ! J'ai léché mon bol vide jusqu'à avoir le goût du métal sur la langue. Ah, et bien sûr, bien sûr, le son est toujours dans ma tête. Il est plus ou moins insistant selon les moments, mais il ne disparaît jamais complètement. Parfois, je peux presque y discerner des mots. Là, tout de suite, le bruit est supportable. Bien plus que la faim qui me tiraille, en tout cas.

À la télé, il y a un film sur un meurtrier qui suit une fille dans un parking. Il fait nuit, il pleut, et l'actrice qui joue la fille est plutôt douée. En tout cas, elle a vraiment l'air effrayée. Je n'aime pas ce genre de programmes, alors je sors de la pièce. Hélas, le son me poursuit, et j'entends des bruits de pas précipités et des cris. J'espère qu'elle va réussir à lui échapper. Mais qui peut bien regarder des horreurs pareilles ? Il y a des tordus, je vous jure... Dieu merci, mon Ted n'est pas comme ça.

J'ai tellement faim.

J'erre de pièce en pièce, le cordon flottant derrière moi. Aujourd'hui, il est gris sale, ce qui me semble de circonstance. On ne peut pas le manger (j'ai essayé). Dans la maison, j'ai déjà avalé tout ce que j'ai trouvé de vaguement comestible. J'ai même fait sauter le couvercle de la poubelle, mais il n'y avait que des mouchoirs sales à l'intérieur. Depuis l'épisode du Dîner Raté, Ted sort les poubelles deux fois par jour. Finalement, j'ai quand même mangé les mouchoirs.

Je fouille donc la maison, mes narines traquant l'odeur du sang. Je descends même au sous-sol, où se trouve l'atelier que je déteste parce qu'il n'y a pas de fenêtre. Sur l'établi, sous l'ampoule nue, trône un moteur scintillant qui ressemble à une créature marine. Il y a des cartons alignés le long du mur. Je les escalade, je rentre dedans, mais la plupart sont vides ou remplis de pièces détachées. Malgré l'état de stress dans lequel je me trouve, la présence des cartons m'arrache un ronronnement et je dois prendre sur moi pour ne pas en choisir un où faire la sieste.

Je me glisse sous le canapé et regarde derrière les radiateurs. Après quoi je vais ramper sous le lit de Ted, mais je n'y trouve que des cannettes de bière vides et des moutons de poussière. J'ouvre ses tiroirs, fourrage au milieu des caleçons, des chaussettes et des maillots de corps. Du bout de la patte, je tâte le fond du placard, mais il n'y a rien. Pas de sang, pas même l'odeur de Lauren.

Je m'arrête devant la porte du grenier, la queue bien droite. J'ai peur. Il n'y a aucun bruit. Je m'avance prudemment, approche ma truffe délicate de l'espace situé sous la porte, et j'inspire. De la poussière, de la poussière et du rien. Je tends l'oreille – pas un bruit. J'imagine l'air immobile, les grosses poutres qui soupirent, les cartons renversés d'où s'échappe une foule d'objets oubliés. Je frémis. L'idée d'une pièce vide plongée dans le noir me terrifie. *Ilooooiiiii*, fait le gémissement dans ma tête. Si ce bruit constant est une épreuve que m'impose le Seigneur, j'aimerais bien qu'Il me le dise, à un moment.

Je me rends compte que je n'ai pas encore regardé sous le réfrigérateur. Après quelques essais infructueux, je finis par poser les coussinets sur un biscuit apéritif oublié. *Beurk*. Tout mou.

Je suis occupée à mâcher quand j'aperçois quelque chose d'autre dans l'obscurité poussiéreuse. Tout doucement, je glisse ma patte sous l'appareil, étends les griffes au maximum et farfouille au milieu des capsules de bière et des amas de poussière gris. Soudain, une de mes griffes se plante dans quelque chose de mou. *Une petite bête*, je pense immédiatement. *Une souris ?* Non, ce n'est pas de la chair. C'est plus fin, plus lisse. Je tire la chose jusqu'à la lumière et découvre une sandalette d'enfant. Elle doit appartenir à Lauren. Lauren ne peut pas marcher, mais ça ne l'empêche pas de mettre des chaussures pour le plaisir, une fois de temps en temps.

Tu parles d'une trouvaille, je me dis. Cependant, je me ravise lorsqu'une riche odeur métallique m'emplit soudain les narines. À contrecœur, je retourne la chaussure d'un coup de patte et découvre que la semelle est recouverte d'une matière sèche de couleur brune. *Peut-être que c'est de la confiture ou du ketchup, peut-être que ce n'est pas du sang*. Mais je salive déjà.

J'ai envie de dévorer cette sandalette et, dans mes oreilles, le gémissement gagne en intensité.

J'observe la semelle posée entre mes pattes de devant comme s'il y avait une réponse inscrite dessus, sauf qu'il n'y a aucune chance que cette réponse me concerne. Lauren a dû se faire mal toute seule. Elle n'a aucune sensation dans les pieds, alors elle a tendance à se blesser sans s'en rendre compte. Je ne peux pas m'empêcher de penser à de petits ossements et au goût que Nocturne me laisse dans le fond de la bouche quand il part. Ces derniers temps, il a souvent pris les commandes de mon corps. Ou plutôt, je l'ai souvent laissé faire. Ma queue se gonfle en un goupillon de malaise. C'est tout à fait le genre de situations où je me tournerais d'ordinaire vers le Seigneur pour Lui demander conseil. Pourtant, je ne le fais pas. Je ne sais pas pourquoi, mais là, tout de suite, je n'ai pas envie d'avoir Son regard braqué sur moi.

Il n'y a aucune autre trace de sang dans la cuisine. J'en suis sûre et certaine. D'ailleurs, la pièce est d'une propreté inhabituelle. Il flotte même dans l'air une odeur de Javel, ce qui est vraiment étrange, car Ted ne fait jamais le ménage.

Tu es là ? je demande.

Dans le noir, ses yeux verts s'illuminent.

Est-ce que c'est à moi ?

Non.

Peut-être que si, en fait. Il s'approche, joueur, et essaie de prendre le contrôle. Je le repousse, mais c'est plus difficile que dans mes souvenirs. Est-il devenu plus fort ?

Est-ce que tu... ? je m'interromps et me lèche les babines – ma langue me semble toute sèche, presque râpeuse. *Est-ce qu'on a fait du mal à Lauren ?*

Non, me répond-il, et lorsqu'il éclate de rire, je sens une ondulation noire parcourir mon corps. *Bien sûr que non.*

Ouf. Mais mon soulagement est de courte durée.

Dans ce cas, j'insiste, *pourquoi y a-t-il une sandalette pleine de sang sous le réfrigérateur ?*

Il hausse les épaules, et mon esprit tout entier monte et redescend aussitôt, comme porté par une vague.

Peut-être qu'elle s'est fait mal toute seule ? suggère-t-il. *Ce ne serait pas la première fois...*

Effectivement. Mais ça fait quand même longtemps qu'on ne l'a pas vue, si ?

Ce n'est pas mon rôle de t'expliquer les choses, dit-il. *Va voir quelqu'un d'autre.*

Sur ce, il se retourne et disparaît dans l'obscurité.

On ne peut vraiment rien te demander ! je crie.

À qui est-ce que je suis censée m'adresser, alors ? Ce qui est sûr, c'est que cette discussion ne m'a pas rassurée le moins du monde. C'est même tout le contraire. En plus, Nocturne m'a semblé tellement fort. Rien que d'y repenser, j'ai les poils de la nuque qui se hérissent.

Soudain, Ted pénètre dans la cuisine d'un pas chancelant et allume la lumière – je ne m'étais même pas rendu compte qu'il faisait sombre.

« Qu'est-ce que tu as trouvé ? » demande-t-il.

Il me retire la sandalette ensanglantée des pattes et l'observe longuement sans bouger.

« Je croyais pourtant l'avoir jetée, commente-t-il. Qu'est-ce qu'elle fait encore là ? Cette chose n'a pas sa place dans la maison, et je ne veux pas que tu la voies. »

Il enfonce la sandalette dans sa poche et m'attrape sans ménagement. Son haleine tiède fait frémir ma fourrure. Je me débats et je hurle, en vain.

Il me met dans la caisse et referme le battant. Je l'entends poser des choses lourdes dessus. Pourtant, il ne fait jamais ça quand je suis à l'intérieur ! Je proteste poliment, car, de toute évidence, il y a méprise. Si je ne peux pas soulever le couvercle de ma caisse, je risque de rester coincée ! Mais il continue à empiler des choses dessus. Ted est en train de m'enfermer ! Pourquoi est-ce qu'il fait une chose pareille ?

Je proteste et je proteste ; seul le silence me répond. Ted est parti. Il m'a emprisonnée dans le noir. J'essaie de ne pas paniquer. Il va finir par se rendre compte de son erreur et me laisser sortir. Et puis, de toute façon, j'adore ma caisse, non ?

Je n'arrive pas à dormir. Régulièrement, je me réveille en sursaut, convaincue qu'il y a quelqu'un avec moi. Je sens une présence à mes côtés, qui remue dans le noir.

Ted

Je ne me souviens plus précisément quel âge j'avais quand je me suis rendu compte que ma mère était belle. Pas plus de cinq ans, je dirais. Et ce n'est pas en l'observant que j'en suis arrivé à cette conclusion, mais en observant l'expression sur le visage des autres enfants et des autres parents. Quand elle venait me chercher à l'école, le parking était toujours plein et tout le monde l'admirait.

Ça provoquait chez moi des sentiments contradictoires. Il était évident que les autres mamans n'étaient pas comme elle. La mienne avait la peau douce et de grands yeux qui ne semblaient s'intéresser qu'à vous quand elle vous regardait. Elle ne portait jamais de jean ou de pull-over, mais une robe bleue qui frémissait comme la mer au niveau de ses mollets, ou parfois un simple chemisier qui laissait deviner les recoins chauds et secrets de son corps. Elle parlait toujours d'une voix douce et posée, sans jamais crier, contrairement aux autres mamans. Sa façon de prononcer les R avait quelque chose de très exotique. J'étais fier que tous ces gens la regardent et, en même temps, ça me faisait comme un petit incendie au creux de l'estomac. Je voulais à la fois qu'ils la regardent et qu'ils ne la regardent pas. Plus tard, j'ai commencé à prendre le bus, et c'est devenu beaucoup plus simple.

À l'école, j'étais très protecteur vis-à-vis de ma mère. Mais là où j'étais le plus jaloux, c'est quand elle rentrait à la maison après le travail. J'avais peur que tous les enfants dont elle s'était occupée à l'hôpital l'aient épuisée et qu'il ne me reste plus rien.

D'une certaine manière, c'est ce qui s'est passé : maman a été tellement dévastée quand ils l'ont licenciée… Il y avait des restrictions budgétaires dans tous les services, qu'est-ce qu'on y pouvait ? À partir de là, c'est devenu compliqué à la maison, financièrement parlant. Papa me répétait tout le temps de ne pas embêter maman. Apparemment, elle avait besoin d'espace. Moi, je trouvais surtout qu'elle avait l'air diminuée. D'habitude, c'était comme s'il y avait de la lumière qui émanait d'elle, et là elle était toute terne. J'avais quatorze ans, je crois.

Ma mère et la dame au chihuahua étaient proches. Le matin, quand elles ne travaillaient pas, elles se retrouvaient chez la dame au chihuahua pour discuter en buvant du café noir et en fumant des Virginia Slims. S'il faisait beau, elles s'asseyaient dans la véranda. Si le temps était gris et frais, ce qui était le plus souvent le cas, elles s'installaient dans le salon jusqu'à ce que l'air soit saturé de fumée et de secrets. Tout ça, je le savais parce que le week-end, il arrivait qu'elles perdent la notion du temps et que je doive aller chercher maman pour qu'elle prépare le déjeuner. Même si « préparer le déjeuner » consistait le plus souvent à ouvrir des petits pots de bébé, c'était, d'après papa, une tâche qui incombait aux femmes. Il buvait beaucoup, à cette époque.

Quand maman a été licenciée, on aurait dit que la dame au chihuahua était encore plus scandalisée qu'elle. D'ailleurs, elle a encouragé maman à ne pas se laisser faire.

« Tu es la meilleure, affirmait-elle d'un ton convaincu. Et tu es tellement douée avec les enfants. C'est criminel de leur part de se séparer de toi. Franchement, tu devrais écrire au conseil d'administration de l'hôpital. C'est vrai, tu es un excellent élément. »

Avec papa, on faisait les perroquets.

« Tu es la meilleure, maman, je répétais. Ils ne savent pas ce qu'ils perdent en se séparant de toi.

— C'est comme ça, répondait maman de sa voix douce. Il faut accepter son sort avec dignité. »

Mes problèmes à l'école avaient déjà commencé, à ce moment-là, mais mes parents ne les prenaient pas encore au sérieux. Il faut dire que j'étais tellement sage à la maison qu'ils devaient croire que c'était une erreur. J'étais toujours serviable, toujours poli, ou du moins je m'efforçais de l'être.

« J'ai l'impression que mon Teddy a sauté la puberté, disait parfois maman en me caressant la joue. Dieu merci. »

Un matin, la dame au chihuahua est passée à la maison alors que j'étais en train de manger mes céréales dans la cuisine avant de partir à l'école. Maman portait sa robe bleue qui flottait autour d'elle quand elle se déplaçait. La dame au chihuahua s'est assise sur un tabouret et a versé trois sachets d'édulcorant dans sa tasse, d'où s'élevait un épais tourbillon de vapeur – elle aimait son café brûlant et très, très sucré. Puis elle a sorti son chien de son sac et l'a posé sur le plan de travail. Il avait un visage pointu et des yeux intelligents, ce chien. Il s'est mis à renifler les tasses et à froncer les yeux à cause de la fumée de cigarette.

« Comment peux-tu garder cette pauvre bête prisonnière ? a demandé maman. Tu ne vois donc pas la tristesse dans son regard ? Quelle horreur. La place des animaux, c'est dans la nature.

— Tu es trop sensible », lui a répondu la dame au chihuahua. (Sauf que je me rends compte que c'était avant qu'elle ait un chihuahua ; à l'époque, c'était la dame au teckel, alors je vais l'appeler comme ça à partir de maintenant.)

La dame au teckel a adressé un regard entendu à maman, qui a annoncé :

« Passons à côté. Teddy, reste ici et finis tes devoirs de maths. »

Elles sont allées au salon et maman a fermé la porte de la cuisine. Je l'ai entendue dire :

« Oh, ce pauvre chien. Je n'ose même pas le regarder. En tout cas, ne le laisse pas monter sur mes chaises capitonnées ! Ce n'est pas hygiénique. »

J'ai sorti mon livre de maths. J'avais très mal à la tête. C'était une migraine qui couvait depuis plusieurs jours, comme une poule à l'avant de mon cerveau. Quand j'ai regardé la page du livre, tout s'est mis à danser devant mes yeux – impossible de me concentrer. Visiblement, j'avais commencé les exercices la veille au soir, mais je me rendais compte à présent que la plupart de mes réponses étaient fausses. J'ai poussé un soupir et j'ai sorti la gomme de ma trousse. C'est alors que j'ai entendu la voix de la dame au teckel dans la pièce d'à côté. Il faut dire que la porte de la cuisine était vraiment très fine.

« Ça ne sent pas bon. Toute la semaine, ils ont organisé des grandes réunions secrètes et, hier, des policiers ont réquisitionné la salle de pause des infirmières pour nous interroger une par une. Tu parles si c'est pratique ! Maintenant, on est obligées de descendre à la cafétéria pour prendre notre café. Trois étages aller et trois étages retour. Je sais qu'il y a un ascenseur mais quand même ! C'est du temps qui nous est décompté !

— Quelle histoire ! a murmuré maman. Est-ce que tu as une idée de ce qui se passe ?

— Pas vraiment. Ils ne m'ont pas encore interrogée, ils font ça par ordre alphabétique, et les autres filles ne m'ont rien raconté. En tout cas, elles avaient toutes l'air très perturbées en sortant.

— Tu veux que je te dise, ça ne me surprend pas vraiment.

— Ah bon ? »

Je pouvais presque entendre la dame au teckel se pencher vers l'avant, dans l'attente de la suite.

« Réfléchis. Toutes ces histoires de restrictions… Moi, j'aimerais bien savoir où il va, l'argent. Parce qu'on a le même service depuis des années, avec le même budget. Et du jour au lendemain, on se retrouverait à sec ?

— Oh, a fait la dame au teckel. Tu crois que c'est une escroquerie à l'échelle de tout l'hôpital ?

— Je ne peux pas l'affirmer, a répondu maman de sa voix la plus douce. Je me pose des questions, c'est tout. »

J'ai entendu la dame au teckel émettre un petit claquement de langue, avant de reprendre :

« J'ai toujours trouvé ça absurde, qu'ils te licencient comme ça. Et je ne me suis pas gênée pour le leur dire, d'ailleurs. Mais c'est vrai que ta théorie pourrait expliquer pas mal de choses… »

Maman n'a rien dit. Je l'ai imaginée secouant lentement la tête avec son éternel sourire perplexe.

Je ne sais pas pourquoi, mais, soudain, je me suis senti complètement chamboulé. Alors je me suis mis dans le vieux congélateur coffre, j'ai refermé le couvercle sur moi et, tout de suite, je me suis senti mieux.

Après ça, je me suis absenté longtemps. Quand je suis revenu, j'étais toujours dans le congélateur ou, plus probablement, j'y étais à nouveau. J'ai entendu la voix de la dame au teckel et senti l'odeur de la fumée de cigarette qui s'infiltrait sous la porte de la cuisine. La cuisine, justement, avait changé. Les tulipes sur le rebord de la fenêtre avaient disparu et les murs semblaient plus sales.

« C'est un scandale, s'est exclamée maman. Jeter des cailloux, comme ça ! Ils ont cassé tous les lampadaires de la rue, ces petits morveux ! Pour moi, ce sont les parents, les responsables. Les enfants ont besoin de discipline. »

J'ai ouvert la porte. Les deux femmes m'ont dévisagé, surprises. Maman portait un chemisier vert et un pantalon. Par la fenêtre, j'ai vu qu'il faisait froid et que les arbres avaient perdu leurs feuilles. Le fox-terrier hirsute de la dame au teckel n'était pas un teckel. Il a levé sa tête blanche et brune en clignant des yeux à cause de la fumée. Désormais, c'était donc la dame au fox-terrier.

« Allez, Teddy, m'a dit maman avec douceur. Tout va bien. Retourne donc finir ta lettre de motivation. »

J'ai refermé la porte et j'ai vu sur le plan de travail une lettre adressée au garage automobile de la ville.

Ce n'était pas le même jour et je n'allais plus à l'école. J'avais été renvoyé après avoir donné un coup de poing au garçon dans le couloir. De toute façon, maman estimait qu'il valait mieux que je reste à la maison, où je pouvais l'aider. Jusque-là, je ne m'étais jamais absenté aussi longtemps. J'ai essayé de rassembler les fragments de souvenirs qui scintillaient dans ma mémoire. Il me semblait que j'avais vingt ou vingt et un ans et que maman ne travaillait plus à l'hôpital mais à la crèche. En fait non, elle ne travaillait plus là-bas non plus, parce qu'elle en avait aussi été renvoyée, parce que les gens étaient méchants.

J'ai senti la différence dans mon corps. J'étais plus grand. Beaucoup plus grand. Mes jambes et mes bras étaient lourds. J'avais des poils roux sur le visage. Et j'avais plus de cicatrices. Je les sentais dans mon dos, qui me démangeaient sous mon tee-shirt.

« Mexiiiiiiico ! s'exclame la dame au fox-terrier de l'autre côté de la porte. Tous les matins, au petit déjeuner, je vais me commander un cocktail avec une ombrelle miniature. »

Ça fait des semaines qu'elle attend ces vacances.

« J'ai demandé à Henry de m'accompagner. Tu sais, celui qui remplit les sacs à la supérette. Vingt-cinq ans, qu'est-ce que tu dis de ça ?

— Tu es vraiment incorrigible », dit maman d'un ton qui ressemble à la fois à un compliment et à un reproche.

Moi, je réfléchis à ce que ça représente, vingt-cinq ans, et ensuite je calcule que la dame au fox-terrier doit avoir pratiquement quarante ans. Dégoûtant.

« C'est aussi ce que pense Sylvia, répond la dame au fox-terrier en prenant d'un coup un ton triste. Je n'aurais jamais cru que ma propre fille deviendrait un jour une personne aussi moralisatrice. Elle était tellement mignonne, petite.

— Moi, j'ai de la chance, avec Teddy, réplique maman, et mon cœur déborde immédiatement d'amour pour elle. Il a toujours été très respectueux. »

Je me demande où est papa, et soudain je me souviens qu'il est parti parce que je lui ai donné un coup de poing. Je me rappelle le craquement de son nez contre mes phalanges et le bleu que ça m'a laissé sur la main pendant des jours. C'est une des nombreuses fois où je me suis dit que j'avais de la chance de ne pas ressentir la douleur. Lui l'a ressentie. Je sais que papa le méritait, mais il faut que je me concentre pour retrouver pourquoi. Ça me revient par flashs. Je l'ai frappé parce qu'il criait sur maman. Il l'insultait et il la traitait de folle.

« Attention, me souffle maman, qui s'insinue soudain dans mes pensées. Tu t'es coupé, Teddy. »

Surpris, je lève les yeux vers elle, puis je range le couteau dans le tiroir. Je ne me souvenais pas de l'en avoir sorti.

« Ça va aller, maman.

— Ne prends jamais de risque avec ta santé, Teddy. Bon, il va falloir désinfecter tout ça et faire quelques points de suture. Je vais chercher mon matériel. »

Non, ça, ce n'est pas à ce moment-là que ça s'est passé. Je ne suis pas dans le bon souvenir. *Ne dis jamais à une femme qu'elle est folle.* Sur mon visage, les mains glacées de maman ; dans mes narines, le parfum végétal de la forêt au printemps. Non, ce n'est pas ça non plus. J'essaie de retrouver le fil de cette journée, mais je n'y arrive pas et ça me frustre au plus haut point. Il y avait quelque chose d'important, pourtant. Ça ne veut pas revenir.

La deuxième fois que maman m'a emmené dans la forêt, c'était pour Flocon, la souris. J'étais dans le salon, en train de pleurer devant la cage. Ce qui restait de la pauvre bête était étendu dans un coin. La sciure était marron et formait de petites boules. Tellement de sang dans un corps aussi minuscule. Je me souviens du goût de la morve et de la peur. J'ai serré ma couverture jaune contre mon visage, mais elle était déjà tellement détrempée que les papillons bleus semblaient scintiller.

J'ai levé la tête et je l'ai vue, dans l'encadrement de la porte, qui m'observait sans rien dire. Elle portait sa robe bleue, celle qui flottait autour d'elle et qu'elle appelait sa « robe pour le thé ». Je ne savais pas quoi faire. Comment j'aurais pu lui expliquer ?

« Ne me regarde pas comme ça, m'a-t-elle dit. Je n'y suis pour rien.

— Si », j'ai crié.

Puis j'ai poussé un hurlement, j'ai attrapé la poupée russe sur le rebord de la cheminée et je l'ai jetée vers elle. Les petites poupées se sont séparées en l'air, mais aucune n'a atteint sa cible, et elles se sont fracassées contre le mur derrière maman. J'ai hurlé de nouveau et j'ai attrapé la boîte à musique. Mais j'étais terrifié par les sentiments noirs qui bouillonnaient à l'intérieur de moi, alors je l'ai laissée tomber par terre et elle s'est cassée avec un bruit métallique.

« Regarde ce que tu as fait, a soupiré maman, très calme. Tu me prends tout, Theodore. Tout, tout, tout. C'est bon, maintenant, c'est fini ? »

J'ai acquiescé.

« Alors va chercher une boîte à chaussures dans mon placard, commence par la vider et ensuite tu verseras dedans le contenu de la cage. »

J'étais soulagé qu'elle me donne des instructions précises. J'en avais besoin, car j'étais incapable de penser par moi-même. Mon cerveau était tiraillé entre la honte et l'excitation. Pauvre Flocon. Mais sa mort m'avait permis de découvrir quelque chose de profond et de secret.

J'ai glissé la boîte à chaussures sous mon bras et maman m'a pris par la main. J'ai vu qu'elle avait emporté sa petite pelle de jardinage, celle avec la poignée rose.

« Allez, dépêche-toi ! a-t-elle insisté en m'entraînant gentiment vers la rue.

— Mais... tu as oublié de verrouiller la porte d'entrée ! Imagine si quelqu'un rentre chez nous ! Imagine si on se fait cambrioler !

— Ça n'a aucune importance. La seule chose qui compte, c'est toi et moi. »

Et papa ? j'ai pensé, mais je n'ai rien dit.

Quand on a atteint la barrière à l'entrée de la forêt, j'ai essayé de me dégager.

« Je ne veux pas y aller, j'ai sangloté. Les arbres me font peur ! »

Je n'avais pas oublié ce qui s'était passé avec le petit chat en bois. Qu'est-ce que je serais contraint de laisser derrière moi, cette fois ? Peut-être que maman resterait dans la forêt et que je serais forcé de rentrer seul à la maison. Ça, c'était vraiment le pire scénario.

« Tu n'as pas à avoir peur, Teddy. Tu es beaucoup plus effrayant que tous les animaux qui vivent ici, tu sais ? Et puis, il fera moins chaud dans les bois, ça te fera du bien. »

Elle a serré ma main et on a franchi la barrière. Avec ses ombres et ses taches de lumière, le chemin ressemblait à une fourrure de léopard. Maman avait raison : je me sentais mieux ici, dans la fraîcheur de ces grands arbres. Mais j'étais quand même triste. La souris était si petite, et je savais qu'on devait faire preuve de gentillesse avec les plus faibles. Alors je me suis remis à pleurer.

Au bout d'un moment, on a atteint une espèce de cercle formé de rochers et d'arbres aux troncs argentés qui ressemblaient à des éclairs d'eau ou de lumière. Dès l'instant où j'ai mis un pied dans cette clairière, j'ai su qu'il allait s'y passer quelque chose. C'était un endroit de transformation, un endroit où le mur qui sépare les mondes est très fin. Je le sentais.

Maman a pris sa petite pelle rose, elle a creusé un trou au milieu d'une tache de lumière et on a enterré ce qui restait de la souris. Dans la boîte, les os parfaitement rongés semblaient transparents. Et soudain, comme je l'avais pressenti, alors que la terre noire recouvrait peu à peu le cercueil de carton, il s'est passé quelque chose : ce qui n'avait été qu'un rongeur est devenu précieux et puissant. La souris faisait désormais partie à la fois de la mort et de la terre. Elle était devenue un dieu.

Maman s'est assise et a tapoté la terre à côté d'elle pour m'inviter à la rejoindre. Je me souviens de ses mains froides sur mon visage et de l'odeur de sève qui flottait dans l'air. Ça devait être au printemps.

« Tu crois que je suis dure avec toi, a-t-elle murmuré. Tu n'aimes pas que j'aie des règles et que je te rappelle la réalité des choses. Que je prenne soin de ta santé et que je t'empêche d'avoir un animal de compagnie ou de manger des hot-dogs comme les enfants américains. Que nous n'ayons pas les moyens d'aller chez le docteur et que je doive recoudre tes blessures moi-même. Et malgré toutes tes récriminations, je m'obstine. Je prends soin de ta santé parce que c'est mon devoir. Et de la même manière que je m'occupe de ton corps, je dois aussi m'occuper de ton esprit. Or, aujourd'hui, nous avons découvert que ton esprit est malade.

« Tu te dis sûrement que tu ne referas jamais une chose pareille. Tu te dis que tu as cédé une fois, mais que ça ne se reproduira pas… et peut-être que ce sera vrai. Mais ça m'étonnerait. Parce que la maladie dont tu souffres est ancienne et qu'elle affecte notre famille depuis très longtemps. Mon père… ton grand-père en était atteint. J'espérais qu'elle aurait disparu avec lui.

J'espérais avoir réussi à l'endiguer. Un nouveau monde, une nouvelle vie. Si je suis devenue infirmière, c'est parce que je voulais sauver des gens.

— Qu'est-ce que c'est, cette maladie ? »

Elle m'a regardé, et le faisceau de son attention était comme une mer chaude qui me berçait.

« C'est un mal qui te donne envie de faire souffrir des créatures vivantes. La première fois que je l'ai découvert, c'est lorsqu'une nuit, j'ai suivi mon père jusqu'à la crypte située sous l'*iliz* et que j'ai vu ce qu'il y cachait.

— L'*iliz* ? »

Je trouvais que le mot ressemblait à un nom de démon.

« C'est le nom breton pour "église", m'a-t-elle expliqué, avant de murmurer de nouveau, comme si sa langue se souvenait : *Iliz*. »

Jusqu'à ce jour, je ne l'avais jamais entendue parler autre chose que l'anglais. À cet instant, j'ai compris que ma mère était constituée de deux parties : il y avait la partie que je connaissais, mais il y avait aussi une ombre noire fabriquée par le passé. La vraie personne et le fantôme, étroitement liés.

« Est-ce que tu aimais ton village ? je lui ai demandé. Est-ce qu'il te manque ?

— "Aimer", "manquer", ce sont des mots remplis de faiblesse, a-t-elle répliqué en secouant la tête. Les endroits comme ça, ils existent, c'est tout. Peu importe ce que l'on ressent pour eux.

« Aux États-Unis, tout le monde a peur de la mort, pourtant c'est elle qui nous définit. Elle qui est au centre de tout. C'était comme ça, du moins, à Locronan. Dans l'église, l'Ankou était gravé sur l'autel.

Dans le cimetière, on lui laissait du lait pour qu'il boive. Le cimetière, d'ailleurs, était le cœur même du village. C'est là qu'on se retrouvait pour discuter, pour débattre, pour se rapprocher entre filles et garçons. Il n'y avait pas d'aire de jeux, pas d'espace pour les enfants. On jouait à cache-cache au milieu des tombes, la vie côtoyant la mort.

« Mais parfois, lorsque ces deux choses se côtoient d'un peu trop près, la ligne qui les sépare s'efface. Si bien que la nuit, quand des bruits étranges résonnaient dans l'*iliz*, les gens faisaient comme s'ils n'avaient rien entendu. Quand un chien disparaissait, ils disaient "c'est comme ça". La mort dans la vie, la vie dans la mort. Moi, je n'ai pas voulu l'accepter. »

Elle a marqué une pause, avant de reprendre :

« Un matin, le garçon qui dormait avec les animaux, Pemoc'h, n'est pas venu à la porte de la cuisine chercher son verre de lait et son quignon de pain. Je suis donc partie à sa recherche. Il n'était pas dans l'étable, mais il y avait du sang sur la paille. Toute la journée, je l'ai cherché. J'étais la seule à me soucier de son sort. J'ai regardé dans les fossés, au cas où il aurait été renversé par une voiture ; j'ai regardé dans le poulailler, au cas où il aurait décidé de faire la sieste au milieu des plumes chaudes ; j'ai regardé partout, et je ne l'ai pas retrouvé.

« Quand mon père est tombé sur moi dans la réserve de grain au milieu de l'après-midi, il m'a frotté les oreilles. "Tu n'as pas bientôt fini de rêvasser ? Il y a le dîner à préparer et la lessive à faire." "Je cherche Pemoc'h, je lui ai expliqué. J'ai peur qu'il lui soit arrivé quelque chose." "File à la cuisine, m'a-t-il ordonné, tu négliges ton devoir et tu me fais honte."

« Mon père m'a regardée, et j'ai vu dans ses yeux deux bougies allumées. Quand il est sorti de la maison cette nuit-là, je l'ai suivi à travers champs jusqu'au village, jusqu'au cimetière, jusqu'à la crypte sous l'église. Et là, j'ai découvert sa véritable nature.

— Qu'est-ce que tu as vu ? j'ai murmuré. Dis-moi, maman.

— J'ai vu les animaux de compagnie de papa, a-t-elle répondu sans me regarder. Ils étaient dans des cages. J'ai vu ce que mon père avait fait de Pemoc'h.

« Le dimanche, à l'église, je l'ai dénoncé publiquement. Je me suis levée en pleine messe et j'ai raconté ce qu'il avait fait. J'ai dit aux fidèles que s'ils ne me croyaient pas, ils n'avaient qu'à aller voir. Ils n'ont pas bougé. J'ai alors compris qu'ils savaient déjà… Ils préféraient fermer les yeux et accepter de perdre à l'occasion un chien errant ou un petit vagabond sans famille. Là-bas, ça avait toujours été comme ça. Les gens qui vivent ensemble sur plusieurs générations finissent par partager une espèce de folie collective. Mais vu que j'avais brisé le silence, ils ont bien été obligés de prendre leurs responsabilités.

« Le soir même, j'ai été réveillée par des flammes. Ils étaient cinq, avec un foulard sur le visage et une torche à la main. Ils m'ont tirée de ma couverture et m'ont traînée à l'extérieur. Mon père, ils l'avaient ligoté à son lit. Ensuite, ils ont mis le feu à la maison. Cette nuit-là, l'Ankou portait le visage de mon père.

« Je suis tombée à genoux et je les ai remerciés. Mais ensuite, tout est devenu noir. Je crois qu'ils m'ont assommée. Quand j'ai repris connaissance, j'étais enfermée à l'arrière de la fourgonnette de mon père. J'ai reconnu l'odeur de son tabac. On a roulé toute la nuit et, au petit matin, on s'est arrêtés dans une ville. "Tu es une folle, m'ont-ils dit. Va donc raconter tes histoires aux galets et à la vase. Nous, ça ne nous intéresse pas." Et ils m'ont plantée là, au milieu de cette ville que je ne connaissais pas. Je n'avais pas d'argent, pas d'amis. Je ne parlais même pas français : je n'avais appris que le breton.

— Pourquoi ils ont fait ça ? Ce n'était pas juste du tout ! » je me suis exclamé.

J'avais envie de les taper.

« Juste, peut-être pas, mais logique : on me punissait pour avoir brisé la loi du silence de Locronan.

— Et qu'est-ce qui t'est arrivé, après ça ? Comment tu as fait pour manger ? Pour dormir ?

— Je me suis servie de ce dont je disposais. Mon visage, ma santé, mon esprit, ma volonté. J'avais un certain talent pour aider les malades et je savais coudre, donc je m'en suis plutôt bien tirée. Malgré tout, jusqu'à ce que je rencontre ton père, j'étais comme un chien errant à qui on donne un coup de pied à l'occasion. Sans lui, je serais encore dans cette ville. C'est lui qui m'a amenée ici.

« J'ai senti l'Ankou me suivre à travers l'océan, à travers tout ce continent, jusqu'à cette côte lointaine. Une fois qu'il a posé les yeux sur vous, il ne vous lâche plus. C'est quelque chose que l'on sait, à Locronan. Dans ce prétendu nouveau monde, on a oublié tout ça. Le jour où l'Ankou viendra me trouver les bras ouverts, avec mon visage à la place du sien, je serai prête. »

Je n'étais pas bouleversé par ce qu'elle venait de dire, parce qu'il était évident que maman ne pouvait pas mourir. Par contre, j'avais très peur pour moi. J'ai regardé la terre fraîchement retournée sous laquelle reposait le petit dieu qui avait un jour porté le nom de Flocon.

« Qu'est-ce qui va m'arriver ? j'ai murmuré.

— Un jour, peut-être bientôt ou peut-être quand tu seras grand, tu voudras recommencer. Il est possible que tu cherches à résister à la tentation, mais tu finiras par y céder. Encore et encore. Au bout d'un moment, tu chercheras des proies plus importantes qu'une souris. Des chiens, du bétail, des êtres humains. C'est toujours comme ça que ça se passe. Et quelle que soit la manière dont ça se manifestera pour toi, ça deviendra la seule chose qui te définira et tu finiras par te montrer imprudent. Là, ce sera le début de la fin. Un jour, quand tu seras allé trop loin, beaucoup plus loin que les limites de la raison, ils t'attraperont. La police, le tribunal, la prison. Tu n'es pas assez malin pour leur échapper. Ils découvriront ta véritable nature, ils te traqueront et ils t'enfermeront. Je sais que tu n'y survivrais pas. C'est pourquoi tu dois être extrêmement vigilant. Tu ne dois jamais, jamais montrer qui tu es vraiment. »

D'une certaine manière, c'était un soulagement de l'entendre dire ces choses. J'avais toujours senti qu'il y avait quelque chose qui n'allait pas chez moi. J'étais un peu comme les dessins que j'essayais de décalquer avec du papier cuisson : le modèle posé en dessous n'arrêtait pas de se décaler, et j'obtenais toujours une espèce de copie vaguement ressemblante, mais surtout terrifiante.

« Est-ce que tu comprends ? m'a-t-elle demandé, ses doigts froids posés sur mes joues. Tu ne dois jamais parler de ça à personne. Ni à tes camarades de classe ni à ton père. C'est un secret entre toi et moi. »

J'ai acquiescé.

« Ne pleure pas, m'a dit maman, avant de m'attraper la main pour m'aider à me relever. Allez, viens.

— On va où ?

— On ne va nulle part. On marche. Quand tes émotions seront trop fortes, il faudra que tu ailles marcher dans la forêt, m'a-t-elle expliqué en prenant sa voix d'infirmière. L'exercice, c'est bon pour le corps et pour l'esprit. Trente minutes de marche par jour, c'est ce qui est préconisé par les médecins. Et ça t'aidera à garder le contrôle sur toi-même. »

On a suivi le chemin en silence pendant un long moment. La robe bleue de maman voletait derrière elle dans la brise. Au milieu des arbres, on aurait dit une créature de légende.

« Ils te traiteraient de fou s'ils savaient ce que tu es, Theodore. Qu'est-ce que je déteste ce mot : "fou". Promets-moi de ne jamais dire à une femme qu'elle est folle.

— Je te le promets. Est-ce qu'on peut rentrer à la maison, maintenant ? »

J'ai repensé aux pattes roses de Flocon et à ses petits yeux rouges, et les larmes sont montées à nouveau. J'avais toujours beaucoup d'émotions à l'intérieur de moi.

« Pas encore. On continue à marcher jusqu'à ce que l'envie de pleurer soit passée. Tu me feras signe. »

J'ai attrapé sa robe avec mes deux mains encore pleines de terre et je m'y suis agrippé.

« Merci de ne pas être fâchée contre moi », je lui ai dit.

Je voulais autant parler des traces de terre que je venais de laisser sur le tissu bleu que de la souris et de tout le reste.

« Fâchée ? elle a répété, pensive. Non, je ne suis pas fâchée. Ça fait longtemps que j'ai peur que tu aies ce mal en toi. Maintenant que j'en ai la confirmation, je suis soulagée. Je n'ai plus besoin de te voir comme mon fils. Plus besoin de chercher dans mon cœur un amour que je ne peux pas ressentir. »

Immédiatement, je me suis mis à pleurer à gros sanglots.

« Pourquoi tu dis ça, maman ? Tu ne le penses pas. Dis-moi que tu ne le penses pas.

— C'est la vérité, Theodore. »

Elle s'est penchée sur moi, l'air aussi sérieux que lointain.

« Tu es un monstre, c'est vrai, mais je suis responsable de toi. Alors je continuerai à faire ce que je peux pour t'aider, parce que c'est mon devoir et que je ne manque jamais à mon devoir. Je ne permettrai pas qu'on te traite de fou. Dans ce pays, on a tendance à utiliser ce mot à tort et à travers. »

Elle a attendu patiemment que j'arrête de pleurer. Puis, lorsque les larmes se sont enfin taries, elle m'a donné un mouchoir et m'a tendu la main.

« Viens, a-t-elle dit. Continuons à marcher. »

Quand enfin on est rentrés à la maison, j'avais les pieds en compote.

J'ai essayé de réparer les poupées russes et la boîte à musique avec de la colle forte, malheureusement les dégâts étaient irréversibles. Maman a gardé la boîte à musique, mais elle a jeté les poupées à la poubelle et maintenant, elles sont parties pour toujours ; encore une partie de maman que je ne retrouverai jamais, encore une chose que j'ai cassée et que je ne pourrai jamais réparer.

Je n'arrête pas de me dire qu'il faudrait que j'enregistre ma recette du sandwich aux fraises et au vinaigre, mais là, je n'ai pas le cœur de m'y mettre.

Olivia

De la lumière, enfin. Les mains de Ted qui se posent sur moi et qui me sortent du noir. Son haleine empeste le bourbon.

« Coucou, chaton, dit-il en approchant sa bouche de ma fourrure. Tu vas te tenir tranquille, maintenant ? J'espère, en tout cas. Tu m'as tellement manqué. Allez, viens regarder la télé avec moi. Moi, je te caresse, et toi, tu ronronnes. Ça te va, comme programme ? »

D'un bond, je me libère avant de labourer son visage de mes griffes. Après quoi je me mets à lui lacérer les bras et la poitrine jusqu'à sentir le coton et la chair se déchirer, puis le sang se mettre à couler. Enfin, je file me réfugier sous le canapé. Il m'appelle :

« S'il te plaît, chaton. Sors de là ! »

Il va chercher une assiette avec deux nuggets de poulet dessus et la pose au centre de la pièce, à côté du fauteuil inclinable. Puis il fait des petits bruits de bouche et m'appelle à nouveau.

« Minou, minou, viens là, minou… »

Les nuggets sentent divinement bon, mais je ne bouge pas une oreille. Ma colère est plus forte que ma faim et ma soif.

J'ai l'impression de ne plus te reconnaître, je lui dis, mais, évidemment, lui n'entend qu'un long feulement. Il finit par abandonner. Comme d'habitude. C'est toujours pareil avec Ted, il n'assume pas ses responsabilités.

Alors qu'il s'éloigne, quelque chose s'échappe de l'ourlet de son pantalon. C'est petit et blanc, mais je n'arrive pas à voir de quoi il s'agit. L'objet rebondit au sol, ma queue frétille. Je meurs d'envie de me jeter dessus. Heureusement, Ted ne remarque rien.

Dans la cuisine, j'entends le *pschitt* d'une cannette de bière qui s'ouvre, puis des bruits de déglutition et enfin des pas lourds dans l'escalier. Le tourne-disque se met en marche, et la femme triste entonne une chanson tout en voyelles où il est principalement question de danse. Je sais que Ted va rester dans sa chambre avec la musique au minimum du volume et qu'il va continuer à boire jusqu'à arriver au bout de ses réserves.

En ce moment même, je suis cachée sous le canapé, malgré les moutons de poussière qui me chatouillent le museau. Il faut que j'enregistre ça.

Évidemment, j'ai récupéré la chose qui était tombée du pantalon de Ted. C'était plus fort que moi. Nous, les chats, on est d'un naturel curieux, tout le monde le sait.

Je me suis approchée très lentement, le ventre collé au sol. L'odeur qui s'en dégageait me parvenait par vagues. C'était la même odeur que lorsque je me lèche les pattes après une visite de Nocturne. La même odeur que sur la sandalette blanche. C'est là que j'ai compris que c'était grave. Très grave.

J'ai pris l'objet dans ma bouche et j'ai vite vu qu'il s'agissait d'un morceau de papier plié sur lui-même jusqu'à ressembler à une pastille toute dure. Je me suis dit : Pourquoi Ted a-t-il mis ça dans l'ourlet de son pantalon ? Bizarre.

De retour sous le canapé, j'ai déplié le morceau de papier avec mes griffes. Ce n'était pas du papier, en fin de compte, mais une fine bande d'écorce blanche (très jolie, d'ailleurs) dont quelqu'un s'était servi pour écrire deux mots au feutre rose. Je me suis immobilisée parce que j'ai tout de suite reconnu cette écriture maladroite, pour l'avoir vue mille fois sur le tableau blanc de la cuisine. Lauren.

Au-dessus des deux mots, trois îlots irréguliers. Marron. Ma truffe m'a indiqué qu'il s'agissait de taches de sang.

Plusieurs fois, j'ai écarté le petit mot d'un coup de patte en essayant de prétendre qu'il n'existait pas. Puis je l'ai récupéré et je l'ai relu, en espérant que le message serait différent. Mais non. C'était toujours le même. Deux mots.

Au secours.

Ted

Je bois du bourbon à la bouteille. Pas le temps de sortir un verre ou des glaçons. Le liquide coule sur mon visage, les vapeurs d'alcool me piquent les yeux. Catastrophe, catastrophe, catastrophe. Il faut que j'arrête tout. Il y a quelqu'un qui m'épie. Quelqu'un qui viole mon intimité, même. Je ne l'aurais jamais deviné si maman ne m'avait pas aussi bien entraîné. Je ne m'en suis pas rendu compte lors de ma première tournée de contrôle avec le calendrier, ce qui prouve qu'elle avait raison. Tout semblait normal. Les fenêtres étaient bien fermées, les panneaux de bois bien cloués, les trous d'observation bien dégagés. Et moi, j'étais d'excellente humeur.

Lors de la deuxième inspection, celle du soir, j'étais un peu pressé. J'avais des donuts et une bouteille de bourbon toute neuve qui m'attendaient, et un gros spectacle de monster trucks passait à la télé à 18 heures. Ce qui fait que je me suis peut-être précipité sur la fin. Quoi de plus normal, en même temps ? Je m'apprêtais à rentrer quand un détail a attiré mon attention.

Je pense que je n'aurais rien remarqué si le soleil n'était pas sorti de derrière son nuage à cet instant précis pour projeter ses rayons sur la maison. Mais c'est ce qui s'est passé et c'est comme ça que j'ai repéré le petit éclat scintillant. Une tête d'épingle argentée, comme une goutte de lumière au milieu du vieux panneau de bois qui recouvre la fenêtre du salon.

Tout de suite, je me suis enfoncé dans l'enchevêtrement de ronces et de mauvaises herbes qui entoure la maison, en serrant le calendrier contre ma poitrine pour le protéger. À croire que tout sur cette planète cherche à me griffer. Finalement, progresser au milieu de ce bazar s'est révélé plus simple que prévu. Certaines ronces étaient cassées et pendaient lamentablement, comme si quelqu'un s'était frayé un chemin il y a peu. D'autres jonchaient le sol, piétinées. Peu à peu, j'ai senti l'angoisse monter.

Lorsque j'ai atteint la fenêtre, j'ai essayé de tirer sur le panneau de bois, mais il était bien fixé. J'ai reculé de quelques pas. Je sentais que quelque chose n'allait pas, mais je n'arrivais pas à trouver quoi. C'est alors que le soleil est sorti à nouveau de derrière les nuages pour se refléter sur les têtes de clou. Elles étaient neuves.

Le doute n'était plus permis : quelqu'un était venu là. Quelqu'un s'était faufilé au milieu des ronces et des orties jusqu'à la maison et avait retiré le panneau de bois. Après ça, ce quelqu'un avait dû trouver un moyen d'ouvrir la fenêtre et d'entrer, avant de ressortir par le même chemin et de prendre soin de fixer à nouveau le panneau. Du beau travail. Si l'intrus avait réutilisé les vieux clous au lieu d'en mettre de nouveaux, je ne me serais certainement rendu compte de rien. Par contre, impossible de déterminer à quand remontait l'effraction.

Toutes ces pensées me faisaient l'effet d'un déferlement de coups de coude sur la nuque.

Est-ce que l'intrus m'épiait, en ce moment même ? J'ai regardé autour de moi, mais tout était calme. Quelque part, on entendait le ronronnement d'un moteur de tondeuse.

Je me suis extirpé des ronces pour me diriger vers la porte de derrière. Je sentais dans mon dos le poids d'un regard invisible mais je n'ai pas couru. Pourtant, Dieu sait que j'en avais envie – chacun de mes muscles, chaque centimètre carré de ma peau ne demandait que ça. Une fois à l'intérieur, j'ai refermé doucement la porte derrière moi et j'ai actionné les verrous. *Clac*, *clac*, *clac*. Mais le bruit n'était plus synonyme de sécurité. Je me suis approché de la fenêtre du salon, j'ai attrapé le loquet métallique. Il était branlant. Je l'ai tourné, et il s'est aussitôt détaché dans une pluie de poussière brune, pour me rester dans la main. Avec les années, la rouille l'avait entièrement dévoré.

Moi, je garde toujours les fenêtres fermées. Toujours. Au point que j'en avais même oublié qu'elles pouvaient s'ouvrir. Grave erreur. À un moment, j'ai entendu une espèce de gémissement dans la pièce et je me suis rendu compte que c'est de ma bouche qu'il s'échappait. Je me suis mis à faire les cent pas dans le salon, à donner des coups de pied de frustration dans le tapis bleu. Ce que je craignais le plus avait fini par arriver. Maman m'avait prévenu, pourtant, quand on était dans la forêt, après l'incident avec la souris. Le jour où elle avait découvert ma véritable nature. *Ils te traqueront et ils t'enfermeront*. Ne me restait plus qu'à espérer qu'elle se soit trompée.

Qu'est-ce qu'il a vu, cet intrus ? Est-ce qu'il m'a épié pendant que je préparais ma salade au poulet et aux raisins, pendant que je regardais la télé, pendant que je dormais ? La seule vraie question, bien sûr, c'était de savoir s'il avait vu Lauren et Olivia. Mais je ne crois pas. Si c'était le cas, il y aurait déjà eu des conséquences.

Maman me dirait de chercher la variable. Mes voisins, la police – ça fait des années qu'ils ne m'ont pas embêté. Alors qu'est-ce qui a changé ?

La nouvelle voisine. C'est elle, la variable. Elle n'a pas voulu être mon amie. Elle n'est pas venue à notre rendez-vous. Je regarde sa maison et je réfléchis.

Moi qui comptais lever la punition de Lauren et l'autoriser à revenir à la maison ce week-end… Malheureusement, dans ces circonstances, ce n'est plus possible. Fini également les rendez-vous avec des filles, pour l'instant ! C'est trop dangereux.

« Lauren ne peut pas sortir », je chante, en suivant la musique.

Mais je me rends compte que ce n'est pas très gentil, alors j'arrête. J'ai fait preuve de beaucoup d'imprudence. À partir de maintenant, je vais redoubler d'attention. *Prends les choses une par une. La priorité, c'est Lauren. Ensuite, il sera toujours temps de s'occuper de cette histoire d'intrus. Peut-être que c'est la nouvelle voisine, peut-être pas.*

Je crois entendre un aboiement dans la rue, alors je me précipite vers le trou dans le panneau de bois. Peut-être que la dame au chihuahua est rentrée ! Ça me ferait une source d'inquiétude en moins. Le bruit recommence, mais je me rends compte qu'il est beaucoup trop fort et beaucoup trop grave pour un chihuahua. Dans mon champ de vision, je vois alors apparaître l'homme aux cheveux couleur jus d'orange, qui emmène promener son chien en forêt. Au moment où il passe devant la maison, il se tourne vers moi et, l'espace d'une seconde, c'est comme si nos regards se croisaient, comme s'il me voyait. Je me rassure en me disant qu'il ne peut pas me voir à travers le trou. Et puis je pense : cet homme n'habite pas la rue, alors pourquoi est-ce qu'il passe toujours par ici ? Est-ce que c'est lui, le Meurtrier qui a tué les oiseaux ? L'intrus ? Les deux ? Je m'assois, le dos contre le mur, le cœur tambourinant dans la poitrine. Je suis vraiment dans tous mes états.

Un peu de bourbon, juste pour me calmer. Je le bois à la bouteille, debout au milieu du jardin, en observant la maison de la nouvelle voisine. Elle veut m'espionner ? Eh bien qu'elle me regarde, alors !

Dee

Elle n'avait pas refait le rêve depuis son emménagement à Needless Street. Mais cette nuit, il commence dès l'instant où elle sombre dans le sommeil – comme s'il attendait ce moment depuis trop longtemps.

Dee marche au bord du lac. Les arbres penchés au-dessus de l'eau projettent sur la surface leur reflet sombre et vitreux que viennent régulièrement perturber les cercles chatoyants générés par les baisers fugaces des libellules. Le ciel n'est qu'un néant déchiré. Sous ses pieds, le sable est constitué de millions d'éclats de verre tranchants. Elle saigne mais ne ressent aucune douleur. Ou peut-être que c'est parce qu'elle a tellement de douleur en elle qu'elle ne perçoit pas les coupures. Dee continue à marcher. Elle donnerait tout pour s'arrêter, tourner les talons, se réveiller. Mais elle n'a pas le choix, elle doit continuer. Elle doit atteindre les arbres, les oiseaux et les nids. Elle doit voir.

Les arbres se rapprochent tandis qu'une force invisible fait frémir l'atmosphère. Elle voit les oiseaux, à présent – de jolies petites taches colorées au milieu du feuillage. Ils ne chantent pas. Ils ne font aucun bruit, d'ailleurs. Le lac disparaît derrière Dee et elle se retrouve au pied des arbres. Le sol sous ses pieds est un tapis d'aiguilles de pin mou comme la terre d'une tombe fraîchement creusée. Au-dessus de sa tête, les oiseaux volent de branche en branche. Dee atteint la clairière et son arbre blanc. Un bouleau, svelte et magnifique. Elle se rappelle que, parfois, on les surnomme « bouleaux à papier ». Étranges, ces pensées qui vous viennent quand vous rêvez. Et dans cet arbre, à la jonction de deux branches, se trouve un nid. Un oiseau rouge aux yeux et au bec dorés s'y pose – une femelle. Délicatement, elle intègre l'herbe sèche qu'elle a rapportée au canevas douillet où elle va pondre ses œufs.

Dee se met à gémir. Elle essaie de se réveiller, parce qu'elle sait que la partie qui arrive est la pire. Mais elle n'y parvient pas. Malgré elle, elle est ramenée à l'arbre, au nid, à l'oiseau. Dans son rêve, elle se couvre la bouche avec la main. Car même dans un rêve, apparemment, on peut être pris de haut-le-cœur.

Elle voudrait se retourner, fuir. Hélas, partout où elle regarde, il y a des oiseaux rouges qui s'affairent sans un bruit dans des arbres couleur d'ossements, tenant dans leur bec des brins d'herbe qui ne sont pas de l'herbe. Ils construisent leur nid avec les cheveux du cadavre de sa sœur.

Dee se réveille lorsqu'elle sent quelque chose lui tapoter la joue, le front, le nez. Elle ouvre les yeux et ne voit que de la fourrure et des moustaches. La chatte tigrée a la truffe collée à son visage. D'un coup de coussinet délicat, le félin s'assure que Dee a fini de crier.

« Désolée, toi, marmonne-t-elle, avant de sursauter. Qu'est-ce que tu fais ici ? »

La chatte s'assoit et la regarde fixement. Elle est maigre et a l'air plutôt mal en point, avec ses oreilles déchirées par les combats. Ses yeux sont deux billes d'un brun fauve. Bref, on ne peut pas dire qu'elle soit belle. Mais c'est une battante. Une rescapée.

La chatte hoche la tête et laisse échapper un *frrrr* interrogatif.

« Tu es sérieuse, là ? » s'exclame Dee.

La chatte continue à la dévisager sans bouger, une attitude qui ne peut vouloir dire qu'une seule chose. Dee va donc récupérer une boîte de thon dans le placard de la cuisine et la vide sur une soucoupe qu'elle pose par terre. Aussitôt, la chatte s'accroupit sur le carrelage et se met à donner de petits coups de dents délicats en fouettant l'air avec sa queue.

« Est-ce que tu as un nom ? » demande Dee.

En guise de réponse, la chatte passe sa langue rose sur ses babines, avant de se diriger vers le salon. Dee décide de rincer la soucoupe avant de la suivre. L'opération est rapide, mais, quand elle quitte la cuisine, la chatte est introuvable. Elle est partie.

Dee sait bien que sa sœur n'est pas revenue sous la forme d'un vilain chat de gouttière. Bien sûr que non. Ce serait complètement délirant. Pourtant elle ne peut s'empêcher de penser que cette chatte l'a tirée de son rêve. Qu'elle cherche à l'aider.

Dee va se poster à la fenêtre. Dehors, le monde est baigné d'une lumière diffuse et mystérieuse. Est-ce l'aube ou le crépuscule ? Le rythme de sommeil de Dee est tellement haché qu'elle ne saurait le dire.

Soudain, elle laisse échapper un cri étouffé, tandis que son cœur s'emballe. Ted est debout devant chez lui. Du bourbon lui dégouline de la barbe. Maladroitement, il lève la main et pointe l'index vers elle. Ses yeux semblent percer la pénombre, et Dee recule comme si ce doigt s'était posé sur son front.

Elle sait pourtant qu'il ne peut pas la voir à travers la vitre, puisque toutes les lumières sont éteintes à l'intérieur. Néanmoins, elle sent les plumes de la peur lui caresser le visage. En même temps, un autre sentiment la submerge : une soif de vengeance. *Je t'aurai*, lui lance-t-elle en silence. *Je t'aurai, et tu le sais*.

La sonnerie de son téléphone la fait sursauter. Depuis le temps qu'elle ne s'en est pas servi, elle est surprise qu'il soit allumé et qu'il ait encore de la batterie. Elle regarde le numéro qui s'affiche à l'écran, grimace et répond.

« Allô ?

— Bonjour Delilah, fait la voix de Karen, qui semble encore plus fatiguée que d'habitude. Comment vas-tu ?

— Bah, vous savez », se contente de répondre Dee. Karen devrait se montrer plus explicite si elle veut des réponses précises.

« Tu es où, ces temps-ci ?

— Je n'arrête pas de bouger. Dès que je reste trop longtemps au même endroit, je me mets à réfléchir. »

Alors qu'elle prononce cette dernière phrase, les larmes lui montent aux yeux. Elle en est la première surprise et se frotte rageusement les paupières. La vérité est aussi fuyante que le mercure. Elle semble toujours trouver un moyen de s'échapper. *Reprends-toi, Dee Dee. Va au bout.*

« En ce moment, je suis dans le Colorado, ment-elle, le Colorado lui paraissant suffisamment loin de l'endroit où elle se trouve.

— D'accord. Si tu as besoin de quoi que ce soit, n'hésite pas à m'appeler », dit Karen.

Les mots, acides, s'accumulent dans la gorge de Dee, mais elle finit par les ravaler. Il n'y a qu'une chose dont elle a vraiment besoin : Lulu. Or, depuis le début, Karen se montre incapable de la lui rendre.

« Comment allez-vous ? demande-t-elle à la place.

— On traverse une grosse vague de chaleur, ici, du côté de Seattle. Ça faisait des années que ce n'était pas arrivé. »

Pas depuis l'été où Lulu a disparu, mais cela, personne ne le dit.

« Enfin voilà, je t'appelais parce que je sais que ce n'est pas une période facile pour toi, et je voulais seulement prendre de tes nouvelles.

— Sans arrière-pensées ? demande Dee, qui a bien compris que Karen a en tête l'incident avec l'homme de l'Oregon.

— Pardon ?

— Non, rien. C'est gentil, Karen.

— Tu sais, je pense tellement à toi, en ce moment, que l'autre jour j'ai carrément cru te voir au supermarché. Le cerveau, c'est quand même mystérieux, hein ?

— C'est sûr, répond Dee, le cœur battant. Mais je vous assure que je ne suis pas près de remettre les pieds dans votre région.

— Je comprends, soupire Karen. Promets-moi de m'appeler si tu as besoin d'aide, Dee, d'accord ?

— D'accord.

— Prends soin de toi », dit Karen avant de raccrocher.

Dee frémit. Quelle poisse… Est-ce que Karen pourrait localiser son téléphone portable ? Peut-être, mais pourquoi le ferait-elle ? Dee n'a rien à se reprocher, après tout.

Il faut qu'elle se montre plus prudente. Si Karen apprend qu'elle est dans la région, ce sera la catastrophe. Donc, fini les sorties en pleine journée ! Et pour les courses, tant pis, elle prendra le bus et ira les faire en centre-ville.

Lorsqu'elle regarde à nouveau par la fenêtre, Ted a disparu.

Ted

Est-ce que l'intrus et le Meurtrier sont une seule et même personne ? J'ai beau me creuser la tête, je n'arrive pas à trouver la réponse.

En tout cas, je n'avais plus eu aussi peur depuis la fois au centre commercial. Ce jour-là, il s'en était vraiment fallu de peu que quelqu'un ne découvre mon secret.

Lauren s'était mise à pleurer en me montrant les trous dans ses chaussettes. Tout ce qu'elle portait était devenu trop petit pour elle et elle détestait les habits que je lui choisissais. Quel père peut rester insensible quand sa fille lui dit qu'elle n'a plus rien à se mettre ? Alors, même si je savais que c'était une erreur, j'ai cédé.

Dans l'espoir de croiser le moins de monde possible, j'ai opté pour un centre commercial plus excentré que les autres, un lundi après-midi. Lauren était tellement excitée au moment de partir que j'ai bien cru qu'elle allait faire pipi dans sa culotte. Elle voulait mettre plein de rubans et de machins roses dans ses cheveux, mais j'ai posé des limites.

« Je refuse d'être vue en votre compagnie, mademoiselle », je lui ai dit en prenant une voix de vieille dame sophistiquée, et elle a éclaté de rire, ce qui montrait bien qu'elle était d'excellente humeur, car elle ne rit jamais à mes blagues.

Ensuite, j'ai mis une casquette, des lunettes de soleil et des vêtements le plus neutres possible. Je savais que cette sortie shopping était risquée et je ne voulais surtout pas attirer l'attention.

Pendant tout le trajet, Lauren a fredonné sa chanson sur les cloportes en regardant défiler le paysage – un comportement exemplaire, donc. À aucun moment elle n'a tenté d'attraper le volant pour nous envoyer dans un fossé ou contre un mur, comme elle avait déjà essayé de le faire par le passé. Bref, j'avais bon espoir que tout se passe bien.

Le parking était tellement grand que de là où on s'était garés, on ne voyait même pas le centre commercial. J'ai proposé à Lauren de chercher une autre place, mais elle était trop excitée pour accepter de remonter dans la voiture, alors on a marché. On était bien à quatre cents mètres de la bâtisse, une espèce de gros bloc de béton avec au-dessus de l'entrée principale une inscription stylisée qui faisait penser à une signature de géant. Plus on approchait, plus Lauren me tirait sur la manche avec insistance.

« Plus vite, disait-elle. Allez, papa, plus vite ! »

Arrivé à l'entrée, j'étais déjà en nage. Heureusement, l'air conditionné et un sol en marbre bien frais m'attendaient à l'intérieur. J'avais bien choisi l'endroit : il était quasiment vide. Quelques femmes fatiguées accompagnées d'enfants en bas âge, et quelques hommes qui ne semblaient rien avoir de mieux à faire de leur journée que de traîner là, sans but.

Je me suis approché du grand panneau en plastique sur lequel était dessiné le plan du centre commercial pour étudier la disposition des différentes boutiques, mais j'étais beaucoup trop stressé, et, très vite, tout s'est mélangé devant mes yeux pour former des lignes et des taches de couleur. (C'était avant l'homme-scarabée et les cachets.) La présence de Lauren n'arrangeait rien : elle courait partout et passait d'une vitrine à l'autre sans prendre le temps de regarder quoi que ce soit.

Je me suis approché d'une femme vêtue d'un uniforme marron avec un badge sur la poitrine et je lui ai demandé :

« Excusez-moi, où est-ce que je pourrais trouver le Contempo Casuals ?

— Ce magasin a fermé il y a des années, a-t-elle répondu d'un ton surpris. Il y a une raison pour laquelle vous cherchiez cette boutique en particulier ?

— C'est pour ma fille, elle a treize ans et elle a besoin de nouveaux habits.

— Et c'est elle qui a demandé à aller à Contempo Casuals ? Elle est restée combien de temps dans le coma ? »

J'ai trouvé ça très malpoli et je me suis éloigné.

« Ils n'ont pas ce magasin, j'ai expliqué à Lauren.

— Pas grave. Tu ne trouves pas que c'est chouette, d'être ici, papa ? »

Elle avait parlé un peu fort et une des mères fatiguées s'est tournée vers nous.

« Écoute, Lauren, si on veut que ça marche, il faut qu'on soit prudents, d'accord ? je lui ai soufflé.

Alors tu ne parles pas. Tu restes à côté de moi et tu fais tout ce que je dis. C'est compris ? »

Elle a mis un doigt devant sa bouche et a acquiescé avec un sourire. Lauren a beaucoup de défauts, mais elle comprend vite.

On s'est mis à déambuler dans les allées en regardant les vitrines. Il y avait tellement de choses à voir qu'on aurait pu y passer la journée. Une mélodie au piano s'échappait des grandes colonnes blanches et résonnait sur le sol en marbre. On entendait aussi le murmure d'une fontaine. Je voyais bien que Lauren était aux anges et je dois reconnaître que moi aussi, j'étais bien content. C'était tellement agréable de se promener tous les deux, en public – un père et sa fille qui faisaient les magasins. Dans l'espace restauration, on aurait dit que tous les gens étaient partis précipitamment : il flottait encore dans l'air une odeur de caramel et de sauce soja, et les tables vides étaient jonchées d'emballages en carton et de couverts en plastique usagés. Je me suis approché d'un stand de jus de fruits et nous ai commandé un milk-shake à l'orange.

Ensuite, on est entrés dans la partie grand magasin et j'ai pris des chaussettes et des maillots de corps – blancs pour moi, roses et jaunes pour Lauren, dont un maillot avec des licornes.

Pour la distraire, je me suis mis à inventer les noms et les parcours des employés qui semblaient tous s'ennuyer derrière leurs comptoirs. La fille aux dents en avant s'appelait Mabel Worthington, elle faisait des heures supplémentaires pour financer le rêve de son petit frère : devenir patineur artistique. L'homme avec les deux gros grains de beauté s'appelait Monty Miles, et il avait grandi dans un village de pêcheurs au Canada.

« Ces deux blondes, là-bas, elles sont sœurs. Elles ont été séparées par les services sociaux quand elles étaient bébés et elles viennent juste de se retrouver.

— Je n'aime pas cette histoire, a murmuré Lauren. Elle est trop triste, change-la.

— Ce que tu es grincheuse, aujourd'hui », j'ai marmonné.

J'essayais d'inventer une nouvelle vie à mes deux vendeuses quand Lauren m'a tiré violemment sur la manche. Je me suis retourné et j'ai vu un legging sur un présentoir – bleu vif, avec des éclairs dorés. Lauren le fixait du regard, complètement hypnotisée.

« Je suis d'accord pour que tu l'essaies, j'ai dit. Par contre, je vais devoir t'accompagner dans la cabine. »

Tous les leggings sur le présentoir étaient trop petits. J'ai regardé autour de moi, un peu perdu, et les deux vendeuses ont fini par s'approcher. De près, elles ne se ressemblaient pas tant que ça, finalement. Elles étaient blondes toutes les deux mais c'était à peu près tout.

« Est-ce que je peux vous aider ? s'est enquise la plus grande.

— C'est tout ce que vous avez en stock ? j'ai demandé.

— Je crois.

— Vous êtes sûre ? »

Je voyais bien que Lauren était en adoration devant ces leggings et qu'elle serait très déçue si on ne trouvait pas sa taille.

« Vous n'en avez pas d'autres, en réserve ? » j'ai insisté en lui adressant mon plus beau sourire, avant de lui donner la taille dont avait besoin Lauren.

La plus petite a laissé échapper un ricanement.

« J'ai dit quelque chose de drôle ? » je lui ai lancé et, à cet instant, j'ai espéré qu'elle avait vraiment grandi en foyer après avoir été arrachée à sa famille par les services sociaux.

Par chance, Lauren était toujours concentrée sur le présentoir et semblait ne rien avoir remarqué.

Ignorant sa collègue, l'autre vendeuse s'est tournée vers moi et m'a dit, d'un ton très professionnel :

« Je vais aller vérifier, si vous voulez. »

J'ai remarqué qu'elle avait une espèce de tic à l'œil gauche qui faisait tressauter sa paupière. Peut-être que c'était parce qu'elle avait grandi avec cette infirmité qu'elle était devenue plus gentille. Au bout de quelques minutes, elle est revenue avec d'autres leggings sur l'avant-bras, comme une serveuse de grand restaurant avec une serviette blanche.

« Peut-être que ceux-là conviendront mieux. »

L'espace où se trouvaient les cabines d'essayage ressemblait à un long couloir silencieux avec de part et d'autre des petits box fermés par un rideau blanc.

« Sors, papa, m'a lancé Lauren dès qu'on s'est retrouvés dans la cabine.

— Tu sais bien que je ne peux pas, chaton.

— Alors au moins… arrête de me regarder. S'il te plaît ? »

J'ai fermé les yeux. Quelques bruissements soyeux, quelques secondes de silence, puis la voix de Lauren, toute triste :

« Ils ne me vont pas non plus.

— Oh, je suis vraiment désolé, chaton, je lui ai dit (et je le pensais). On va te trouver autre chose, tu vas voir.

— Non. Je suis fatiguée. Je veux rentrer à la maison. »

On a laissé les leggings par terre en une pauvre pile de ciel bleu et d'éclairs et on a suivi les panneaux de sortie verts dans un labyrinthe de rayons déserts : maroquinerie, lingerie, ameublement…

Alors qu'on atteignait la sortie, j'ai entendu un bruit de pas précipités derrière nous. Quelqu'un s'est écrié :

« Arrêtez-vous ! »

Je me suis retourné ; c'était la grande blonde qui traversait en courant la salle à manger d'exposition pour nous rejoindre.

« Excusez-moi, c'est une plaisanterie, c'est ça ? » elle a lâché, la voix tremblante.

Sa paupière tressautait comme jamais.

« Il y a un problème ? » j'ai demandé.

Elle m'a tendu un morceau de tissu bleu et doré.

« Ça. »

Et elle a retourné les collants pour me montrer le gros élastique blanc à l'intérieur. Lauren s'en était servie comme d'une feuille de papier et dessus, avec son feutre rose préféré, elle avait écrit :

Aider moi. Ted ma kidnapé. Il m'appel Lauren mais ces pas mon nom.

Sur l'étiquette, elle avait dessiné un plan plutôt précis jusqu'à notre maison. Comme quoi, pendant qu'elle fredonnait sa chanson, elle avait dû faire plus que regarder le paysage.

« Vous trouvez ça drôle, les enlèvements d'enfants ? a ajouté la vendeuse. Parce que moi, ce genre de conneries, ça ne me fait pas rire du tout. »

Je sentais que Lauren commençait à être perturbée par le ton de cette femme et par le fait qu'elle avait dit un gros mot, alors j'ai balbutié :

« Je… Je suis vraiment désolé, je ne sais pas du tout ce qui s'est passé. Tenez, je vais payer. »

Je lui ai glissé un billet de vingt dollars et un billet de dix dollars dans la main, ce qui représentait beaucoup plus que le prix du legging, et j'ai récupéré le vêtement. La blonde nous a regardés en secouant la tête. Sa bouche formait une petite ligne sombre.

Après ça, on a retraversé le gigantesque parking vide. Le soleil était haut dans le ciel, à présent, et la chaleur faisait miroiter le bitume. En arrivant à la voiture, j'ai simplement dit à Lauren :

« Monte et mets ta ceinture, s'il te plaît. »

Elle s'est exécutée en silence.

J'ai lancé la climatisation. Aussitôt, l'air frais s'est mis à sécher mon front couvert de transpiration – c'était très apaisant. Quand enfin je me suis senti capable de parler, j'ai repris :

« J'imagine que tu avais prévu ton coup depuis longtemps. Rends-moi ce feutre.

— Je l'ai laissé dans le magasin.

— Non. Tu mens. »

Elle a sorti le feutre de sa chaussette, me l'a tendu et s'est mise à sangloter en silence. Ses pleurs étaient comme un pic qu'on m'enfonçait dans le cœur.

« Tu vas devoir apprendre que ce que tu fais a des conséquences. »

Lauren pleurait si fort, à présent, que son corps tout entier semblait agité de spasmes. Les larmes coulaient sur ses joues en un flot ininterrompu.

« S'il te plaît, ne me renvoie pas, elle m'a imploré. S'il te plaît…

— Six mois, j'ai répondu après avoir pris une grande inspiration. Tu as l'interdiction de venir à la maison pendant six mois. »

Lauren a poussé un gémissement. Un son terrible qui m'a fait à mon tour monter les larmes aux yeux.

« C'est pour ton bien, j'ai ajouté. Crois-moi, ça me fait autant de mal qu'à toi. J'ai essayé de t'élever correctement mais j'ai échoué ; je le vois bien. Tu dégrades des choses qui ne sont pas à toi et, par-dessus le marché, tu mens. Il va falloir que tu apprennes qu'on ne peut pas faire des bêtises aussi graves. Imagine si cette vendeuse t'avait crue. »

La séparation a été si difficile que j'ai tout fait pour l'effacer de ma mémoire. Avec Lauren, on n'en parle jamais. Pendant ces longs mois, les oiseaux qui venaient le matin dans le jardin ont été d'un grand réconfort. J'avais besoin de quelque chose à aimer.

Au bout de six mois, j'ai accepté que Lauren revienne, mais j'ai mis en place plusieurs mesures de précaution. Dorénavant, je ferme toujours les trois verrous de la porte d'entrée et j'ai acheté un cadenas pour le placard où je range l'ordinateur portable. Et bien sûr, je compte systématiquement les feutres avant de les ranger. Ce n'est pas simple de la protéger.

Après cette période sombre, Lauren a semblé changée. Elle était toujours bruyante, mais il n'y avait plus de conviction dans ses protestations, un peu comme si elle avait le tempérament d'une enfant beaucoup plus jeune. J'en ai conclu qu'elle avait retenu la leçon.

Ce soir, je suis très perturbé, alors je me prépare un chocolat chaud à la menthe.

> *Recette du chocolat chaud à la menthe, par Ted Bannerman. Commencez par faire chauffer du lait dans une casserole. Cassez des morceaux de chocolat et faites-les fondre avec. Ajoutez de la crème de menthe, autant que vous voulez. Vous pouvez aussi mettre du bourbon. C'est une boisson qu'on boit juste avant d'aller se coucher, comme ça, vous ne risquez pas de prendre le volant ! Au bout d'un moment, ça doit former une espèce de pâte liquide. Vous pouvez hacher de la menthe fraîche dedans, si vous aimez ça. Ensuite, versez le contenu de la casserole dans un grand verre avec une poignée. Moi, je n'en ai pas, mais sachez que ça marche aussi avec une tasse. Pour finir, mettez de la crème chantilly par-dessus et des pépites de chocolat ou des morceaux de gâteau écrasés. C'est une boisson qui se mange à la cuillère.*

J'aime bien prendre mon temps pour préparer cette recette. Je touille lentement et je réfléchis – c'est ce que je suis en train de faire quand je mets la main dans ma poche. (Dès que je réfléchis, j'ai tendance à mettre la main dans ma poche.) Mes doigts se referment sur un morceau de papier. Je le sors et fronce les sourcils. *Le Meurtrier*. C'est la liste de suspects que j'ai faite le jour où j'ai retrouvé les oiseaux morts dans le jardin.

Je l'avais laissée sous la boîte de craies de Lauren, dans le placard qui ferme avec un cadenas. Comment a-t-elle pu atterrir dans ma poche ? Je vois qu'un nom a été ajouté à la liste, sous celui de Lauren. Je ne reconnais pas l'écriture.

Maman

Ça, c'est vraiment cruel et effrayant, comme plaisanterie. Parce que s'il y a bien une personne qui n'a pas pu tuer les oiseaux, c'est maman, puisqu'elle n'est plus là.

Je déchire la liste et la jette à la poubelle. À présent, même le chocolat chaud à la menthe ne suffit pas à me réconforter.

Lauren

S'il vous plaît, venez arrêter Ted pour meurtre et pour tout le reste. Je sais qu'il y a la peine de mort, dans cet État – comme quoi ça sert à quelque chose, les devoirs d'éducation civique qu'il me force à faire. Quand j'aurai fini, j'essaierai de jeter cette cassette par la fente de la boîte aux lettres. J'espère que quelqu'un la trouvera.

Ted emporte toujours le couteau quand il va dans les bois. Peut-être que c'est moi qui vais le faire, peut-être que c'est lui qui va le faire, mais ça se terminera dans la forêt, là où il a mis les autres. On partira comme une bougie qui s'éteint et on ne laissera derrière nous que l'obscurité tranquille. J'ai hâte. Je suis née de la souffrance et je suis née pour souffrir. Ma seule raison d'être, c'est de mourir.

Il pense que je ne l'entends pas quand je suis là, en bas, mais c'est faux. Ou peut-être qu'il oublie mon existence dès l'instant où il ferme la porte. Quel pauvre type, avec ses recettes débiles ! Ce n'est même pas lui qui a inventé le sandwich au vinaigre et aux fraises. Même moi, je sais que ça vient de la chaîne de télé sur la cuisine. L'autre jour, je l'ai entendu dire au chat qu'il voulait faire un journal de ses ressentis... Pathétique ! En attendant, c'est ça qui m'a donné l'idée. Je ne suis pas forcément très éduquée, mais j'ai de la ressource.

J'ai trouvé le magnétophone dans le placard de l'entrée. C'est le seul placard de la maison que Ted ne ferme pas à clé. J'imagine que c'est parce qu'il n'y a rien dedans, à part des piles de vieux journaux. Quand j'ai mis la main sur le magnétophone avec la cassette à l'intérieur, je me suis dit : il ne faut pas que je laisse passer cette occasion.

Là, je suis assise dans le placard, justement. Dans le noir. Comme ça, si jamais il vient, je pourrai tout ranger exactement comme c'était. La cassette est très vieille, avec un logo jaune et noir. Il y a quelque chose d'écrit sur l'étiquette. « NOTES ». Je n'ai pas écouté la cassette ; je sais ce qu'il y a dessus. C'est tout chaud, dans mon ventre. Je crois que c'est le plaisir d'enregistrer par-dessus sa voix. Le plaisir, mais aussi un peu la peur.

Je me demande ce que ça fait, d'être une personne normale, de ne pas avoir peur tout le temps. Enfin, si ça se trouve, tout le monde a peur tout le... Oh non, je crois qu'il m'a ent...

Olivia

J'essaie d'enregistrer mes pensées, mais le bruit est trop fort. C'est devenu un hurlement. J'ai l'impression que ma tête va se fendre en deux. Je ne peux pas, je ne peux pas.

Ooooiiiiioooo, un grincement métallique strident qui lacère mon pauvre cerveau, mes oreilles délicates et mes os si fragiles… Un marteau qui tape contre ma boîte crânienne. Si bien qu'au début, quand la voix se met à parler en arrière-plan, je ne l'entends pas.

« Olivia, dit la voix. Olivia. »

Elle est aussi imperceptible que le battement d'ailes d'un papillon. *Ooooiiiiooo*.

Il y a quelqu'un ? je demande en sortant de sous le canapé. *Où êtes-vous ?*

J'imagine que c'est aussi futile que si je m'adressais à la télé, parce que c'est forcément un ted qui m'appelle et que les teds ne comprennent pas mon langage.

« Olivia, par ici ! »

Mon cœur s'emballe. Je suis au bord de quelque chose. Si je continue, je ne pourrai pas revenir en arrière. Une partie de moi veut retourner sous le canapé et tout oublier. Mais je ne peux pas. Ce serait mal.

Parce que j'ai reconnu la voix et que je sais d'où elle vient. Croyez-moi, je n'ai jamais autant espéré avoir tort.

Je m'approche de ma caisse, dans la cuisine. Évidemment, ce n'est pas une caisse, c'est juste le nom que je lui donne. Il s'agit en fait d'un vieux congélateur coffre. J'aime bien dormir dedans – l'obscurité, le silence. Parfois, Ted empile des choses dessus. Des choses lourdes. Comme là.

J'approche mon oreille du flanc de l'appareil. Le gémissement ambiant a beau être aussi aigu qu'un air d'opéra, j'entends malgré tout la voix à l'intérieur, comme un murmure.

« Tu es là ? me demande-t-elle d'un ton implorant. Olivia ? »

Les mots, à peine perceptibles, sont empreints de tristesse, mais je ne me suis pas trompée. Je l'imagine, pelotonnée dans le noir. J'entends sa respiration humide.

« Il s'est fâché parce que le dîner que j'ai préparé était raté », m'explique Lauren.

Sa voix qui s'échappe par les trous d'aération a quelque chose d'étrange.

« Il était tellement en colère. Je ne l'avais pas vu comme ça depuis la fois au centre commercial… »

Elle parle avec le débit haché typique des gens fatigués d'avoir trop pleuré. Et moi, j'ai les pensées qui filent à toute allure, comme la souris dans le mur. Tous mes poils sont hérissés.

Calme-toi, Olivia, je me dis. *Elle n'a pas fait attention, et elle s'est enfermée toute seule dans le congélateur.*

« Je ne me suis pas enfermée toute seule », répond Lauren, et je fais un petit bond.

Tu m'entends ? je lui demande. *Tu comprends le chat ? Oh mon Dieu...*

« Écoute, Ted m'a enfermée et... »

Un accident, donc, je déclare, soulagée. *Ted va s'en vouloir quand il s'en rendra compte... Je sais ce que je vais faire ! Je vais aller le réveiller, comme ça il pourra te libérer.*

« Non, surtout pas. »

Sa voix est comme un cri, si un cri pouvait aussi être un chuchotement. C'est affreux. Dans cette voix, il y a des sandalettes ensanglantées et des morceaux de papier avec écrit *Au secours* dessus. Un frisson glacé remonte le long de ma queue jusqu'à ma nuque. Lauren, elle, expire bruyamment comme si elle cherchait à se calmer.

Tu ne peux pas rester là indéfiniment, Lauren, je déclare d'une voix posée pour essayer de la raisonner. *C'est mon endroit. D'ailleurs, je te trouve un peu égoïste de me le voler. De toute façon, ta mère va finir par se demander où tu es passée. Ou l'école. C'est bien à l'école que tu vas ? Je suis désolée, j'ai oublié.*

« Non, Olivia, murmure Lauren. Réfléchis. Je t'en prie. »

Je regarde le congélateur. Sa taille. Les trous que Ted a percés dans le couvercle pour moi. Était-ce vraiment pour moi ? Je sens la réponse traverser le lourd battant métallique et m'entortiller les organes, la chair et les os.

Quand tu t'en vas, tu ne t'en vas pas vraiment. Tu restes enfermée ici.

« Quand tu ne peux pas y entrer, c'est que j'y suis, me confirme Lauren. On se relaie, en quelque sorte. »

J'imagine la scène : Lauren étendue sans un bruit dans le noir, écoutant Ted et moi vivre notre vie.

Je ne t'ai pas vue depuis plus d'un mois, je lui fais remarquer.

« Ça fait si longtemps ? Le temps ne s'écoule pas pareil, dans l'obscurité : c'est difficile de savoir si on est mort ou pas. Je me suis vraiment posé la question. Et puis je t'ai entendue, et j'ai compris que non, pas encore… »

Oh, je fais. *Oh*.

« J'ai essayé de te parler. De trouver un moment où je n'étais pas bâillonnée, où il dormait profondément et où la musique n'était pas trop forte. J'ai écrit des mots que j'ai glissés dans sa poche, dans son pantalon, partout où j'avais accès… J'imagine que tu ne les as pas trouvés, mais heureusement, lui non plus. C'est une chance qu'il soit toujours ivre. »

Je ronronne d'impuissance et tourne sur moi-même. *Je suis désolée, je suis tellement désolée…*

Lauren soupire, et j'entends le bruit des larmes dans sa respiration.

« Tu es toujours désolée, dit-elle d'un ton qui lui ressemble plus. Et tu es toujours en train d'essayer de le réconforter. »

Comment a-t-il pu ? je murmure. *Enfermer sa propre fille comme ça…*

« Enfin ! Grandis un peu, Olivia ! s'exclame Lauren avec un ricanement moqueur. Je ne suis pas sa fille. »

Mais tu l'appelles papa.

« Il m'appelle aussi “chaton” quand il est content de moi, est-ce que ça fait de moi un chat ? »

Je frissonne et ma queue s'agite en tous sens.

Moi aussi, il m'appelle « chaton »...

« J'ai entendu. Tu sais, il y en a eu un paquet, des chatons, au fil des ans... »

Je repense à la nuit où Ted m'a trouvée dans les bois. La nuit où le cordon nous a liés l'un à l'autre. Ses manches pleines de terre. L'odeur insaisissable sur la banquette arrière de la voiture, comme si le siège venait d'être libéré. La couverture d'enfant jaune avec les papillons bleus dans laquelle il m'avait enveloppée. J'imagine que j'aurais peut-être dû me demander ce qu'il faisait dans les bois au milieu de la nuit, avec de la boue sur les manches et une couverture d'enfant.

Depuis combien de temps es-tu là ? je demande à Lauren.

« Je ne sais pas. Depuis que je suis toute petite. »

Si longtemps...

J'ai l'impression de regarder un miroir et de me rendre compte qu'en fait, c'est une porte. J'ai envie de m'en prendre à Ted, de lui faire du mal.

Mon Dieu, je murmure, *c'est vraiment horrible.*

« Si tu savais, répond Lauren avant de prendre une profonde inspiration. Je vais te raconter quelque chose et, ensuite, je n'en parlerai plus jamais de ma vie. »

« Il y a très très longtemps, je vivais avec ma famille. C'est un peu flou, comme époque. J'étais vraiment toute petite. Je n'ai pas non plus beaucoup de souvenirs du jour où il m'a enlevée, à part qu'il faisait tellement chaud qu'on aurait pu faire cuire un œuf sur le trottoir. Je crois que c'est une expression de ma mère, mais je ne suis pas sûre. Ce que je sais, par contre, c'est que Lauren n'est pas mon prénom. Même si j'ai oublié le vrai.

« Et je me souviens très bien quand il m'a amenée ici. J'ai beaucoup aimé la maison, parce qu'elle était crasseuse et pleine de poussière, alors que maman ne me laissait jamais jouer dans les endroits où je risquais de me salir. J'ai aussi aimé les trous dans les panneaux de bois. Je lui ai dit que ça me faisait penser à des hublots de bateau, et il m'a répondu que j'étais très intelligente. Ensuite, il m'a expliqué qu'il s'appelait Ted et qu'il allait s'occuper de moi en attendant que mes parents reviennent. Moi, je n'ai pas pensé une seconde qu'il pouvait y avoir un problème. Il faut dire que c'était déjà arrivé que mes parents me confient à d'autres gens, des voisins, par exemple. Mes parents sortaient beaucoup. Avant de partir, le soir, ma mère passait toujours m'embrasser dans mon lit et me souhaiter une bonne nuit. Je me souviens très bien de son odeur. Un parfum de géranium que j'avais surnommé "germaman". Qu'est-ce que j'étais stupide, quand j'étais petite ! D'ailleurs, j'imagine que c'est comme ça que je me suis retrouvée ici. De quoi je parlais, déjà ? »

Tu me racontais le jour où Ted... t'a... enlevée, j'ai répondu.

Chaque mot était comme un gravillon dans ma bouche.

« Ah oui, reprend Lauren. Il faisait si chaud, ce jour-là. Mon maillot de bain me grattait, ou mes sous-vêtements, je ne sais plus, alors je me suis plainte à Ted. Peut-être que c'est ça qui lui a donné l'idée. Il m'a dit qu'il y avait des glaces dans le congélateur de la cuisine et que je n'avais qu'à aller m'en chercher une.

La cuisine était vraiment en bazar : une grosse pile d'assiettes sales dans l'évier, des emballages en carton éparpillés un peu partout sur le plan de travail. Ça me plaisait, je me disais que Ted n'était pas un adulte comme les autres.

« Dans un coin, j'ai trouvé le gros congélateur coffre. Il y avait un cadenas dessus. J'en avais déjà vu dans des garages ou dans des sous-sols, mais jamais encore dans une cuisine. Le cadenas n'était pas fermé, alors j'ai soulevé le couvercle. Je m'attendais à être accueillie par une bouffée d'air glacé, mais non. Rien du tout. Je me suis alors rendu compte que la prise était débranchée du mur. J'ai senti des mains m'attraper sous les bras, me soulever et me lâcher dans le congélateur, sur un lit de couvertures moelleuses. J'avais aussi ma propre couverture avec moi. Il m'a laissée la garder. Elle est jaune avec des papillons bleus. Très douce. Depuis le temps, les papillons sont presque effacés. Je n'avais toujours pas peur, à cet instant, même si dans le coffre, ça sentait le vieux poulet. Ensuite, le couvercle s'est refermé et je me suis retrouvée toute seule. Il y avait des étoiles dans le noir, comme si quelqu'un avait mis des coups de couteau dans le ciel. C'étaient les trous d'aération que Ted avait percés dans le couvercle. Je lui ai hurlé de me laisser sortir. “Tu es en sécurité, maintenant, il m'a répondu. C'est pour ton bien.”

« J'avais retenu son nom et je savais que les noms étaient très importants pour les adultes, alors j'ai essayé de dire : “S'il te plaît, Ted, laisse-moi sortir.” Sauf qu'à l'époque, j'avais du mal avec la prononciation des D, du coup ça faisait “Tèbe”. Au début, je me suis dit que c'était pour ça qu'il ne me laissait pas sortir : il était en colère parce que j'avais mal prononcé son nom. Il m'a fallu longtemps pour comprendre que ça n'avait rien à voir et qu'il ne me laisserait jamais partir.

« Dans un premier temps, pendant une très longue période, j'ai vécu dans le congélateur. Je buvais l'eau qu'il me versait par les trous d'aération et mangeait les bonbons qu'il me donnait de la même manière. Parfois, j'avais droit à un biscuit ou à un nugget de poulet. Toute la journée et toute la nuit, il mettait la musique très fort. La chanteuse triste. Je me suis dit que j'étais peut-être en enfer, cet endroit horrible dont on nous avait parlé au catéchisme, sauf que l'enfer était censé être rempli de flammes et que, là où je me trouvais, il faisait très humide et très froid, un froid glacial. Au bout d'un moment, j'ai fini par m'habituer, au point que plus rien ne me dérangeait. Même pas l'odeur. Le temps n'avait plus de sens, pour moi.

« J'ai dû apprendre un nouveau langage, à la fois pour mon corps et pour mon esprit. Le langage de la boîte. Ça faisait qu'au lieu de marcher, je bougeais les pieds d'un centimètre ou deux. C'était une promenade. Au lieu de sauter et de danser, deux choses que j'adorais faire, je serrais et je desserrais les poings. Parfois, je me mordais la joue pour sentir le goût du sang et je faisais comme si c'était de la nourriture.

« Quand je faisais du bruit ou que je donnais des coups de pied contre les bords de la boîte, il faisait couler de l'eau bouillante par les trous. Je ne pouvais rien voir, mais je savais que les brûlures étaient graves parce que je sentais ma peau qui se décollait. Un peu comme celle d'un serpent. Ça faisait très mal, ça sentait mauvais et j'avais envie de mourir.

« Un jour, la musique s'est arrêtée. Au-dessus de ma tête, il y a eu une explosion de lumière. C'était tellement brillant que j'ai dû fermer les yeux. J'étais restée trop longtemps dans l'obscurité. Je l'ai entendu dire : “Viens, on va te laver.”

« Il m'a sortie de la boîte. Moi, je pleurais parce que je croyais qu'il allait encore me verser de l'eau bouillante dessus, mais c'était l'eau du robinet et elle était fraîche. Je crois bien que j'étais debout dans le lavabo. Après, il a mis quelque chose pour apaiser mes brûlures et il les a recouvertes avec un pansement. “J'ai installé des planches de bois sur les fenêtres pour toi, il m'a dit. Il fait assez sombre, maintenant, donc tu peux essayer d'ouvrir les yeux.”

« C'est ce que j'ai fait. Tout doucement, d'abord une paupière, puis l'autre. La maison était immense et effectivement, elle était plongée dans le noir. Autour de moi, tout tremblait. J'avais passé tellement de temps dans cette boîte que mes yeux avaient oublié comment estimer les distances.

« Il m'a donné un sandwich avec du jambon, du fromage et de la tomate. C'était la première fois depuis des semaines que je mangeais un légume, et mon corps me remerciait. Avant, dans mon ancienne vie, j'avais la mauvaise habitude de laisser mes tomates sur le bord de l'assiette. Quand j'y repense, ça me fait rire. Pendant que je mangeais, il a nettoyé la boîte et y a installé des couvertures propres. J'ai frissonné. Je voulais hurler. Parce que ça voulait dire qu'il avait l'intention de me remettre dedans. À la seconde où j'ai terminé mon sandwich, il a rallumé la musique. Cette chanteuse. Qu'est-ce que je peux la détester !

« “Allez, rentre là-dedans ! il m’a dit, et j’ai secoué la tête. Mais si, tu vas voir, je t’ai installé un nid douillet. Dépêche-toi.” Comme je refusais toujours d’obéir, il a ouvert une grosse bouteille et a versé le contenu au fond de la boîte. L’odeur âcre m’a brûlé la gorge. “Tu as gagné, les couvertures sont toutes mouillées, maintenant, il a grondé. Tu parles d’une perte de temps.” Et il m’a soulevée, m’a remise dans le coffre et a refermé le couvercle. Je n’oublierai jamais le bruit du cadenas, juste à côté de mon oreille. *Snik*, comme une lame tranchant une pomme.

« Le fond du congélateur était baigné de vinaigre. C’était comme du feu sur mes brûlures. Les vapeurs m’étouffaient et me piquaient les yeux. Et comme si ça ne suffisait pas, il a versé de l’eau bouillante par les trous d’aération. Et là, ça a été l’enfer : on aurait dit que l’air s’était transformé en acide. “Quand la musique démarre, tu rentres là-dedans et tu te tais, il m’a dit. Je ne veux pas d’histoires. Pas de jérémiades. Et tant que le disque tourne, tu restes dans ta boîte et tu te tiens tranquille.”

« Je ne sais pas combien de fois cette scène s’est reproduite. Il faut croire que je ne suis pas quelqu’un qui apprend vite. Au bout d’un moment, ce n’est pas tant que j’ai fini par céder. C’est plutôt que mon corps s’est mis à lui obéir. Aujourd’hui, je suis incapable de sortir de ma boîte si j’entends la musique. Même si la maison était en flammes, je resterais immobile dans mon congélateur.

« Je suis plus résistante que les autres, c’est pour ça que j’ai tenu plus longtemps, dit Lauren d’un ton où on perçoit de la fierté. Ted dit que c’est à cause de mes “problèmes psychologiques”. Mais survivre ne suffit pas. J’ai envie de vivre. J’ai l’intention de m’échapper, et toi, tu vas m’aider à le faire. »

Mon cerveau titube après tout ce qu’elle vient de me révéler. J’essaie de me concentrer.

Bien sûr que je vais t’aider, je réponds. *On va te sortir de là.*

« En tout cas, on va essayer », répond-elle d’un ton las.

Sa voix est si adulte que ça rend toute cette situation très réelle. Tant d’horreurs… J’en ai la queue qui frémit.

Dans la chambre, à l’étage, Ted pousse un grognement. Il doit avoir très mal à la tête. Il se retourne dans son lit et le sommier grince. Puis ses pieds se posent par terre avec un bruit mat. Je l’entends se traîner jusqu’à la salle de bains. L’eau se met à couler dans la douche.

« Olivia, m’appelle-t-il d’une voix pâteuse. Chaton ? »

Le volume de la musique gagne en intensité.

« Il faut que tu montes, me dit Lauren. Que tu agisses normalement. »

J’entends un tout petit bruit qui ressemble à un sanglot et devine que Lauren fait tout pour étouffer ses pleurs.

Je grimpe l’escalier et pénètre dans la salle de bains, où je suis accueillie par un nuage de vapeur et par le bruit de l’eau sur le carrelage. Je sais qu’il y a des chats qui n’aiment pas l’eau ; moi, j’ai toujours adoré cet endroit. Les odeurs étranges, les tourbillons de vapeur, les gouttes tièdes qui s’échappent du robinet et qui ont un goût si particulier.

Ted se tient debout sous le pommeau de douche – ses cheveux aplatis et luisants m’évoquent la fourrure d’un phoque. L'eau s'abat sur sa tête comme une pluie de fléchettes métalliques, et j'arrive presque à voir l'ébriété qui s'échappe de lui par vagues pour se mêler à la vapeur. Comme toujours, il porte un maillot de corps et un bas de sous-vêtement sous lesquels on devine les reliefs que forment ses cicatrices – Ted a toujours refusé d'exposer son corps à la lumière. Ce tissu mouillé ressemble à une deuxième peau translucide qui ne serait pas à la bonne taille.

Je cherche un signe, une indication qu'un énorme changement s'est opéré entre nous, mais son comportement est le même que d'habitude, quand il retourne dans le passé et qu'il y reste coincé.

« Teddy est allé au lac avec maman et papa, dit-il d'une petite voix lointaine, le front appuyé contre le mur carrelé. Et le Coca était tout froid dans le verre. Les glaçons faisaient de la musique contre la paroi du verre. Et papa a dit : "Bois tout, Teddy, c'est bon pour ce que t'as." »

Il coupe l'eau en poussant une espèce de grognement de frustration, puis il se dirige vers la chambre. Je lui emboîte le pas et je prends le temps de l'observer attentivement, comme si c'était la première fois que je le rencontrais. Peut-être que c'est le cas, d'ailleurs. Il penche la tête et son dos remue. Je crois qu'il pleure.

Je sais que c'est mon travail de ronronner, de lui tourner autour et de lui donner de petits coups de tête jusqu'à ce qu'il rie, mais les murs semblent vibrer et se dérober. Des choses négatives s'engouffrent dans mon esprit et partout ailleurs. La haine que j'éprouve à son égard est si forte que je ne peux m'empêcher de m'arquer en gonflant ma fourrure. Si seulement ce cordon avait pu me lier à quelqu'un d'autre. N'importe qui d'autre.

Pourquoi est-ce que tu fais ça à Lauren ? je lui lance, et je me demande s'il va répondre.

Mais il n'y a pas de bonne réponse, et je n'ose pas imaginer quelles sont les mauvaises. Je dois me comporter normalement. Essayer, en tout cas. Je ronronne et je donne un coup de tête dans sa main. Tous les endroits où nos corps se touchent sont glacés. Il monte le volume de la musique.

C'est donc pour ça que le Seigneur m'a demandé de rester, le jour où j'ai failli m'échapper. Je pensais que c'était pour aider Ted, mais en fait, c'était pour Lauren.

Ted

Je suis un peu fou, aujourd'hui. Cette nuit, les garçons verts ont fait la foire, au grenier. Alors ce n'est pas surprenant que je me sois un peu absenté, ce matin. Le stress.

Quand je suis revenu, je savais où j'étais avant même d'ouvrir les yeux. L'odeur de la rue et de la forêt, le parfum du bitume, la puanteur des détritus. C'était le jour des poubelles. Et donc comme je m'y attendais, lorsque mes paupières se sont soulevées, je me tenais devant la maison jaune aux liserés verts. Les volets étaient fermés, et il semblait émaner de la bâtisse un grand vide qui résonnait dans la rue et dans le monde entier.

Peut-être que la dame au chihuahua est morte. Peut-être que c'est son fantôme qui n'arrête pas de me ramener devant sa maison. J'essaie d'imaginer la scène. Mes yeux blancs et vides, et sa main d'un gris transparent qui attrape la mienne pour me tirer jusqu'au trottoir devant chez elle. Et qui recommence et qui recommence, jusqu'à ce que je me rende compte… Mais que je me rende compte de quoi ?

La seule solution, c'est d'abord de régler le problème avec Lauren. Il faut donc que je pose la grande question à l'homme-scarabée. J'essaie d'amener les choses prudemment, mais c'est vraiment compliqué. Je dois comprendre ce qu'est Lauren. Ce qu'ils sont tous, en fait.

À côté de ça, j'ai pris une décision. Je ne peux pas continuer à mettre ma vie entre parenthèses pour ma fille et pour mon chat. Il faut aussi que je fasse quelque chose pour moi, à l'occasion, sinon je serai malheureux, et un père malheureux est un mauvais père.

Alors demain, j'ai rendez-vous avec une femme. J'ai tellement hâte !

Olivia

Je suis obligée d'attendre trois jours avant de pouvoir lui parler à nouveau, la faute à Ted qui passe son temps à la maison, à boire et à fredonner des chansons tristes en chœur avec la musique. Chaque fois que j'essaie d'appeler Lauren à travers la porte du congélateur, elle ne me répond pas.

Le troisième soir, enfin, Ted sort en sifflotant, vêtu d'une chemise propre. La porte se referme derrière lui et les trois verrous se remettent en place. Où peut-il bien aller ?

Je compte jusqu'à cent pour lui laisser le temps de s'éloigner ou de revenir chercher son portefeuille ou quelque chose qu'il aurait oublié. La femme du tourne-disque chante une complainte sur sa ville natale. Je cours à la cuisine et me mets à griffer le congélateur. *Ça va ?* je demande en ronronnant d'inquiétude. *Est-ce que tu es là ?*

« Oui, je suis là, répond-elle d'une voix à peine audible derrière la musique. Tu es sûre qu'il est parti ? »

Certaine. Il avait une chemise propre. Ça veut dire qu'il a un rendez-vous.

« Qu'il est parti à la chasse, oui », dit Lauren.

Elle déteste quand Ted a rendez-vous ; maintenant, je comprends pourquoi.

Bon, je commence en faisant les cent pas. *Passons en revue les différentes options. Est-ce que tu peux appeler à l'aide ?*

« Je le fais tout le temps. Enfin, je le faisais tout le temps, mais personne n'est jamais venu. Les parois sont trop épaisses, ça étouffe les sons. Toi, tu as des oreilles de chat, c'est pour ça. Pourtant, j'avais fini par croire que toi non plus, tu ne m'entendrais jamais. »

Hum, je fais. *Tu as raison. Oublions cette idée.*

« Quelle est la prochaine option sur la liste ? » demande Lauren, et je me sens soudain très mal, parce que je n'en avais envisagé aucune autre.

Ma liste s'arrête là, je bredouille.

« Ce n'est pas ta faute, me dit Lauren d'un ton qui se veut rassurant, mais qui, allez savoir pourquoi, me provoque une douleur aiguë au niveau de la queue. Il y a des jours où ce n'est pas si désagréable, elle ajoute. J'aime bien me promener dans la maison avec mon vélo rose. Et puis, il y a la télé. Et Ted qui me nourrit quand il n'est pas en colère contre moi. Parfois, s'il est là pour me surveiller, il m'autorise même à aller sur Internet. »

La douleur dans ma gorge et dans ma queue est plus coriace qu'une boule de poils. Qu'est-ce que je peux faire ? Je miaule de désespoir. J'ai toujours été très heureuse d'être une chatte, mais maintenant je ne sais plus.

Si j'avais des mains, je pourrais te sortir de là...

« Et si j'avais encore mes pieds, je pourrais me débrouiller toute seule. Mais tu peux m'aider, Olivia. Il y a une chose que tu peux faire pour moi. »

Tout ce que tu voudras.

« Force-le à baisser la musique, murmure Lauren. C'est tout ce que je te demande. Tant qu'elle sera là, je ne pourrai rien faire : il s'en est assuré il y a longtemps. C'est compris ? Il faut que la musique soit éteinte, ou que le volume soit à peine audible. »

D'accord, et ensuite ? je demande en regardant les poids et les contrepoids en plomb empilés sur le couvercle comme les ruines d'un château.

« Ensuite, tu me libéreras, Olivia. Tu n'auras qu'à faire ce que tu fais avec la bible. »

Ce serait bien d'enregistrer tout ça au cas où il m'arrive quelque chose. Mais je n'ose pas.

Ted regarde à la télévision des voitures qui dérapent dans la boue en rugissant, et le niveau de sa bouteille de bourbon descend de manière régulière. Il a laissé le tourne-disque allumé. Sous le bruit des moteurs, j'entends un banjo et la chanteuse qui parle d'amour et de bars. Ted est en train de sombrer. L'alcool et la fatigue l'enserrent dans leurs bras et le tirent vers le bas.

Je pousse un petit *prrp* et m'approche de lui. Mais au dernier moment, je m'arrête et je m'arque, la queue gonflée. J'attends l'accord de banjo suivant pour cracher.

« Qu'est-ce qui t'arrive ? » me demande-t-il en tendant la main vers moi.

Le banjo résonne à nouveau, et je cours me réfugier sous le canapé.

« Mais que tu es bête », commente-t-il, et il avance à la chanson suivante, une mélodie très triste.

Je me mets aussitôt à pleurer en chœur avec la chanteuse, aussi fort que possible.

« Décidément, tu es vraiment stupide, ma pauvre petite chatte », dit Ted.

Quand le banjo retentit, je crache de toute la force de mes poumons.

« Encore ? » s'exclame Ted.

Il baisse le volume du tourne-disque, de sorte que le piano et la femme ne sont plus que deux fantômes qui murmurent dans le salon. Je crache à nouveau, moins fort. Et je refuse toujours de sortir de sous le canapé.

« Dis donc, Olivia, tu me prends pour ton serviteur, c'est ça ? »

Malgré ses protestations, il baisse encore le volume. Consciente que je ne peux pas en espérer plus, je finis par sortir de ma cachette.

« Oh ! s'exclame Ted. Je vois que mademoiselle a enfin décidé de nous honorer de sa présence ! »

Très lentement, je me mets à faire toutes les choses qu'il aime, dans l'ordre qu'il préfère. Je tourne autour de ses chevilles en faisant des huit et en ronronnant. Lorsqu'il se penche pour me chatouiller les oreilles, je me redresse pour frotter ma truffe contre son visage. L'espace d'un instant, je me demande s'il ne va pas attraper ma tête et la faire tourner jusqu'à ce que ma nuque se brise.

« Alors, mon chaton », murmure-t-il.

La gentillesse qui émane de sa voix provoque un frisson étrange qui part de ma queue et remonte dans tout mon corps. Je connais Ted comme je connais ma belle fourrure soyeuse. Comme je connais Nocturne. Je croyais qu'il m'avait sauvée et que nous faisions presque partie l'un de l'autre. Cette pensée me provoque un haut-le-cœur.

« Qu'est-ce qui se passe ? Tu as avalé un os de travers ? Viens là, que je regarde. »

Il me prend sur ses genoux et m'écarte délicatement les mâchoires.

« Non, on dirait que tout va bien, chaton. »

Je ronronne et malaxe ses cuisses avec mes pattes, pendant qu'il me caresse le dos.

« Je m'absente trop, depuis quelque temps, dit-il. Du coup, on ne se voit presque plus. Mais je te promets qu'à compter d'aujourd'hui, je vais revenir à la maison plus souvent. »

Je continue à ronronner.

« Tu veux que j'éteigne la télé ? » me demande-t-il.

Je ronronne plus fort. *On va s'enfuir et tu ne nous reverras jamais*, je m'apprête à lui lancer, avant de me raviser. Et si, comme Lauren, il comprenait le chat ? Et s'il savait ce que je disais depuis le début ? Quelle idée terrifiante.

« Par contre, je vais remonter le volume de la musique », marmonne-t-il d'une voix endormie, et je m'empresse de lui caresser le menton avec ma queue.

Je sais exactement quoi faire pour l'apaiser. Comme prévu, ses yeux se ferment, sa respiration devient lente et régulière, et son menton vient se coller contre sa poitrine. Je le regarde quelques instants en cherchant un moyen d'éprouver une émotion. J'imagine que s'il est comme ça, c'est la faute de quelqu'un ou de quelque chose. Mais ça n'a plus d'importance, à présent.

Il a l'air tellement plus jeune quand il dort.

J'ai réussi, je dis à Lauren. *Il s'est endormi.*

« Tu en es sûre ? demande-t-elle. Il n'y a aucun risque ? »

Je tends l'oreille. Dans l'autre pièce, la respiration de Ted est lourde et régulière. Je pense que c'est maintenant ou jamais. *OOooooiiioooo.* Le gémissement est de retour. On dirait qu'il y a un frelon coincé dans ma boîte crânienne. J'ai beau secouer la tête et me frotter les oreilles, je n'arrive pas à le faire sortir.

Non, c'est bon, je réponds à Lauren.

J'espère que j'ai raison.

« Tu vois l'endroit où le haut du congélateur est tout proche du plan de travail ? » me demande-t-elle.

Oui.

« Commence par retirer le poids qui se trouve au sommet de la pile. Ça fera du bruit, mais pas trop. Surtout, ne le laisse pas tomber par terre. Ensuite, tu n'auras qu'à le pousser jusque sur le plan de travail. C'est compris ? »

Je hoche la tête, avant de me rappeler qu'elle ne peut pas me voir.

C'est compris, je réponds.

Le premier poids tombe sur le couvercle avec un bruit métallique. Il est petit et ne demande qu'à rouler, mais je pose la patte dessus et le pousse jusqu'au plan de travail, avant de passer au poids suivant. Celui-là est lourd. Je le pousse, mais j'y mets trop de force et il glisse du congélateur pour s'écraser sur le sol de la cuisine dans un fracas de fin du monde. Lauren et moi retenons notre souffle. J'écoute, ce qui n'est pas évident avec le grincement continu dans mes oreilles, et je finis par percevoir des ronflements dans la pièce d'à côté. Je soupire de soulagement.

Il dort encore.

Lauren laisse passer quelques secondes, puis elle me dit :

« Évite de les faire tomber, Olivia. »

Promis, je réponds.

Après ça, je fais très très attention. Le dernier poids (celui qui était tout en bas de la pile) est tellement lourd que ça me fait mal aux pattes de le pousser. Je progresse centimètre par centimètre en grimaçant de douleur, mais finalement, je parviens à le faire glisser lui aussi vers le plan de travail, où il rejoint les autres.

C'est bon, je les ai tous retirés.

« Parfait. J'arrive. »

Je ferme les yeux et laisse échapper un petit ronronnement de tristesse. Je ne sais pas pourquoi, mais j'ai peur. À quoi ressemblera-t-elle ?

Tu sais, Lauren, je dis, les yeux toujours fermés. *Je crois que je ne t'ai jamais vue en vrai. C'est bizarre, non ? J'imagine que c'est parce qu'on s'est toujours relayées là-dehors.*

Pas de réponse.

J'entends le couvercle du congélateur se soulever. Lentement, difficilement, comme si la main qui le poussait était fragile et tremblante. Puis le couvercle cogne le mur. Il y a un bruit humide, un soupir. La puanteur de la misère et de la terreur me parvient par vagues. J'imagine de petites mains blanches avec des ongles comme des griffes et une peau zébrée de cicatrices, et ça me donne envie de me rouler en boule.

Allons, stupide chatte, je me rabroue sévèrement. *Ne rends pas les choses plus dures qu'elles ne le sont déjà pour cette pauvre enfant.*

J'ouvre les yeux. Le congélateur est ouvert, une tombe noire. Je me perche sur mes pattes arrière et sonde ses profondeurs. Il est vide.

Oooooooiiiiii, fait le gémissement.

Où es-tu ? je murmure.

Il y a quelque chose qui ne va pas du tout. Le gémissement dans ma tête s'est transformé en hurlement, et je ne peux pas m'empêcher de me lacérer le visage avec mes griffes. J'ai envie de me jeter la tête la première contre un mur pour que ça s'arrête.

« Eh, Olivia ? » me murmure Lauren à l'oreille.

Le hurlement s'intensifie. Derrière, j'entends ma respiration, ainsi que mon cœur, qui fait un bruit de hache sur un billot.

« Olivia, répète Lauren. Ne panique pas, d'accord ? »

Mais qu'est-ce que... ? Je suis en train de devenir folle... Pourquoi tu n'es pas dans le congélateur ?

« Parce que je n'y ai jamais été. »

Je ne sais pas comment c'est possible, mais je perçois sa présence. Sa silhouette. À moins que ce ne soit son odeur que je sens. Ou peut-être qu'il n'y a pas encore de mot pour décrire le sens que j'utilise. Ce qui est sûr, c'est que je suis à deux doigts de sombrer dans la folie.

Lauren ? Où es-tu ? Qu'est-ce qui se passe, bon D... ? Pourquoi est-ce que je ne te vois pas ? J'ai l'impression – et je sais bien que c'est impossible –, j'ai l'impression... que tu es à l'intérieur de moi.

« C'est l'inverse, Olivia, me répond-elle. C'est toi qui es à l'intérieur de moi. »

Et soudain, il se passe quelque chose d'horrible. Mon corps se met à trembler, à se transformer. À la place de mes jolies pattes, j'ai l'impression l'espace d'un instant de voir des étoiles de mer rosâtres. Mon beau manteau de fourrure a disparu, mes yeux sont désormais minuscules et incapables de voir correctement…

Qu'est-ce que... ? je murmure. *Mais que... ? Non ! Ce n'est pas possible. Laisse-moi tout de suite retourner dans ma jolie caisse...*

« Mais regarde-la, cette chose que tu appelles ta caisse. La vérité est là, sous ton nez. Tu dois simplement accepter de la regarder en face. »

Je regarde le congélateur coffre et son couvercle criblé de trous reposant contre le mur.

« Je t'ai laissé un message, me dit Lauren. Tu en connais beaucoup, toi, des chats qui savent lire ? Des chats qui savent parler ? »

Le gémissement reprend de plus belle. *Oooooooiiioooo.*

C'est dans ma tête, je gronde. *Si seulement cette saleté de bruit pouvait s'arrêter, que je réfléchisse...*

« L'une d'entre nous est imaginaire, poursuit Lauren. Et ce n'est pas moi. »

Va-t'en ! Tais-toi ! Arrête ce bruit !

« Olivia. Regarde ce que tu es en train de faire. »

Ma patte est tendue, griffes sorties, et je gratte la paroi du congélateur, ce qui produit une espèce de hurlement d'agonie. *Iiiiiiioooоiiiii*, font mes griffes contre le panneau en métal. C'est donc moi qui étais à l'origine du bruit depuis le début ? Comment est-ce possible ?

« Ça fait tellement longtemps que j'essaie d'attirer ton attention », souffle Lauren.

Le gémissement gagne encore en intensité. Le monde semble clignoter. À la place de ma patte, il y a désormais une main, et à la place de mes griffes de longs ongles sales qui grattent, et qui grattent… *iiiiiiooooiiiiii*. Des griffes contre du métal. *Des ongles contre du métal*, rectifie une voix, et je me mets à cracher et à crier, mais aucun son ne parvient à s'élever au-dessus du grincement, lequel continue à s'intensifier jusqu'à devenir une entité physique, un mur à l'intérieur de moi qui finit par se fissurer dans un craquement terrible.

Quand je reviens à moi, Lauren est en train de me caresser le dos. Mais, une fois encore, j'ai l'impression étrange qu'elle le fait depuis l'intérieur. Je me mets à pleurer, un petit miaulement pitoyable de chaton.

« Chut, me dit-elle. Essaie de ne pas faire de bruit, si tu peux. »

Laisse-moi tranquille, je lui réponds, et je me roule en boule, mais c'est comme si elle m'enveloppait tout entière.

« Je ne peux pas faire ça, reprend-elle en me caressant à nouveau. Tu ne comprends pas, hein ? La première fois que j'ai essayé de m'enfuir, il m'a pris mes pieds. Il les a coincés entre deux planches et les a fracassés avec un marteau. La deuxième fois, c'est là que tu es sortie de mon esprit.

« J'avais presque réussi à atteindre la porte quand il m'a attrapée par les cheveux. Je savais que je préférais mourir que retourner dans ce congélateur, alors j'ai demandé à mon cerveau d'en finir. Et là, il s'est passé quelque chose de très étrange : je me suis absentée. Je ne sais pas comment. C'est comme si mon esprit était une grotte profonde dans laquelle on m'attirait. Toi, tu es sortie du néant et tu t'es dirigée vers l'entrée de la grotte. Je te voyais, je sentais ce que tu faisais, j'entendais ce qu'il te disait, mais c'était comme regarder la télé. Ce n'était plus moi qui étais dans notre corps, mais toi. Tu t'es assise sur ses genoux en ronronnant et tu as réussi à le calmer. L'obscurité t'a créée pour me sauver. »

Non. Je me souviens très bien de ma naissance et ça n'avait rien à voir.

« Je connais cette histoire, dit Lauren. Je vois tes souvenirs, ou plutôt ce que tu penses être tes souvenirs. Tu étais dans un fossé avec ta Mamanchat… »

Exactement, je réponds, soulagée d'entendre quelque chose qui m'est familier.

« Sauf que ça n'a jamais eu lieu. L'esprit est très malin : quand la vie devient trop difficile, il est capable d'inventer quelque chose d'acceptable. Si un homme qui te maintient prisonnière t'appelle "chaton", eh bien il est possible que ton esprit te dise que tu es vraiment un chaton. Qu'il t'invente une histoire de sauvetage par une nuit d'orage. Mais tu n'es pas née dans la forêt, Olivia. Tu es née à l'intérieur de moi. »

C'était forcément réel, j'insiste. *Mes petites sœurs mortes, la pluie…*

« C'était réel par certains côtés. Il y a effectivement des chatons dans la forêt. C'est Ted qui les y a enterrés. »

Je pense à ses chaussures pleines de boue, quand il revient de la forêt, certains soirs. L'odeur d'os sur lui. J'ouvre la bouche en grand, mais je n'arrive plus à respirer. La vérité pèse lourd. Elle laisse des traces dans votre esprit. Lauren me caresse le dos et me murmure des choses rassurantes jusqu'à ce que le sang cesse d'affluer à mes oreilles.

Pourquoi tu as fait semblant d'être dans le congélateur ?

« Je savais que tu ne me croirais pas. Il fallait que je trouve un moyen de te prouver qu'on est une seule et même personne. »

Oh, je fais. *C'est donc moi, ton « problème psychologique ».*

« Il ne faut pas que tu t'en veuilles, dit Lauren. Les choses se sont arrangées après ton arrivée. Ted a commencé à nous laisser sortir plus souvent, à nous nourrir correctement. Tu l'as apaisé. Tu es son animal de compagnie et tu aimes le congélateur. Tu t'y sens en sécurité. Et plus tu rendais Ted heureux, plus il se montrait gentil avec nous. Depuis que tu es là, il n'y a plus eu d'eau bouillante et de vinaigre. Maintenant, quand il m'envoie me coucher, c'est toi qui prends ma place. »

C'est ma faute si on est encore ici... Je prends soin de lui, je le laisse nous caresser...

« Tu as fait en sorte qu'on survive, me dit Lauren, et une chaleur douce envahit soudain mon esprit. Je te fais un câlin, est-ce que tu le sens ? »

Oui, je réponds.

J'ai effectivement l'impression d'être enveloppée par deux bras aimants. Nous restons assises comme ça quelque temps, serrées l'une contre l'autre.

Dans le salon, Ted pousse un grognement.

« Il arrive. Il faut que je file, mais j'essaie de revenir très vite, dit Lauren en posant la main sur moi pour me rassurer. Tu as ouvert la porte entre nous, Olivia. Maintenant, les choses vont changer. »

Et sur ces mots, elle disparaît.

Avant, je passais mon temps à espérer que Ted rentre à la maison. Maintenant, c'est l'inverse : il n'y a rien que je désire plus que de le voir partir.

C'est très bizarre, parce que même si la situation est horrible, j'aime quand Lauren est là. C'est agréable de passer du temps avec elle. On discute, on joue, on se serre l'une contre l'autre sans rien dire. C'est comme si j'avais retrouvé une des petites sœurs de ma portée. Et d'une certaine manière, c'est ce qu'elle est. Je sens ses caresses et ses étreintes, même si c'est juste dans notre esprit. La musique l'empêche d'utiliser son corps. Elle m'a expliqué d'un ton très détaché que c'était comme être ligotée sans être bâillonnée, et ça m'a fait frissonner parce que c'était la voix de quelqu'un de très jeune et que personne ne devrait éprouver ces choses-là.

Ce soir, nous sommes serrées l'une contre l'autre sur le canapé. Dehors, les arbres étendent leurs longs doigts à la lueur de la lune. Le cordon, d'un noir soyeux, est presque invisible dans l'obscurité. À l'étage, Ted dort d'un sommeil de plomb, assommé par l'alcool.

« Si j'avais encore mes pieds, on pourrait s'enfuir, me chuchote Lauren. Courir. »

Tu me vois ? je lui demande. *Parce que moi, je ne te vois pas et j'aimerais bien savoir à quoi tu ressembles.*

Ted s'est assuré qu'il ne reste aucune surface réfléchissante dans la maison.

« Crois-moi, ça vaut mieux comme ça, me répond Lauren. Notre corps a trop souffert. Mais je sens la chaleur que tu dégages. C'est comme s'il y avait quelqu'un d'assis à côté de moi, c'cst très agréable. »

J'essaie de ne pas penser à mon corps, au corps de Lauren, qu'elle prétend que nous partageons. Je ne la crois qu'à moitié parce que je sens ma fourrure, mes moustaches et ma queue. Comment cela pourrait-il ne pas être réel ?

Tu sais, il y a encore quelqu'un d'autre, je lui confie. *Nous sommes trois, en tout. Il s'appelle Nocturne.*

« Je pense que nous sommes plus que trois. Parfois, je les entends quand je suis tout au fond. Mais j'essaie de ne pas écouter. Je n'aime pas quand les petits pleurent. »

Quand tu es tout au fond ?

« Il y a plusieurs niveaux. Il va falloir que je te montre tout ça. »

La plume noire de la peur me caresse le dos, et je ronronne nerveusement pour que ça s'arrête.

« Olivia, tu ne crois pas qu'il aurait mieux valu qu'aucune de nous ne soit née ? » me demande soudain Lauren d'une voix étranglée.

Non, je m'empresse de répondre. *Je crois que nous avons de la chance d'être nées. Et que nous avons encore plus de chance d'être en vie, même si je ne sais plus ce que naître et vivre signifient. Que suis-je ? J'ai le sentiment que tout ce que je savais est faux. Une fois, j'ai cru voir le Seigneur. Il m'a parlé. Est-ce que c'est vraiment arrivé ?*

« Il n'y a aucun dieu à part les dieux de Ted. Ceux qu'il fabrique dans la forêt. »

La plume froide continue à parcourir mon dos, descendant jusqu'au bout de ma queue.

On ne le laissera pas nous transformer en dieu. On va sortir d'ici.

« C'est bien beau de le dire, lâche-t-elle du ton sec et cassant de l'ancienne Lauren, avant de se radoucir aussitôt. Qu'est-ce que tu feras quand on sera libres ? Moi, je mettrai une jupe et j'aurai toujours plein de barrettes roses dans les cheveux. Avec Ted, je n'ai jamais le droit. »

Je veux manger un vrai poisson.

Dans ma tête, en secret, je pense : *J'irai rejoindre la chatte tigrée que j'aime.*

Et ta famille ? je demande à Lauren. *Peut-être que tu pourrais la retrouver ?*

« Je ne veux pas qu'ils me voient comme ça, répond-elle après quelques secondes de réflexion. Il vaut mieux qu'ils continuent à me croire morte. »

Mais tu habiteras où, alors ?

« Ici, j'imagine, dit-elle avec détachement. Je réussirai à me débrouiller, sans Ted. Je crois que je préfère vivre seule. »

Tout le monde a besoin de compagnie, Lauren. Même moi, je le sais. Quelqu'un pour te caresser et pour te dire des choses gentilles, et parfois aussi pour se disputer avec toi.

« Je t'ai, toi. »

C'est vrai, je réponds, prise au dépourvu. *Je n'y avais pas pensé.*

Je me mets à la chatouiller avec ma queue, et elle rit. Heureusement que je suis d'un tempérament optimiste, parce qu'on risque d'en avoir besoin.

Lauren soupire, comme elle le fait chaque fois qu'elle s'apprête à dire quelque chose qui ne va pas me plaire.

« Quand le moment sera venu, il faudra que ce soit toi. Tu le sais, hein, Olivia ? Ce sera à toi de le faire. Moi, je ne peux pas me servir du corps. »

À moi de faire quoi ? je demande, même si j'ai très bien compris.

Elle ne répond pas.

Je ne veux pas, je proteste. *Je ne peux pas.*

« Il le faut. Sinon Ted nous mettra sous la terre comme les autres chatons. »

Je pense à toutes ces petites filles. Elles aussi, elles ont dû chanter des chansons, avoir des barrettes roses et jouer à des jeux. Elles ont eu des familles, des animaux de compagnie, des idées à elles. Certaines aimaient nager, ou détestaient ça. Il y avait celles qui avaient peur du noir ; celles qui pleuraient lorsqu'elles tombaient de vélo. Peut-être qu'elles étaient très fortes en maths, ou en dessin. Ensuite, ces petites filles auraient grandi. Elles auraient eu des métiers différents, quelques-unes n'auraient pas aimé les pommes, d'autres en auraient eu assez de leurs propres enfants, d'autres encore auraient fait de longs trajets en voiture, auraient lu des livres ou peint des tableaux. Plus tard, elles seraient mortes dans un accident, chez elles entourées de leur famille, abattues en plein désert dans une guerre lointaine. Mais rien de tout cela ne se produira. Ces petites filles ne sont même pas des histoires avec une fin. Ce sont juste de petites choses abandonnées sous la terre.

Je sais où il dissimule le grand couteau, je confie à Lauren. *Il pense être le seul à connaître la cachette, mais il se trompe.*

Elle me serre contre elle.

« Merci », murmure-t-elle, et je sens son souffle sur ma fourrure.

Soudain, l'idée d'attendre me paraît insupportable.

Ça suffit, je déclare. *Je vais le faire aujourd'hui.*

Je saute sur le plan de travail, me dresse sur mes pattes arrière et ouvre le placard. Non, c'est impossible…

Il n'est pas là, je chuchote.

Et pourtant, il y est forcément. Je me mets à fouiller l'intérieur poussiéreux, mais je dois me rendre à l'évidence : le couteau a disparu.

« Oh. »

Il y a tellement de déception dans ce « Oh ». Je ferais tout pour l'effacer.

« Ce n'est pas grave, Olivia. »

Je vais le retrouver. Je te le promets.

Lauren laisse échapper un petit son – je comprends qu'elle essaie de se retenir de pleurer. Pourtant, je sens ses larmes chaudes couler sur mes joues duveteuses.

Qu'est-ce que je peux faire ? je souffle. *Dis-moi, je suis prête à tout.*

« Tu n'y arriverais pas, répond-elle en reniflant. Il faudrait que tu te serves de nos mains. »

Je vais essayer, je chuchote, même si l'idée me révulse.

Le placard sous l'escalier est poussiéreux et sent l'odeur agréable de l'huile de moteur. Il y a des tapis miteux roulés dans un coin, une pile de vieux journaux, un morceau d'aspirateur, plusieurs boîtes de clous, un parasol de plage… Avec l'excitation, mes oreilles pivotent dans tous les sens, ma queue s'agite. J'adore ce genre d'endroits. Je me penche et renifle le délicieux filet d'huile noire qui court sur le sol.

« Concentre-toi, Olivia, m'ordonne Lauren. Je l'ai cachée sous ces vieux journaux. »

J'approche ma truffe de la pile branlante et perçois une odeur qui n'est pas celle du papier. Quelque chose de neutre. Du plastique.

« C'est une cassette audio, m'explique Lauren. Ramasse-la. Non, pas comme ça, utilise tes mains. N'oublie pas que ce ne sont pas des pattes, que tu as. »

J'entends la frustration dans sa voix.

« Tu vis dans mon corps. Tu es une fille, pas un chat. Il faut que tu t'en rendes compte une bonne fois pour toutes. »

J'essaie de sentir mes « mains », mais je n'y arrive pas. Je connais mon corps. Je sais que je me déplace gracieusement sur quatre pattes amorties par des coussinets. Je sais que selon mon humeur, ma queue est un fouet ou un point d'interrogation. Je sais que j'ai des yeux verts comme une olive, et que je suis belle…

« On n'a pas de temps à perdre, Olivia. Ramasse-la avec ta bouche. Ça, tu peux le faire, non ? »

Oui ! je m'exclame, et j'attrape délicatement la cassette dans ma gueule.

« Maintenant, direction la fente de la boîte aux lettres, d'accord ? »

D'accord.

En passant devant la porte du salon, je vois quelque chose qui m'interpelle et je m'arrête brièvement.

« Il y a un problème, Olivia ? »

Oui, je réponds. *Enfin... non.*

« Alors dépêche-toi ! »

Avec mon museau, je soulève le volet de la boîte aux lettres et suis aussitôt aveuglée par une lumière blanche. Le métal est lourd et froid contre ma truffe délicate. Le monde extérieur sent le givre du matin.

« Jette la cassette dans la rue, m'indique Lauren. Le plus loin possible. »

D'un mouvement brusque de la tête, je lance le petit objet en plastique. Je ne vois rien, mais j'entends le bruit qu'il fait en touchant le sol.

« Elle est tombée dans les buissons », murmure Lauren.

Je perçois le désarroi dans sa voix.

Je suis désolée, Lauren. Pardon.

« Elle était censée atterrir sur le trottoir, où quelqu'un aurait pu la trouver, se met-elle à sangloter. Mais maintenant, c'est fichu… Tu as tout gâché. »

Je m'en veux terriblement, Lauren. Je te jure que c'est vrai !

« Tu ne fais aucun effort. Tu ne veux pas qu'on sorte d'ici. J'ai bien compris que ça te plaisait, qu'on soit emprisonnées dans cette maison. »

Mais non ! je proteste. *Pas du tout, je veux t'aider ! Je n'ai pas fait exprès !*

« Il serait temps que tu prennes la situation au sérieux, Olivia, dit Lauren. Notre vie en dépend. Tu ne peux pas continuer à faire comme si tu n'avais pas de mains. Il faut que tu t'en serves… »

Je sais. Pour le couteau. Mais je vais m'exercer, et je te promets que j'y arriverai.

Je la pousse doucement avec mon museau et je frotte ma tête contre l'endroit où je sens la sienne, dans mon esprit.

Maintenant repose-toi, je lui dis. *Je vais monter la garde.*

Nous nous roulons en boule sur le tapis orange tout moelleux et je me mets à ronronner. Je sens Lauren contre moi, à l'intérieur de moi. Elle lâche un long soupir et descend lentement vers l'obscurité. Ma queue frétille d'inquiétude. À part la fois où elle a évoqué son désir de porter des barrettes, Lauren ne veut jamais parler de ce qu'elle fera quand on se sera échappées. J'ai le mauvais pressentiment que la liberté ne l'intéresse pas. Pis, qu'être en vie ne l'intéresse pas. Mais je vais l'aider. Je vais nous protéger.

Je ne lui en ai pas parlé parce que j'estime qu'elle a assez de soucis comme ça, mais tout à l'heure, il s'est passé quelque chose de vraiment très étrange. Alors que je me dirigeais vers la porte d'entrée, la cassette dans la gueule, j'ai jeté un œil vers le salon et je vous jure que, l'espace d'un instant, le tapis orange sur lequel je me trouve était devenu bleu.

Dee

Assise à la fenêtre, Dee scrute l'obscurité. Elle caresse tendrement la chatte tigrée et regrette de ne plus fumer. « Joli caillou », murmure-t-elle pour elle-même. La chatte aux pattes dégriffées redresse la tête et pose sur elle un regard perçant. Il est tard, aucune lumière ne filtre des fenêtres de Ted. Mais Dee craint le sommeil. Elle craint l'envol des oiseaux rouges et de l'horrible butin qu'ils tiennent dans leur bec. Ou alors ce sera l'autre rêve, celui où elle voit son père et sa mère qui marchent main dans la main dans le désert sous un ciel étoilé, et qui continuent à chercher leur fille cadette en appelant son nom. Dee n'arrive pas à mettre ses souvenirs de côté. Ils sont tous imbriqués les uns dans les autres. Un peu comme des poupées russes, songe-t-elle.

Ça devient de plus en plus difficile, toutes ces heures à attendre et à observer sans bouger. Parfois, elle voudrait crier. Parfois, elle voudrait attraper un pied-de-biche, forcer la porte de la maison voisine et en finir une bonne fois pour toutes. Et parfois, comme là, elle n'a qu'une envie : prendre le volant et conduire sans but. Pourquoi est-ce à elle qu'incombe cette tâche terrible ? Mais c'est ainsi. Elle le doit à Lulu. À Lulu et à tous les autres. Parce que Dee a lu les articles de journaux, elle a vu les entrefilets flous baignés par la lueur sale du lecteur de microfiches : plusieurs enfants ont disparu près de ce lac au fil des ans. Sept ou huit, au moins. Des enfants sans famille ou sans personne pour les aimer – c'est la raison pour laquelle ça n'a pas fait grand bruit. Ces disparitions commencent à remonter. D'ailleurs, il n'y en a plus eu depuis Lulu, et peut-être qu'il y a une très bonne raison à cela. Peut-être que le ravisseur a compris qu'en gardant un enfant chez lui, il n'avait plus à prendre le risque d'en enlever d'autres.

Le soleil se lève derrière les nuages laiteux qui recouvrent la forêt. Des touches de rose apparaissent dans le ciel, à l'est.

Soudain, Dee perçoit du mouvement au niveau de la porte d'entrée de Ted. Un objet rectangulaire jaillit de la fente de la boîte aux lettres, rebondit sur les marches du perron avec un craquement sec avant d'atterrir en silence au pied du rhododendron verdoyant qui borde le petit escalier. Le volet de la boîte aux lettres se soulève de nouveau avec un grincement à peine perceptible.

Tous les sens en alerte, Dee se précipite vers la porte. Les battements de son cœur résonnent si fort dans ses oreilles qu'elle n'entend rien d'autre. Elle se force à respirer calmement et, alors qu'elle s'apprête à actionner la poignée pour sortir, elle perçoit le *clac, clac, clac* des verrous du voisin.

Elle s'immobilise quelques instants, avant de regagner son poste d'observation. Ted apparaît sur le perron.

Son apparence est plus soignée que d'habitude. On dirait même qu'il a peigné sa barbe.

Il descend lentement les marches, tourne la tête vers la gauche et s'arrête. Au bout de quelques secondes, il se baisse pour ramasser quelque chose au milieu du buisson feuillu. Dee est dépitée. Trop tard. Ted a trouvé l'objet avant même que Dee ait pu découvrir de quoi il s'agissait.

Ted se redresse, une pomme de pin à la main. Il la retourne d'un côté puis de l'autre et l'examine attentivement à la lumière du matin. Après quoi il s'éloigne d'un pas tranquille vers la rue.

Dee laisse passer vingt minutes avant de sortir de chez elle pour s'approcher de la maison voisine. Elle a un plan et elle s'y tient. Elle commence par actionner la sonnette. Voyant que personne ne répond, elle soulève le volet de la boîte aux lettres et en approche son visage. Aussitôt, une odeur de poussière et de désespoir lui emplit les narines.

« Bonjour ! lance-t-elle vers les profondeurs de la maison. Bonjour ! C'est la voisine à la rescousse ! »

Il lui a fallu un certain temps pour trouver cette formulation : une phrase compréhensible pour une petite fille, tout en restant assez passe-partout pour ne pas éveiller les soupçons, au cas où quelqu'un d'autre écouterait.

Pour toute réponse, elle n'obtient que la respiration silencieuse de la maison.

Dee colle alors ses lèvres à l'ouverture et murmure : « Lulu ? »

Elle attend une minute, puis deux. Mais le silence ne fait que s'épaissir.

Et malheureusement pour elle, il fait désormais trop jour pour envisager une entrée par effraction. Derrière elle, un homme qui promène son chien passe sur le trottoir. Tôt ou tard, quelqu'un risque de se demander ce qu'elle fait sur le perron de Ted.

Alors elle sort sa lampe torche de sa poche, se met à quatre pattes et entreprend de fouiller dans le rhododendron, ignorant les toiles d'araignées qui s'accrochent à son visage telles des mains minuscules. L'adrénaline commence à faire effet. Elle se sent bien. Elle se sent vivante.

La cassette est presque invisible sous les feuilles mortes. Perché dessus, un scarabée curieux agite ses antennes. Dee le chasse d'une pichenette et enfouit le précieux objet dans son soutien-gorge avant de sortir du buisson à reculons. À présent que l'excitation est passée, elle a froid. Soudain, à sa droite, elle perçoit un mouvement – un corps long et fin qui semble ramper sous le tapis de feuilles. Dee étouffe un cri d'effroi. Elle se redresse et s'éloigne le plus rapidement possible, mais dans sa précipitation, elle se cogne le tibia contre le bord d'une des marches. Frénétiquement, elle se met à se frapper la tête à deux mains pour se débarrasser du fantôme couvert d'écailles qui s'accroche à ses cheveux. Puis elle s'élance, haletante, vers sa maison.

Ted

C'est enfin le jour de l'homme-scarabée. Cette fois, il va falloir que je prenne sur moi. Pour Lauren. La dernière fois, je n'aurais pas dû crier sur lui. J'ai vu la lumière s'allumer dans ses yeux.

Le trajet à pied est agréable. Il ne fait pas trop chaud et je caresse la pomme de pin dans ma poche. Je l'ai trouvée à côté de l'escalier du perron. J'adore les pommes de pin. Elles ont toutes une personnalité différente.

Je m'immobilise, la main sur la poignée de la porte. Dans son cabinet, l'homme-scarabée est en pleine conversation. C'est la première fois que je le vois ou que je l'entends avec un autre patient !

« Ras le bol des esprits étriqués, dit-il. Ras le bol de ces patelins paumés. »

Ça me fait bizarre. Je frappe pour qu'il sache que je suis là – j'ai beaucoup de respect pour l'intimité des gens. Il cesse de marmonner et lance :

« Entrez ! »

Les yeux tout ronds de l'homme-scarabée sont calmes derrière ses lunettes. Il n'y a personne d'autre que lui dans la pièce.

« Je suis content de vous voir, Ted, j'avais peur que vous ne veniez pas. Je remarque que vous avez de nouvelles griffures sur les mains et le visage.

— C'est ma chatte, elle traverse une période compliquée. »

Ses ongles sur mon visage, ses hurlements dès que je veux la mettre dans sa caisse…

« Bon, reprend l'homme-scarabée. Comment ça va, en ce moment ?

— Ça va. Les cachets me font du bien. Le problème, c'est que le flacon descend vite. Je me disais que vous pourriez peut-être me faire une ordonnance pour que je puisse me ravitailler à la pharmacie quand j'en ai besoin…

— On peut éventuellement envisager d'augmenter la dose, mais je préfère continuer à vous fournir moi-même votre traitement. En plus, si je vous faisais une ordonnance, vous seriez obligé d'acheter les médicaments à vos frais. Pas vraiment idéal, comme solution, qu'est-ce que vous en pensez ?

— J'imagine que non.

— Est-ce que vous tenez votre journal des ressentis ?

— Oui, oui. C'est très bien. Vos suggestions m'aident beaucoup.

— Le journal vous a-t-il permis d'identifier certains déclencheurs ?

— Ben… Je me fais pas mal de souci pour ma chatte.

— Votre chatte homosexuelle.

— Oui. Elle passe son temps à secouer la tête et à se gratter les oreilles, comme s'il y avait quelque chose de coincé à l'intérieur. Rien ne semble la soulager.

— Et ça vous fait vous sentir impuissant ?

— Oui. Je n'aime pas la voir souffrir.

— Est-ce qu'il y a quelque chose que vous pourriez faire ? L'emmener chez le vétérinaire, peut-être ?

— Oh, non, je m'empresse de répondre. Je ne crois pas qu'ils la comprendraient, à la clinique pour les animaux. C'est même sûr que non. C'est un genre de chat très particulier…

— Vous savez, tant qu'on n'essaie pas, on ne peut pas savoir, insiste l'homme-scarabée.

— En fait, je voulais surtout vous parler de quelque chose d'autre.

— Oui ? »

Il a l'air très intéressé et je m'en veux un peu. Ça fait tellement longtemps qu'il attend et je ne lui donne que des miettes.

« Vous vous souvenez de la série télé dont je vous ai parlé la dernière fois ? Celle avec la mère et sa fille ? »

Il acquiesce. Son stylo est immobile. Ses yeux sont deux billes bleues braquées sur moi.

« J'ai continué à regarder et ça devient de plus en plus compliqué, comme histoire. La fille en colère, vous savez, celle qui n'arrête pas d'essayer de tuer sa mère… Eh ben en fait, il se trouve qu'elle a une autre… une autre nature, en quelque sorte. »

L'homme-scarabée ne bouge pas. Ses yeux sont toujours fixés sur moi.

« Ce sont des choses qui peuvent arriver, déclare-t-il lentement. C'est rare… et ça ne ressemble pas à ce qu'on peut voir dans les films.

— Mais ce film n'était pas comme les autres.

— Je croyais que c'était une série télévisée ?

— Oui, c'est ce que je voulais dire, une série. Et donc dans cette série, parfois la fille est une enfant, et parfois… elle a l'air complètement différente.

— Comme si une autre personnalité prenait le contrôle ? suggère-t-il.

— Oui. Comme s'il y avait deux personnes différentes à l'intérieur d'elle. »

Deux espèces différentes, en l'occurrence, mais l'homme-scarabée en sait déjà assez.

« Je crois que vous faites référence à un trouble dissociatif de l'identité, ou TDI. »

Trouble dissociatif de l'identité. On dirait plus un problème avec une télé ou une chaîne hi-fi que quelque chose qui a un rapport avec Lauren.

L'homme-scarabée m'observe attentivement et je me rends compte que je suis en train de parler dans ma barbe. En train d'avoir un comportement étrange. Je plante mon regard dans le sien et je dis :

« C'est très intéressant.

— Avant, on appelait ça un "trouble de la personnalité multiple", m'explique l'homme-scarabée. TDI est le nouveau terme consacré, mais c'est quelque chose qu'aujourd'hui encore, nous ne comprenons pas très bien. J'en parle beaucoup dans mon livre. D'ailleurs, on peut dire que la thèse que je…

— Et qu'est-ce que vous savez sur ce trouble ? » je le coupe.

Je sais par expérience que si je le laisse faire, il va continuer à me parler de son livre jusqu'à la fin de la séance.

« Il y a de fortes chances que la fille dans votre série télé ait été victime de maltraitances physiques et psychologiques répétées. Pour remédier à cela, son esprit s'est fragmenté : il a créé une nouvelle personnalité afin de gérer le traumatisme. C'est très beau, je trouve. Et très astucieux, de la part d'une enfant. »

Il se penche vers moi, et ses yeux scintillent derrière ses lunettes.

« Est-ce que la série évoquait des maltraitances ? demande-t-il.

— Je ne sais pas. Peut-être que j'ai raté ce passage quand j'étais dans la cuisine en train de préparer du pop-corn. Mais bon, tout ça pour dire que la mère est un peu perdue face à cette situation. À sa place, qu'est-ce que vous feriez, vous, en tant que professionnel ?

— Il y a deux écoles de pensée sur le sujet. La première se fixe comme objectif d'atteindre un état appelé co-conscience. »

Il voit ma tête et ajoute :

« Le thérapeute essaie d'aider les personnalités alternatives, ou alters, à trouver un moyen de vivre en harmonie les unes avec les autres. »

Je me retiens d'éclater de rire. Jamais Lauren ne pourrait vivre en harmonie avec quelqu'un d'autre.

« Ça ne fonctionnerait pas, je lui dis. Dans la série, les deux personnages ne savent pas qu'ils partagent le même corps.

— Dans ce cas il faudrait que la fille trouve un moyen de mettre à profit son imagination plutôt que de rester à sa merci. Il faudrait qu'elle construise un endroit sécurisé à l'intérieur d'elle-même. Et quand je dis un endroit, je veux parler d'une structure réaliste. Beaucoup d'enfants utilisent des châteaux ou des grandes maisons. Mais ça peut aussi être une simple pièce ou une grange, du moment que c'est un espace assez grand pour recevoir tout le monde. Ensuite, elle pourra y inviter les différents alters, afin qu'ils apprennent à se connaître.

— Mais là, c'est deux personnes qui se détestent…

— Je peux vous recommander des ouvrages, si vous voulez mieux comprendre cette approche.

— Et l'autre école de pensée ?

— L'intégration. Les alters sont engloutis par la personnalité primaire. Et donc, ils disparaissent.

— Ils meurent ? »

Personnellement, je trouve que ça ressemble beaucoup à un meurtre. L'homme-scarabée m'étudie par-dessus ses lunettes.

« D'une certaine manière, oui, répond-il. C'est un processus thérapeutique très long, ça peut prendre des années. Certains praticiens estiment que c'est la meilleure solution. Je ne suis pas de cet avis. Faire fusionner des personnalités très évoluées en une seule me paraît difficile, pour ne pas dire extrêmement risqué. En effet, on peut considérer que ces alters sont des personnes à part entière, avec chacune une vie et des pensées qui leur sont propres. Faute d'une meilleure image, je dirais qu'elles ont une âme. Ce serait comme essayer de nous faire fusionner, vous et moi.

— Mais c'est faisable ?

— Ted, si vous connaissez une personne qui souffre de ce trouble, sachez qu'elle a besoin d'aide. De l'aide d'un professionnel. Comme moi, par exemple… »

Sa main gauche est posée sur sa cuisse, sa main droite sur la petite table à côté de lui, à deux centimètres de son téléphone portable. Je ramasse un stylo sur son bureau et me mets à jouer avec, tout en observant attentivement sa main droite. J'attends qu'il franchisse l'étape mentale suivante. Qu'il prenne son téléphone. J'espère qu'il ne le fera pas parce que, étrangement, j'ai commencé à m'attacher à l'homme-scarabée.

« Un casse-tête passionnant, dit-il d'un ton rêveur, et je comprends que ce n'est plus à moi qu'il parle. C'est d'ailleurs une des problématiques que je soulève dans mon livre. En quoi consiste le moi ? Vous savez, il existe une théorie philosophique selon laquelle les TDI détiendraient le secret de l'existence. D'après cette théorie, chaque être vivant, chaque objet, chaque pierre, chaque brin d'herbe a une âme, et toutes ces âmes assemblées forment une conscience collective unique, un univers sensible… En somme, nous serions tous des personnalités alternatives de Dieu. Belle idée, n'est-ce pas ?

— Très belle, je réponds en tâchant de me montrer le plus poli possible. Est-ce que vous pourriez me donner les noms de ces livres, s'il vous plaît ? Ceux sur l'intégration.

— Oui, bien sûr. »

Il arrache une page de son carnet et se met à écrire.

« Mais réfléchissez-y, Ted, me dit-il sans lever la tête de sa page. Je pense que ça aiderait beaucoup si je pouvais lui parler. »

Théories et idées préconçues se bousculent dans ses yeux qui scintillent. Moi, je tiens le stylo dans mon poing, comme un poignard.

S'il savait. Je pense aux nuits terribles avec Lauren, à la moiteur de ses mains qui s'accrochent à moi, à ses dents et ses ongles acérés qui laissent des marques dans ma chair. Je pense à maman.

Et puis, au bout d'un moment, je reviens au présent. Il y a un bruit, comme des souris qui courent dans les murs. La pointe du stylo est plantée profondément dans ma paume. Ce ne sont pas des souris, que j'entends, mais mon sang qui goutte sur le tapis clair. L'homme-scarabée me regarde fixement, le visage vide et pâle. Peu à peu, ses traits s'animent en une expression d'horreur. Mon propre visage n'affiche pas l'expression qu'on attend de quelqu'un qui a mal et désormais, il est trop tard pour faire croire que je ressens une douleur. J'ai fini par offrir à l'homme-scarabée un aperçu de ce que je suis vraiment. Délicatement, je tire sur le stylo. La pointe sort de ma paume avec un bruit de succion, comme une sucette entre deux lèvres serrées. J'attrape un Kleenex sur le bureau et éponge maladroitement la plaie.

« Merci », je dis à l'homme-scarabée en lui prenant le papier des mains.

Il essaie de résister, mais il ne peut s'empêcher de se ratatiner dans son fauteuil, et sa main essaie de s'éloigner le plus possible de la mienne. Un mouvement de recul que je connais bien – ma mère avait le même lorsqu'elle me touchait.

Je sors en titubant de son cabinet, claque la porte derrière moi et me retrouve dans la salle d'attente et son horrible odeur de prairie chimique. On ne peut pas dire que la séance se soit bien passée. Mais au moins, maintenant, je sais comment ça s'appelle. Je m'arrête pour noter le nom avant de l'oublier. « Trouble dissociatif de l'identité ». Derrière moi, j'entends la porte du cabinet de l'homme-scarabée qui s'ouvre à nouveau et je pars en courant, trébuchant au passage sur une des chaises en plastique bleu. Pourquoi n'y a-t-il jamais personne dans cette salle d'attente ? Ça n'a plus d'importance, à présent, je ne reviendrai pas.

Olivia

Je commence à me demander si Ted n'a pas jeté le couteau à la poubelle. À moins qu'il ne le garde sur lui, comme quand il part toute la nuit et revient en dégageant une odeur de terre et d'os.

Avec Lauren, on a envisagé d'autres approches, mais on a conclu qu'il fallait que ce soit avec le couteau, parce que ce serait le plus simple – il est vraiment très tranchant. Le corps de Lauren est trop faible. Il n'y a rien à manger dans la maison, que ce soit empoisonné ou comestible. Ted a retenu la leçon.

Je ne préfère pas en parler à Lauren, mais je crois que Ted manigance quelque chose. Aujourd'hui, il a rapporté de nouveaux livres, dont les titres me font mal aux moustaches – je crois qu'ils parlent de nous. Je m'efforce de masquer ces pensées, de les dissimuler à Lauren. Si j'arrive à les enfouir assez profondément, elle ne peut pas les entendre. Une fois de plus, je remercie le Seigneur de m'avoir amenée ici. Lauren a besoin de moi.

« Peut-être que je pourrais fabriquer un couteau, dit Lauren d'un ton dubitatif. Comme ils font en prison, à la télé. Si seulement il y avait à manger, ça m'aiderait à réfléchir. »

Je ressens sa faim. Elle s'ajoute à la mienne et creuse le trou dans notre estomac. Au plus profond de nous, Nocturne gronde et s'agite. Il veut sortir, mais je le force à rester à sa place. Lui aussi a faim.

Ce n'est pas à toi, je lui dis.

Il grommelle quelque chose. Il est encore trop loin pour que je perçoive distinctement ses paroles. C'est soit « Mon moment », soit « Non, non, non ». Impossible de savoir.

Avec Lauren, on fouille les tiroirs et les placards ; on ne trouve que de la poussière. Pour nous divertir, Lauren invente des chansons. Il y en a une, notamment, qui parle d'un cloporte et qui est très très réussie.

On est épuisées. Je me roule en boule sous le canapé. À côté de moi, le cordon – très fin aujourd'hui – forme un amas jaune pâle.

Même si on retrouve le couteau, je ne pourrai pas m'en servir contre Ted. En effet, malgré un premier résultat encourageant la fois où Lauren a fait tomber le mur entre nous, je n'arrive toujours pas à contrôler les mains, la tête et les bras comme un ted. Je me sens chat. Et puis, il y a autre chose. J'aimerais que ce ne soit pas le cas, mais, lorsque je pense à Ted, notre vieille attraction est toujours présente. L'amour ne meurt pas si facilement. Il se débat.

« Tu dois continuer à t'entraîner, Olivia », me dit Lauren.

Je suis fatiguée, je lui réponds, alors que dans ma tête, je songe : Il n'y a rien de plus horrible que s'entraîner, je déteste ça.

« Je t'ai entendue. Comment tu veux qu'on sorte d'ici si tu ne sais pas te servir du corps, espèce de chat débile ? »

Tu es vraiment grossière, parfois.

« Peut-être, mais au moins, moi, je ne reviens pas sur mes promesses. Tu avais promis d'essayer. »

Je feule de mécontentement. Je sais qu'elle a raison.

« Allez, on recommence, soupire-t-elle. Va te mettre en bas de l'escalier. Qu'est-ce que tu vois ? »

Je vois les marches, je réponds, hésitante. (J'ai toujours l'impression que mes réponses sont stupides.) *Je vois la moquette. La rampe qui monte. En haut, j'aperçois le palier. Et si je me retourne, je vois la porte d'entrée, le porte-parapluie, la porte de la cuisine et un tout petit bout du salon...*

« Très bien. On va appeler cet endroit "Nocturne", parce que lui ne voit que ce qu'il y a là, en bas. Si tu réfléchis, tu verras que j'ai raison. Je veux que tu l'imagines assis ici, au pied de l'escalier. Maintenant, on monte. »

Quand on arrive à l'avant-dernière marche avant le palier, Lauren me soulève.

« Et là, qu'est-ce que tu vois ? » me demande-t-elle.

La porte de la salle de bains, la chambre de Ted, la tienne, et aussi le puits de lumière...

« Bref, tout ce qu'il y a à l'étage, c'est ça ? »

C'est ça.

« Mais est-ce que tu peux voir ce qui se trouve en bas ? La porte d'entrée, le porte-parapluie... ? »

Non.

« Très bien. Alors on va appeler cet endroit "Lauren", parce que c'est ce que moi, je vois. Tu comprends ? »

Pas vraiment, je réponds, mais elle ne m'écoute pas.

« Maintenant, redescends. »

Alors que je suis pile au milieu de l'escalier, Lauren m'ordonne de m'arrêter. Je me trouve sur la marche où j'aime bien faire la sieste. Il y a sept marches au-dessus de moi, et sept marches en dessous.

« D'ici, qu'est-ce que tu vois ? » me demande Lauren.

Je vois toujours la rampe et l'escalier. Si je regarde en bas, je vois le plancher de l'entrée et, en me penchant, une partie de la porte. Si je regarde en haut, je vois la fenêtre, la porte de la salle de bains et le puits de lumière au-dessus du palier.

« D'accord, donc tu vois une partie de ce qui se trouve au-dessus de toi et une partie de ce qui se trouve en dessous. Eh bien, ça, c'est toi, Olivia. Nocturne est en bas, moi je suis en haut, et toi, au milieu, tu es le lien qui nous unit. Tu es la seule personne à pouvoir nous sauver. »

Tandis que je me gonfle de fierté, le cordon prend une belle couleur rosé doré.

« Tout ce que tu as à faire, c'est monter, dit Lauren. Allez, essaie. »

Mais…

« Je ne voulais pas dire monter l'escalier, ajoute-t-elle sèchement. Rien de tout ça n'est réel, de toute façon. »

Attends, attends, qu'est-ce que tu viens de… ?

« Ne t'occupe pas de ça pour l'instant. Recommence. »

Je frémis. Je sens la vieille moquette rêche de l'escalier sous mes coussinets. J'adore mes pattes. Je ne veux pas être un ted. Je veux être moi.

J'ai peur, Lauren. Je n'arrive pas à bouger.

« Raconte-toi une histoire, me recommande-t-elle, et j'entends à sa voix qu'elle sait ce que c'est, d'être paralysée par la peur. Imagine qu'il y a là-haut quelque chose que tu désires plus que tout au monde et que tu veux récupérer. »

Je pense au Seigneur, à tous Ses visages et à Sa bonté. J'essaie de l'imaginer sur le palier au-dessus de moi. Mon cœur se remplit d'amour. Je le vois presque, avec sa fourrure fauve, sa queue de tigre et ses yeux d'or.

Je gravis une marche. L'espace d'un instant, les murs frémissent autour de moi. Je me sens aussi mal que si je tombais de très très haut.

« Bravo ! s'exclame Lauren avec enthousiasme. C'est génial, Olivia. »

Je lève les yeux vers le Seigneur. Il me sourit. C'est alors que je vois qu'il porte le visage de Ted. Pourquoi porte-t-Il le visage de Ted ?

Je me retourne et dévale les marches en poussant des miaulements de détresse. Dans notre tête, Lauren me crie des choses que je n'entends pas.

Je n'y arrive pas, je lui dis. *S'il te plaît, ne me force pas à recommencer. C'est trop horrible.*

« Tu ne m'aimes pas, lâche Lauren avec tristesse. Si tu m'aimais, tu essaierais vraiment. »

Mais si, je te jure que je t'aime ! Je ne voulais pas te contrarier.

« Ce que je te demande de faire, tu l'as déjà fait, Olivia, je le sens. Briser la barrière et monter. Tu le fais chaque fois que tu pousses la bible de la table. Il y a comme du tonnerre, pas vrai ? Et la maison se met à trembler ? Tu le fais aussi quand tu t'enregistres. Et tu te souviens quand tu as ouvert la porte du réfrigérateur ?

La viande a pourri ! Il faut simplement que tu apprennes à le faire sur commande. »

Je me souviens mais je ne comprends pas. Évidemment que la viande a pourri, puisque j'avais laissé la porte du réfrigérateur ouverte.

« De quelle couleur était le tapis du salon, ce jour-là, Olivia ? »

Après tout ce qu'elle a vécu, j'imagine qu'il fallait s'y attendre : Lauren a sombré dans la folie.

« Peut-être bien, oui, mais tu veux bien réessayer quand même ? »

C'est bizarre d'avoir quelqu'un qui vous entend penser. Je n'y suis pas encore habituée.

« S'il te plaît », insiste-t-elle, et elle a l'air si triste que ça me fait aussitôt culpabiliser.

D'accord. Je vais réessayer !

Je multiplie les tentatives, mais j'ai beau me concentrer de toutes mes forces, je n'arrive pas à ressentir autre chose que ma fourrure noire et mes quatre pattes posées sur leurs coussinets. Au bout de ce qui me paraît durer une éternité, Lauren dit :

« Arrête. »

Je m'assois sur les marches avec un soupir de soulagement et commence à me lécher.

« Tu ne veux pas m'aider », sanglote Lauren.

Mais si, je réponds. *Oh, Lauren, je te jure qu'il n'y a rien que je désire plus au monde. C'est juste que... je n'y arrive pas.*

« Non, proteste-t-elle d'une voix calme. Tu n'en as pas envie. »

Ma queue me paraît bizarre, tout à coup. Toute chaude. Je la remue pour tenter de sentir l'air frais, mais la chaleur s'intensifie jusqu'à se transformer en douleur.

« Je peux te caresser, dit Lauren. Mais je peux aussi faire ça. »

La brûlure remonte le long de ma colonne vertébrale. J'ai l'impression que mon corps est en feu et que ma queue est un tisonnier chauffé à blanc. Je me mets à hurler.

Je t'en supplie, Lauren. Arrête ça !

« Peu importe ce qu'on fait subir à un chat imaginaire. »

S'il te plaît, ça fait trop mal !

Mon cerveau, ma fourrure et mes os ne sont plus que souffrance.

« Tu te crois belle, déclare Lauren d'une voix distante. Mais comme il a enlevé tous les miroirs, tu ne peux pas voir à quoi tu ressembles. Je vais te le dire, moi. Tu es petite, tordue et ratatinée. Tu fais la moitié de la taille que tu devrais faire. Chacune de tes côtes ressort comme une lame de couteau. Il ne te reste plus beaucoup de dents. Tes cheveux poussent par touffes sur ton crâne chauve. À force de cicatriser, encore et encore, les brûlures sur tes mains et tes joues ont formé une couche de peau épaisse qui a déformé ton visage. Ça a tiré ton nez sur un côté et ça a presque entièrement recouvert un de tes yeux. Tu crois que tu te pavanes élégamment dans la maison sur tes quatre pattes toutes fines ? Détrompe-toi… Tu rampes en t'aidant de tes mains et de tes genoux, et en traînant derrière toi tes pieds brisés. On dirait un poisson malade. Alors forcément, tu n'as pas envie de vivre dans ce corps. Tu l'as aidé à le construire et ensuite tu t'es précipitée sur ses genoux pour ronronner. Tu es pathétique. »

Elle s'interrompt et reprend d'une voix très différente :

« Oh pardon, Olivia. Je suis tellement désolée. Pardon. »

Je cours en poussant des miaulements d'horreur. Je sens encore en moi les contrecoups de la douleur. Mais ce sont surtout ses mots qui me font mal.

« Je t'en prie, me lance-t-elle. Je te demande pardon. Je ne sais pas pourquoi, parfois, je me mets autant en colère… »

Je sais comment me venger. Je connais l'endroit qu'elle craint plus que tout au monde.

Je saute dans le congélateur ouvert, plante mes griffes dans le couvercle et le referme sur moi. L'obscurité accueillante m'enveloppe aussitôt. Je ferme mes oreilles aux cris de Lauren et je laisse le néant chaleureux m'emporter. Je m'enfonce dans les profondeurs.

Combien de fois peut-on ployer avant de se briser pour de bon ? Il faut faire attention, quand on s'occupe de choses brisées ; parfois, elles lâchent d'un coup et en emmènent d'autres dans leur chute.

Ted

Je retourne au bar avec les lumières dans les arbres, celui où j'ai rencontré la femme aux yeux bleus et aux cheveux de la couleur du beurre. Comme il fait bon, je m'installe à une des grandes tables extérieures et je repense un peu à elle en humant l'odeur du barbecue. Il y a une musique country très agréable, en fond. C'est à ça qu'aurait dû ressembler notre rendez-vous. Parce que ce soir-là… Disons que ça ne s'est pas très bien passé. *Arrête de penser à ça.*

Autour de moi, des hommes vont et viennent. Concentrés, bourrés d'énergie, mais silencieux ou presque. Comme la dernière fois, il n'y a aucune femme. Franchement, j'aimerais bien être capable d'éteindre cette partie de mon cerveau. Je m'en veux de ce qui s'est passé avec la femme aux cheveux de la couleur du beurre. La température est douce, et je finis par trouver une certaine quiétude, comme si j'étais dans une salle d'attente. Je bois six ou sept bières avec chaque fois un shooter de bourbon. Et alors ? Je rentre à pied !

« J'ai laissé la voiture à la maison ; ça n'aurait pas été raisonnable ! »

Je me rends compte que j'ai parlé à voix haute et que les autres clients me regardent. Après ça, je garde le nez dans ma bière et je ne dis plus rien. Et puis, de toute façon, je me souviens maintenant que ça fait quelque temps déjà que j'ai vendu mon pick-up.

Le crépuscule voit d'autres hommes faire leur entrée. La fin de la journée de travail, j'imagine. Il y a du monde, à présent, mais les gens me laissent tranquille. Je commence à comprendre pourquoi il n'y a aucune femme ici – ce n'est pas un endroit pour elles. Que dirait maman si elle me voyait ? Elle pincerait les lèvres pour marquer son dégoût. *C'est contre nature.* Je frissonne. Mais maman ne peut pas te voir, je tente de me rassurer. Elle est partie.

Ce n'est que lorsque j'essaie de me lever que je me rends compte de mon état d'ébriété avancé. Dans les arbres, les lumières sont comme des comètes brillantes. L'obscurité vrombit et le temps s'arrête, ou peut-être qu'il défile tellement vite que je ne le sens plus. C'est pour ça que je bois, je songe. Pour contrôler le temps et l'espace. Sur l'instant, j'ai l'impression que c'est la pensée la plus profonde que j'ai jamais eue. Autour de moi, les visages se floutent.

Je zigzague entre les flaques de lumière et d'obscurité, traverse la terrasse et dépasse l'arbre. Je cherche quelque chose dont j'ai perdu le nom. Je vois devant moi une bâtisse courtaude qui se découpe contre le ciel, une porte ouverte qui laisse passer de la lumière. J'entre et me retrouve dans une pièce à l'odeur de Javel, avec des urinoirs alignés devant un mur lambrissé. Il y a plein d'hommes qui rient. Ils se font passer un petit objet de main en main en racontant une histoire de héros. Ou d'héro. Ensuite ils s'en vont, et je me retrouve seul avec l'ampoule nue qui se balance et le bruit apaisant des gouttes qui tombent sur le carrelage. J'entre dans une cabine, verrouille la porte et m'assois – ici, personne ne viendra me déranger. C'est la faute à la femme aux cheveux de la couleur du beurre : revenir dans ce bar m'a fait penser à elle et, ensuite, ça m'a perturbé et je me suis montré imprudent – d'habitude, il n'y a qu'à la maison que je m'autorise à boire autant. Il faut que je parte d'ici et que je rentre chez moi. À l'instant où je me fais cette réflexion, je me rends compte que je ne sais pas comment faire. Les cloisons autour de moi se mettent à vaciller.

Deux personnes pénètrent dans les toilettes. À leurs mouvements maladroits et à leur façon de parler, je comprends qu'ils sont complètement soûls.

« Ils appartenaient à mon oncle, dit une voix. Et avant ça à mon grand-père, qui lui-même les tenait de son père, qui les avait pendant la guerre de Sécession, où il s'est battu contre les autres salauds du Nord. Alors rendez-les-moi. C'est mes boutons de machette. De manchette, je veux dire. J'y tiens beaucoup et en plus, ils sont rouge et argent, mes deux couleurs préférées.

— Je ne vous ai rien volé du tout », répond une autre voix qui m'est familière.

Les rouages rouillés de mon cerveau se mettent à tourner. Qui est cette personne ? La réponse est là, quelque part, mais je n'arrive pas à la trouver.

« Et vous le savez, poursuit la voix. Vous essayez de me soutirer de l'argent. Si vous croyez que je ne vois pas clair dans votre jeu !

— Vous étiez assis à côté de moi au bar ! s'exclame le type aux boutons de manchette. Je les ai retirés une demi-seconde et ils ont disparu. Alors me dites pas que vous y êtes pour rien.

— Vous êtes perturbé, répond la voix familière avec beaucoup de douceur. Vous refusez de reconnaître que vous avez perdu ces boutons de manchette et vous préférez blâmer quelqu'un d'autre. Je le comprends, croyez-moi. Mais au fond, vous savez bien que je n'y suis pour rien.

— S'il vous plaît, se met à sangloter l'autre. C'est pas bien, ce que vous faites.

— Écoutez, vos délires ne m'intéressent pas, alors laissez-moi tranquille. »

Un bruit mat, un craquement sec. Le son de quelqu'un qui s'écroule sur le carrelage. À présent, la curiosité est plus forte que mon ébriété. En plus, je suis quasiment certain de savoir à qui appartient la deuxième voix.

Je pousse la porte de la cabine et les deux hommes se tournent vers moi, surpris. Le premier a le poing serré, prêt à frapper l'autre, qui est étendu au sol. On dirait une couverture de roman policier pour enfants ou une vieille affiche de film. Je ne peux pas m'empêcher d'éclater de rire.

L'homme-scarabée me regarde en clignant des yeux. Il a une trace de boue sur le nez. Enfin, j'espère pour lui que c'est de la boue.

« Bonsoir, Ted, me dit-il.

— Bonsoir », je réponds, et je lui tends la main.

Le type qui a perdu ses boutons de manchette et qui a frappé l'homme-scarabée a déjà déguerpi. Parfois, c'est très rare, ma taille est un avantage. J'aide l'homme-scarabée à se relever. L'arrière de sa chemise est marron et humide.

« Pfff, souffle-t-il, résigné. Je crois qu'on ferait mieux d'y aller. Il risque de revenir avec des amis. Parce que figurez-vous qu'il en a, aussi étonnant que cela puisse paraître.

— D'accord, je réplique. Allons-y. »

La route est un tunnel de lumière orangée. Je ne me souviens plus par où se trouve ma maison, mais ça ne me paraît pas très important.

« Qu'est-ce que vous voulez faire ? je demande à l'homme-scarabée.

— Continuer à boire. »

Alors on se dirige vers un panneau lumineux, au loin. Il semble reculer au fur et à mesure qu'on avance, mais on finit quand même par le rattraper. C'est une station-service. On achète quelques bouteilles de bière au type avachi derrière le comptoir, puis on s'assoit à la table de pique-nique, pas très loin des pompes. C'est très calme. Une fois de temps en temps, il y a une voiture qui passe.

« Vous avez un truc sur le visage », je dis à l'homme-scarabée en lui tendant une serviette en papier.

Il s'essuie sans rien dire.

« On boit une bière ensemble ! j'ajoute. C'est tellement bizarre !

— Vous avez raison. Vous vous doutez que ce genre de choses n'est pas censé se produire entre un thérapeute et son patient. Est-ce que vous comptez revenir me voir, Ted ?

— Oui, je réponds, même si, évidemment, la réponse est non.

— Tant mieux. Je comptais vous demander ça lors de notre prochain rendez-vous, mais puisque vous êtes là… Vous devriez me donner votre vraie adresse. Pour nos dossiers. J'ai vérifié, et celle que vous avez indiquée ne correspond même pas à une maison. C'est une supérette.

— J'ai dû me tromper. J'ai un peu de mal avec les chiffres. »

Il agite la main comme si ça n'avait pas d'importance.

« Et vous, vous habitez où ? je demande.

— Ce n'est pas comme ça que ça marche, réplique-t-il sèchement.

— Pourquoi est-ce que ce type pensait que vous aviez ses boutons de manchette ?

— Je n'en sais rien. Pourquoi, vous me croyez capable de les lui avoir volés ?

— Non, je réponds en toute bonne foi. Pourquoi vous avez choisi ce métier ? Ce n'est pas ennuyeux, de passer des heures et des heures à écouter des gens raconter leur vie ?

— Parfois. Mais j'ai bon espoir que ça devienne bientôt très intéressant. »

On continue à discuter un certain temps en buvant des bières, mais je ne me souviens plus de quoi on parle. Parfois, le faisceau blanc des phares d'une voiture nous balaie le visage. Je me sens bien, avec l'homme-scarabée.

Et puis à un moment, il se penche vers moi.

« Il y a beaucoup de gens qui nous ont vus partir ensemble, ce soir. Et le gérant de la station-service est en train de nous regarder, en ce moment même. Il se souviendrait de vous. Vous avez un physique qu'on n'oublie pas facilement.

— Ça, c'est sûr.

— Alors si vous voulez bien, parlons franchement, pour une fois. Pourquoi avez-vous arrêté de venir me voir ?

— Parce que vous m'avez soigné, je ricane.

— La dernière fois que nous nous sommes vus, vous vous êtes planté un stylo dans la main. Impressionnant…

— J'imagine que c'est parce que j'ai une grande tolérance à la douleur. »

L'homme-scarabée hoquette discrètement et dit :

« Moi, je crois surtout que vous étiez bouleversé. Vous êtes parti en catastrophe, si bien que vous ne vous êtes même pas rendu compte que je vous suivais. Vous tenez à votre intimité, visiblement. Mais barricader une fenêtre ne suffit pas à calfeutrer le son. Surtout que les voix d'enfant, ça porte. »

Un flash rouge transperce l'obscurité. Soudain, l'homme-scarabée a l'air beaucoup moins soûl, et un terrible pressentiment m'assaille.

« Ce n'est pas vraiment votre fille, n'est-ce pas ? demande-t-il. Tout comme votre chat n'est pas vraiment votre chat. Vous vous êtes certainement cru très subtil, à m'orienter vers un trouble dissociatif de l'identité, pas vrai ? Mais mon métier, c'est de lire les gens, Ted. Vous ne pouvez pas me duper. Le TDI est causé par un traumatisme. Par des maltraitances. Alors dites-moi, quelle est la véritable raison pour laquelle Lauren, ou Olivia, si vous préférez, ne sort jamais de la maison ? »

Je me force à rire, à avoir l'air ivre et sympathique.

« Vous êtes tellement intelligent… Vous m'avez suivi jusqu'au bar, ce soir ?

— C'était sans compter sur cet imbécile dans les toilettes. Sans lui, vous ne vous en seriez jamais rendu compte. Ça fait un moment que je vous observe, vous savez. »

J'ai été aveugle et je me suis montré imprudent. Je lui ai laissé voir qui j'étais vraiment.

« C'est vous qui êtes entré chez moi par effraction ! Ce n'était pas la voisine, comme je le croyais. Mais vous avez commis une erreur. Vous avez utilisé des clous différents.

— Je ne vois pas du tout de quoi vous voulez parler », répond-il, l'air blessé.

Même si je sais qu'il me ment, je le trouve convaincant.

« Ted, voyez ça comme une opportunité dont nous pouvons tous les deux tirer profit.

— Comment ça ? Je ne peux pas vous donner plus d'argent.

— De l'argent, on en aura tous les deux ! s'exclame-t-il. Je vais vous confier quelque chose, j'étais promis à bien plus qu'un cabinet minable fréquenté par des femmes au foyer mal dans leur peau. J'ai terminé major de ma promotion, vous le saviez, ça ? Bon, ensuite, il y a eu ce contretemps, c'est vrai, mais j'ai quand même pu récupérer mon autorisation d'exercer. Je mérite plus que ça, Ted. Vous voulez que je vous dise la différence qu'il y a entre moi et les types sur la liste des ouvrages à succès ? La chance, c'est tout.

« La première fois que je vous ai rencontré, j'ai tout de suite su que cette chance, c'était vous. Mon cas d'étude. Ça faisait des mois que je publiais des petites annonces pour des séances de thérapie à prix réduit. Comme disait mon père : "Le diable finit toujours par se manifester, il suffit de se montrer patient." Je crois que vous pouvez me donner ce que je mérite, Ted. Vous êtes le sujet de mon livre. Ne vous en faites pas, personne ne saura jamais que c'est vous. Je changerai votre nom. Tom Bonnardon, par exemple, peu importe. Mais pour que ça marche, il me faut la vérité. Toute la vérité.

— Qu'est-ce que vous voulez que je vous dise ? »

J'aimerais qu'il se taise. Je sens que je vais être obligé de faire quelque chose que je n'aime pas.

« Commençons par le début. Cette fille, Lauren, ou Olivia, selon comment vous préférez l'appeler… Est-ce que c'est la première ?

— La première quoi ?

— La première de vos "filles", insiste-t-il, et je peux presque entendre les guillemets autour du mot. Est-ce que c'est le bon terme ? Filles ? Épouses ? À moins que vous ne les appeliez simplement chatons…

— Vous êtes vraiment trop bête, je m'écrie, furieux. Et je pensais que c'était moi qui étais stupide ! »

Mais l'homme-scarabée est assez intelligent pour être dangereux. Ses yeux injectés de sang se plissent.

« Pourquoi est-ce que vous fréquentez ce bar, Ted ? Pour votre chat ? »

Je le prends dans mes bras.

« N'essayez pas de me dire ce que je suis », je lui murmure à l'oreille.

Il laisse échapper un rot empli de terreur. Je serre l'homme-scarabée contre moi, fort, jusqu'à sentir ses côtes céder dans un craquement et son corps se liquéfier. Sa main s'ouvre, et deux petits objets brillants tombent sur la table. Une paire de boutons de manchette argentés, ornés d'une pierre rouge comme du sang qui scintille à la lueur du néon. Je les observe quelques instants.

« Vous n'êtes qu'un voleur, je lui chuchote à l'oreille en continuant de le serrer contre moi. Vous volez tout, même les pensées. Vous n'êtes même pas capable d'écrire un livre. »

Il gémit.

Soudain, j'entends un cri derrière moi, tandis que quelqu'un sort en courant de la station-service : le type à l'air endormi qui nous a vendu les bières.

Je lâche l'homme-scarabée, qui s'écroule aussitôt sur la table, et je traverse la route pour me jeter dans les bras accueillants de la forêt. Les branches me fouettent le visage, je trébuche sur le tapis de feuilles mortes. Je n'arrête pas de tomber, mais je me relève chaque fois et me remets à courir. Je cours vers chez moi. Un rugissement enfle dans ma gorge. Il n'est pas encore temps de le laisser sortir.

Je referme la porte derrière moi. La main tremblante, j'actionne les verrous. Puis je serre les poings et je crie jusqu'à ce que ma gorge brûle et que ma voix devienne rauque. Après quoi je prends plusieurs longues respirations et gobe deux pilules jaunes que j'avale comme ça, sans verre d'eau – deux gravillons dans ma gorge. Je déglutis pour les faire passer. L'homme-scarabée n'est pas mort. Du moins je ne crois pas. J'espère vraiment que non. Il n'y a pas le temps pour les émotions, et pas le temps non plus pour une préparation complète. Il faut qu'on file.

Je me dépêche de préparer mes affaires. Sac de couchage, tente, briquet. Pastilles de purification d'eau, rouleau de fil électrique, pulls chauds. Je rassemble toutes les boîtes de conserve que je peux trouver, mais il n'y en a pas beaucoup : pêches au sirop, haricots noirs, soupe. Après quelques secondes d'hésitation, j'ajoute la bouteille de bourbon à mon paquetage. Une fois le sac à dos rempli, j'enfile deux manteaux l'un sur l'autre et deux paires de chaussettes. J'aurai trop chaud, mais je suis obligé de porter sur moi ce qui ne rentre pas dans le sac. Je récupère tous les flacons de médicaments et les fourre dans mes poches. S'il y a bien un moment pour ne pas céder à la panique, c'est maintenant.

Enfin, je vais déterrer le couteau dans le jardin. Je le libère de sa prison de terre et l'accroche à ma ceinture.

Olivia

La voix paniquée de Lauren vient me chercher jusqu'au plus profond de mon rêve.

« À l'aide, siffle-t-elle. Olivia ! Il est en train de nous emmener ! »

J'agite une oreille. Autour de moi, tout est calme et obscur. J'étais en plein milieu d'un rêve où je lapais de la crème de lait et c'était très agréable. Aussi ne suis-je pas d'excellente humeur lorsqu'elle me réveille.

Quoi ?

« Ted, dit-elle. Il nous emmène à l'extérieur, dans la forêt. J'ai besoin de ton aide. »

Oh, je fais, hautaine. *Malheureusement, je ne suis qu'un chat débile. Alors je ne vois pas ce que je peux faire.*

« Je t'en prie. S'il te plaît, j'ai si peur, murmure-t-elle d'une voix qui ressemble à du verre rayé. S'il te plaît, Olivia, il va nous transformer en dieux. C'est notre dernière chance. »

Vu que je n'existe pas, je ne vois pas en quoi c'est mon problème, je réponds.

Elle se met à pleurer. De gros sanglots bruyants.

« Tu ne comprends donc pas que s'il me tue, tu meurs aussi ? Je n'ai pas envie de mourir. »

Elle renifle. Malgré moi, j'ai un peu pitié d'elle. C'est une enfant qui a vécu des choses difficiles. Toutes ces horreurs qu'elle m'a dites, elle ne les pensait pas vraiment.

Je vais essayer, mais je ne te promets rien. Maintenant, laisse-moi tranquille. Il faut que je me concentre.

Qui c'est la seule sur qui on peut compter ? C'est moi, comme d'habitude. Les teds ne servent vraiment à rien.

Je m'accroupis dans le noir, en espérant que ça aidera. À une époque, la caisse était une sorte de porte entre Lauren et moi. Peut-être que je peux encore l'ouvrir. J'écoute les bruits de la maison : le robinet qui goutte, le plancher qui grince, la mouche coincée entre le carreau de la fenêtre et le panneau de bois. Je sens l'odeur du linoléum de la cuisine, ainsi que celle du brumisateur qu'utilise Ted, quand il y pense. Je dégaine puis rengaine les superbes poignards à lame courbée que sont mes griffes. Je n'ai aucune envie d'avoir des mains et de porter un costume de ted ridicule. Quelle horreur. Malheureusement, je ne vais pas avoir le choix.

Bon, je marmonne. *Allons-y.*

Je regarde le sommet de l'escalier et essaie de penser à quelque chose que j'aime. J'essaie de penser à Dieu, et ensuite j'essaie de penser à la crème blanche et onctueuse que je lapais dans mon rêve. Mais je n'arrive pas à me concentrer. Ma queue s'agite en tous sens et mes moustaches n'arrêtent pas de frémir. Impossible de canaliser mes pensées.

Allez, je murmure, avant de fermer les yeux.

Je n'arrive à penser qu'à Lauren. Pas à son apparence physique, forcément, puisque je ne l'ai jamais vue. Non, je pense à l'intelligence dont elle a fait preuve afin de mettre sur pied ce plan pour nous sauver, et je pense à ses côtés irritants, surtout quand elle me traite de chat débile.

Ça ne marche pas. Tant pis, j'aurai essayé ! En attendant, je ferais mieux de retourner à ma sieste. Il se passe des choses graves, alors autant dormir jusqu'à ce que ce soit terminé.

Mais chaque fois que je ferme les yeux pour retrouver le cocon moelleux du sommeil, le doute me secoue jusqu'à ce que je me réveille.

J'ai tout essayé, je déclare. *Je ne vois pas ce que je peux faire de plus !*

Seul le silence me répond. Malgré tout, je sens le poids de Son jugement. Je pousse un miaulement de frustration, parce que je sais que le Seigneur voit la malhonnêteté d'un très mauvais œil.

Je pousse avec ma tête et le couvercle du congélateur se soulève d'un centimètre, faisant apparaître une tranche de lumière aveuglante.

Dès que je suis sortie, j'entends les hurlements de Lauren. Sa voix remplit les murs et traverse le tapis sur lequel je me tiens. Sa peur jaillit des trous dans les panneaux de bois des fenêtres et du robinet qui goutte dans la cuisine. Il faut que je l'aide.

Rien qu'à l'idée de grimper à l'intérieur du costume de Lauren, ma queue se fige. Cette peau rose cochon toute lisse à la place de mon sublime manteau de fourrure. Et ces engins affreux à la place de mes pattes !

Ça me dégoûte tellement que je me mets à cracher. Mais Lauren compte sur moi. Réfléchis, Olivia.

Je m'approche de la bible, la fais tomber de la table et la regarde s'écraser au sol avec un bruit sourd. Bientôt, la maison se met à trembler. C'est comme un écho, mais en plus fort.

Demandez, et l'on vous donnera ; cherchez, et vous trouverez ; frappez, et l'on vous ouvrira. Car quiconque demande reçoit, celui qui cherche trouve, et l'on ouvre à celui qui frappe.

Et mer… credi. Parfois, c'est vraiment agaçant d'avoir raison. Depuis un petit moment, une idée a germé dans mon cerveau. Je suis peut-être une chatte d'intérieur, mais j'ai vu les nombreux visages du Seigneur et je sais qu'il existe des choses étranges dans ce monde. Lauren croit tout savoir. Elle se trompe. Nous ne sommes pas comme un escalier, mais plutôt comme l'horrible poupée posée sur le rebord de la cheminée. Lauren et moi sommes emboîtées l'une dans l'autre. Quand on tapote sur l'une, ça résonne à travers toutes les autres.

Réfléchis, réfléchis !

Lorsque j'ai ouvert la porte du réfrigérateur, j'étais en colère comme jamais je ne l'avais été. Je ne sentais plus le cordon qui me liait à Ted. J'étais moi-même, seule.

Alors je me force à me mettre en colère. Ce n'est pas difficile. Je pense à Ted et à ce qu'il a fait subir à Lauren. Tellement affreux. Lauren avait raison en me traitant de chat débile : j'ai cru les mensonges de Ted et j'ai refusé de découvrir la vérité, préférant dormir et me faire caresser. Je me suis comportée comme une lâche. Mais c'est fini, maintenant. Je vais la sauver.

Ma queue se gonfle de rage. Le feu s'allume à la pointe et remonte petit à petit, jusqu'à se retrouver à l'intérieur de moi. Ce n'est pas comme la chaleur lorsque Lauren m'a fait mal. Cette sensation, c'est moi qui la crée. C'est mon feu.

Les murs se mettent à trembler. Les bruits de craquement, d'abord lointains, sont tout autour de moi, désormais. Et l'entrée crépite comme l'image d'une télévision mal réglée. Sous mes pattes, le sol est un océan agité.

Je glisse jusqu'à la porte d'entrée en poussant des miaulements terribles. Ce n'est pas parce que j'ai décidé d'être courageuse que je n'ai pas peur. Au contraire, je suis terrifiée. Ce que je vois à travers le trou dans le panneau de bois n'est pas vraiment l'extérieur. Je le comprends, à présent. Je frémis en constatant que les trois verrous ne sont pas tirés. La porte n'est pas fermée. Je n'ai pas besoin de monter, j'ai besoin de sortir. Or tout le monde sait comment on sort d'une maison. Je laisse échapper un petit ronronnement d'agacement en songeant que j'aurais préféré avoir tort. Je me dresse sur mes pattes arrière et m'accroche à la poignée avec celles de devant. La porte s'ouvre en grand, une flamme d'un blanc éclatant m'accueille. Je suis aveuglée ; j'ai l'impression de me trouver à l'intérieur d'une étoile. Le cordon est une ligne incandescente qui brûle autour de mon cou. Qu'est-ce qui va se passer ? Est-ce qu'il va me consumer tout entière ? D'un côté, je l'espère. Parce que je ne sais pas ce qui m'attend.

Je fais un premier pas à l'extérieur. Le cordon chauffé à blanc menace de m'étrangler. Le monde bascule sur lui-même, des étoiles aveuglantes m'aspirent vers le néant, la nausée monte et je m'étouffe, alors que l'air a totalement disparu de mes poumons.

Au bout d'un moment, le blanc aveuglant recule, les étoiles rapetissent jusqu'à devenir de petits trous dans l'obscurité chaude, à travers lesquels je perçois des mouvements, des couleurs, une lueur pâle. La lune, je crois. C'est donc à ça qu'elle ressemble.

Le monde tangue comme un bateau sur la mer démontée. L'odeur familière de Ted m'emplit les narines. Je crois qu'il nous transporte dans un sac sur son dos – il y a des trous dedans, pour qu'on puisse respirer, j'imagine. Je suis trop grosse. Ma peau, nue et sans poil, ressemble à une espèce de ver. Mes pattes se sont transformées en deux araignées de chair. Ma truffe n'est plus un petit bouton mou mais une horrible chose pointue. Et le pire de tout, c'est qu'à l'endroit où devrait se trouver ma queue, il n'y a plus que le néant.

Mon Dieu. Je remue mais ne parviens pas à bouger. Je crois qu'on est ligotées. Tout autour de nous, il y a des sons. Des feuilles, des chouettes, des grenouilles, et d'autres choses dont je ne connais pas le nom. Chaque bruit est empreint d'une clarté que je n'avais jamais entendue auparavant. L'air aussi est différent – je le sens, malgré l'épaisseur du sac. Il est plus frais, plus tranchant, d'une certaine façon. Et surtout, il se déplace.

Les sanglots de Lauren secouent mon étrange poitrine et résonnent dans ma cage thoracique creuse. Je sens les larmes déborder de mes yeux minuscules. Bref, l'expérience est aussi horrible que je le craignais.

J'ai réussi, je lui dis en silence. *Je suis dans le corps.*

« Merci, Olivia », me répond Lauren en m'étreignant, et je l'étreins en retour.

Lauren, pourquoi est-ce que l'air bouge comme s'il était vivant ?

« C'est le vent, murmure-t-elle. On est dehors, Olivia. »

Oh mon Dieu. Oh Seigneur.

L'espace d'un instant, je suis trop bouleversée pour réfléchir. Puis je demande :

Où sommes-nous ?

« Dans la forêt. Tu ne sens pas ? »

Et dès qu'elle me le dit, effectivement, je perçois les odeurs. C'est incroyable. Un mélange de minéraux, de scarabées, d'eau fraîche, de terre chaude et d'arbres – mon Dieu, l'arôme des arbres ! De près, on dirait une symphonie. Jamais je n'aurais pu concevoir un parfum aussi riche et complexe.

« Il a le couteau, me confie Lauren. Tu ne devineras jamais où il était ! Il l'avait enterré… »

Peut-être qu'il nous emmène simplement en promenade, je suggère, pleine d'espoir. *Peut-être qu'il a pris le couteau parce qu'il a peur de tomber nez à nez avec un ours.*

« Les chatons ne ressortent jamais de la forêt », dit Lauren.

Après ça, on reste silencieuses. Je donnerais tout pour pouvoir retourner à l'intérieur. Mais je ne peux pas abandonner Lauren. Il faut que je sois courageuse.

Pendant une heure, Ted marche. Il escalade des parois rocheuses, franchit des rivières à gué, traverse des vallées et gravit des collines. Très vite, on se retrouve en pleine nature.

Puis il s'arrête dans un endroit qui sent la pierre et où, la nuit, les arbres discutent entre eux pour couvrir le bruit de l'eau qui coule. De ce que j'aperçois par l'ouverture minuscule sur le haut du sac, on est dans une ravine peu profonde au bout de laquelle jaillit une source. Ted établit son campement en grognant. Bientôt, de la lumière clignote à travers le tissu sombre qui nous sépare de l'extérieur. Un feu. Au-dessus de ma tête, j'entends le vent faire bruisser les feuilles.

Je ne vois pas grand-chose mais je sens l'immensité de l'air. Le vent qui s'écrase contre les nuages.

J'aurais préféré ne jamais connaître la vérité, je confie à Lauren. *L'extérieur est terrifiant. Il n'y a pas de murs et on a l'impression que ça ne s'arrête jamais. Jusqu'où ça va, d'ailleurs ?*

« La Terre est ronde, donc j'imagine qu'au bout d'un moment, on finit par retomber sur notre point de départ. »

Mais c'est horrible ! C'est la pire chose que j'ai jamais entendue. Oh Seigneur, protégez-moi...

« Concentre-toi, Olivia. »

Tu penses qu'il va nous laisser sortir du sac, à un moment ? je demande. *Pour faire pipi, par exemple ?*

« Non, répond-elle. En tout cas ça m'étonnerait. »

J'entends les idées se bousculer dans son cerveau.

« C'est simplement un imprévu, murmure-t-elle. Tout ce qu'on a à faire, c'est s'adapter. Ted a le couteau, je l'ai senti contre sa hanche. Alors tu vas le récupérer, et ensuite tu vas t'en servir pour le tuer. C'est le même plan, mais en mieux, parce qu'on est au milieu de nulle part et que personne ne pourra lui venir en aide. Il voulait nous emmener à l'écart, on va s'en servir contre lui. »

Je me demande si elle a bu du bourbon, parce qu'elle a exactement les mêmes intonations que Ted quand il est ivre. Il faut croire que la peur peut vous faire balbutier de la même manière que l'excès d'alcool.

Je pense à notre corps, tout faible et tout maigre par rapport à l'immense carcasse de Ted. Par rapport à sa puissance. Le vent caresse ma fourrure de ses doigts froids. J'en remplis mes narines. L'air est à la fois jeune et ancien. Je me demande si c'est la dernière chose que je sentirai.

C'est très agréable, le vent, je commente. *Je suis contente d'avoir pu connaître ça. Même si, bon, j'aurais surtout aimé savoir le goût qu'a le vrai poisson.*

« Moi aussi, Olivia, j'aurais aimé que tu le découvres. »

Je ne peux pas, Lauren. J'ai cru que je pourrais, mais je ne peux pas.

« Ce n'est pas que pour nous, Olivia, me dit Lauren. Mais également pour lui. Tu crois vraiment qu'il est heureux d'être comme ça ? D'être un monstre ? Tu sais, lui aussi, il est prisonnier. Alors il faut que tu l'aides. Une dernière fois. »

Oh… Oh Seigneur…

« Tant pis, soupire Lauren, résignée. J'espère que ce ne sera pas trop douloureux. »

Je pense au fait que le monde est rond et que si on voyage assez loin, on finit par revenir à son point de départ.

Sois courageuse, je me murmure à moi-même. *Tu sais que le Seigneur a une mission pour toi.*

Je prends une grande respiration.

Je vais le faire. Je vais récupérer le couteau, et je vais tuer Ted.

« Bravo, m'encourage Lauren, le souffle court. Mais il va falloir que tu fasses vite. Et tu n'auras qu'une seule chance. »

Je sais.

En dessous, dans le noir, Nocturne gronde. Je sens ses flancs immenses s'agiter pour se libérer de ses liens.

Mais tu vas te calmer ! je lui intime d'un ton sévère. *Je suis occupée, là. Je n'ai pas de temps à te consacrer.*

Sa réponse est un grondement qui résonne dans mes oreilles et provoque une onde de choc le long de ma colonne vertébrale. *Mon moment, mon moment, mon moment*, rugit-il. Mais je le tiens fermement, il ne s'échappera pas.

Ted est tourmenté. Il nous garde contre lui, dans son dos. Le feu dégage de la chaleur et projette ses aiguilles de lumière rouge à travers le sac. Ted se parle à lui-même, et je perçois les tremblements dans sa voix.

« Maman, tu es encore là ? »

Peu avant le lever du soleil, il finit par sombrer dans un sommeil agité. Au bout d'un moment, je perçois le sifflement régulier de sa respiration. Au-dessus, le ciel retient son souffle.

Tu vois quelque chose ? je demande à Lauren.

« Dans sa main gauche », murmure-t-elle.

Malgré le dégoût que j'éprouve, je tends notre main – c'est comme porter un gant de chair pourrie – et je récupère le couteau dans la paume ouverte de Ted. Il est plus léger que ce que je croyais.

Sans hésiter, j'oriente la lame vers lui et la lui plante dans le ventre. La pointe transperce la peau avec un bruit qui ressemble à celui d'une pomme dans laquelle on mord. Je pensais que ce serait mou, la chair, mais à l'intérieur de Ted, il y a tout un tas de textures différentes. Et c'est très résistant ; pas facile d'enfoncer la lame. En fait, c'est bien plus horrible que ce que j'avais imaginé. J'ai du mal à m'entendre pleurer, à cause des hurlements de douleur de Ted. Le bruit a dû faire peur aux oiseaux, car j'en vois un qui file en direction du ciel. Qu'est-ce que j'aimerais pouvoir le suivre…

La première chose, c'est la douleur. Tous les nerfs de notre corps la ressentent. Le tissu noir disparaît, et Lauren et moi tombons tête la première sur le sol rêche de la forêt. Notre joue s'enfonce dans le lit de feuilles et de brindilles ; nous sommes à moitié dans le ruisseau, de sorte que de l'eau glacée nous recouvre les jambes. Les battements de notre cœur sont irréguliers, comme une voiture sur le point de caler.

Lauren ? je m'écrie. *Pourquoi est-ce qu'on saigne ? Pourquoi est-ce qu'on n'arrive pas à se lever ?*

Dee

Dee pose sur la table le magnétophone qu'elle s'est résolue à acheter à prix d'or dans une boutique de vinyles du centre-ville après avoir constaté qu'aucun des magasins d'électronique de la région n'en vendait.

Elle insère la cassette et, l'index tremblant, appuie sur le bouton de lecture.

« S'il vous plaît, venez arrêter Ted pour meurtre et pour tout le reste, prononce une petite voix mal assurée. Je sais qu'il y a la peine de mort, dans cet État. Comme quoi… »

L'enregistrement n'est pas très long – une minute à peine. Dee l'écoute sans respirer, avant de rembobiner pour se le repasser aussitôt. Ensuite, elle poursuit la lecture quelques minutes, au cas où, mais le reste de la cassette consiste simplement en une série de notes médicales dictées par une étudiante – une femme à la voix claire qui parle avec un léger accent que Dee ne parvient pas à identifier.

Elle se laisse tomber sur sa chaise. C'est bien Lulu qui a lancé cet appel à l'aide. Sa voix est celle d'une enfant plus âgée, bien sûr, mais Dee reconnaîtrait sa sœur entre mille. Sauf qu'à présent qu'elle dispose d'une preuve irréfutable, elle ne sait plus quoi faire. Elle pose une main sur son cœur gonflé, qui tambourine dans sa poitrine, prêt à exploser.

Elle devrait partager sa trouvaille avec Karen l'épuisée, lui apporter la cassette. Et c'est ce qu'elle va faire, dès qu'elle aura réussi à reprendre ses esprits.

Mais soudain, elle entend à l'extérieur un bruit qu'elle connaît bien, désormais. *Clac*, *clac*, *clac*.

Le corps tendu, elle s'approche de la fenêtre obscure. Ted est dans son jardin. Il reste debout quelques instants, regardant autour de lui, aux aguets. Dee est immobile. Elle croise les doigts pour que la lumière de la lune qui se reflète sur son carreau suffise à la dissimuler au regard de son voisin. Visiblement, c'est le cas, car Ted hoche la tête avant de se diriger vers le bosquet de sureaux qui a envahi un des angles de son jardin. Il tombe à genoux et se met à creuser le sol avec les mains.

Ted a déterré un objet qu'il est en train d'épousseter. Dee comprend qu'il s'agit d'un grand couteau de chasse lorsque Ted tire brièvement la lame de son fourreau et que celle-ci scintille à la lueur de la lune. Enfin, il passe l'arme à sa ceinture et rentre chez lui.

Quand il reparaît quelques minutes plus tard, il porte un gros sac sur le dos. À pas lents, il traverse le jardin et se dirige vers la forêt. Dans la pénombre, Dee est presque sûre de voir le sac bouger.

À présent, Dee a recouvré toute sa lucidité. Tout est clair et froid. Elle n'a pas le temps de contacter Karen. Elle doit sauver Lulu – et s'occuper du monstre qui la maintient prisonnière. *Il est temps d'en finir, Dee Dee.*

Elle fonce jusqu'au placard et y récupère une bombe de peinture fluorescente, le marteau et les grosses chaussures de marche anti-serpents qu'elle a achetées pour cette occasion. Elle enfile un sweat-shirt à capuche et un manteau, et, les mains tremblantes, elle noue ses lacets. Quand enfin elle sort de chez elle et referme silencieusement la porte, Ted est en train de disparaître dans les arbres, le faisceau de sa lampe torche dansant dans la nuit.

Dee se fait la plus petite possible et se met à courir sans un bruit. Cette fois, rien ne pourra l'arrêter.

Au bout de cinquante pas dans la forêt, alors qu'on aperçoit encore les réverbères de la rue à travers les arbres, Dee s'arrête et marque le tronc d'un hêtre avec sa bombe de peinture jaune. Des branches lui caressent le visage et les jambes. La nuit, la forêt est glissante, elle s'accroche à vous. Dee s'efforce de respirer le plus silencieusement possible.

Les mots qu'elle a entendus sur la cassette tournent en boucle dans sa tête. *On ne laissera derrière nous que l'obscurité tranquille.* Lulu.

Ted quitte le chemin. Désormais, la lune est cachée par les branches. Tous les cinquante pas, Dee s'arrête pour marquer un tronc d'arbre. Elle est tellement focalisée sur la lampe torche de Ted devant elle que le faisceau de celle-ci n'est plus qu'un halo flou. Au bout d'un moment, elle remarque que la forêt a changé. Ce n'est plus le genre d'endroit où, en journée, on peut croiser une famille en promenade. Non, elle se trouve désormais dans un territoire sauvage où on peut à tout moment s'attendre à tomber sur un ours ou sur le squelette blanchi d'un randonneur disparu.

Le murmure du feuillage ressemble de plus en plus au bruit d'un crotale agitant la queue. *Arrête*, songe-t-elle. *Il n'y a pas de serpents à sonnette, ici.* Depuis toutes ces années qu'elle est prisonnière de sa phobie, il serait temps de s'en libérer.

C'est alors qu'elle glisse sur une branche humide. Avec horreur, elle constate que cette branche remue sous son pied. Juste devant son orteil droit, elle reconnaît la tête en forme de diamant. Et le bruit caractéristique lorsque l'animal se met à agiter la queue, semblable à un sac de riz qu'on secoue. Le serpent recule lentement avec la grâce d'un cauchemar, avant de se dresser devant le tas de cailloux qui doit lui servir de tanière, prêt à frapper. Ses yeux semblent émettre une lueur verdâtre. Il doit faire un mètre vingt – un juvénile.

La peur envahit les veines de Dee comme une encre noire. Elle hurle, mais seul un léger sifflement s'échappe de sa bouche. Le serpent se balance d'un côté, puis de l'autre. Peut-être qu'elle vient de le réveiller et qu'il est encore à moitié endormi, en tout cas c'est une occasion qu'elle doit saisir.

Malgré sa terreur, elle fait un pas en avant et brandit son marteau, consciente que si elle rate son coup, elle est morte.

L'outil atteint le serpent à la tête avec un craquement sec. Un deuxième coup, et l'animal n'est plus qu'un corps inerte étendu sur le sol de la forêt. Dee se penche sur le cadavre, le souffle court.

« Tu fais moins le malin, maintenant », murmure-t-elle.

Du bout de l'index, elle tâte le long corps couvert d'écailles. Il est froid au toucher. Mou. Dee le ramasse, elle veut se rappeler ce moment toute sa vie.

« Je vais fabriquer une ceinture avec ta peau », annonce-t-elle, remplie de joie et de soulagement.

Elle se sent transformée.

Mais alors qu'elle s'apprête à glisser le serpent mort dans sa poche, celui-ci redresse la tête. Dee assiste à la scène au ralenti – la tête triangulaire qui s'avance vers elle, les deux crochets qui se plantent dans son avant-bras. Elle ouvre grand la bouche dans un long hurlement silencieux et secoue le bras pour se libérer. Le long corps inerte s'agite au même rythme, comme pour une danse macabre. Certaines choses survivent à la mort. La morsure est extrêmement douloureuse. Mais ce n'est rien par rapport à la vision de cette créature qui reste attachée à elle comme une excroissance monstrueuse.

Au prix de nombreux efforts, Dee parvient à faire levier avec le marteau et à ouvrir la mâchoire figée par la mort. Les crochets paraissent translucides à la lueur de la lampe. Une fois libérée, Dee jette le cadavre froid le plus loin possible.

Quelque chose bouillonne en elle. *Ne crie pas*, s'intime-t-elle. Sauf que ce n'est pas un hurlement qui veut sortir, mais un rire. Un ricanement qui frémit au plus profond d'elle-même et qu'elle parvient partiellement à réprimer, tandis que des larmes roulent sur ses joues. Comme quoi, il y avait bien un serpent, finalement.

Elle ne veut pas regarder, mais elle n'a pas le choix. La chair autour de la morsure est déjà gonflée et a pris la couleur d'une ecchymose qui aurait commencé à se résorber.

Il est temps d'en finir, Dee Dee. Sans cesser de pouffer, elle arrache sa manche au niveau de l'épaule pour diminuer la pression sur son avant-bras. La civilisation est à plus d'une heure de marche. La seule chose à faire, c'est de continuer. D'aller au bout. Au loin, la lampe torche de Ted s'agite dans les arbres. Dee a du mal à le croire, mais sa rencontre avec le serpent à sonnette a duré moins d'une minute. Elle se remet en marche.

Très vite, elle commence à se sentir mal. Et il n'y a pas que ça. Il lui semble que les arbres qui l'entourent blanchissent à vue d'œil et que des oiseaux rouges volettent entre les branches. Elle prend une grande inspiration et tâche de chasser cette image de sa tête. Ce n'est pas un rêve. Il n'y a pas de nids constitués de cheveux humains. Son bras palpite, comme s'il avait son propre cœur. Dee sait que lorsqu'on se fait mordre par un serpent, il ne faut surtout pas bouger, afin d'éviter que le venin se répande dans tout le corps. *Qu'importe*, songe-t-elle. *De toute façon, le poison est en moi depuis bien longtemps.*

À la lueur de la lune, elle voit toujours Ted qui se dirige vers l'ouest. Ça doit être difficile, de marcher si longtemps avec un tel poids sur le dos. Peut-être que le poids remue, qu'il se débat.

De sa bonne main, Dee touche le marteau dans sa poche. Il est tout poisseux à cause du sang du serpent. Dee brûle de l'intérieur ; sa colère est comme un incendie. Ted va payer. Tous les cinquante pas, elle continue à marquer les arbres de peinture jaune. Parce qu'elle n'a pas le choix : elle doit continuer à croire qu'elle va retrouver sa sœur et revenir avec elle par le même chemin.

Elle a beau suivre Ted à une distance qu'elle juge dangereusement courte, elle finit quand même par le perdre au moment où, d'un coup, le faisceau de sa lampe torche est englouti par la nuit. Devant elle, le sol se met à descendre brutalement. Dee trébuche, panique, mais la logique reprend bientôt le dessus. Quelque part en contrebas, il y a un bruit d'eau qui coule. C'est sûrement là que Ted s'est arrêté. L'aube n'est plus très loin, à présent, elle le sent dans l'air. Alors elle s'adosse à un tronc d'arbre et reprend sa respiration. Elle ne peut pas se permettre de chuter dans le noir – il faut qu'elle patiente encore un peu. Bientôt, le jour sera là.

Alors qu'une lueur blafarde annonce l'arrivée du matin, Dee entreprend enfin de descendre l'escarpement rocheux en direction du bruit d'eau. Elle progresse jusqu'au bord d'une espèce de ravine au fond de laquelle court un torrent argenté. Sur la berge, un sac de couchage ouvert comme une énorme bouche édentée. Un feu mourant duquel s'élèvent quelques volutes de fumée qui se mêlent au ciel gris de l'aube.

C'est donc ça, l'endroit du week-end. À présent que le moment est venu, Dee se sent grave. C'est la fin de beaucoup de choses, et il y a de la solennité dans cet instant.

Prudemment, elle entame la descente. Elle tremble et son bras lesté de venin lui paraît lourd comme une pierre. Bientôt, elle remarque que le rocher au bord du torrent est constellé de taches brunes. Il s'est passé quelque chose, ici.

Dee suit les traces de sang jusqu'à un bosquet de bouleaux. *Les animaux se cachent pour mourir, c'est bien connu*, songe-t-elle. Mais de quel animal s'agit-il ? Ted ou Lulu ? La lumière qui filtre entre les arbres lui semble familière. La conversation chuchotée des feuilles. Elle a déjà connu ça. Dee s'est enfoncée dans les bois et, quand elle en est ressortie, quelqu'un était mort. Ce qu'elle ressent est comme un calque d'une situation qu'elle a déjà vécue. Sauf que bien sûr, la fois précédente, c'était un après-midi d'été. Au bord du lac. Et ce n'étaient pas des bouleaux, mais des sapins. Elle se force à chasser ces pensées.

Au début, elle ne voit pas le corps. Puis elle aperçoit une chaussure de randonnée à moitié déchaussée qui dépasse d'un buisson de ronces. Il est allongé en position fœtale, le visage contre le sol. Un liquide sombre coule de sa bouche. *Oh, elle s'est enfuie et il est mort*, songe Dee, et la joie l'envahit aussitôt. Mais juste après, elle pense : *Mince, je voulais le tuer moi-même.*

Ted grogne et se retourne avec une lenteur infinie. Sur sa peau, la terre et les feuilles mortes forment une espèce de tatouage noir. Le couteau est encore planté dans son abdomen. Du sang s'échappe de la plaie en un ruisseau écarlate. Lorsqu'il la voit, son visage se pare d'une expression de surprise presque comique. Il ne se rend pas compte qu'elle sait parfaitement qui il est. Il ignore qu'elle a observé ses moindres faits et gestes pendant des semaines, et que leurs destins sont intimement liés.

« Aidez-moi, gémit-il avant de désigner son bras d'un geste du menton. Vous aussi, vous êtes blessée.

— Un crotale », répond-elle, l'air absent.

Elle est trop fascinée par la situation. À présent, elle sait ce que ressent le serpent lorsqu'il s'approche de la souris.

« Dans mon sac, près du torrent, il y a de la colle chirurgicale, dit-il. Et aussi un kit Aspivenin, mais je ne sais pas s'il est encore bon. »

Elle est ébahie de voir qu'il s'inquiète de sa santé malgré la situation dans laquelle il est. Évidemment, il se dit qu'elle va l'aider : il a besoin d'elle.

« Je vais vous regarder mourir, annonce-t-elle, et elle regarde l'incrédulité gagner le visage de Ted.

— Pourquoi ? murmure-t-il.

— Parce que c'est tout ce que vous méritez, répond Dee en regardant le sang qui s'échappe de la commissure des lèvres de Ted. Vous mériteriez même bien pire, après tout ce que vous avez fait. »

Elle scrute les alentours, mais rien ne bouge entre les arbres.

« Où est-elle ? Dites-moi où elle est et je vous promets une mort rapide. »

Elle pense à Lulu, seule et terrifiée sous le ciel insensible. Puis elle agite l'index devant le visage de Ted. Ses yeux suivent le mouvement.

« Ce n'est plus qu'une question de temps, à présent, reprend-elle. Tic-tac. »

Des bulles rouges se forment sur les lèvres de Ted. Un son s'échappe de sa gorge. Un sanglot.

« Et vous avez le culot de vous apitoyer sur votre sort, le tance Dee. Pour elle, vous n'avez eu aucune pitié. »

Elle se lève, et le monde se met aussitôt à tourner autour d'elle, mais elle parvient à retrouver son équilibre.

« Je pars à sa recherche. »

Elle va ramener Lulu à la maison, et elles vivront ensemble. Sa sœur aura certainement besoin de plusieurs années pour se remettre de ce qu'elle a vécu, mais Dee saura se montrer patiente. Elles se soigneront l'une l'autre.

« Vous n'avez qu'à crever, espèce de monstre », lâche-t-elle avant de se retourner vers le bruit du torrent et vers le soleil doré qui perce à présent les nuages.

C'est alors que dans son dos, une voix de petite fille murmure :

« Ne l'appelez pas comme ça. »

Dee fait volte-face. Il n'y a personne d'autre que Ted.

« Ce n'est pas un monstre, ajoute la petite voix, la même que sur la cassette, et Dee constate qu'elle s'échappe des lèvres bleues de Ted. J'ai été obligée de le tuer, mais ça, c'est entre papa et moi. Ça ne vous regarde pas.

— Qui êtes-vous ? demande Dee, alors que le battement des ailes rouges lui emplit les oreilles.

— Lauren, répond la petite fille par la bouche de Ted.

— Arrêtez de vous moquer de moi ! »

Une hallucination. Un effet secondaire de la morsure du serpent. Voilà ce que c'est.

« Il a enlevé Lulu, ajoute-t-elle. Il kidnappe des petites filles. »

C'est forcément vrai. Sinon tout s'écroule.

« Il n'a jamais fait ça, dit la petite fille. On fait partie l'un de l'autre, lui et moi.

— Chut, fait Dee en se penchant au-dessus du corps de son voisin. Tu n'es pas réelle. »

Et elle pose la main sur le nez et la bouche de Ted, qui se met aussitôt à se débattre et à donner des coups de pied qui font s'envoler des feuilles mortes. Elle appuie jusqu'à ce qu'il s'immobilise. C'est difficile à dire, avec tout le sang, mais elle a l'impression qu'il ne respire plus. Alors elle se relève, péniblement. Autour d'elle, tout semble gris, à part son avant-bras gonflé, qui a viré au noir.

À travers le brouillard, elle parvient à tituber jusqu'au sac à dos de Ted. À l'intérieur, elle trouve un sac jaune avec un dessin de serpent, qui la fait sursauter. Les instructions tanguent devant ses yeux. Elle installe le garrot et pose l'embout de la pompe sur la morsure, à l'endroit où la chair est sombre et boursouflée. La douleur est abominable, mais elle actionne la pompe et regarde le sang remplir le réservoir. Peut-être que c'est l'espoir qui parle, mais elle se sent déjà mieux. Plus alerte. Quelques pressions supplémentaires sur la pompe, et elle se relève. Reste à espérer que cela suffise.

Dans une des poches extérieures du sac à dos, elle aperçoit alors la colle chirurgicale. Elle la jette dans le torrent.

« On ne sait jamais », murmure-t-elle.

Après tout, même morts, les serpents à sonnette sont capables de mordre.

Dee revoit sa main appuyée sur la bouche et le nez de Ted tandis que celui-ci cherche désespérément à respirer. Ce n'est pas si grave, il le méritait. Tout va s'arranger, à présent. Et pour ce qui est du moment où il s'est mis à parler avec une voix de petite fille, c'était juste une hallucination provoquée par le venin. Tout est flou autour d'elle, mais elle est déterminée. Après être sortie du défilé, elle marche au hasard jusqu'à apercevoir une trace de peinture jaune sur un arbre, au loin. Elle est sur le bon chemin ! Bientôt, Dee retrouvera Lulu et elles vivront ensemble. Elles seront heureuses, elles iront ramasser des cailloux. Mais pas près d'un lac. Plus jamais.

« Lulu, murmure Dee. J'arrive. »

Elle titube dans la forêt, zigzaguant entre des colonnes de lumière et d'obscurité. Derrière elle, elle entend un chien qui aboie, alors elle presse le pas.

Olivia

Ce n'est pas ton corps, Lauren ! je sanglote. *C'est le sien. On vit à l'intérieur de Ted.*

« Oui, soupire-t-elle. Mais Dieu merci, plus pour très longtemps. »

Pourquoi ? Pourquoi ? je demande en émettant des miaulements aigus de chaton. *Tu m'as poussée à tous nous tuer.*

« J'avais besoin de ton aide pour en finir. Je n'aurais pas pu y arriver toute seule. »

Et moi qui pensais être tellement intelligente… Lauren m'a menée par le bout de la truffe jusqu'à cet instant, jusqu'à notre mort.

Tu m'as menti ! je m'exclame. *Toutes ces choses que tu m'as racontées, sur le vinaigre et le congélateur…*

« Non, tout était vrai. Sauf que c'est arrivé à Ted et à moi. Tu n'as pas idée de ce qu'on a traversé. La vie est un long tunnel, Olivia. La lumière n'apparaît qu'à la fin. »

Je la vois dans mon esprit, à présent. Lauren est maigre, avec de grands yeux marron. Tout ce qu'elle m'a dit sur son corps est vrai.

Meurtrière, je lui lance.

Quelque part, Ted essaie de respirer. Ça fait un son très inquiétant, comme un sifflement rouge et humide. Il lève notre main qui jusque-là comprimait sa blessure à l'abdomen. On regarde notre sang chaud et poisseux couler sur notre paume et goutter au sol, où la terre s'empresse de le boire. Le corps de Ted, notre corps, est en train de s'éteindre.

Oh Ted, je lui dis, dans l'espoir qu'il m'entende. *Je suis désolée. Tellement désolée. Je t'en prie, pardonne-moi, je ne voulais pas te faire du mal...*

« Tu ne peux pas lui faire de mal, intervient Lauren, dont la voix est à la fois un murmure et un cri. Toutes les deux, on prend sa douleur. Toi celle qui vient de son cœur, moi celle qui vient de son corps. »

Tais-toi, je lui lance. *Tu as déjà assez parlé comme ça. Ted ?* j'appelle. *Ted ? Qu'est-ce que je peux faire pour réparer les choses ?*

Il saigne de la bouche, une fine ligne rouge qui s'échappe d'entre ses lèvres. Il mange ses mots, mais je le connais bien, alors je comprends.

« Écoute-les », me dit-il.

Tout autour de nous, dans les arbres, les oiseaux chantent l'arrivée de l'aube.

Le cordon est blanc et doux, il scintille. Il nous relie tous les trois par le cœur. Puis la lumière blanche grandit, s'étend tout autour de nous, et je comprends enfin que le cordon nous lie aussi aux arbres, aux oiseaux, aux brins d'herbe. Au monde entier. Quelque part, un gros chien se met à aboyer.

Le soleil s'est levé. L'air est plus chaud, plus lumineux. Le Seigneur est là, devant moi, une flamme qui brûle. Il a quatre pattes délicates. Sa voix est douce. *Petite chatte*, dit-Il. *Ton rôle était de protéger.* Je n'ose pas regarder Son visage. Parce que je sais qu'aujourd'hui, ce sera le mien qu'Il portera.

Ted

Dans le brouillard au-dessus de moi, quelqu'un appuie ses mains sur le trou dans mon ventre. Son souffle est chaud dans mon oreille. Il appuie de plus en plus fort, mais le sang continue malgré tout à s'échapper. Il pousse un juron, parce qu'il n'arrive pas à me tirer du néant pour me ramener à cette matinée ensoleillée.

On aurait pu lui dire que c'était vain. On est en train de mourir – notre corps se refroidit à toute vitesse. Tous autant qu'on est, on a conscience que notre sang répand nos couleurs et nos pensées sur le sol de la forêt. Le métronome rassurant de notre cœur est cassé ; maintenant, on dirait un chaton distrait en train de jouer. Le battement est de plus en plus faible, de moins en moins régulier.

Il n'y a pas le temps pour des adieux, il n'y a que l'immobilité glacée qui ronge nos doigts et nos mains, nos pieds et nos chevilles. Et qui remonte le long de nos jambes, centimètre par centimètre. Dans les profondeurs, les petits pleurent. Ils n'ont jamais rien fait à personne, ces petits. On ne leur a laissé aucune chance. Le monde lumineux sombre peu à peu dans l'obscurité.

Le soleil étend ses longs rayons sur le sol ensanglanté de la forêt. Quelque part, tout proche, un chien pousse un gémissement.

Et ensuite, plus rien.

Olivia

Je suis de retour à la maison. Je ne sais pas comment et ça n'a pas d'importance. Je n'ai pas le temps d'éprouver du soulagement d'avoir retrouvé mes jolies oreilles et ma queue. Je ne suis pas du tout en sécurité, ici.

Les murs s'effondrent tels des poumons qui s'affaissent. Du plâtre tombe par pans entiers du plafond. Les fenêtres implosent dans une pluie d'éclats glacés et laissent entrer des éclairs lumineux. Je cours me réfugier sous le canapé, mais celui-ci a disparu, remplacé par une grande bouche humide aux dents brisées. Des mains noires sortent du sol, le cordon se resserre autour de mon cou – il est transparent, à présent, la couleur de la mort. Mais surtout, il n'y a aucune odeur, et je crois que c'est ça qui me fait comprendre que je vais mourir.

Je pense au poisson dont je ne sentirai jamais le goût, je pense à la magnifique chatte tigrée que je ne reverrai jamais. Et puis je pense à Ted, à ce que je lui ai fait, et je pleure. Je sais, de la même manière que j'ai conscience de ma queue, que les autres sont déjà morts. Pour la première fois, je suis complètement seule. Et bientôt, moi aussi je serai morte.

Je sens le corps, désormais – le cœur, les os, les nuages cotonneux des terminaisons nerveuses, les ongles. Comme c'est émouvant, un ongle. Je comprends que la forme du corps n'a pas plus d'importance que l'existence d'une queue ou d'une fourrure. Seul compte le fait que ce soit le nôtre.

Il est temps de cesser d'être un chaton, je me dis. Allez, un effort ! Peut-être que si j'aide le corps, les autres pourront revenir.

Hélas, quand je me tourne vers la porte, je constate qu'elle a été remplacée par une masse tumultueuse de lames scintillantes qui découpent l'air avec un vrombissement terrible. Je ne pourrai jamais sortir par là.

Reste l'option de monter. Au sommet de l'escalier, le palier et la chambre ont disparu. Même le toit a été arraché, laissant apparaître la tempête infernale qui tourbillonne et le ciel rageur qui n'est plus qu'un lac de goudron strié d'éclairs. Il y a aussi des brouhahas aux yeux de flammes qui foncent à travers les nuages en aboyant avec leur gueule béante.

J'ai la fourrure hérissée, le cœur qui bat à toute allure. Chaque fibre de mon être m'intime de faire demi-tour, de courir trouver un abri au calme pour attendre la mort. Mais si je fais ça, c'en sera fini.

Sois courageuse. Je pose les pattes sur la première marche, puis sur la deuxième. Peut-être que ça va bien se passer, finalement !

Soudain, l'escalier s'écroule dans un fracas assourdissant. Les décombres me tombent dessus et, avec eux, une poussière étouffante et des filaments de goudron brûlant qui m'aveuglent. Quand la poussière se dissipe, je ne vois plus que des morceaux de briques. Les murs aussi se sont éboulés, bouchant l'accès à ce qui reste de l'escalier. Il n'y a plus un bruit, à présent. Je suis enfermée.

Non, je murmure en agitant la queue. *Non, non, non !* Mais je suis prisonnière. Cette maison détruite est mon tombeau. C'est terminé pour moi, c'est terminé pour nous tous.

J'essaie d'appeler le Seigneur. Il ne répond pas.

C'est alors que je ressens une espèce de poussée et que je sursaute, la queue frémissante. Dans l'angle le plus sombre du salon, Nocturne gronde. Il lève la tête. Ses oreilles sont lacérées et ses flancs lardés de profondes entailles, comme si quelqu'un l'avait attaqué avec un couteau. Mourant, oui. Mais pas mort. Pas encore.

Je réfléchis à toute vitesse. Je ne peux ni monter ni sortir, mais peut-être qu'il me reste une issue, en fin de compte.

Je souffre, dit-il avec un grognement sourd.

Je sais, je lui réponds. *Je suis désolée. Mais j'ai besoin de toi. Nous avons tous besoin de toi. Est-ce que tu peux m'emmener en bas, là où tu vis ?*

Il crache – un bruit aussi puissant qu'un geyser. Difficile de lui en vouloir. Après tout, il a essayé de me dire de me méfier de Lauren.

S'il te plaît, je l'implore. *S'il y a bien un moment qui est le tien, c'est maintenant.*

Nocturne s'avance lentement en boitant. Il se dresse au-dessus de moi et j'entends le bruit de scie que fait sa respiration. Il ouvre sa gueule et je songe : *Il va m'achever, c'est terminé*. Et j'en éprouve presque du soulagement. Mais non, sa gueule se referme délicatement sur ma nuque et il me soulève, comme le faisait Mamanchat quand j'étais chaton.

Mon moment, dit-il, et la maison disparaît. On descend à toute allure, on fonce à travers l'obscurité. Soudain, je reçois un coup terrible et je me retrouve dans un endroit totalement inconnu.

L'endroit où vit Nocturne est pire que ce que j'aurais pu imaginer. Ici, il n'y a que des ténèbres d'un autre âge. Des plaines d'un noir absolu et des canyons sans fond. Je comprends que les distances n'existent pas et que ce territoire est infini. Ce n'est pas un monde rond où on finit par retourner à son point de départ.

Ici, dit-il, et il me pose par terre.

J'ai l'impression d'avoir les poumons comprimés par la solitude. Ou peut-être que c'est simplement que nous rendons notre dernier souffle.

Non, je lui dis. *Il faut continuer à descendre.*

Il ne répond rien, mais je ressens sa peur. Il est certaines profondeurs auxquelles même Nocturne ne peut accéder.

Fais-le, je lui ordonne.

Il gronde et enfonce ses crocs dans ma gorge, mais le sang qui s'échappe de la plaie se pétrifie instantanément dans l'air froid et mort. Les corps ne fonctionnent pas de la même façon, dans ce gouffre.

Je grogne et le mords à mon tour, mes petites dents perçant la peau de sa joue. Il bondit de surprise.

Si on descend, on meurt, me confie-t-il.

Et si on ne descend pas, on meurt aussi.

Il secoue la tête, m'attrape à nouveau par la peau du cou, et nous reprenons notre périple vers les entrailles obscures de la terre.

C'est comme couler dans les abysses du plus sombre des océans. Très vite, la pression devient insupportable. À côté de moi, Nocturne halète, paniqué. Nous sommes tellement comprimés que nos os se brisent et que nos yeux explosent. Notre sang, rendu visqueux par le froid, jaillit de nos veines. Nous sommes écrasés, nos corps réduits à un amas informe. Le poids de l'infini nous annihile. Et bientôt, nous ne sommes plus que des particules de poussière. Il n'y a plus d'Olivia, il n'y a plus de Nocturne. *Allez, il faut que ça s'arrête, maintenant*, je songe. Cette agonie ne peut continuer plus longtemps. On est forcément morts. D'ailleurs, je ne sens plus la présence de Nocturne. Et pourtant, moi, j'ai l'impression d'être toujours là.

Un éclat de lumière, au loin, comme la première étoile de la nuit. On fonce vers elle, à bout de souffle. Quelque part, Nocturne redresse la tête et pousse un rugissement qui fait trembler ma poitrine.

J'ai repris des forces, mes flancs se soulèvent.

Où es-tu ? je demande. *Où suis-je ?*

Nulle part. Et partout à la fois.

Est-ce que tu es toujours Nocturne ?

Non.

Parce que moi, je ne suis plus Olivia, je lui dis, et je n'ai jamais été aussi convaincue de quelque chose de toute ma vie.

Je rugis et cours vers la lumière. Avec mes griffes démesurées, je déchire l'obscurité pour agrandir ce point lumineux. Je me bats comme jamais et enfin, au prix d'efforts inouïs, je laisse le noir derrière moi et retrouve le soleil aveuglant. Incapable de bouger, prisonnière du corps froid et ensanglanté étendu sur le sol de la forêt, je vois la main de l'homme aux cheveux roux qui comprime le trou dans mon abdomen. La plaie a presque cessé de saigner.

Je prends une profonde inspiration et m'étends dans ce corps, parcourant chaque os, chaque veine, chaque centimètre carré de chair. *Reviens. Réveille-toi.*

Notre cœur émet un faible battement.

La première pulsation est comme un coup de tonnerre dans le silence. Une deuxième, puis une troisième, et le flot du sang s'engouffre dans les artères. Une grande goulée d'air pour remplir les poumons. Cellule par cellule, le corps se rallume, se réveille. Et la vie se remet peu à peu à chanter.

Dee

Dans la lueur de l'aube, Dee court. La morsure sur son avant-bras est un trou béant aux bords maculés de terre. Elle sait qu'il lui faut aller à l'hôpital. La pompe semble avoir aspiré tout le venin, mais il y a encore le risque que la plaie s'infecte. Elle essaie de ne pas y penser. Tout ce qui compte, c'est retrouver Lulu.

Elle progresse dans la forêt en titubant et s'efforce d'ignorer les visages qu'elle voit apparaître dans le mélange d'ombre et de lumière. Elle crie le prénom de sa sœur. Parfois, sa voix est claire et puissante, parfois ce n'est qu'un murmure sec. Soudain, elle perçoit un son un peu plus loin. Un merle, peut-être, ou un gémissement d'enfant. Dee accélère le pas. Lulu doit avoir si peur.

Meurtrière. Le mot est comme une cloche qui sonne dans sa tête. Est-ce que c'est ça, qu'elle est ? Dee a conscience qu'elle ne peut pas se permettre de retourner à Needless Street. Elle a laissé des traces partout dans la forêt, partout sur le corps de Ted. Il suffit qu'un élément soit découvert pour que toute la pelote se dévide.

Les secrets sont ainsi : ils se déplacent en groupe, comme les oiseaux.

Elle se met à courir, même si elle a de plus en plus de mal à voir le chemin devant elle ; le passé est partout, engloutissant le petit matin. Des images lui viennent, des voix. Elle aperçoit une queue-de-cheval qui s'agite entre deux troncs d'arbre, elle entend son prénom murmuré par une voix terrifiée. Puis le visage de l'inspectrice de police fatiguée apparaît devant elle. Leur dernier tête-à-tête.

« Tu es sûre que tu m'as tout dit sur ce qui s'est passé ce jour-là, Delilah ? Tu n'étais qu'une enfant, tu sais. Les gens comprendraient. »

Les yeux de Karen étaient emplis de bonté. Ce jour-là, Dee a bien failli tout lui dire. En tout cas elle n'en avait jamais été aussi proche.

C'est la sandalette blanche de Lulu qui avait éveillé les soupçons de Karen, évidemment. Parce que la femme des toilettes était sûre et certaine de ne pas l'avoir ramassée par erreur et fourrée dans son sac. Elle était convaincue que quelqu'un l'avait mise là intentionnellement. Dee était furieuse. Qui aurait pu croire que cette femme serait aussi maligne ?

« Vous ne pouvez rien prouver du tout », a craché Dee.

Karen a posé sur elle son regard fatigué, et Dee s'est fait la réflexion que les rides profondes à la commissure de ses paupières ressemblaient à une coulée de lave pétrifiée.

« Ça risque de te dévorer tout entière, a fini par lâcher l'inspectrice. Crois-moi, tu ferais mieux de te libérer de ce poids. »

Forcément, la conversation s'est envenimée.

Dee s'arrête, à bout de souffle. Elle s'accroupit, tandis que son esprit continue à l'abreuver de couleurs et de souvenirs. Sa respiration est beaucoup trop rapide. Elle essaie de noyer ses pensées, comme elle a appris à le faire, mais rien n'y fait. Il flotte dans l'air une odeur d'eau fraîche, de crème solaire et de peau bronzée.

Dee s'éloigne de sa famille et zigzague entre les serviettes colorées des baigneurs pour se rapprocher de la rive.

« Salut », lui lance le garçon aux cheveux blonds.

Elle remarque les traces blanches de crème solaire sur sa peau pâle. Quand il sourit, elle constate que ses deux dents de devant se chevauchent légèrement, ce qui lui donne un air un peu sauvage et intrigant.

« Salut », lui répond Dee.

Elle devine qu'il a au moins dix-huit ans. Il doit être à la fac. Elle étudie la façon dont il la regarde et comprend, pour la première fois, qu'il voit en elle à la fois une prédatrice et une proie. Une sensation complexe, mais très excitante. Si bien que lorsque Trevor lui tend la main, elle ne la saisit pas. Elle voit la colère et la gêne empourprer son visage de manière fugace.

« Est-ce que tu es là en famille ? » demande-t-il.

C'est sa manière de se venger. Derrière cette question innocente se cache une pique : *Tu n'es qu'un bébé qui part en vacances avec papa et maman*. Dee hausse les épaules.

« J'ai réussi à les semer, répond-elle. Enfin, à part elle. »

Trevor sourit.

« Ils sont où, tes parents ?

— Tout là-bas, à côté du poste de secours. Ils faisaient la sieste et je m'ennuyais.

— Et elle, c'est ta petite sœur ?

— Elle m'a suivie, je n'ai pas pu l'en empêcher. »

Elle se tourne vers Lulu, qui lui tient la main et semble s'ennuyer. L'enfant marmonne quelque chose que Dee ne comprend pas et se tourne vers le soleil, les yeux plissés, le regard lointain. Entre ses doigts luisants de transpiration, elle tient fermement son chapeau de paille entouré d'un ruban rose.

« Elle a quel âge ?

— Six ans », répond Dee.

Puis, s'adressant à Lulu :

« Mets ton chapeau, tu vas attraper un coup de soleil.

— Non. »

Lulu considère ce chapeau de paille comme un trésor à chérir, pas comme un accessoire pratique. Confrontée au refus de sa sœur, Dee ressent une pointe de haine. Qu'a-t-elle fait pour mériter une famille aussi agaçante ? Elle arrache le chapeau des mains de sa sœur et le lui enfonce sur la tête. Voyant la petite fille au bord des larmes, Trevor se penche vers elle.

« Est-ce que ça te dirait de manger une glace ? » propose-t-il, et Lulu acquiesce une bonne trentaine de fois.

Dee réfléchit une seconde avant de hausser les épaules. Ils se mettent dans la queue. Trevor et Dee ne prennent rien. Lulu commande une glace au chocolat. C'est sûr et certain qu'elle va s'en mettre partout sur le visage et sur les vêtements et qu'ensuite, elles auront toutes les deux droit aux remontrances maternelles, mais, à cet instant, Dee s'en moque. La main de Trevor se trouve à un millimètre de la sienne. Leurs doigts s'effleurent. Quelque chose est sur le point d'arriver – c'est comme une vague de chaleur dans l'air, comme un orage qui menace d'éclater.

Dee ne proteste pas lorsque Trevor les entraîne vers la forêt, loin de la foule bigarrée des vacanciers et des odeurs de hamburger. Elle imagine la réaction de ses parents, mais le goût de la transgression est plus fort. *Pour une fois*, pense-t-elle. *Pour une fois, j'ai bien le droit de faire ce que je veux.*

Dans les ombres que projettent les sapins, tous les trois progressent en silence, comme des tigres. La plage disparaît rapidement dans leur sillage, derrière un rideau de feuilles frémissantes. Bientôt, il n'y a plus que le bruit de l'eau sombre embrassant la pierre. Ils longent la rive déchiquetée, escaladent des rochers, enjambent des branches, contournent des buissons de ronces. Même Lulu reste silencieuse – sûrement l'excitation de l'interdit. Ses sandalettes blanches ne sont pas du tout adaptées à ce terrain difficile, mais, en dépit des griffures qui zèbrent ses pieds et ses chevilles, elle ne se plaint pas. Et quand un obstacle se révèle infranchissable, le garçon aux cheveux blonds est là pour la porter.

Dee s'impatiente et le tire par la main. Ils atteignent un endroit où les arbres sont un peu moins nombreux et où les aiguilles de pin forment un tapis moelleux dépourvu de ronces. Un rocher en forme de canoë s'avance dans l'eau. Dee et le garçon se regardent. Le moment qu'ils attendaient sans trop savoir à quoi s'attendre est arrivé.

« Je veux rentrer », gémit Lulu en se frottant l'œil avec le poing.

Ses joues sont roses à cause du soleil. Quelque part dans les arbres, elle a perdu son chapeau.

« Eh bien tant pis, réplique Dee. Maintenant que tu m'as suivie jusqu'ici, tu attends. Et si tu rapportes à papa et maman, je dirai que tu mens. Allez, va jouer au bord de l'eau. »

Lulu se mord la lèvre. On dirait qu'elle va pleurer, mais elle parvient à se retenir. Elle sait que Dee est toujours fâchée contre elle, alors elle obéit.

Dee se tourne vers le garçon. Comment s'appelle-t-il, déjà ? Son cœur bat la chamade. Elle sait qu'elle prend un risque énorme. Lulu est une vraie cafteuse. *Tant pis*, songe-t-elle. *Ce qui est en train de se passer est réel.* Elle trouvera plus tard le moyen de faire taire sa sœur.

Le garçon se penche vers elle. Son visage n'est plus à présent qu'une combinaison de traits, parmi lesquels deux lèvres humides et tremblantes. *Est-ce que c'est ça, rouler une pelle ?* se demande Dee. Quelques éclairs d'excitation leur donnent brièvement l'impression d'être sur le point de devenir doués, mais le feu s'éteint très vite et il ne reste plus que leurs bouches baveuses collées l'une à l'autre. Dee se fait la réflexion que la langue du garçon a un peu un goût de hot-dog. Peut-être les choses ne deviennent-elles vraiment bien que lorsqu'on va plus loin ? Elle lui attrape la main et la pose sur sa poitrine. Son maillot de bain est un peu humide et la main du garçon est chaude. La sensation, agréable, l'incite à penser que l'expérience est une réussite. Ensuite, les doigts du garçon tentent de se frayer un passage à l'intérieur de son short en jean, mais c'est trop serré et sa main se coince, alors Dee défait le bouton et retire le vêtement. Tous les deux restent immobiles quelques instants, conscients qu'ils sont sur le point de s'aventurer en territoire inconnu. Dee glousse, parce que c'est tellement bizarre d'être en maillot de bain au milieu de la forêt, avec un garçon qui la regarde.

Soudain, elle entend un bruit. Comme une petite cuillère tapant sur un œuf à la coque, mais juste une fois. Elle remet son short et appelle : « Lulu ? » Pas de réponse. Alors elle court vers la berge. Le garçon la suit comme il peut en trébuchant sur son jean baissé.

Lulu est étendue au milieu des vaguelettes qui lèchent la rive, les jambes immergées et le haut du corps sur la terre ferme. Des nuages de sang s'amoncellent dans le lac. Dee n'a pas conscience d'avoir sauté, pourtant elle est debout, de l'eau jusqu'à la taille, à côté de la silhouette minuscule de sa sœur. Le bruit était discret mais son crâne a dû heurter le rocher avec beaucoup de force, car on a l'impression qu'il a été enfoncé par un énorme coup de poing. Dee essaie de ne pas regarder.

Elle colle ses lèvres à celles de Lulu et se met à souffler en tâchant de se rappeler la formation premiers secours qu'elle a suivie à l'école. Mais il lui semble que c'est trop tard. La peau de Lulu change de couleur à vue d'œil. Son visage blanchit et devient cireux. Des filets de sang s'échappent de ses cheveux courts. On dirait des oiseaux rouges qui s'envolent, comme sur les dessins d'enfants où les oiseaux ne sont que des traits sur un ciel blanc.

Le garçon aux cheveux blonds dont Dee n'arrive pas à se rappeler le nom se met à haleter comme une femme sur le point d'accoucher. Et puis d'un coup, il part en courant et disparaît dans la forêt.

Dee touche la main de Lulu posée sur le sable granuleux. Dans la petite paume se trouve un caillou ovale, poli par l'eau et par le temps. Il est d'un vert profond, veiné de blanc. *Joli caillou.* Dee pousse un gémissement. Des filets rouges continuent de s'échapper du crâne de Lulu pour couler jusqu'à l'eau.

Les bras et les jambes trempés de sang, Dee se penche et souffle à nouveau dans la bouche de sa sœur. Un son s'échappe de la poitrine de Lulu. Un bruit profond, comme le grincement d'une grosse branche.

Sous le corps de Lulu apparaît alors un objet allongé, une espèce de ligne sombre. Le serpent frôle la cuisse de Dee. On dirait un mocassin d'eau, mais il n'est censé y en avoir que dans le sud-est des États-Unis. De petites ombres le suivent – des juvéniles. C'est alors que Dee repère les marques de morsure sur la cheville enflée de Lulu. C'est pour ça qu'elle est tombée.

Dee est une pierre dans l'eau. Elle sent le regard des reptiles posé sur ses cuisses – ils doivent estimer qu'elle fait partie intégrante du paysage. Elle se redresse d'un bond, sort du lac dans une gerbe d'eau en plantant ses ongles dans le rocher en forme de canoë. Un tout petit serpent lové à une dizaine de centimètres de sa main se tourne vers elle en ouvrant une gueule blanche avant de disparaître dans une anfractuosité du rocher. Dee hurle et court droit devant elle, laissant Lulu sur place, le corps à moitié dans l'eau et à moitié hors de l'eau.

Dee ne voit rien ; il y a quelque chose devant ses yeux – une nuée de mouches ou un ouragan. Elle cligne les paupières pour tenter de déchirer le voile mais rien n'y fait, alors elle ralentit. S'arrête, à bout de souffle. Des gouttes ensanglantées continuent à rouler sur ses mollets. Craignant de perdre connaissance, elle s'appuie quelques instants sur une vieille souche blanchie par le temps. À ses pieds, elle ne voit plus qu'un amas grouillant de serpents. *Arrête*, se dit-elle. *C'est dans ta tête.* Il faut qu'elle prenne le temps de réfléchir.

Dans son esprit, une petite voix s'élève. *Au moins, maintenant, Lulu ne risque plus de dire quoi que ce soit à papa et maman.* Elle sanglote. Comment peut-elle penser une chose pareille à cet instant ?

Des dizaines de moucherons se posent sur elle, attirés par l'odeur du sang. Elle entreprend de s'essuyer, mais elle a les mains qui tremblent et elle se rend compte que son short est taché. Alors elle noue son tee-shirt autour de sa taille pour tenter de cacher les marques rouges. *Du sang, du sang, du sang*, songe Dee, l'esprit embrumé. *Des filets de sang frais.* La pensée suivante est comme un coup de poignard : Lulu saignait encore. Dee a vu suffisamment de films et de séries pour savoir ce que ça signifie – sa sœur n'est pas morte.

Alors Dee fait volte-face et se remet à courir aussi vite que ses jambes le lui permettent. Ses poumons sont en feu, autant à cause de l'effort que de la température ambiante. Comment a-t-elle pu abandonner sa sœur ? Non, elle va tout arranger, elle s'en fait la promesse. Elle restera auprès de Lulu et hurlera jusqu'à ce que quelqu'un arrive. Il n'est pas trop tard. Pas encore. Mais il ne faut pas qu'elle perde de temps.

Dee a le sentiment que cette course d'obstacles pour retrouver sa sœur dure une éternité. Finalement, les arbres finissent par se clairsemer et elle aperçoit le gros rocher en forme de canoë. Dee accélère encore, bondissant tel un lièvre par-dessus les débris qui jonchent la berge. À plusieurs reprises, elle tombe et s'écorche les mains, les genoux, les coudes. Elle ne s'en rend même pas compte et, chaque fois, elle se relève et se remet à courir. Quand enfin elle atteint le rocher, elle s'arrête un instant, trop effrayée à l'idée de poser le pied dessus.

« Allez Dee Dee, arrête de faire le bébé », marmonne-t-elle avant d'escalader l'énorme pierre.

Mais au pied du caillou, là où Lulu devrait être étendue, il n'y a rien d'autre que des vaguelettes léchant le granit, et quelques moucherons gris survolant l'eau froide. Pas de Lulu.

Peut-être que je me suis trompée d'endroit, songe Dee. Non, il n'y a pas d'erreur. Sur la pierre, un mince filet écarlate est en train de sécher, et une sandalette blanche flotte à quelques mètres du rivage. Dee remarque alors une trace de pas sur la berge boueuse, dont le talon se remplit déjà d'eau brunâtre. L'empreinte est très grande – beaucoup trop grande pour appartenir à Lulu ou à Dee. Peut-être au garçon ? Mais Dee sait déjà que ce n'est pas le cas.

À proximité, elle entend soudain un son familier qu'elle met un moment à reconnaître dans ce cauchemar. Une voiture qui démarre, un moteur qui tourne au ralenti, une portière qui claque.

Dee traverse au pas de course la clairière où, il y a une éternité de cela, elle a embrassé le garçon. Puis elle s'engouffre dans un épais buisson et tombe sur une piste forestière. Des tourbillons de poussière dansent encore dans l'air, comme si des pneus venaient de les soulever. Dee croit apercevoir au loin un véhicule disparaître dans un virage. Le rugissement qui vrombit dans ses oreilles couvre presque le bruit du moteur et les hurlements qu'elle pousse pour intimer au conducteur de s'arrêter et de libérer sa sœur. Mais la voiture n'est plus là. Dee baisse la tête. À ses pieds, dans la poussière, se trouve un caillou parfaitement ovale. Vert veiné de blanc.

Un peu plus loin, la lumière qui filtre à travers la forêt se reflète sur des rangées de surfaces brillantes. Dee a envie d'éclater de rire. Ils pensaient être loin de tout, ils étaient en fait juste à côté du parking.

Aux toilettes, les femmes lui lancent des regards désapprobateurs. Elle s'adosse au mur carrelé de blanc et tente d'ignorer le vacarme des sèche-mains pour faire en sorte de comprendre ce qui s'est passé, mais c'est impossible. Prise de haut-le-cœur, elle se penche brièvement au-dessus du lavabo, ce qui lui vaut d'autres coups d'œil critiques de la part des femmes dans la queue. *Il faut que je raconte tout à quelqu'un*, songe-t-elle, et cette idée la glace.

Elle voit déjà l'expression sur le visage de sa mère lorsqu'elle leur dira. Et elle devine le ton qu'emploiera son père lorsqu'il voudra lui faire croire qu'il ne lui en veut pas.

La petite voix lui souffle : *Si tu parles, tu peux dire adieu au Pacific Ballet Conservatory.* Malgré la terreur qu'elle éprouve, Dee ne peut s'empêcher de ressentir une rage sourde. Ses parents ont toujours préféré sa petite sœur, c'est comme ça depuis sa naissance et Dee l'a toujours su. C'est tellement injuste. Elle n'a rien fait de mal, enfin pas vraiment. C'est la vraie vie, là, pas un de ces vieux bouquins où quelqu'un doit mourir parce qu'une fille a commis le péché d'embrasser un garçon. Au fond d'elle, elle sait bien que sa faute, ce n'est pas ce baiser.

Qu'est-ce qu'elle pourrait leur dire, de toute façon ? Dee ne sait pratiquement rien. Elle n'a pas vu la voiture à cause de la poussière. Y avait-il une voiture, d'ailleurs ? À présent, elle n'en est même plus sûre. Peut-être que le lac a simplement englouti le corps de Lulu. Ou qu'un animal l'a emporté. Un ours, peut-être ? Ou bien Lulu s'est réveillée et elle est retournée auprès de maman et papa. *Oui*, songe Dee avec une bouffée de soulagement. *C'est forcément ça.* Quand Dee retrouvera ses parents, Lulu sera assise sur sa serviette, en train de jouer avec des cailloux. Elle lui jettera un regard de reproche parce que Dee l'a laissée toute seule pour faire ses trucs de grands. Mais Dee la chatouillera et Lulu finira par lui pardonner. Alors à quoi bon tout raconter ?

Dee sent une limace de sang parcourir lentement l'intérieur de sa cuisse.

« Est-ce que quelqu'un aurait une serviette hygiénique, par hasard ? » demande-t-elle.

Elle a pris un ton un peu sec pour ne pas montrer qu'elle est terrifiée. Puis elle retire son short et le rince dans le lavabo, devant tout le monde. Elle prend tout son temps, afin que ces femmes s'en souviennent, plus tard. Dee était ici, pas ailleurs. Pas un instant elle ne songe que, si Lulu l'attend aux côtés de maman et papa, cette démarche est inutile. Le mot « alibi » apparaît dans sa tête, mais elle s'empresse de l'effacer.

Ses règles, n'arrête-t-elle pas de se répéter. C'est de là que vient le sang. C'est comme répéter une chorégraphie – mettre une histoire sur des pas. Mais réussira-t-elle à se convaincre que cette histoire est vraie ? Dans sa tête, elle construit minutieusement une journée où le garçon aux cheveux blonds ne l'a pas attendue au kiosque du marchand de glaces, et où Lulu ne l'a jamais suivie dans la forêt.

Une fois sa décision prise, tout devient plus simple. Une femme visiblement épuisée est en train de se laver les mains au lavabo, pendant que ses trois enfants sautillent autour d'elle en lui attrapant les manches. À ses pieds, un panier de plage débordant de mouchoirs en papier, de barres de céréales, de seaux et de pelles en plastique, de jouets et de crème solaire. Dee retire la sandalette blanche de sa poche et la glisse au milieu du fouillis. Quand la femme sera rentrée chez elle et qu'elle tombera dessus, elle se dira qu'elle l'a ramassée par accident en rassemblant les affaires de ses enfants. Jamais on ne pourra remonter à Lulu. Alors que si la sandalette venait à être retrouvée à côté du rocher en forme de canoë, la police s'en mêlerait, et tout le monde finirait par savoir que Dee était là-bas.

Avant de regagner l'endroit où sont installés ses parents, elle jette discrètement le caillou vert dans un buisson.

Dee s'essuie la bouche du revers de la main et se lève. Elle se trouve dans une autre partie de la forêt, à présent. Plus sombre, plus dense. Les plants de séneçon et les ronces lui arrivent aux genoux. Il ne faut pas qu'elle oublie de marquer les arbres avec la bombe de peinture. Une fougère immense lui caresse le visage et elle l'écarte avec un mouvement d'humeur. Pourquoi faut-il que tout soit sauvage et terrifiant, ici ?

Elle entend au loin les pas irréguliers de quelqu'un d'effrayé – un enfant qui court.

« Lulu ! appelle-t-elle. Arrête-toi ! »

Lulu glousse. Dee sourit. Tant mieux si sa sœur s'amuse. Et puis, elle peut bien continuer à jouer un peu à chat avec elle.

Quelque temps plus tard, Dee a pris le temps de réfléchir, et l'horreur de ce qu'elle n'avait pas dit s'est insinuée en elle comme une maladie. *Maintenant, c'est trop tard pour raconter la vérité*, lui soufflait régulièrement la petite voix. *Si tu fais ça, on t'enverra en prison.* Après le départ de sa mère et la mort de son père, la question a arrêté de se poser, car il ne restait plus personne pour lui pardonner.

Dee a alors compris qu'elle devait retrouver celui qui avait enlevé Lulu. Si elle y parvenait, il lui restait une chance de redevenir quelqu'un de bien. C'était quelque chose à quoi se raccrocher. Hélas, Karen l'épuisée disculpait les suspects les uns après les autres, de sorte qu'après quelques années, la liste des coupables potentiels s'était réduite à peau de chagrin, et avec elle les espoirs de Dee.

Dee avait presque fini par abandonner. Et puis, un jour, elle avait entendu parler de Ted.

D'après Karen, Ted avait un alibi, mais Dee n'y croyait pas une seconde. L'inspectrice lui mentait parce qu'elle avait peur que l'incident dans l'Oregon se reproduise. Dee devait se montrer prudente. Elle mettrait en place une surveillance minutieuse. Cette fois, elle n'agirait pas avant d'avoir des preuves. Bon, finalement, elle s'est peut-être un peu emballée. Ça, elle veut bien le reconnaître.

C'est la date anniversaire de la disparition de Lulu qui la pousse à bout. Tous les ans, le 10 juillet est un trou noir pour Dee. Elle a beau résister de toutes ses forces pour ne pas être aspirée par l'obscurité, parfois, ça ne suffit pas. C'est ce qui s'est passé dans l'Oregon. Le chagrin a agrippé Dee dans ses serres noires, et elle a dû trouver quelqu'un à punir.

Cela faisait déjà plusieurs jours qu'elle surveillait Ted lorsqu'elle a décidé de passer à l'action. Tous les matins, à l'aube, elle voyait ses yeux dans les trous du panneau de bois qui barricadait sa fenêtre, tandis qu'il observait les oiseaux. Elle voyait le soin avec lequel il s'occupait des mangeoires, des distributeurs d'eau. Il y a beaucoup de choses que Dee ignore, par contre elle sait à quoi ressemble l'amour. Alors elle savait ce qui lui restait à faire.

Elle avait besoin que Ted éprouve le même sentiment de perte qu'elle. C'est pour ça qu'elle a tué les oiseaux, même si elle a détesté le faire. D'ailleurs, elle a failli vomir en installant les pièges. Mais elle ne pouvait pas faire marche arrière. Elle n'arrêtait pas de penser : *Aujourd'hui, ça fait onze ans. Onze années que Lulu n'a pas vécues.*

Après coup, elle a regardé Ted pleurer en ramassant les oiseaux. Son dos voûté, ses mains sur son visage. Elle a senti son chagrin jusqu'au plus profond d'elle-même. C'était affreux, mais elle n'avait pas eu le choix.

À présent, Dee court en titubant après Lulu. Elle se rattrape aux branches chargées de sève pour ne pas tomber.

« Arrête-toi ! s'écrie-t-elle. Allez, Lulu ! Il n'y a pas à avoir peur. C'est moi, Dee Dee ! »

Le ciel vire au rouge alors que le soleil devient une boule de feu qui s'enfonce derrière l'horizon. Dee a du mal à respirer, et ses doigts qui s'agrippent aux branches sont gonflés. Elle cligne des yeux pour dissiper l'obscurité qui gagne peu à peu la périphérie de son champ de vision.

Allez, Dee Dee.

Elle s'arrête pour vomir, mais le temps presse. Alors elle se remet à courir, plus vite encore, slalomant gracieusement entre les arbres, jusqu'à ce que ses pieds quittent le sol jonché de racines. Elle vole en silence, une flèche transperçant l'air. Elle n'entend plus que le vent et le fond sonore de la forêt : les cigales, les pigeons, les branches. *Comment pouvais-je ignorer que je savais voler ?* se dit-elle. *J'apprendrai à Lulu et on volera toutes les deux main dans la main jusqu'à la fin des temps, sans jamais se poser. On sera ensemble, et personne ne pourra jamais m'attraper. J'aurai le temps de lui expliquer pourquoi j'ai fait ce que j'ai fait.*

Sur un talus, Dee aperçoit la silhouette de Lulu qui se découpe contre le soleil couchant. Elle est toute petite et elle porte son chapeau de paille. Dee devine même les sandalettes blanches aux pieds de sa sœur. Alors elle fonce pour se poser à côté d'elle sur le sol couvert de mousse.

Quand Lulu se retourne, Dee constate qu'elle n'a pas de visage. Des oiseaux rouges jaillissent de sa tête dans une explosion de plumes. Dee pousse un cri et se cache les yeux avec la main.

Quand enfin elle se risque à la retirer, elle est seule dans la forêt et c'est de nouveau la nuit. Dee regarde autour d'elle, terrifiée. Où est-elle ? Combien de temps a-t-elle marché ? Elle tombe à genoux. À quoi tout ça a-t-il bien pu servir ? Où est Lulu ? Où sont les réponses qui lui sont dues ? Dee hurle pour expulser sa terreur et son chagrin, mais ses cris ne sont que des murmures de papier couverts par le crépitement de la pluie. Ses joues sont froides. Elle est allongée sur le sol de la forêt, complètement trempée. Son bras gonflé et tout noir est comme une pierre qui tire sur son épaule. *Je suis en train de mourir*, songe-t-elle. *Alors que je voulais simplement rétablir une certaine justice dans ce monde.*

Tandis que l'obscurité voile son champ de vision et que les battements de son cœur ralentissent, elle sent une petite caresse sur sa tête. Elle perçoit une odeur de crème solaire, de sucre, de cheveux chauds.

« Lulu, essaie-t-elle d'articuler. Je suis désolée. »

Mais son cœur s'arrête et Dee n'est plus.

La chose que Dee a été est étendue dans la forêt, loin de tout sentier. La chair noircie par le venin qui a été sa main tient toujours la bombe de peinture jaune.

Les oiseaux et les renards viennent, les coyotes, les ours, les rats. La chose que Dee a été nourrit la terre. Ses ossements éparpillés s'enfoncent dans l'humus frais et riche. Aucun fantôme n'erre entre les arbres. Ce qui est fait est fait.

dans une explosion de lumière. Dieu [illegible] cache ses yeux avec la main.

Quand enfin elle se décide [illegible] elle est seule dans la forêt et c'est de nouveau la nuit. Dieu [illegible] encore d'elle [illegible] Combien de temps a-t-elle marché ? Elle tombe à genoux. [illegible] Où est Dieu ? [illegible] les réponses que lui donnait Descartes pour expliquer [illegible] et son chagrin [illegible] de papier [illegible] complètement [illegible] comme une plume [illegible]

Tandis que l'obscurité [illegible] quelques battements de [illegible] elle sent une petite caresse sur sa tête. Elle perçoit une odeur de crème [illegible]

[illegible] son cœur [illegible] plus.

La [illegible] que Dieu a [illegible] la forêt [illegible]

[illegible] les oiseaux [illegible]

[illegible] Dieu [illegible] Aucun [illegible] entre les [illegible]

est là [illegible]

Ted

Je ne suis pas mort, je le sais parce qu'il y a un morceau de spaghetti sur le sol en linoléum vert. Ce qui se passe après la mort est peut-être mal ou peut-être bien, mais il n'y aura pas de morceau de spaghetti par terre. Le lit d'hôpital est blanc et dur, les murs sont éraflés et il y a dans l'air une odeur de nourriture. L'homme me regarde. La lumière se reflète dans ses cheveux couleur jus d'orange.

« Bonjour, me dit-il.

— Où est la femme ? je lui demande. La voisine ? Elle n'arrêtait pas de prononcer le nom de la fille. Elle était malade. »

Il me semble qu'elle s'était fait mordre par un serpent. Je crois qu'elle a utilisé le kit dans mon sac à dos, mais tout le monde sait que ces kits ne servent à rien. Je ne sais même pas pourquoi je ne l'ai pas jeté. Mes souvenirs ont beau être très confus, je me rappelle qu'il y avait quelque chose qui n'allait pas avec la voisine – à l'intérieur comme à l'extérieur.

« Vous étiez seul quand je vous ai trouvé », me répond-il.

L'homme me fixe du regard et moi aussi. Qu'est-ce qu'on est censé dire à la personne qui vous a sauvé la vie ?

« Comment vous m'avez trouvé ?

— Quelqu'un s'amusait à mettre de la peinture jaune sur les arbres. En tant que garde-forestier, ça ne m'a pas plu du tout. C'est très toxique, ces aérosols. Donc j'ai suivi la piste pour essayer d'attraper le vandale et lui dire deux mots, lorsque mon chien a senti une odeur de sang. C'était vous. »

Le médecin entre dans la chambre et l'homme aux cheveux orange sort dans le couloir, hors de portée de voix. Le médecin est jeune et il semble fatigué.

« Vous avez l'air d'aller mieux, me dit-il. Voyons voir un peu. »

Tous ses gestes sont très doux.

« Je voudrais que vous me parliez des cachets qu'on a retrouvés sur vous, ajoute-t-il, et l'angoisse me saisit instantanément.

— Ah, ça, je fais. J'en ai besoin. Ça me calme.

— Je n'en suis pas si sûr. Est-ce que c'est un médecin qui vous les a prescrits ?

— Oui. Il me les a donnés dans son cabinet.

— Écoutez, je ne sais pas où il se les est procurés, mais à votre place j'arrêterais de les prendre. Ces médicaments sont interdits à la vente depuis dix ans à cause des effets secondaires extrêmes qu'ils provoquaient chez les patients. Hallucinations, pertes de mémoire, prise de poids spectaculaire… Je pourrais vous en prescrire d'autres, si vous voulez.

— C'est que… Je n'ai pas les moyens. »

Il soupire et s'assoit sur le lit, ce qu'il n'est pas censé faire. Je le sais. Maman serait très fâchée si elle voyait ça. Mais comme il a l'air épuisé, je ne dis rien.

« C'est vrai que c'est compliqué, acquiesce-t-il. Ces traitements sont très mal remboursés. Je vais quand même vous apporter le formulaire, peut-être que vous pouvez avoir droit à une aide. »

Il hésite un instant, puis ajoute :

« Il n'y a pas que ça qui m'inquiète. Vous avez aussi beaucoup de traces de brûlure sur le dos, les jambes et les bras, ainsi que des cicatrices qui témoignent de très nombreuses plaies suturées. Bref, autant d'indices qui laissent entendre que vous avez fait plusieurs séjours à l'hôpital pendant votre enfance. Le problème, c'est que cela ne figure pas dans votre dossier médical. Pis, celui-ci est complètement vierge. »

Il me regarde droit dans les yeux.

« Quelqu'un aurait dû se rendre compte de ce qui se passait et intervenir pour que ça cesse. »

Ça ne m'avait encore jamais traversé l'esprit que quelqu'un aurait pu dire à maman d'arrêter. Je réfléchis à la question.

« Je ne crois pas que ça aurait été possible, je lui confie, même si je suis content de voir qu'il se fait du souci pour moi.

— Si vous voulez, je vais vous donner le nom d'un spécialiste qui pourra passer en revue avec vous tout votre historique médical et à qui vous pourrez parler de… ce qui vous est arrivé. Il n'est jamais trop tard. »

Il n'a pas l'air convaincu et je sais pourquoi : parce que parfois, si, il est trop tard. Je réfléchis longuement, et il me semble que je comprends enfin la différence entre avant et maintenant.

« Une autre fois, peut-être, je lui réponds. Là, j'en ai un peu assez de la thérapie. »

J'ai l'impression qu'il va ajouter quelque chose, mais il ne le fait pas et je lui en suis tellement reconnaissant que je me mets à pleurer.

L'homme aux cheveux orange m'apporte une brosse à dents qu'il a achetée au magasin de l'hôpital, ainsi qu'un bas de jogging, un tee-shirt et des sous-vêtements. Je suis un peu gêné pour les sous-vêtements, mais j'en ai besoin. Tous mes vêtements sont fichus à cause du sang.

Des médecins me donnent des médicaments qui plongent le monde sous l'eau. Ça fait aussi taire les autres, à l'intérieur. Pour la première fois depuis des années, je peux profiter du silence. Mais je sais qu'ils sont tous là, avec moi, flottant à travers le temps et l'espace.

Par la vitre, je vois de grands immeubles qui brillent au soleil. Je sens que je suis très loin de la forêt. Je demande à une infirmière si elle peut ouvrir la fenêtre, mais elle refuse en m'expliquant que la vague de chaleur est terminée. Cette partie du monde a retrouvé sa fraîcheur verdoyante. Et moi, j'ai l'impression de rentrer à la maison après être parti à la guerre.

Les infirmières sont gentilles avec moi. Elles me regardent, amusées. Pour elles, je suis le maladroit qui a trébuché sur une racine au petit matin et qui est tombé sur son couteau de chasse.

Quand je me réveille, le monsieur aux cheveux orange est encore là. Je devrais trouver ça bizarre, qu'il y ait un inconnu dans ma chambre, mais non. C'est une personne très paisible.

« Comment vous sentez-vous ? me demande-t-il.

— Ça va mieux, je lui réponds en toute franchise.

— Il faut que je vous pose une question : est-ce que c'était vraiment un accident, ce qui vous est arrivé avec ce couteau ? Parce qu'il y avait quelque chose dans vos yeux pendant que j'essayais d'arrêter l'hémorragie. Quelque chose qui semblait dire que vous étiez soulagé de… Vous savez… De mourir.

— C'est un peu compliqué.

— Les situations compliquées, ça me connaît », soupire-t-il en retirant sa casquette.

Il se passe la main dans les cheveux et ça fait comme des pics rouges.

« Vous savez ce qu'on dit : maintenant que je vous ai sauvé la vie, je suis responsable de vous. »

Si je lui raconte la vérité, j'imagine que je ne le reverrai plus jamais. D'un autre côté, je suis tellement fatigué de cacher ce que je suis. Je n'ai plus la moindre force. Ni dans le cœur, ni dans la tête, ni dans le corps. Les règles de maman ne m'ont jamais rendu service. Alors qu'est-ce que j'ai à perdre ?

Lauren remue, sur ses gardes. Je lui propose :

« Tu veux commencer ? »

Lauren

Voilà comment ça s'est passé, l'incident avec la souris – comment Ted a découvert l'endroit de l'intérieur.

La nuit était un moment privilégié, pour petit Teddy. Il adorait dormir à côté de la forme pâle et chaude de sa mère. Mais avant ça, il fallait qu'elle soigne ses plaies. Au début, c'était à peu près une fois par semaine. Sauf que depuis quelque temps, Teddy se blessait si souvent que maman devait passer toute la nuit à le recoudre. Ted trouvait que certaines coupures n'avaient pas l'air si graves – des éraflures, à peine. Il y en avait même qui étaient complètement invisibles et qu'il ne sentait pas. Maman lui expliquait que c'était les plus dangereuses. Alors elle les rouvrait, les nettoyait et les refermait avec des points de suture.

Teddy savait que maman n'avait pas le choix et que c'était sa faute à lui s'il était aussi maladroit, mais il redoutait plus que tout le moment où elle attrapait la lampe de chevet et l'orientait vers lui. Ensuite, elle sortait son plateau en métal, avec les outils brillants (les ciseaux, le scalpel), les boules de coton et la bouteille qui sentait la même chose que ce que buvait papa. Enfin, elle enfilait des gants qui lui faisaient comme une seconde peau et elle se mettait au travail.

Je crois que Ted ne m'aimait pas beaucoup, surtout au début. C'est un garçon poli et paisible, tandis que moi, je faisais du bruit. Je me fâchais très fort. La rage me traversait par vagues. Mais mon rôle n'était pas de faire de Ted quelqu'un comme moi. Non, mon rôle, c'était simplement d'éviter qu'il souffre. Pour ça, je prenais une partie de sa douleur. Hélas, je ne pouvais pas tout prendre. Et parfois, le pire, ce n'était pas la douleur, c'était les sons. Le petit bruit quand la chair s'écartait. Ça, il avait vraiment du mal à le supporter.

Une nuit, lorsque la pointe du scalpel est entrée en contact avec son dos, je suis sortie comme d'habitude pour prendre ma part de la souffrance.

« Ne bouge pas, s'il te plaît, Theodore, a dit maman. Tu rends les choses plus difficiles. »

Ensuite, elle a appuyé sur la grosse touche rouge et elle a continué à dicter ses notes pendant que sa main exécutait les consignes :

« La troisième incision est superficielle. Épidermique, seulement. »

Ted savait que maman avait raison et que ce serait pire s'il tentait de résister. À la première incartade, elle l'enfermerait dans le vieux congélateur coffre dans un bain désinfectant de vinaigre et d'eau chaude. Alors il a essayé de se laisser faire, d'être un enfant exemplaire. Malheureusement, la douleur et les bruits étaient particulièrement horribles cette nuit-là, et Ted avait peur de ne pas réussir à garder le silence jusqu'au bout, même s'il avait conscience des conséquences.

Alors qu'on était allongés l'un à côté de l'autre, je ressentais toutes ses pensées et toutes ses craintes. Avec ce que le corps subissait en même temps, c'était très difficile à gérer.

Et inévitablement, Ted a craqué. Il a laissé échapper un petit « Ah » aigu, à peine un son, à vrai dire. Mais son « Ah » a brisé le silence comme un caillou dans une mare immobile. Nous avons tous les deux retenu notre souffle. Maman s'est interrompue.

« Tu nous rends la tâche très difficile à tous les deux », a-t-elle soupiré, et elle s'est levée pour aller préparer le bain de vinaigre.

Quand elle nous a mis dans le congélateur, Ted s'est mis à pleurer à gros sanglots – il n'était pas aussi fort que moi.

L'obscurité s'est refermée sur nous. Notre peau était un crépitement de flammes. Ted respirait trop vite. Il n'arrêtait pas de tousser. Je savais qu'il ne tiendrait plus très longtemps et qu'il fallait que je le protège.

« Sors d'ici, Ted, je lui ai dit. Allez, file.

— Pour aller où ?

— Fais comme moi. Pars. Arrête d'être.

— Je ne peux pas ! a-t-il pleurniché d'une voix suraiguë.

— Mais tu vas sortir, gros bébé ! j'ai insisté en le poussant.

— Je ne peux pas.

— Peut-être que maman va aller trop loin, cette fois, et qu'on va mourir. »

Cette solution bien pratique ne m'était pas apparue avant de la prononcer.

« Ted ! J'ai une idée ! »

Mais Teddy était parti. Il avait trouvé sa porte.

Ted

Je ne sais pas trop comment l'expliquer. C'est comme si l'air s'était transformé autour de moi. Je me tenais devant la porte d'entrée de notre maison, sauf qu'il n'y avait pas de rue, pas de forêt, pas de chêne. À la place, tout était blanc comme l'intérieur d'un nuage. Mais ça ne faisait pas peur. Au contraire, c'était rassurant. J'ai ouvert la porte et je suis entré. À l'intérieur, la température était agréable et tout était très calme. Je me suis empressé de verrouiller la porte derrière moi. *Clac*, *clac*, *clac*. Je savais que maman ne pouvait pas venir ici.

Soudain, un ronronnement a empli l'air et une queue toute douce s'est mise à me frotter les mollets. J'ai baissé la tête, je n'arrivais pas à le croire : une magnifique paire d'yeux verts était braquée sur moi – deux jolies billes de la taille d'une olive à cocktail. La chatte m'observait, interdite, en agitant ses oreilles délicates. Alors je me suis accroupi et j'ai tendu la main vers elle – à tout moment, je m'attendais à ce qu'elle disparaisse comme elle était apparue. Sa fourrure était noire comme du charbon, avec une petite bande blanche au niveau du poitrail.

« Coucou chaton, j'ai murmuré en la caressant. Coucou Olivia. »

Aussitôt, elle a commencé à faire des huit entre mes jambes en ronronnant. Je me suis dirigé vers le salon, où la lumière était chaude et le canapé moelleux, et je l'ai prise sur mes genoux. La maison était presque la copie conforme de celle qui se trouvait en haut, à quelques petites différences près. Le tapis d'un bleu froid que j'avais toujours détesté était orange – une belle teinte profonde qui me faisait penser au reflet du soleil sur la route en plein hiver.

J'étais assis sur le canapé à caresser Olivia quand je l'ai entendue : une longue respiration régulière, des flancs qui se soulèvent avant de s'abaisser. Je n'ai pas eu peur. En scrutant la pénombre, je l'ai vu, étendu en un tas informe, qui me regardait avec ses yeux comme des lampes. J'ai tendu la main, et Nocturne est sorti de l'obscurité.

Et donc voilà, j'avais enfin un chaton. C'était même mieux, puisque j'en avais deux pour le prix d'un !

C'est comme ça que j'ai trouvé l'endroit de l'intérieur. Je peux descendre quand ça me plaît, même si c'est plus facile si je me sers du congélateur comme porte. J'imagine que j'aurais pu faire de cet endroit un château ou un palais, mais comment je me serais débrouillé pour savoir où trouver les choses, dans une si grande bâtisse ?

Je suis grand Ted, à présent, mais petit Teddy est toujours là. Quand je pars, c'est parce qu'il prend ma place. Il n'utilise pas le visage de la même manière que les adultes utilisent leur visage, ce qui fait que parfois, il peut être effrayant. Mais il ne ferait pas de mal à une mouche. C'est petit Teddy qui a ramassé l'écharpe bleue et qui a essayé de la rendre à la dame qui pleurait dans sa voiture, dans le parking du bar. En le voyant, elle a hurlé et elle est partie en trombe. Petit Teddy a couru après la voiture, mais elle a vite disparu sous la pluie.

Lauren

Ted était parti, et toute la souffrance qu'on avait partagée jusque-là s'est engouffrée en moi. J'ignorais que le corps était capable d'endurer autant. J'ai essayé de le rejoindre en bas, de le suivre, mais il avait verrouillé la porte derrière lui. Je me demande s'il pouvait m'entendre crier, de là-bas. Je pense que oui.

Quand maman en avait terminé, elle nous remettait dans notre lit. Les points de suture me démangeaient sous les bandes de gaze, mais je m'efforçais de ne pas me gratter. La chambre était remplie d'ombres mouvantes et, dans sa cage, la souris posait sur moi ses yeux roses, qui scintillaient dans l'obscurité.

J'ai peur, ai-je essayé de dire à Teddy. Il n'a pas répondu. Il était bien au chaud, dans un endroit confortable peuplé de queues noires, d'yeux verts et de fourrures soyeuses. J'ai essayé de ne pas pleurer, mais je n'ai pas réussi à me retenir, et Ted s'est montré indulgent.

« Tu peux dormir, maintenant, Lauren, m'a-t-il murmuré à l'oreille. Quelqu'un d'autre va monter la garde. »

J'ai entendu les pattes immenses de Nocturne gravir l'escalier, et je me suis laissée submerger par l'obscurité.

Le matin, ce sont les pleurs de Ted qui m'ont tirée du sommeil – il avait retrouvé les restes sanguinolents de Flocon dans la cage. Il était bouleversé.

« Pauvre Flocon, n'arrêtait-il pas de chuchoter. Ce n'est pas juste. »

Il a plus pleuré pour cette souris que pour la nouvelle voie ferrée de points de suture noirs dans notre dos. J'imagine que c'est parce qu'il n'était pas là lors de sa construction. Il n'a rien senti. Moi, si.

Ted savait que ce n'était pas la faute de Nocturne, que celui-ci n'avait fait qu'obéir à son instinct. Il a dit à maman que la souris était sortie de sa cage et qu'un chat errant l'avait attrapée, ce qui n'était pas tout à fait faux. Évidemment, maman ne l'a pas cru ; elle a emmené Teddy dans les bois et lui a dit de cacher qui il était. Elle pensait qu'il avait une soif dévorante en lui. Ted, lui, craignait qu'elle trouve un moyen de lui retirer Olivia et Nocturne. (Or, il était hors de question pour lui de se retrouver seul avec moi.) C'est pour ça qu'il lui a laissé croire que, comme le père de maman qui gardait ses animaux de compagnie dans la crypte sous l'*iliz*, lui aussi souffrait du mal ancien.

De mon côté, j'avais commencé à comprendre quelque chose que Ted était incapable de voir. Quelque chose qu'il s'interdisait de voir, plutôt. Chaque fois que cette pensée se manifestait, il l'immergeait le plus profondément possible. Pourtant la pensée finissait par remonter comme un bouchon, ou comme le corps d'un noyé qui refait surface. Le mal ancien avait bien été transmis, mais pas à Ted. Je me demande ce que les habitants de Locronan auraient à dire si on leur demandait pourquoi ils ont banni maman. Peut-être que leur histoire diffère de la sienne. Peut-être que ce n'était pas son père qui était malade.

À l'école, tout le monde a senti que quelque chose avait changé en Ted. Il était devenu comme un masque avec personne derrière. Ses camarades ont arrêté de lui parler, mais il s'en moquait. Il pouvait se réfugier à l'intérieur, à présent, avec les chatons. Un jour, il m'a confié que pour la première fois de sa vie, il ne se sentait plus seul.

Quand je pense qu'il a osé me dire ça à moi, qui avais été avec lui toutes les fois où maman l'avait « soigné ».

Teddy s'est mis à appeler cette maison intérieure « l'endroit du week-end », parce qu'il n'y avait ni école ni devoirs, là-bas. Assez vite, il s'est rendu compte qu'il pouvait y construire des extensions. Lorsqu'il a été licencié par le garage d'Auburn, il a ajouté un sous-sol pour y travailler sur des moteurs – Ted adore les moteurs. C'était un bel atelier qui sentait bon l'huile, avec plein d'outils rangés dans des boîtes rutilantes. Il a rempli les tiroirs de chaussettes blanches, celles-là mêmes que maman lui interdisait de porter parce que c'étaient des « chaussettes de fille ». Il a installé un puits de lumière au-dessus du palier, par lequel il pouvait observer le ciel toute la nuit, si ça lui chantait, mais par lequel seule la lune pouvait l'observer en retour. Il a réparé la boîte à musique et il a remis les poupées russes sur le rebord de la cheminée. Dans cet endroit, il peut réparer tout ce qu'il casse. Le cadre photo de maman et papa est scellé au mur et ne peut pas être retiré. Quant à Olivia, elle pouvait se promener au milieu de tout ça en agitant tranquillement la queue. Ted s'est assuré qu'elle ait elle aussi son trou pour regarder dehors. Pour elle, c'est toujours l'hiver, à l'extérieur : la saison préférée de Ted.

Et comme Ted craignait que l'épisode avec Flocon se reproduise, il a rempli le sous-sol de souris et a décrété que c'était désormais le territoire de chasse de Nocturne.

Il a aussi ajouté un grenier dont la porte est toujours verrouillée et où il remise certains souvenirs et certaines pensées. La maison comptait d'ailleurs quelques locataires indésirables : les choses vertes aux longs doigts osseux qui avaient jadis été des garçons. Ted craignait que ces garçons verts soient ceux qui avaient disparu du côté du lac. Mais vu qu'eux aussi, il les avait enfermés au grenier, ça allait. Parfois, la nuit, on les entendait gratter le plancher en sanglotant.

Plus Teddy fréquentait l'endroit du week-end, plus celui-ci gagnait en clarté et en détail. Rapidement, il a compris qu'il pouvait s'y rendre quand bon lui semblait. C'est à partir de là qu'il a commencé à y perdre beaucoup de temps. La télé diffusait ce qu'il voulait. Et il pouvait même regarder ce qui se passait dans la maison à l'étage. S'il voyait quelque chose qui lui plaisait – maman avait acheté de la glace, par exemple –, il ouvrait la porte et remontait. Le plus souvent, il se réveillait dans l'obscurité acide du congélateur, avec les trous d'aération qui brillaient au-dessus de lui comme des étoiles. Mais plus les années passaient, moins il remontait, et plus il me laissait seule avec maman.

Dès qu'elle orientait la lampe de chevet vers nous, Teddy se dépêchait de redescendre à l'endroit du week-end pour caresser son chaton.

J'en suis venue à détester cette saleté de chat. Ted le savait. Parfois, quand j'essayais moi aussi de descendre, il me maintenait suspendue entre les deux endroits, dans le congélateur obscur à l'odeur de vinaigre, parce que le chat était en bas. Ensuite, quand Olivia s'en allait, c'était mon tour. Mais si j'avais le malheur de faire quelque chose qui ne revenait pas à Ted, il avait le pouvoir de me maintenir dans le congélateur autant de temps qu'il le souhaitait.

Quand on est en dehors de la maison, je ne peux pas prendre la place que je veux, sauf si Ted m'y autorise. Mes capacités sont très limitées : écrire un message à l'intérieur d'un legging, par exemple, ou lui faire perdre sa concentration l'espace de quelques secondes. Et, bien sûr, il faut que ce soit des choses qui ne requièrent pas l'usage de mes jambes. Je ne sais pas pourquoi l'esprit malade de Ted a fait de moi une estropiée, mais c'est comme ça. Dès qu'on va quelque part, il est obligé de me porter. Je crois que c'est pour ça qu'il oublie parfois que c'est ma force qui nous a maintenus en vie.

J'ai longtemps cru que Ted ne ferait pas de mal à une mouche, jusqu'à ce que je me rende compte que je me trompais lourdement.

Un jour, on cherchait des pastilles à la menthe dans les tiroirs de maman. Elle détestait les bonbons mais elle aimait avoir l'haleine fraîche, alors elle en glissait une dans sa bouche, la suçait quelque temps puis la recrachait dans un mouchoir. Comme elle changeait souvent de cachette, on ne trouvait quasiment jamais les précieuses pastilles. Les rares fois où ça arrivait, on pouvait se permettre d'en manger une, et une seule, même si la faim nous tiraillait l'estomac : maman recomptait toujours. Une pastille, ça constituait une « marge d'erreur plausible ».

Maman rangeait des choses intéressantes dans ses tiroirs : un vieux livre de chansons avec des ours sur la couverture, une sandalette d'enfant blanche. Ce jour-là, Ted s'est montré imprudent. Il s'est mis à farfouiller au milieu des sous-vêtements de maman alors qu'il avait les mains trempées.

« Elle va s'en rendre compte, Teddy, je l'ai averti. Arrête, tu vas les déchirer ! »

Il a relevé la tête et j'ai croisé notre reflet dans le miroir de la coiffeuse. À cet instant, j'ai compris qu'il n'en avait plus rien à faire. Maman nous punirait et ferait pleurer le corps. Elle nous mettrait dans la grande boîte avec du vinaigre. Mais Teddy, lui, n'aurait qu'à descendre, me laissant seule avec la douleur.

« Ted, je lui ai dit. Tu ne… »

Il a haussé les épaules et a sorti la boîte de pastilles du caraco bien plié où maman l'avait cachée. Puis lentement, l'air rêveur, il a soulevé le couvercle en fer-blanc, a approché la boîte de ses lèvres et a versé l'intégralité du contenu dans sa bouche. Quelques pastilles sont tombées par terre pendant l'opération.

« Ted, j'ai chuchoté. Arrête ! Tu te rends bien compte qu'elle va se venger sur le corps ! »

Il a fourré les derniers petits bonbons blancs dans sa bouche, qui débordait encore. Malgré la panique qui s'était emparée de moi, j'en sentais le délicieux goût sucré sur ma langue… Mais non ! Il fallait que je réagisse.

« Je vais crier, je l'ai menacé. Je vais l'appeler.

— Et alors ? il a marmonné, la bouche pleine. Va la chercher, si ça te chante. C'est toi qui auras mal, pas moi.

— Il n'y a pas que le corps qui peut souffrir. Je lui raconterai l'endroit du week-end et les chats. Elle trouvera bien quoi faire. Tu sais que j'ai raison. Il n'y a pas que le corps que maman est capable de soumettre. Il y a aussi ce qui se trouve dans la tête. »

Ted a poussé un grognement et il a secoué la tête en me regardant dans le miroir. Soudain, ma bouche était vide et le goût sucré avait disparu. Ted avait trouvé le moyen de me couper de nos sens. Il semblait aussi surpris que moi – on ignorait tous les deux que c'était possible.

« Tu peux m'empêcher de manger des pastilles à la menthe mais pas de tout raconter à maman », je lui ai dit.

Alors Ted a tiré une épingle de la pelote posée sur la commode et, très lentement, il a planté la pointe dans la partie charnue de son pouce.

C'était comme si on m'enfonçait un tison chauffé à blanc dans le ventre. La douleur m'a traversée de part en part et je me suis mise à hurler et à pleurer. Ted, lui, est resté debout devant le miroir, à m'observer avec le même regard clinique que maman, tout en continuant à s'enfoncer l'épingle dans le pouce.

« J'arrêterai quand tu m'auras promis que tu ne parleras pas », a-t-il déclaré d'un ton glacial.

Alors j'ai promis.

La vie est trop dure – c'est quelque chose que j'ai découvert il y a longtemps et que Ted n'a jamais compris. Personne ne peut endurer autant de tristesse. J'ai essayé de lui expliquer, pourtant. *C'est grave, Teddy. Tu sais aussi bien que moi que maman est cinglée. Qu'elle a complètement perdu la raison. Un jour, elle ira trop loin et elle nous tuera. Autant choisir nous-mêmes notre mort. On n'est pas obligés de se sentir aussi mal tout le temps. Prends le couteau, fais un nœud à la corde. Va te cacher dans le lac. Enfonce-toi dans les bois jusqu'à ce que tout devienne vert. La fin peut être un soulagement.* Teddy a essayé de bloquer ma voix, bien sûr, mais il ne pouvait pas me faire taire complètement. On est deux parties d'un même tout. En tout cas c'est ce qu'on était censés être.

Peu de temps après, j'ai essayé de nous tuer pour la première fois. Ça a été un échec, mais ça a montré à Teddy qu'il ne voulait pas mourir. Alors il a trouvé un moyen de me réduire au silence : il s'est mis à passer la musique de maman chaque fois qu'il me torturait. Et il m'a tellement torturée que la musique est devenue pour moi synonyme de douleur. L'agonie ne cessait que lorsque je m'enfonçais dans le congélateur, laissant le corps vacant. J'ai vite appris à disparaître dès que j'entendais la guitare jouer le premier accord.

Ted ne sait pas tout. Je n'ai pas abandonné la lutte. Et je suis plus forte qu'il le croit. Parfois, quand il s'en va, ce n'est pas petit Teddy qui vient, mais moi. Quand il se réveille avec un couteau à la main, c'est parce que je suis là, à essayer de faire le nécessaire.

Malheureusement, je n'étais pas assez forte. Ted avait trop de prise sur moi. Alors j'ai dû pousser la chatte à agir à ma place. C'est comme ça qu'on s'est retrouvés dans cette situation.

Ted

Maman a dû sentir que tout était sur le point de s'écrouler autour d'elle. La police était passée à son ancien boulot à l'hôpital pour poser des questions. Les enfants de la crèche où elle avait été embauchée après son licenciement étaient devenus trop maladroits. Avant, c'était Teddy le plus maladroit et c'était à lui qu'elle réservait les grosses opérations, celles qui laissaient des marques. Mais depuis quelque temps, Teddy ne lui suffisait plus, et trop d'enfants qui n'étaient pas tombés se retrouvaient avec des points de suture.

La nuit précédente, maman avait passé tellement de temps à me recoudre que j'en tremblais encore. Le matin, je suis allé à la cuisine pour prendre un verre d'eau. Maman était debout sur une chaise, sur la pointe des pieds, une extrémité de la corde à linge à la main. Quand il pleuvait, maman faisait souvent sécher ses bas dans la cuisine. Elle n'avait pas de collants, elle détestait ça.

« Teddy, toi qui es grand, aide-moi à accrocher ça. Cette saloperie ne veut pas passer par-dessus la poutre. »

C'était bizarre de l'entendre dire un gros mot avec sa voix élégante où subsistait une trace d'accent. Je suis monté sur la chaise et j'ai fait passer la corde à linge par-dessus la poutre.

« Merci, a-t-elle dit d'un ton formel. Maintenant, va au magasin acheter de la glace. »

Je l'ai dévisagée, surpris. La seule fois de l'année où on avait droit à de la glace, c'était pour son anniversaire.

« Mais ça va nous faire des caries, j'ai protesté.

— Ne discute pas, Theodore, s'il te plaît. Quand tu reviendras, tu auras plusieurs choses à faire. Est-ce que tu es capable de te rappeler tout ce que je vais t'expliquer ? Parce que je ne serai pas là pour te le répéter et tu ne dois surtout rien mettre par écrit.

— Je crois que je vais y arriver, j'ai répondu d'une voix hésitante.

— Tu vas devoir te débarrasser de quelque chose que je laisserai ici, dans la cuisine. Il faudra l'emmener dans les bois, mais tu devras attendre la nuit, car on n'a rien le droit d'enterrer dans la forêt.

— Oui, maman. »

Elle m'a donné dix dollars, ce qui était beaucoup trop pour de la glace. En fermant la porte derrière moi, je l'ai entendue dire d'une voix grave : « *Ya, ma Ankou.* » Décidément, c'était de plus en plus bizarre.

J'ai pris de la glace à la vanille – son parfum préféré. Je sens encore mes doigts engourdis par le froid que dégageait le pot en carton et je distingue encore parfaitement la fine pellicule de givre sur le couvercle.

Je la vois dès que je pénètre dans la cuisine. D'une certaine manière, je n'ai jamais rien vu d'autre depuis.

L'image est gravée à l'intérieur de mes paupières. Ma mère se balance doucement au-dessus du sol, comme un pendule terrifiant. À chaque mouvement, la corde à linge émet un grincement. Les dents de maman mordent sa lèvre bleue, comme dans un dernier moment de doute.

Ses effets préférés sont soigneusement rangés dans le vanity-case posé sous ses pieds. Il y a là sa longue robe bleue, sa chemise de nuit, son parfum et son sac à main en cuir suédé qui a la même couleur que le ventre d'une biche. Sur le vanity-case, un message de sa belle écriture d'écolière française : *À emmener dans la forêt.*

Il fallait que je patiente jusqu'à la tombée de la nuit. Elle me l'avait demandé. Mais en attendant, je ne pouvais pas la laisser là, flottant au-dessus du sol. J'avais peur que quelqu'un frappe à la porte, insiste pour entrer et la découvre comme ça. Ce n'était pas que j'avais peur de m'attirer des ennuis. Simplement, maman avait l'air si vulnérable, avec son visage tout bleu… Je ne voulais pas qu'un autre regard que le mien se pose sur elle.

Alors je l'ai décrochée. Ça n'a pas été facile de la toucher. Elle était encore chaude. Je me suis excusé mille fois et je l'ai pliée de façon à pouvoir la ranger dans le placard sous l'évier. Ensuite, j'ai nettoyé le sol qui était tout souillé en dessous de l'endroit où pendait encore la corde à linge.

J'ai récupéré ses affaires pour les mettre avec elle, mais sa grosse valise était introuvable, j'ai donc fourré dans le petit vanity-case des choses dont elle risquait d'avoir besoin dans les bois : sa trousse d'infirmière et le recueil des fables d'Ésope qui était posé sur sa table de nuit. Maman ne s'endormait jamais sans un livre, et je m'inquiétais qu'elle ne parvienne pas à trouver le sommeil dans la forêt froide.

La nuit m'a enveloppé comme une couverture. J'ai pris maman et ses affaires sur mon dos et je suis sorti. Maman était toute raide, à présent, et des choses coulaient de son corps – elle aurait détesté ça. Je savais qu'il fallait que je me dépêche de gagner la forêt. Dès qu'on a été sous les arbres, je me suis senti mieux.

Plus j'avançais, plus j'avais l'impression que maman pesait lourd. Mes genoux tremblaient, ma colonne vertébrale semblait sur le point de se briser et je trébuchais à chaque pas, à bout de souffle. J'avais mal partout, mais cette souffrance était une bénédiction : une épreuve n'en est pas une si elle ne nous pousse pas dans nos retranchements.

Je l'ai enterrée au centre de la clairière, à côté de la souris Flocon. Ensuite, j'ai enfoui sa robe bleue dans l'angle sud, son sac à main préféré dans l'angle ouest et son parfum dans l'angle est. Chaque objet que je plaçais dans la terre se transformait aussitôt en dieu. Quand j'ai posé maman au fond de son trou, j'ai senti le sol de la forêt la prendre dans ses bras.

« Je te garde dans mon cœur », ai-je murmuré, et maman a commencé à se transformer sous le regard immobile des arbres blancs qui nous entouraient.

Lauren m'a murmuré à l'oreille :

« Mets-toi donc à côté d'elle. On sera bien, là. »

J'ai longuement réfléchi à sa proposition, puis je me suis rappelé que si je mourais, Olivia, Lauren, Nocturne et les petits mourraient avec moi. Et ça, je n'en avais pas envie.

Une fois tous les dieux en place, je les ai recouverts de terre. Ils étaient enterrés, à présent, mais je sentais encore leur énergie qui se dégageait du sol. Ils brillaient sans lumière.

Maman avait agi juste à temps. Deux jours plus tard, la police sonnait à la maison. Moi, j'ai attendu dans le jardin sous un soleil de plomb et je suis devenu une photo pour le monsieur du journal. Les policiers ont fouillé partout mais, évidemment, ils n'ont rien trouvé. Il manquait seulement un vanity-case ainsi que quelques affaires.

« Où est-elle partie ? » m'ont-ils demandé, et j'ai secoué la tête, parce que je n'en avais sincèrement aucune idée.

Avant de passer à l'acte, maman avait envoyé une lettre à la dame au chihuahua/teckel/terrier. Celle-ci était en vacances au Mexique mais elle a trouvé la lettre à son retour. Dedans, maman disait qu'elle partait quelque temps pour raisons de santé. C'était une femme très pudique, ma mère. Et qui ne laissait jamais rien au hasard. Même dans la mort, elle ne voulait pas être connue. C'est peut-être le seul aspect de sa personnalité auquel je peux m'identifier.

Et donc maman a disparu, et personne ne l'a jamais retrouvée. La petite fille non plus n'a jamais été retrouvée. Mais je ne pense pas qu'elles se trouvent au même endroit.

Lauren avait six ans quand elle est venue me voir pour la première fois, et elle a gardé cet âge-là très longtemps. Je ne m'étais jamais fait la réflexion, mais la petite fille à la glace au sirop avait le même âge quand elle a disparu.

Au bout d'un moment, Lauren a commencé à grandir, mais plus lentement que moi. Et sa colère a grandi avec elle. Sa rage, devrais-je dire.

« Je n'ai nulle part où ranger toutes les émotions », n'arrêtait-elle pas de me répéter.

Je m'en voulais, parce que c'était de mon chagrin et de ma douleur qu'elle parlait. Et malgré tout ce que j'avais à lui reprocher, je l'aimais d'éprouver toutes ces choses à ma place. Lauren déteste le corps. Il est trop grand et trop poilu pour elle. Elle ne peut pas porter les vêtements qu'elle aime, les leggings avec des étoiles, les petites chaussures roses… Il n'y a jamais rien à sa taille. L'incident au centre commercial est à mon avis le pire de tous. Je me suis senti tellement triste pour elle. Tout ce que je veux, c'est la protéger. Comme un père. Je lui ai d'ailleurs promis que c'est ce que j'essaierais d'être, pour elle, mais je me rends bien compte que c'est un échec. Je suis beaucoup trop détraqué pour aider qui que ce soit.

Quand j'avais besoin de réconfort, je me réfugiais à l'endroit du week-end. Olivia m'y attendait toujours, avec ses petites pattes et sa queue curieuse. Elle ne savait rien du monde extérieur et ça m'allait très bien. Lorsque j'étais avec elle, moi non plus je n'avais pas besoin de savoir.

Bien sûr, rien n'est jamais parfait. Pas même l'endroit du week-end. Parfois, des choses inattendues y apparaissent. Des sandalettes blanches, des garçons disparus qui pleurent derrière la porte du grenier.

Je finis par me taire. Je crois qu'on est arrivés au bout. Lauren a disparu. Je suis tellement épuisé que j'ai l'impression que je vais m'évaporer, comme de l'eau.

« J'aurais peut-être pu deviner, me dit-il. Champion savait, lui.

— Comment ça ?

— Il vous aime bien. Mais il y a un jour où il est devenu fou et où il s'est mis à vous aboyer dessus, vous vous souvenez ? Ce jour-là, il m'a semblé voir quelque chose dans vos yeux, l'espace d'un instant. Comme s'il y avait quelqu'un d'autre à l'intérieur. J'ai cru que j'avais rêvé.

— C'était Olivia, ma chatte. Elle essayait de s'échapper. Mais ce serait trop long à expliquer. Une autre fois, peut-être. »

Comme je m'y attendais, l'homme se lève pour partir. Je sais que je ne le reverrai jamais et j'aimerais bien qu'il reste un peu plus longtemps avec moi, alors je lui demande :

« Qui est-ce qui s'occupe de votre chien ?

— Pardon ?

— Votre chien. Ça fait toute une nuit et toute une journée que vous êtes ici. Il ne faut pas abandonner un chien aussi longtemps. Ce n'est pas bien.

— Ah. J'ai demandé à Linda Moreno de me garder Champion. »

Il remarque mon air perplexe et précise :

« La dame qui a le chihuahua.

— Je croyais qu'elle avait disparu. J'ai vu des affiches scotchées aux poteaux téléphoniques avec son visage dessus.

— Elle était en croisière sur l'Atlantique avec un homme plus jeune qu'elle. Elle ne voulait pas que sa fille le sache, et celle-ci s'est inquiétée. Mais elle est de retour. Bien bronzée.

— Tant mieux », je soupire, sincèrement soulagé.

Je me faisais du souci pour la dame au chihuahua ; je suis content qu'il y ait au moins une personne qui aille bien.

« À demain », me lance l'homme aux cheveux couleur jus d'orange, même si je sais que je ne suis pas près de le revoir.

Et il s'en va. De toute évidence, c'est quelqu'un qui ne dit jamais plus que le strict nécessaire.

L'obscurité tombe, si tant est qu'on puisse parler d'obscurité en ville. Je n'allume pas la lampe à côté de mon lit, me contentant d'observer les carrés jaunes que forment les lampadaires du parking en se reflétant sur le plafond. L'infirmière me réveille en sursaut dans un éclat de néon blanc. Elle me donne de l'eau. Lorsqu'elle porte le gobelet en plastique à mes lèvres, je remarque que le nom de l'hôpital est inscrit dessus. Je ne suis pas très doué avec les noms et j'ai l'esprit encore embrumé par le sommeil et les antidouleurs, si bien qu'il me faut un moment avant de me rendre compte que c'est l'hôpital où travaillait maman. Celui dont elle a été licenciée à cause de ce qu'elle faisait aux enfants. C'est un de ces étranges cercles du temps. Sauf que je ne sais pas si je suis au début du cercle ou à la fin. L'infirmière sort de la chambre en éteignant la lumière, et je crois que c'est la toute première fois où je prends conscience que ma mère est vraiment morte.

« Il semblerait que tu ne puisses pas me tuer, je lance à Lauren. Et je ne peux pas te tuer non plus, alors il va falloir qu'on trouve un terrain d'entente. »

Je fouille les ténèbres à la recherche de sa main, mais Lauren n'est pas là. Soit elle dort, soit elle boude, soit elle n'a rien à dire. Je n'ai aucun moyen de savoir si elle m'entend.

Je pense à la dame au chihuahua. J'espère qu'elle a passé de bonnes vacances avec son jeune amant et qu'elle se repose dans sa jolie maison jaune aux liserés verts.

Je tourne le gobelet dans ma main. Le nom de l'hôpital tourne aussi. L'endroit de maman. Sauf qu'elle n'est pas là. Elle m'attend à la maison, dans le placard sous l'évier.

Il y a quelque chose qui me travaille, mais je n'arrive pas à trouver quoi. Ça a à voir avec la dame au chihuahua et son voyage au Mexique. Je secoue la tête. Non, ça ne colle pas. La dame au chihuahua est partie en croisière, pas au Mexique. La première fois, c'était au Mexique. J'ai le sentiment familier d'avoir oublié quelque chose. Ça ne veut pas revenir.

Au moment où on me laisse sortir de l'hôpital, l'homme aux cheveux orange apparaît. Plusieurs fois, je cligne des yeux pour vérifier que je ne rêve pas, mais non, c'est bien lui. Je suis très surpris et étonnamment timide. On lui a révélé tellement de choses, l'autre nuit, que je me sens un peu à nu.

« J'ai pensé que vous auriez besoin qu'on vous ramène en voiture », me dit-il.

Alors qu'on approche de notre destination, je sens l'odeur de la forêt. C'est un tel soulagement de voir ma rue, le panneau abîmé, les arbres à l'horizon.

Je ne veux pas que cet homme pénètre dans ma maison. Elle est trop sinistre, avec ses panneaux de bois sur les fenêtres et ses pièces sombres et poussiéreuses où je vis seul avec tous les autres moi. Je voudrais qu'il s'en aille. Mais il m'aide à descendre de la voiture et à rentrer chez moi sans me demander mon avis. Ses gestes sont rapides et efficaces.

On est désormais à l'intérieur, et il ne semble pas remarquer les toiles d'araignées et les débris qui jonchent le sol. Maintenant, je suis bien obligé de lui proposer quelque chose à boire… J'ouvre la porte du réfrigérateur et une bouffée pestilentielle de lait caillé m'agresse les narines. J'ai honte.

« Une bière, me suggère-t-il en avisant le contenu du réfrigérateur.

— Très bien », je réponds, et aussitôt je me sens plus enjoué.

Je jette un œil dans les placards.

« Je parie que vous n'avez jamais mangé de cornichons au beurre de cacahuète, je lui lance.

— Et vous avez raison », me répond-il.

On s'installe sur les chaises longues cassées, dans le jardin. Il fait un temps superbe. Les pissenlits agitent leurs aigrettes duveteuses au gré du vent et les arbres murmurent dans le soleil déclinant. Je me tourne vers la lumière. L'espace d'un instant, je me sens presque normal : assis dans mon jardin par une belle journée de fin d'été, en train de boire une bière avec un ami.

« L'hôpital…, commence l'homme aux cheveux orange. Ça a dû vous manquer, le grand air, vous qui aimez la forêt.

— Oh oui.

— Hé ! dit-il, sauf que ce n'est pas à moi qu'il s'adresse, mais à la chatte tigrée qui est apparue au milieu des herbes hautes et qui a l'air encore plus maigre que d'habitude. Comment tu vas, toi ? »

L'animal vient se frotter contre les pieds rouillés de la chaise longue. L'homme met un peu de beurre de cacahuète sur le bout de son doigt et la chatte se met à lécher en ronronnant.

« Pauvre vieille, ajoute-t-il. Elle appartenait à quelqu'un, avant. Ils lui ont retiré ses griffes et ensuite ils l'ont abandonnée. Ah, les gens… »

La chatte s'allonge à ses pieds. Le soleil révèle la poussière qui s'est déposée sur sa fourrure. J'essaie de penser à une question que poserait une personne normale.

« C'est comment, le métier de garde-forestier ?

— Très bien. Depuis tout petit, j'ai toujours voulu travailler en plein air. J'ai grandi à la ville. »

J'ai du mal à l'imaginer au milieu de grands immeubles ou marchant sur des trottoirs surpeuplés. C'est un homme qui a l'air taillé pour la solitude et les grands espaces.

« On s'est déjà parlé, vous savez, reprend-il. Au bar, on se salue, parfois.

— Oh », je fais.

Je suis trop gêné pour lui dire que j'ai très peu de souvenirs des moments que j'ai passés au bar. Je crois que vers la fin, petit Teddy avait pris le contrôle, et il n'est pas très doué pour discuter avec les adultes. Ou alors j'étais trop soûl.

« Quand je pense que j'ai choisi ce bar pour donner rendez-vous à des femmes, je soupire. C'est stupide, hein ? »

Ensuite, je lui raconte le fiasco avec la femme en bleu.

« Mais vous y êtes retourné, seul, en sachant de quel genre d'établissements il s'agissait.

— Oui, pour boire. »

Il se passe quelque chose avec l'air qui nous sépare. C'est un peu comme si le temps se dilatait. Je n'arrête pas de regarder son avant-bras, posé sur la chaise rouillée. Sa peau pâle couverte d'un duvet qui brille au soleil comme des flammes. La peur me traverse de part en part.

« Je ne suis pas une personne normale, je lui avoue. C'est difficile d'être moi. Et c'est peut-être encore plus difficile pour ceux qui sont proches de moi.

— C'est quoi, une personne normale ? On fait ce qu'on peut, c'est tout. »

Je pense à l'air pincé de maman quand quelque chose la dégoûtait. Je pense à l'homme-scarabée, qui veut écrire un livre sur à quel point je suis tordu.

« Là, ce que vous pouvez faire, c'est partir », je lui lance.

Je rattrape la voiture en boitant au moment où il met sa ceinture de sécurité.

« Je suis désolé, ce n'est pas ce que je voulais dire. Le dernier mois a été compliqué, pour moi. Enfin, la dernière année. Toute ma vie, en fait. »

Il hausse les sourcils, et j'insiste :

« S'il vous plaît, revenez boire une autre bière. On peut parler de vous, maintenant.

— Vous venez de sortir de l'hôpital. Vous avez sûrement besoin de repos.

— Ne me forcez pas à courir après votre voiture. Je vous rappelle que je viens de sortir de l'hôpital. »

Il réfléchit quelques instants puis coupe le contact.

« Très bien. Moi aussi, j'ai des histoires bizarres. »

Il s'appelle Rob et il a un frère jumeau. Quand ils étaient petits, ils se comportaient comme tous les jumeaux du monde entier : ils s'amusaient à faire tourner leur mère en bourrique en se faisant passer l'un pour l'autre. Et au lycée, il leur arrivait souvent de s'échanger les cours qu'ils n'aimaient pas. Rob était meilleur en sciences et Eddie dans tout ce qui était littéraire et artistique, de sorte qu'en se présentant aux contrôles de l'autre, ils avaient tous les deux de bonnes notes. En grandissant, ils ont fini par arrêter de se payer la tête de leurs parents et ils n'ont jamais essayé de permuter avec leurs petites amies respectives. Tous les deux étaient d'accord pour dire que ça aurait été cruel. Et puis peu à peu, Rob a cessé d'avoir des petites amies. Il n'en a pas parlé à Eddie, même quand il a rencontré un homme très séduisant qui travaillait dans un restaurant du centre-ville et qu'ils ont commencé à se fréquenter.

Un soir, l'homme du restaurant a aperçu Rob dans la rue. Débordant d'amour, il a couru vers lui pour l'embrasser. Mais dès l'instant où il a posé la main sur lui, il a compris que ce n'était pas à Rob qu'il avait affaire.

Trop tard. Eddie s'est mis à le tabasser jusqu'à ce qu'il se retrouve au sol, les yeux gonflés par les coups.

L'homme du restaurant a déménagé. Eddie ne veut plus parler à Rob, et Rob dit qu'il n'en a aucune envie non plus.

« Malgré tout, c'est comme si on m'avait retiré une jambe. Sans lui, j'ai dû réapprendre à marcher. Pendant un temps, j'ai complètement arrêté de voir des gens. J'avais mon chien et la forêt. Ce que je préfère, c'est le petit matin, quand il n'y a absolument personne. »

Je réfléchis longuement à l'histoire qu'il vient de me raconter, et je dis :

« Si rien de tout ça ne vous était arrivé, je serais mort.

— Euh, fait-il, surpris. C'est une façon de voir les choses, en effet. »

On se regarde quelques instants, puis on s'assoit en silence.

Rob rentre chez lui au moment où le soleil se prépare pour la nuit et projette des reflets violets sur la forêt. En rassemblant les cannettes de bière vides, j'aperçois un éclat jaune au-dessus de ma tête, dans le hêtre. Le chant du chardonneret remplit le crépuscule. Les oiseaux sont de retour.

Nocturnia

*Bonsoir à tous et bienvenue dans ce premier épisode d'*Entrechats*, avec Nocturnia. Une très belle émission nous attend aujourd'hui, où nous allons parler lumière ! Les types d'ensoleillement et de pénombre, la meilleure configuration pour une sieste réussie, les différents moyens de faire briller vos yeux comme des lampadaires au crépuscule, mais aussi quelles ombres fournissent les postes de chasse les plus efficaces lorsque vous vous apprêtez à fondre sur votre proie tel un éclair noir dans la nuit !*

Mais avant ça, il y a un gros sujet que je suis obligée d'aborder aujourd'hui : le monde de l'étage, que certains appellent aussi « monde réel ». Je pense que nous sommes tous d'accord pour dire qu'il est beaucoup moins bien que le monde de l'intérieur. Là-haut, tout est gris et tout sent mauvais. Je n'aime pas la couleur du tapis, qui ici est d'une teinte orange absolument sublime, et qui là-haut a la couleur des teds morts. Bref, malgré mes réserves, il m'arrive d'y monter, car il faut bien savoir de quoi on parle. Parfois, je m'aventure même à l'extérieur. Je ne suis plus une chatte d'intérieur.

Je vois le monde et je le ressens, alors qu'avant, je ne faisais que l'entendre et le sentir. Maintenant, si l'envie m'en prend, je peux monter retrouver Ted et marcher avec lui dans les feuilles d'automne ou sentir la morsure du froid au petit matin.

Oui, dans l'ensemble, l'extérieur est assez décevant. Il n'y a pas grand-chose à en dire, quoi. Il y a bien une chatte tigrée, là-haut, mais ce n'est pas celle que j'aime. La première fois que je l'ai vue, je me suis dit Pauvre vieille. *Ses yeux sont d'un brun terne et, quand je regarde dedans, je ne vois qu'un animal affamé. Elle est petite et maigrichonne, elle n'a pas de griffes et elle boite. Et surtout, elle ne rayonne pas. Le ted aux cheveux orange met un point d'honneur à la nourrir. Ce ted ressemble à un bûcheron, mais en fait il est très sentimental. Malheureusement, il traîne toujours sur lui l'odeur infecte de son gros brouhaha. Ted a beau me répéter que c'est justement ce brouhaha qui a senti l'odeur de notre sang et qui nous a retrouvés dans la forêt, je refuse de croire que j'ai été sauvée par un animal aussi répugnant. Et sinon, je me demandais comment Ted surmonterait l'absence d'Olivia, mais j'ai l'impression qu'il s'en sort bien.*

J'adore descendre à l'endroit du week-end et regarder par la fenêtre ma sublime chatte faire sa toilette. Avec ses yeux jaune pomme, elle me fixe comme un serpent. Elle aussi, elle fait partie de nous, bien sûr. J'aurais d'ailleurs peut-être pu m'en rendre compte plus tôt. Elle choisit de rester silencieuse. J'espère qu'un jour, elle changera d'avis et qu'elle me parlera. En attendant, je continuerai à la vénérer comme elle le mérite. Jusqu'à la fin des temps, s'il le faut. Et pour ce qui se passe en haut, j'ai ma télé, qui me permet de tout voir.

Parfois, le Seigneur traverse le mur de la cuisine ou s'élève au-dessus de l'escalier en direction du puits de lumière qui surplombe le palier. Il se tourne vers moi et me regarde avec ses yeux ronds de poisson ou ses yeux de mouche aux mille facettes. Il est le fruit de l'imagination de Ted. Maman a tellement parlé de l'Ankou que l'Ankou est venu. Le dieu de maman s'est frayé un chemin depuis son lointain village de Bretagne jusqu'au monde d'Olivia, en passant par Ted. C'est comme ça que voyagent les dieux : par les esprits.

Ce n'est pas le Seigneur qui a poussé Olivia à aider Ted et Lauren. Elle voulait simplement être gentille. C'était sa nature. Moi aussi, je suis gentille, mais pas que.

Le cordon qui me rattachait à Ted me manque un peu, maintenant qu'il a disparu. Ted et moi sommes liés l'un à l'autre, et ce cordon reflétait de manière honnête l'état de notre relation. Je trouve que le monde d'en haut manque cruellement de signes clairs. C'est un endroit froid et sinistre. Notre énorme corps s'y déplace maladroitement, avec nous à l'intérieur comme des poupées russes mal ajustées. C'est tout à fait répugnant, si vous voulez mon avis.

Mais en tout cas, maintenant, on peut tous passer du temps ensemble – Ted, Lauren et moi. Il y a aussi quelques autres dont je ne connais pas encore le nom et qui commencent tout juste à apparaître à la lumière. Là-haut, on peut parler, se disputer..., et toutes ces choses, on peut aussi les faire en bas, dans mon endroit. Parfois, il se passe plusieurs jours sans que je redescende. Donc j'imagine que d'une certaine manière, l'étage est aussi ma maison, maintenant.

Ted

C'est l'automne, et on suit le chemin qui serpente entre les arbres nus. Dans l'air, il y a une odeur de champignons et de feuilles rouges. Rob est à mes côtés, ses cheveux comme des flammes qui s'échappent de sous sa casquette. Trois mois se sont écoulés depuis le matin où il m'a secouru dans la forêt, mais j'ai l'impression que ça fait une vie entière.

Toutes les histoires s'imbriquent les unes dans les autres. Elles se font écho. Et tout a commencé avec la petite fille à la glace au sirop. Elle mérite un témoin, c'est pour ça qu'on est là.

Il n'y a que quatre cents mètres entre le parking et le lac, mais il nous faut un moment pour les parcourir, à cause de ma blessure qui n'a toujours pas fini de cicatriser et qui me force à traîner les pieds. On peut vraiment se faire très mal quand on ne ressent pas la douleur.

« Mets ton écharpe », je conseille à Rob.

C'est étrange, je voulais un ami pour s'occuper de nous et, maintenant que j'en ai un, c'est moi qui veux absolument m'occuper de lui.

Les arbres s'écartent et on atteint la berge. Il fait frais, aujourd'hui ; le sable a l'air sale et terne sous le ciel gris. Il y a quelques promeneurs, pas beaucoup, certains accompagnés de leurs chiens. L'eau brille comme du verre noir. Elle est tellement immobile qu'on dirait une peinture ou une illusion d'optique. Le lac est plus petit que dans mes souvenirs. Sauf qu'évidemment, c'est moi qui ai changé.

« Je ne sais pas quoi faire », je confie à Rob.

Que peuvent dire les vivants aux morts ? La petite fille à la glace au sirop a disparu et on ne sait pas où elle se trouve. Maman n'est pas sous l'évier, pas plus que papa n'est dans l'appentis.

« Peut-être qu'il n'y a rien à faire », me répond Rob en posant la main sur mon épaule.

Alors j'essaie de concentrer toute mon attention sur la petite fille, de me rappeler qu'à un moment, elle était là, et que maintenant, elle n'y est plus. Et j'envoie mes pensées les plus douces vers l'eau, le ciel, les feuilles mortes, le sable et les galets. *Je te garde dans mon cœur*, je murmure intérieurement à la petite fille à la glace au sirop, parce que j'ai le sentiment que quelqu'un devrait le faire.

Il s'est mis à pleuvoir, mais je retire mes chaussures. Rob fait de même, et on enfouit nos pieds dans le sable humide en regardant le lac et les cercles que forment les gouttes sur sa peau d'un noir infini.

« Il fait vraiment froid », dit Rob au bout d'un moment – c'est une personne très terre à terre.

Je secoue la tête. Je ne sais pas à quoi je m'attendais. Il n'y a rien, ici.

On retourne à la voiture en silence par le même chemin. À un moment, mon œil est attiré par quelque chose qui brille sur le sentier baigné par la pluie. Je me baisse. C'est un objet allongé, ovale et parfaitement lisse. Vert comme la mousse, avec des veines blanches en travers.

« Regarde, je dis à Rob. Tu as vu ce joli caillou ? »

Mais alors que je cours pour lui montrer ma trouvaille, le sol cède soudain sous mon pied. Mes semelles quittent la terre meuble et les graviers, le monde se retourne, et je tombe lourdement.

Quelque chose se déchire à l'intérieur de moi. C'est comme si on me tuait à nouveau. Sauf que cette fois, je ressens l'onde de choc violette et noire qui traverse tout mon corps. Les notes aiguës et stridentes qui vrillent mes terminaisons nerveuses. La douleur explose en moi et remplit instantanément l'intégralité de mes cellules.

Rob est penché sur moi, sa bouche tordue en une grimace de panique. Il me parle d'hôpital et d'urgences.

« Pas tout de suite, je murmure. Laisse-moi sentir. »

J'ai envie de rire, mais ça me fait trop mal. Finalement, je crois que c'est la douleur qui le fait sortir. Les barrières qui se dressent entre nous tombent les unes après les autres.

Je l'ai mise dans notre poche, me dit-il d'une voix claire et enfantine.

Petit Teddy ?

Dans notre poche, mais toi, tu l'as jetée à la poubelle.

J'enfonce la main dans la poche de mon pantalon. Il y a du sang qui coule de quelque part – ma chemise est toute tachée.

« Qu'est-ce que tu fais ? demande Rob, et la peur forme des filaments gris dans sa voix. Tu saignes ! »

Il sort son téléphone portable.

« Arrête ! je hurle sans tenir compte de la douleur intense que cela produit. Attends ! »

Mes doigts se referment sur une feuille de papier. *Le Meurtrier*. Ma liste, que j'avais déchirée ! Quelqu'un a recollé les morceaux. En bas, le dernier nom me fixe intensément. *Maman*.

Petit Teddy ne voulait pas parler du meurtrier qui a tué les oiseaux. Il n'est probablement même pas au courant. Non, il fait référence à un autre meurtre.

C'est ce que je n'arrête pas d'essayer de te faire comprendre, me dit-il. *Mais tu ne voulais pas savoir.*

Le souvenir se rue sur moi, porté par la douleur. Un tourbillon d'émotions, de couleurs, de terre mouillée, de lune éclairant une rue déserte. C'est comme regarder un film qu'on pourrait aussi toucher et sentir.

Petit Teddy

Le temps et la douleur – c'est quelque chose qu'on partage entre nous. Grand Ted a emmené maman dans la forêt pour qu'elle se transforme en dieu. Mais moi, j'ai vu ce qui s'est passé la nuit d'avant.

Je suis dans le salon. Ça fait déjà plusieurs années que papa est parti. L'autre jour, la petite fille à la glace au sirop a disparu, du côté du lac. Tout le monde est très inquiet.

Il y a un papier sur la table devant moi. Une lettre de motivation. Je fais un dessin de moi dessus avec un crayon jaune et je chantonne. L'odeur de la fumée de cigarette et du café brûlé se glisse sous la porte de la cuisine. La dame au fox-terrier est en train de parler.

« Une demi-boîte le matin et des croquettes le soir, explique-t-elle à maman. Mais seulement après la promenade. Oh, j'ai failli oublier, les fougères en pot : il faut les arroser trois fois par semaine. Pas plus, pas moins. Il y a des gens qui trouvent que c'est trop, mais moi je dis que pour les fougères, il faut toujours que la terre soit un peu détrempée.

— Tu peux compter sur moi, lui dit maman d'une voix douce.

— Merci. »

Un bruit de clés qui s'entrechoquent.

« Celle avec le ruban vert, c'est pour la porte d'entrée, ajoute la femme au fox-terrier. Et celle-ci, c'est pour la porte de la cave, mais je ne m'en sers quasiment jamais. Pfiou… Mexiiiiiiiico ! Tous les matins, au petit déjeuner, je vais me commander un cocktail avec une ombrelle miniature. Je vais me baigner, faire bronzette et ne pas penser une seule seconde au boulot !

— Tu l'as bien mérité, dit maman. Avec tout le stress que tu subis.

— Ça, je ne te le fais pas dire. »

Il y a un moment de silence, puis un bruit de chaises et plusieurs baisers sonores – la dame au fox-terrier fait la bise à maman. Je colle mon oreille à la porte. Je suis jaloux, je suis rempli de vinaigre.

Je suis à la fenêtre de ma chambre et je regarde maman sortir. Il fait nuit. Elle a une grosse valise avec elle et j'ai peur qu'elle parte à Mexiiiiiiiico rejoindre la dame au fox-terrier. Je ne veux pas qu'elle me laisse tout seul. Mais je devine que la valise est vide, puisqu'elle la balance à bout de bras sans effort. Je n'ai jamais vu maman comme ça : maman ne s'amuse jamais. Jamais. Et je sais qu'elle ne voudrait pas que quelqu'un la voie, à cet instant – surtout pas moi. Ce soir, les lampadaires de la rue sont éteints. Maman a de la chance que des enfants les aient cassés en jetant des cailloux dessus.

Maman s'éloigne vers la forêt. Elle ne revient pas et je me mets à pleurer, parce que cette fois, c'est sûr, elle est partie pour de bon.

J'attends, et j'attends.

J'ai l'impression que ça dure toute la nuit, mais il ne doit s'écouler qu'une heure ou deux. Enfin, maman ressort de la forêt. Elle marche sur le trottoir surplombé par les grandes branches. Quand elle apparaît à la lueur argentée de la lune, je vois que la valise est lourde, à présent. Elle a l'air de forcer pour la tirer sur ses roulettes. Maman dépasse notre maison sans s'arrêter ni même regarder ! Qu'est-ce qui se passe ? Où va-t-elle ?

Dans la nuit, les liserés verts de la maison de la dame au fox-terrier ont l'air gris. Maman fait le tour et, bientôt, je ne la vois plus. Alors je vais me coucher sous ma couverture, mais je ne dors pas. Un peu plus tard, je l'entends rentrer, faire couler de l'eau dans la salle de bains, se laver les dents. Et puis, un autre son, très discret. Maman est en train de fredonner.

Le lendemain matin, elle est comme d'habitude. Pour le petit déjeuner, elle me donne un petit pot de compote de pomme et une tranche de pain. Je remarque que ses mains sentent la terre humide. La grosse valise n'est plus là, alors j'imagine qu'elle l'a envoyée à Mexiiiiiiico par la poste. Je l'entends demander à grand Ted d'aller acheter de la glace.

Je n'ai pas arrêté d'essayer de prévenir Ted. Combien de fois je l'ai ramené devant la maison jaune aux liserés verts ? Je pense qu'au fond, il savait très bien que c'était maman, même s'il espérait très fort que ce ne soit pas le cas. Maintenant, il ne peut plus nier la vérité. Bim, boum, comme un coup de poing.

J'entends grand Ted qui pleure.

Ted

« Ne bouge pas, tu vas aggraver ta blessure. »

Au-dessus de moi, dans le ciel, le visage de Rob est encore plus pâle que d'habitude.

« Il faut qu'on le dise à quelqu'un, je sanglote, ma barbe inondée de larmes. Je sais où elle est. S'il te plaît, s'il te plaît, il faut qu'on y aille tout de suite ! »

Une autre chose que j'apprécie chez Rob, c'est qu'il ne perd pas de temps à poser des questions.

Tout se passe très vite et très lentement à la fois. On titube jusqu'à la voiture et Rob nous conduit au poste de police, où on nous fait attendre très longtemps. Je saigne toujours un peu, mais je refuse que Rob m'emmène à l'hôpital.

« Non, je lui fais. Non, non, non, non, non. »

Et plus je hausse le ton, plus Rob recule, surpris. Enfin un homme avec des cernes sous les yeux nous reçoit. Je lui raconte ce que petit Teddy a vu et il se met à passer des coups de téléphone.

On attend la venue de quelqu'un d'autre – une femme dont c'est le jour de congé. Elle finit par arriver, vêtue de cuissardes de pêche. Elle était sur son bateau.

L'inspectrice a l'air épuisée et elle ressemble un peu à un opossum. Je la reconnais ! Elle faisait partie des policiers qui ont fouillé ma maison, il y a onze ans. Je suis soulagé de constater que mon cerveau est de mon côté, pour une fois ! Plus je parle à l'inspectrice-opossum, moins elle semble fatiguée.

J'attends sur une autre chaise en plastique. Toujours le poste de police ? Non, il y a plein de gens qui ont mal. Je suis à l'hôpital. Je patiente quelque temps, puis un médecin me met des agrafes, ce à quoi je ne m'attendais pas. Je refuse l'analgésique qu'il me propose – je veux ressentir la douleur. La vie est trop courte.

Quand Rob me ramène à la maison, c'est déjà l'aube. Devant la maison de la dame au chihuahua, il y a une camionnette garée et plusieurs voitures avec de très jolies lumières rouge et bleue qui se reflètent sur les liserés verts et le bardage jaune. La dame au chihuahua pleure. Elle serre son petit chien contre elle, et celui-ci lui lèche le nez pour la consoler. J'ai de la peine pour elle. Maman ne l'a jamais fait souffrir physiquement, mais elle lui a quand même fait du mal.

Les policiers installent de grands panneaux blancs devant sa maison pour boucher la vue. Moi, je m'installe à la fenêtre du salon et je regarde, même s'il n'y a rien à voir. Ça dure des heures. J'imagine qu'ils doivent creuser profond. Maman n'a jamais rien laissé au hasard. On est tous là, bien réveillés dans le corps, et on fixe les écrans blancs. Petit Teddy pleure en silence.

Quand ils retrouvent la petite fille à la glace au sirop, on le sait. On le sent. Elle est dans l'air comme l'odeur de la pluie.

La voisine d'à côté n'est pas revenue. Quand elle courait dans les bois, je l'ai entendue crier le nom de la petite fille. Ça m'a fait réfléchir et j'en ai parlé à l'inspectrice-opossum. Malgré tout ce qui s'était passé, j'ai ressenti de la compassion pour elle lorsque les policiers ont fouillé sa maison. C'était son tour d'avoir tous ces yeux braqués sur ses affaires. Assez vite, ils ont découvert qu'elle était la sœur de la petite fille à la glace au sirop. Quand j'ai appris ça, j'ai pensé *Maintenant, elles sont mortes toutes les deux*. J'en étais certain. Je ne sais pas pourquoi.

Dans la maison de la sœur, la police a retrouvé la cassette jaune de maman. Dessus, il y avait ses notes sur la petite fille à la glace au sirop. Après l'avoir écoutée, l'inspectrice-opossum m'a dit qu'apparemment, celle-ci était déjà morte quand maman l'a trouvée. Mais je préfère ne pas penser à ça.

Je suis sûr que maman a pris la petite fille pour un garçon. Maman ne s'intéressait pas aux filles. Et donc elle l'a enlevée à cause d'une accumulation de coïncidences : une coupe de cheveux, une sortie au lac, un papa qui se trompe de chemin. Ça me fait mal au cœur, et je crois que ce sentiment va rester pour toujours. Comme une blessure qui ne cicatrise pas.

Avec l'inspectrice-opossum, on boit un Coca dans mon jardin. On a mal aux doigts après avoir retiré tous les clous. Les panneaux de bois brisés sont éparpillés tout autour de nous. La maison me semble tellement étrange avec ses fenêtres. À tout moment, je m'attends à la voir cligner des yeux. Il fait toujours chaud au soleil, mais, à l'ombre, ce n'est pas la même histoire.

Il y a une grosse épaisseur de feuilles mortes par terre. Rouges, orange, brunes : toutes les nuances de couleur des cheveux de Rob. Bientôt, ce sera l'hiver. J'adore l'hiver.

J'aime bien l'inspectrice-opossum, mais je ne suis pas prêt à la laisser entrer chez moi. Le regard des autres transforme ma maison en un endroit que je ne reconnais pas. Je crois que c'est quelque chose qu'elle comprend.

« Est-ce que vous savez où se trouve votre mère ? » me demande-t-elle à brûle-pourpoint au beau milieu d'une conversation sur les loutres de mer. (Elle en connaît un rayon sur le sujet, d'ailleurs.)

Je souris parce que je sens qu'elle apprécie notre conversation sur les loutres, mais qu'elle s'en sert pour me prendre de court afin que je lui dise la vérité. Ça me plaît ; elle fait bien son métier.

« Est-ce que je devrais continuer à la chercher ? ajoute-t-elle. Il faut me le dire, Ted. »

Je réfléchis à sa question. L'inspectrice-opossum patiente sans me quitter du regard.

Je ne sais pas vraiment comment fonctionne le monde, mais je sais ce qui se passera si on retrouve les os. Les fouilles, les photos dans le journal, à la télé. Maman, ressuscitée. Les enfants iront à la source la nuit pour jouer à se faire peur en se racontant l'histoire de l'infirmière tueuse. Maman restera un dieu.

Non. Cette fois, il faut qu'elle meure pour de bon. Et pour ça, il n'y a qu'une solution : l'oubli.

« Elle est morte, je réponds. Je vous le jure. Mais c'est tout ce que je peux vous dire. »

L'inspectrice-opossum me regarde longtemps en silence, puis elle déclare :

« Très bien. Dans ce cas, cette conversation n'a jamais eu lieu. »

Après l'avoir raccompagnée à sa voiture, je me rends compte que le dernier S du panneau de la rue est en train de s'effacer. Si on plisse les yeux, on pourrait presque croire qu'il n'est plus là du tout. « NEEDLES STREET ». La rue des aiguilles. Je frissonne et me dépêche de rentrer.

L'homme-scarabée a disparu. Son cabinet est vide, je suis allé vérifier. Maintenant, je parle à la femme-scarabée. C'est le jeune médecin de l'hôpital qui m'a donné son numéro. Parfois, elle vient à la maison et parfois je la retrouve à son cabinet, qui est blanc et froid comme l'intérieur d'un iceberg. Dedans, il y a un nombre normal de chaises. C'est une dame très gentille qui ne ressemble pas du tout à un scarabée, mais j'ai encore du mal avec les noms. Et il y a eu tellement de changements, en quelques semaines. Peut-être que j'ai besoin que certaines toutes petites choses restent les mêmes.

Elle m'a suggéré d'écouter mes enregistrements pour voir ce que j'avais oublié. Je suis surpris de découvrir que j'ai rempli douze cassettes. Je ne me souvenais pas d'en avoir utilisé autant, mais bon, c'est à ça qu'elles servent, non ? À remplacer ma mémoire défaillante.

Elles sont numérotées, alors je commence par la numéro un. Les vingt premières minutes sont conformes à mes attentes : quelques recettes et des observations sur la clairière et sur le lac. Après ça, il y a une pause. Je me dis que c'est terminé et je m'apprête à rembobiner quand quelqu'un se met à respirer bruyamment dans le silence de la cassette. Une inspiration, une expiration. Un frisson glacé me parcourt les bras et les jambes. Ce n'est pas ma respiration.

Une petite voix hésitante se met à parler :

« J'étais occupée à passer ma langue sur la partie de ma patte qui me grattait quand Ted m'a appelée. Je me suis dit : "Ah non, ce n'est pas le moment." »

J'ai le cœur qui me remonte dans la gorge. Impossible – et pourtant, c'est bien elle. Olivia, mon beau chaton perdu ! J'ignorais qu'elle était capable de parler. Je comprends mieux, maintenant, pourquoi je n'arrivais jamais à remettre la main sur ce satané magnétophone. Sa voix, douce et inquiète, me fait penser à une institutrice. C'est à la fois merveilleux et triste de l'entendre, un peu comme quand on voit une photo de soi bébé. J'aurais tellement aimé parler avec elle. Maintenant, c'est trop tard. Alors je continue à écouter, et je ne sais pas pourquoi, mais je pleure.

D'après la femme-scarabée, ça s'appelle l'intégration. Ça arrive, parfois, dans des situations comme la nôtre. *Intégration.* On dirait le nom de quelque chose qui se passe dans une usine. Je crois qu'Olivia et l'autre voulaient simplement être ensemble. Quoi qu'il en soit, Olivia est partie et elle ne reviendra pas.

La femme-scarabée me dit toujours de laisser entrer les émotions et de ne pas les bloquer, alors c'est ce que j'essaie de faire. Et ça fait mal.

Il y a d'autres voix, au milieu des enregistrements d'Olivia – des voix que je ne connais pas. Certaines ne consistent qu'en des séries de grognements, de longues pauses, de cliquetis et d'espèces de couinements. Ce sont elles qui me transpercent en gémissant comme de petits fantômes glacés. Avant, j'essayais de les enfermer dans le grenier. Maintenant, je prends le temps de les écouter. J'ai passé trop de temps à me boucher les oreilles.

Depuis quelque temps, l'aube me réveille. J'émerge lentement d'un rêve rempli de plumes jaune et rouge. Mon esprit répond par des sons verts et des pensées qui ne sont pas les miennes. J'ai le goût du sang dans la bouche. Quand je vais me coucher, je ne sais jamais à qui appartiendront les rêves que je vais faire. Mais au moins, maintenant, le corps se repose au lieu d'être utilisé par quelqu'un d'autre pendant mon sommeil. Alors ça vaut le coup.

Il y a d'autres choses qui ont changé. Trois jours par semaine, je travaille dans la cuisine d'un restaurant du centre-ville. J'aime bien marcher et regarder la ville grandir autour de moi. Pour l'instant, je fais seulement la vaisselle, mais on m'a dit que bientôt, je pourrai peut-être aider les cuisiniers qui s'occupent de la friture. Aujourd'hui, il n'y a pas de travail. Aujourd'hui, c'est juste pour nous.

Sans les panneaux sur les fenêtres, la maison semble faite de lumière. Je sors du lit en faisant bien attention à ne pas arracher mes agrafes. Mon corps est un paysage de cicatrices plus ou moins récentes. Je me lève, et, pendant quelques instants, il y a une lutte qui se livre au plus profond de nous. Le corps vacille dangereusement et on se sent tous malades. Lauren boude mais me laisse prendre le contrôle. Je nous rééquilibre en posant une main sur le mur et en prenant une profonde inspiration. La journée est remplie de ces petits séismes intérieurs.

On apprend. Ce n'est pas facile de garder tout le monde dans son cœur en même temps.

Peut-être qu'un peu plus tard dans la journée, je laisserai à Lauren le contrôle du corps. Elle fera du vélo, elle dessinera ou elle ira se promener dans les bois. Pas à la clairière, par contre, ni à la source. On ne va jamais là-bas. La robe bleue en organza moisi, le vieux vanity-case, les ossements…, il faut les laisser tranquilles pour qu'ils cessent d'être des dieux et redeviennent simplement de vieilles choses.

On marchera sous les arbres et on écoutera les sons de la forêt à l'automne.

L'inspectrice-opossum fatiguée et la police fouillent les bois à côté du lac, dans l'espoir de retrouver les petits garçons que maman a pris. Ils pensent qu'il y en a eu six, en tout, mais c'est difficile à dire parce que les enfants ont aussi tendance à se perdre tout seuls. Surtout que c'étaient principalement des garçons issus de familles tristes, ou qui pour certains n'avaient pas de famille du tout. Maman aurait choisi ceux qui ne manqueraient à personne. Si la disparition de la petite fille à la glace au sirop a fait autant de bruit, c'est parce qu'elle avait des parents.

Peut-être qu'un jour, on retrouvera ces garçons. En attendant, j'espère qu'ils reposent en paix dans la terre chaleureuse, sous la forêt verdoyante.

En fin d'après-midi, peut-être que je m'endormirai sur le canapé avec Nocturnia en regardant un spectacle de monster trucks. À la nuit tombée, elle ira chasser avec son acolyte. Un moment de malaise me traverse, ça fait comme si une feuille mouillée me caressait la nuque. Nocturnia est grande et puissante.

En tout cas, c'est une très belle journée, et c'est l'heure du petit déjeuner. En passant devant le salon, je jette un coup d'œil par la porte pour admirer mon nouveau tapis. Il est de la couleur de tout – jaune, vert, ocre, magenta, rose. Je l'adore. Une fois maman partie, j'aurais pu me débarrasser du vieux tapis bleu à n'importe quel moment. Et pourtant, c'est étrange, mais cette idée ne m'est venue qu'après les derniers événements.

On entre dans la cuisine. Pour l'instant, on n'a trouvé qu'un seul plat qui nous plaise à tous. Parfois, le matin, on le mange ensemble. Je décris toujours ce que je fais pendant que je le prépare, comme ça on s'en souviendra tous. Je n'ai plus besoin d'enregistrer mes recettes sur cassette.

« Alors voilà comment on va s'y prendre, j'annonce. On va prendre des fraises bien fraîches dans le réfrigérateur et on va les laver à l'eau froide avant de les mettre dans un bol. »

On regarde les petits fruits rouges qui brillent dans le soleil du matin.

« Ensuite, on peut soit les sécher avec un torchon propre, soit attendre que le soleil le fasse pour nous. On a le choix. »

Avant, pour découper les fraises en quartiers, j'utilisais toujours un couteau émoussé parce qu'il n'y avait rien de tranchant dans la maison. Mais maintenant, il y a sur le plan de travail un bloc tout neuf contenant plusieurs beaux couteaux de cuisine parfaitement aiguisés.

« Ça s'appelle la confiance, je précise en éminçant les fraises. Ça vous la coupe, hein ? »

J'imagine que c'est ça que Lauren appelle mon « humour de vieux ».

La chair rouge des fruits se reflète sur la lame. L'odeur est sucrée et végétale. À l'intérieur de moi, j'en sens qui frétillent d'impatience.

« Vous percevez ce parfum merveilleux ? »

Il faut que je fasse attention avec le couteau près de mes doigts, maintenant que je ne donne plus ma douleur aux autres.

« Et donc on tranche les fraises aussi finement que possible et on les asperge de vinaigre balsamique. Le bon, celui qui coûte cher et qui est épais comme du sirop. Maintenant, on cueille trois feuilles du plant de basilic posé sur le rebord de la fenêtre, on les émince en fins rubans et, après avoir profité de l'odeur délicieuse qui s'en dégage, on les ajoute à nos fruits. »

C'est une recette de cuisine, mais parfois, quand je m'écoute, j'ai plutôt l'impression que je suis en train de concocter une potion magique.

On laisse la préparation reposer quelques minutes, le temps que les saveurs se mélangent, et on profite de ce moment pour réfléchir, pour regarder le ciel ou pour simplement être nous-mêmes.

Quand je sens que c'est prêt, j'annonce :

« Je verse le contenu du bol sur cette tranche de pain qui sent bon le grillé et la noix, et je donne un tour de moulin à poivre. Allez, il est temps de sortir. »

Le ciel et les arbres sont peuplés d'oiseaux dont le chant flotte autour de nous comme un bateau ballotté par les vagues. Lauren pousse un petit soupir tandis que le soleil nous réchauffe la peau, et je m'exclame :

« Et maintenant, à table ! »

Postface

Si vous n'avez pas encore terminé *La Dernière Maison avant les bois*, ne continuez pas votre lecture – ce qui suit en révèle beaucoup trop sur l'intrigue.

Voici comment j'en suis venue à écrire une histoire de survie cachée sous les traits d'une histoire d'horreur. À l'été 2018, je ne savais pas encore pourquoi, mais j'écrivais quelque chose à propos d'un chat. J'ai toujours été fascinée par la facilité apparente avec laquelle des êtres humains totalement dénués d'empathie arrivent à tisser des liens avec leurs animaux de compagnie. Bleep, le chien du tueur en série Dennis Nilsen, était la seule créature vivante avec laquelle ce dernier semblait avoir développé une relation « fonctionnelle ». Nilsen aimait tellement Bleep que lorsqu'il a été arrêté, la seule chose qui lui importait était ce qu'il allait advenir de son chien. Alors, je me suis dit : peut-être que c'est ça, l'histoire sur laquelle je devrais bosser – la chatte Olivia, qui vit avec Ted et lui apporte le réconfort dont il a besoin, même si celui-ci a enlevé une jeune fille nommée Lauren et qu'il la maintient prisonnière.

Mais ça ne marchait pas. Je trouvais que Ted ne ressemblait ni à un assassin ni à un kidnappeur. Je n'arrêtais pas d'éprouver de petites touches d'empathie pour lui. Bref, son histoire me paraissait plus s'apparenter à celle d'un survivant qu'à celle d'un criminel. Quant à Olivia, elle ne se comportait pas vraiment comme un chat. Elle en avait certaines caractéristiques, bien sûr, mais sa voix ne semblait ni humaine ni féline. On aurait plutôt dit qu'elle faisait partie de lui. Et il en allait de même pour Lauren, la « prisonnière » de Ted.

Je faisais des recherches Internet sur les conséquences que peuvent avoir les maltraitances sur des mineurs quand j'ai découvert la vidéo d'une jeune femme nommée Encina, qui souffrait d'un trouble dissociatif de l'identité (TDI) et qui évoquait sa maladie. Elle parlait avec beaucoup de franchise et de compassion de sa jeune alter. Elle la traite comme une enfant et adopte à son égard une attitude maternelle : elle prend soin d'elle, elle s'assure qu'elle n'a pas peur et qu'elle n'est jamais confrontée à une activité qu'elle n'est pas capable d'exercer, comme conduire une voiture. À un moment, la jeune alter prend la parole et raconte la solitude qui est la sienne au quotidien, car aucun autre enfant ne veut jouer avec elle : le corps dans lequel elle vit est trop grand pour elle et ils ne comprennent pas. Les regarder parler a été pour moi une révélation. Vous pourrez trouver la vidéo dans la bibliographie (*What It's Like to Live with Dissociative Identity Disorder (DID)*). À ce moment-là, j'ai compris que le livre que j'étais en train d'écrire ne traitait pas d'une chatte qui s'appelle Olivia, d'une fille qui s'appelle Lauren et d'un homme qui s'appelle Ted. Non, c'était l'histoire de quelqu'un qui a toutes ces personnalités à l'intérieur de lui-même. Et ce n'était pas un roman d'horreur, mais une histoire de survie et d'espoir, qui explore les moyens que l'esprit est capable de déployer pour gérer la peur et la souffrance.

Ce n'était évidemment pas la première fois que j'entendais parler de TDI, puisque c'est un trouble mental à la base de nombreux thrillers et films d'horreur. Mais en voyant Encina et son alter expliquer comment leurs personnalités s'étaient dissociées pour surmonter les maltraitances, c'est comme si une partie de la réalité que je n'avais jamais comprise faisait enfin sens. Le monde était désormais plus étrange, mais aussi plus vrai. Plus réel. Et le fait que l'esprit soit capable d'une telle prouesse me semblait tenir à la fois du miracle et de la logique.

J'ai téléphoné à une amie qui est psychologue et qui a travaillé avec, entre autres, des victimes de torture et de trafics d'êtres humains.

« Est-ce que c'est réel ? je lui ai demandé. Je veux dire, est-ce que c'est quelque chose qui existe vraiment ?

— D'après mon expérience, c'est tout à fait réel », a-t-elle répondu.

Après cette conversation, j'ai passé une année entière à lire tout ce que je pouvais trouver sur les TDI, parce que je savais enfin vers quoi devait s'orienter mon roman.

Il y a dans la communauté de la psychologie et dans le monde en général des gens qui sont fermement convaincus que ce trouble n'existe pas. De toute évidence, le TDI représente une menace pour la vision du monde de certaines personnes. Peut-être parce que ce trouble interfère avec le concept d'âme – l'idée qu'il puisse exister plus d'une seule personne dans un même corps a quelque chose de terrifiant. En tout cas, ça va à l'encontre des principes mêmes de nombreuses religions.

Ce qui est certain, c'est que les histoires qui accompagnent ce trouble sont toutes plus horribles les unes que les autres. Quoi de plus logique, quand on sait que la dissociation est le dernier recours de l'esprit quand celui-ci est confronté à une souffrance et à une terreur insupportables ? Je voudrais remercier First Person Plural (un des plus grands groupes de soutien pour les personnes souffrant d'un TDI au Royaume-Uni) de m'avoir aidée à mieux comprendre ce trouble complexe. Leur site Internet ainsi que d'autres ressources numériques figurent dans la bibliographie.

L'espace d'un long après-midi, j'ai pu discuter avec quelqu'un qui est atteint d'un TDI, qui travaille avec d'autres personnes dans la même situation et qui m'a demandé de ne pas divulguer son nom. Nous nous sommes d'abord donné rendez-vous dans une gare et avons discuté dans un café voisin. Au début, nous étions tous les deux timides et un peu gênés. Il faut dire que c'est un sujet tellement intime… Mais cette personne a accepté d'ouvrir son passé et de m'exposer sa vie avec une honnêteté désarmante.

Elle m'a expliqué que, lorsqu'il apparaît pour la première fois, le TDI n'est pas un trouble : c'est ce qui permet à l'enfant de surmonter l'insurmontable. Ce qui lui sauve la vie. Ce n'est que plus tard, une fois l'enfant devenu adulte et la dissociation devenue inutile, qu'on l'attribue à un trouble. Elle a évoqué l'un des alters, « Jambes », qui ne parle pas. La seule fonction de « Jambes » était de retourner au lit après l'épisode de maltraitance. Elle m'a expliqué comment, alors que l'épisode était en cours, elle faisait sortir toutes les parties du corps les unes après les autres, ne gardant que le gros orteil, dont elle se servait après coup pour reconstruire le corps. Elle m'a expliqué que certains alters détestaient les parties du corps qui subissaient les maltraitances. D'autres ne comprennent pas ce qu'ils font dans un corps qui ne correspond ni à leur âge, ni à leur genre, ni à leur apparence physique. Ça les met tellement en colère que certains ont même essayé de s'en prendre au corps. D'autres alters s'efforcent de maintenir une distance et restent à l'écart du reste. Ils veulent vivre une vie séparée, parallèle. Les objectifs des différents alters sont clairement définis. L'alter qui va au travail se montrera froid avec le membre de sa famille ou le partenaire qui l'appellera ou passera le voir pendant la journée. L'alter « boulot » exerce son métier, et c'est tout.

Mon interlocuteur m'a aussi expliqué la façon dont fonctionne sa mémoire. Chaque alter retenant ses propres expériences, la mémoire de l'hôte n'est pas linéaire mais plutôt rangée dans une série de compartiments.

« Je ne saurai jamais ce que ça fait, de retenir les choses comme vous le faites », m'a-t-il confié.

C'est quelque chose qui peut rendre certaines tâches simples particulièrement ardues : quand cette personne essaie de suivre une recette, par exemple, elle est incapable de retenir plus de quatre ingrédients à la fois.

Garder trop d'informations en mémoire peut être dangereux, car cela risquerait de faire remonter d'autres choses. Parfois, elle laisse un blanc entre les changements : le corps reste vacant un instant pour éviter que les alters ne partagent leur savoir entre eux. Elle m'a expliqué à quel point il était compliqué de faire sa valise au moment de partir en vacances, car il faut penser à emporter des vêtements pour tous les alters. Elle m'a décrit les différents genres de mondes intérieurs où les alters peuvent se regrouper : une ferme située à une intersection isolée, où on peut voir les ennemis arriver de toutes les directions ; un parc à jeux gardé par plusieurs armées ; une plage.

Elle m'a confié qu'elle était en phase de guérison. L'alter qui n'arrêtait pas de déchirer les photos et de détruire le passé s'est calmé. Après plusieurs années de thérapie, elle a désormais unc famille, et ses alters et elle ont appris à vivre ensemble au sein du même corps.

Vers la fin de notre entretien, je lui ai demandé :

« Qu'est-ce que vous voudriez que les gens sachent sur ce trouble ? Quelque chose qui est mal compris, peut-être ?

— Je voudrais que les gens sachent que tout ça, c'est uniquement une question de bienveillance. Nous sommes apparus pour protéger l'enfant. C'est ça qui compte. »

Une vie entière ne suffirait pas à comprendre la complexité de ce trouble. Il semble y avoir beaucoup de différences entre les cas et une multitude de manières dont un TDI peut se manifester. Ted n'est pas calqué sur un cas précis. Il est le fruit de mon imagination, et toutes les incohérences qui peuvent exister sont entièrement de mon fait. Malgré tout, j'ai essayé dans ce livre de faire honneur aux gens dont la vie est affectée par un TDI et de me raccrocher à tout ce qu'on m'a expliqué ce fameux après-midi, alors que le café dans nos tasses avait refroidi depuis longtemps. Dans les œuvres de fiction, les TDI servent souvent de ressort horrifique. Pourtant, si j'en crois mon expérience – limitée, j'en conviens –, c'est une absurdité, car ces troubles n'existent que pour aider ceux qui en sont atteints.

Remerciements

Un immense merci à Jenny Savill, ma merveilleuse agente qui a toujours eu foi en Ted, Olivia et Lauren, qui s'est battue pour eux, et grâce à qui j'ai pu aller au bout de cette aventure. Il faut croire que les étoiles étaient alignées le jour où on s'est rencontrées. Je dois également beaucoup à mon agente américaine Robin Straus et à sa collègue Katelyn Hales, qui ont travaillé d'arrache-pied pour que ce livre soit publié aux États-Unis.

Merci à Miranda Jewess, la redoutable et infatigable éditrice qui a su, d'une main de maître, donner à ce livre la forme qu'il a aujourd'hui. Je n'ose pas imaginer le travail que cela représente et je lui voue une admiration sans limite, ainsi qu'à Niamh Murray, à Drew Jerrison et à toute l'équipe de Viper. *La Dernière Maison avant les bois* a trouvé l'éditrice américaine parfaite en la personne de Kelly Lonesome O'Connor et la maison d'édition idéale avec Tor Nightfire. Quel bonheur de travailler avec de tels professionnels !

Comme d'habitude, j'embrasse et remercie ma mère, Isabelle, et mon père, Christopher, qui m'ont aidée depuis le tout début. Je me nourris de leur soutien et de celui de ma sœur Antonia et de sa famille (Sam, Wolf et River).

Merci à mes amis, tous plus incroyables et bienveillants les uns que les autres. Je pense notamment à Emily Cavendish, à Kate Burdette, à Oriana Elia, à Dea Vanagan et à Belinda Stewart-Wilson, qui m'ont toujours écoutée, qui m'ont épaulée dans les moments difficiles et qui ont su selon les circonstances m'offrir des mots de réconfort, des observations caustiques, des remarques emplies de sagesse ou des verres de vin. Je pense aussi à Natasha Pulley – à nos longues conversations, à toutes ses excellentes idées, à sa vivacité d'esprit… Le soutien et l'amitié indéfectibles de Gillian Redfearn ont été pour moi une véritable bouée de sauvetage. Et merci à mes tout premiers lecteurs : Nina Allan, Kate Burdette, Emily Cavendish et Matt Hill, ce sont vos encouragements qui m'ont poussée à continuer. La joie et la créativité d'Eugene Noone m'ont inspirée pendant des années, et son souvenir continue de m'encourager. Tu nous manques beaucoup, Eugene.

Je ne remercierai jamais assez mon merveilleux et talentueux compagnon, Ed McDonald. Son soutien, son esprit généreux, son œil de correcteur averti… J'ai vraiment de la chance de t'avoir, et j'ai hâte de poursuivre l'aventure avec toi.

L'association caritative First Person Plural m'a fourni une mine d'informations sur le TDI et m'a permis de découvrir à quoi peut ressembler la vie quand on souffre d'un trouble aussi complexe. J'espère leur avoir fait honneur dans ce livre.

Bibliographie

American Psychiatric Association, 2013. *Diagnostic and Statistical Manual of Mental Disorders: DSM-5*, Arlington, VA : American Psychiatric Association.

Anonyme, pas de date. « About Dissociative Jess », *Dissociative Jess* [blog]. dissociativejess.wordpress.com/about [consulté en septembre 2018].

Barlow, M. R., 2005. *Memory and Fragmentation in Dissociative Identity Disorder* [thèse de doctorat], University of Oregon. dynamic.uoregon.edu/jjf/theses/Barlow05.pdf [consulté le 2 novembre 2018].

Boon, S., Steele, K. et van der Hart, O., 2017. *Gérer la dissociation d'origine traumatique*, Louvain-la-Neuve : De Boeck Supérieur.

Chase, Truddi, 1990 (1987). *When Rabbit Howls*, New York : Jove.

e, Ruth, 2009. *Fractured*, Londres : Hodder & Stoughton.

DID Research, 2017. « Cooperation, Integration and Fusion ». did-research.org/treatment/integration.html [consulté le 9 août 2018].

DID Research, 2015. « Internal Worlds ». did-research.org/did/ alters/internal_worlds.html [consulté le 5 juillet 2017].

DissociaDID, 2018. *InnerWorlds* (Debunking DID, épisode 8) [vidéo]. youtube.com/watch?v=CB4IC7D7QrI [consulté le 5 janvier 2019].

DissociaDID, 2018. *Making our Inner World! – Sims4* [vidéo]. youtube.com/watch?v=gXLhEWSCIc4 [consulté le 5 janvier 2019].

DissociaDID, 2018. *Why We Won't Talk about our Littles* (Switch on Camera) [vidéo]. youtube.com/watch?v=ZdmPlIjIrBI [consulté le 11 novembre 2018].

Hargis, B., 2018. « About Alter Switching in Dissociative Identity Disorder », *HealthyPlace* [blog], 14 juin. healthyplace.com/ blogs/dissociativeliving/2018/6/about-alter-switching-in-dissociative-identity-disorder [consulté le 11 mars 2019].

Jamieson, Alice, 2009. *Today I'm Alice*, Londres : Pan Macmillan.

Johnson, R., 2009. « The Intrapersonal Civil War », *The Psychologist Journal*, avril 2009, vol. 22, pp. 300-303.

Karjala, Lynn Mary, 2007. *Understanding Trauma and Dissociation*, Atlanta : Thomas Max Publishing.

Kastrup, B., Crabtree, A. et Kelly, E. F., 2018. « Could Multiple Personality Disorder Explain Life, the Universe and Everything? » *Scientific American* [blog], 18 juin. blogs.scientificamerican.com/observations/could-multiple-personality-disorder-explain-life-the-universe-and-everything/ [consulté le 13 mars 2019].

Matulewicz, C., 2016. « What Alters in Dissociative Identity Disorder Feel Like », *HealthyPlace* [blog], 25 mai. healthyplace.com/blogs/dissociative living/2016/05/the-experience-of-alters-in-dissociative-identity-disorder [consulté le 12 mars 2019].

MedCircle, 2018. « What It's Like to Live with Dissociative Identity Disorder (DID) » [vidéo]. youtube.com/watch?v=A0kLjsY4JlU [consulté le 3 août 2018].

Mitchison, A., 2011. « Kim Noble : The Woman with 100 Personalities », *The Guardian*. theguardian.com/lifeandstyle/2011/sep/30/kim-noble-woman-with-100-personalities [consulté le 3 juin 2017].

MultiplicityandMe, 2018. « Dissociative Identity Disorder Documentary: The Lives I Lead » [vidéo], BBC Radio 1. youtube.com/watch?v=exLDxo9_ta8 [consulté le 11 décembre 2018].

Noble, Kim, 2011. *All of Me*, Londres : Hachette Digital.

Nurses Learning Network, pas de date. « Understanding Multiple Personality Disorders ». nurseslearning.com/courses/nrp/NRP-1618/Section%205/index.htm [consulté le 3 décembre 2019].

Paulsen, Sandra, 2009. *Looking Through the Eyes of Trauma and Dissociation: An Illustrated Guide for EMDR Therapists and Clients*, Charleston : Booksurge Publishing.

Peisley, Tanya, 2017. « Busting the Myths about Dissociative Identity Disorder », *SANE* [blog]. sane.org/information-stories/the-sane-blog/mythbusters/busting-the-myths-about-dissociative-identity-disorder [consulté en juin 2018].

Psychology Today, 2019. « Dissociative Identity Disorder (Multiple Personality Disorder) ». psychologytoday.com/gb/conditions/dissociative-identity-disorder-multiple-personality-disorder [consulté le 7 septembre 2019].

Steinberg, Maxine et Schall, Marlene, 2010. *The Stranger in the Mirror: Dissociation, the Hidden Epidemic*, Londres : HarperCollins ebooks.

Truly Docs, 2004. « The Woman with Seven Personalities » [vidéo]. youtube.com/watch?v=s715UTuO0Y4&feature=youtube [consulté en novembre 2019].

Van der Kolk, B., 2018. *Le corps n'oublie rien*, Paris : Albin Michel.

West, Cameron, 2013 (1999). *First Person Plural: My Life as a Multiple*, Londres : Hachette Digital.

Autres ressources en ligne :

aninfinitemind.com
didiva.com
did-research.org/index.html
firstpersonplural.org.uk/resources/training-films/isst-d.org
manyvoicespress.org
sidran.org/essential-readings-in-trauma
sidran.org/recommended-titles

anomalienimbuds.com
didyva.com

Composition et mise en pages
FACOMPO, Lisieux

Imprimé en France par

MAURY IMPRIMEUR
à Malesherbes (Loiret)
en janvier 2024

#lisez engagé !
www.lisez.com
Pour plus d'information :
Imprimé sur du papier issu de forêts gérées durablement.

POCKET – 92, avenue de France, 75013 Paris

N° d impression : 275383
S33732/01